Aan het meer

John McGahern

Aan het meer

Vertaald uit het Engels
door Anneke Bok

UITGEVERIJ DE GEUS

De vertaalster ontving voor deze vertaling een werkbeurs van de
Stichting Fonds voor de Letteren

Deze uitgave is mede totstandgekomen dankzij een bijdrage van het
Ireland Literature Exchange (Translation Fund), Dublin, Ierland
www.irelandliterature.com / info@irelandliterature.com

Oorspronkelijke titel *That they may face the rising sun*, verschenen bij
Faber and Faber Limited, Londen
Oorspronkelijke tekst © John McGahern, 2002
Nederlandse vertaling © Anneke Bok en Uitgeverij De Geus bv,
Breda 2004
Omslagontwerp Uitgeverij De Geus bv
Omslagillustratie © Jolanda van Gennip
Druk Koninklijke Wöhrmann bv, Zutphen
ISBN 90 445 0307 3
NUR 302

Verspreiding in België via Libridis nv, Industriepark-Noord 5a,
9100 Sint-Niklaas

Voor Madeline

Het was een wolkeloze ochtend. Er stond geen zuchtje wind op het meer. Er heerste ook een diepe stilte. Toen de klokken luidden voor de mis en de slagen over het water galmden, hadden ze de hele wereld voor zichzelf.

De deuren van het huis stonden open. Jamesie ging zonder kloppen naar binnen en liep geruisloos door tot hij in de deuropening van de grote kamer stond waar het echtpaar Ruttledge zat. Hij stond zo stil dat het leek of hij onder de bomen stond te wachten tot de watervogels terugkwamen. Hij verwachtte snel te worden opgemerkt. Er zou een verraste en berispende uitroep volgen, en dan zou hij hen op zijn beurt verwijten dat ze niet waakzaam genoeg waren. Hij zou lachend worden verwelkomd. Toen de Ruttledges rustig verder praatten over een bezoekje dat ze diezelfde middag verwachtten, kon hij zich niet langer inhouden. Hij was er altijd zo op verdacht te worden ontdekt dat hij bij het luistervinken bijna altijd teleurgesteld was over de onschuld die hij aantrof.

'Hal-lo, hal-lo, hal-lo', riep hij zachtjes, een beetje verbolgen.

'Jamesie!' Met grote warmte draaiden ze zich om naar de stem. Omdat hij vaak geruisloos kwam binnensluipen, toonden ze zich niet verrast. 'Welkom.'

'Jullie deugen voor geen cent. Ik sta hier al een paar minuten en heb nog geen kwaad woord over iemand gehoord. Geen kwaad woord', herhaalde hij langzaam, spottend, terwijl hij naderbij kwam.

'We spreken nooit kwaad over mensen. Dat is te riskant. Je kunt erdoor in de problemen komen.'

'Dan praten jullie zeker nooit, en als jullie het wel doen, zijn jullie de moeite van het aanhoren niet waard.'

Hij zag er pico bello en knap uit met zijn donkere zondagse pak, zijn witte overhemd, rode stropdas, gepoetste zwarte schoenen, het fijne grijze haar achterover gekamd van het hoge voorhoofd en zijn scherpe, regelmatige gelaatstrekken. Al zijn snelle, expressieve bewegingen gaven blijk van een grote levendigheid en een zachtmoedig karakter.

'Kate.' Hij stak haar een reusachtige hand toe. Ze deed alsof ze er huiverig voor was haar hand aan zo'n kracht toe te vertrouwen. Het was een spelletje dat hij regelmatig speelde. Voor hem waren alle vormen van omgang met mensen slechts uiteenlopende spelletjes. 'Een lafaard is God een doorn in het oog, Kate', drong hij aan, en toen gaf ze hem haar hand.

Pas toen ze uitriep: 'Rustig aan, Jamesie!' verslapte hij zijn licht knellende greep met een kleine triomfkreet. 'Je bent een van Gods strijders, Kate. Meneer Ruttledge', zei hij met een plechtige buiging.

'Meneer Murphy.'

'Hier heb je geen meneren', protesteerde hij. 'Er zijn geen meneren in dit deel van de wereld. Niks dan omlaaggevallen heren.'

'In dit huis zijn ook geen meneren. Hij die al beneden is, hoeft geen val te vrezen.'

'Als je zo diep gezonken bent, waarom ga je dan niet naar de mis?' Jamesie verlegde de aanval een tikje.

'Wat heeft dat ermee te maken?'

'Je zou inmiddels net als iedereen hier zijn als je naar de mis ging.'

'Ik zou best naar de mis willen. Ik mis de kerkgang.'

'Wat weerhoudt je er dan van?'

'Ik geloof niet.'

'Ik geloof niet', bauwde hij hem na. 'We geloven geen van allen, maar we gaan wel. Dat is geen beletsel.'

'Ik zou me een hypocriet voelen. Waarom ga jij dan als je niet gelooft?'

'Om naar de meisjes te kijken. Om de hele poppenkast te zien', riep hij uit terwijl hij begon te schudden van het lachen. 'We gaan om al die andere hypocrieten te bekijken. Kate, wat vind jij ervan? Je hebt amper een woord gezegd.'

'Mijn ouders waren atheïst', zei Kate. 'Ze dachten dat wat je ziet het enige is wat er bestaat, en dat je alleen bent wat je denkt en lijkt te zijn.'

'Neem dat maar niet serieus, Kate', raadde hij haar vriendelijk aan. 'Je bent wat je bent, en naar de hel met zeurkousen.'

'De manier waarop we onszelf zien en hoe anderen ons zien is vaak heel verschillend', zei Ruttledge.

'Neem hem ook maar niet serieus. Hij probeert er alleen maar een draai aan te geven. Denken piste in bed en dacht dat hij zweette. Zijn vrouw dacht er anders over. Jij gedijt net zo goed als de anderen, Kate.' Hij haalde een snoeischaar uit zijn zak en legde hem op tafel. 'Bedankt', zei hij. 'Het was een genot. Zuiver Sheffield. Geweldig staal.'

'Ik heb hem ooit gekocht op de donderdagmarkt in Enniskillen. Hij was niet duur.'

'Het Noorden.' Hij hief zijn handen om het extra te benadrukken. 'Het Noorden is een prachtplek voor koopjes.'

'Wil je een whiskey, Jamesie?' vroeg ze.

'Zo mag ik het horen, Kate. Maar inmiddels zou je toch moeten weten dat "wilje" een erg lelijk woord is.'

'Waarom lelijk?'

'Kijk maar eens naar je man.' Hij wees op Ruttledge die al glazen en een fles Powers uit de kast had gepakt en een bruine kan met water vulde.

'Ik ben traag.'

'Je bent helemaal niet traag, Kate. Je bent hier alleen niet opgegroeid. Je moet min of meer ergens geboren zijn om te weten wat er gaande is en wat je moet doen.'

'Hij is hier ook niet opgegroeid.'

'Maar niet ver hier vandaan, dicht genoeg in de buurt om het te weten. Hij heeft niet op school gezeten, maar wel de meesters ontmoet. Op jullie gezondheid! En morgen nog meer daarvan.'

Hij hief zijn glas. 'Al die mensen die daar beneden in Shruhaun begraven liggen hebben vandaag niks te drinken.'

'Dat het je moge bekomen. Is er nog nieuws?'

'Geen nieuws. Ik was op zoek naar een nieuwtje', riep hij zoals gewoonlijk uit, maar toen kon hij zijn nieuws niet langer voor zich houden. 'Johnny komt over uit Engeland. Aanstaande dinsdag komt hij naar huis. Mary heeft een brief van hem gekregen.'

Elke zomer kwam zijn broer Johnny naar huis als hij vakantie had van de Ford-fabriek in Dagenham. Hij was al twintig jaar geleden naar Engeland vertrokken, maar had nog nooit een zomer verstek laten gaan.

'Ik breng je met alle plezier naar het station', bood Ruttledge aan.

'Dat weet ik best, en bedankt, maar nee, nee.' Hij hief zijn hand weer op. 'Ik ga altijd met de auto van Johnny Rowley. Jim haalt Johnny op van het vliegveld en zet hem op de trein. Jim neemt er vrij voor.'

Jim was het enige kind van Jamesie en Mary; hij was een uitblinker geweest op school en was bij de overheid gaan werken, waar hij inmiddels een hoge positie bekleedde; hij was getrouwd, had vier kinderen en woonde in Dublin.

'Er was een tijd dat Johnny bij Jim en Lucy in Dublin overnachtte.'

'Die tijd is voorbij. Johnny en Lucy liggen elkaar niet. Hij is niet welkom. Het is beter, veel beter zoals het nu gaat. Ik haal hem met Johnny Rowley van de trein. Vanaf het station maken we een flink aantal tussenstops. Thuisgekomen zet Mary een lendestuk op tafel. In Engeland kun je geen vlees krijgen. Je zou het prachtig vinden om Johnny's gezicht te zien en te horen hoe hij "God zegene je, Mary" zegt als ze het lendestuk voor hem op tafel zet.'

Het huis en de schuren zouden voor deze thuiskomst van een nieuwe laag witkalk worden voorzien, de straat werd geveegd, de groene hekken werden geschilderd, en de oude paaltjes van de afrastering van gaas die Mary's kippen in de ruimte rond de hooischuur hield werden vervangen. Mary zou alle kamers hebben schoongeboend en opgefleurd. Samen zouden ze de matras van het bed in de benedenkamer, Johnny's oude kamer, hebben gehaald, en hem buiten hebben gelegd om te luchten in de zon. De heiligenprenten en de trouwfoto's zouden van de wand zijn gehaald om het glas af te lappen en op te poetsen. Zijn bed zou zijn opgemaakt met kraakhelder linnengoed, met daarop een rode deken. Een reusachtige vaas bloemen uit de tuin en de velden – rozen, lelies en duizendschoon uit de tuin, vingerhoedskruid en grote takken kamperfoelie uit de hagen – zou op de vensterbank onder het open raam zijn gezet om de mufheid en de vochtige geur uit de ongebruikte kamer te verdrijven. Bij slager Caroll in de stad zou al een bestelling voor het beste lendestuk zijn geplaatst. Voor een god die terugkeerde naar zijn oude plekje op aarde had het huis niet beter in gereedheid kunnen worden gebracht.

'Dit deel van het land heeft nooit een betere schutter gezien dan Johnny. Als op zondag alle jagers bij elkaar waren en knalden dat het een lust had, hoefde Johnny alleen zijn geweer omhoog te richten om de vogels als een baksteen uit de lucht te laten vallen. Hij had twee van de allermooiste jachthonden, een pointer en een rode setter. De hele wereld lag aan zijn voeten', zei Jamesie. 'Hij hoefde geen vinger uit te steken. Hij hoefde alleen maar rond te lopen en toezicht te houden op wat andere mannen aan het doen waren. Ja, hij kon op zijn manier best streng en pietluttig zijn… onnodig precies. Het hele land trok indertijd naar Engeland, en als mensen de hoop hadden gekoesterd dat ze Johnny's baan hadden kunnen krijgen, zou er een stormloop uit Engeland op gang zijn gekomen die erger was dan tijdens de goudkoorts. Als iemand ons had verteld wat er zou gaan gebeuren, hadden we hem niet geloofd. We zouden hem hebben uitgelachen.

Hij had een oogje op Anna Mulvey. Anna en hij waren de sterren in *De held van het westen*, het toneelstuk dat het jaar ervoor de landelijke finale in Athlone had gehaald, maar ze konden geen van beiden in de schaduw staan van Patrick Ryan. Hij was net Donoghue de advocaat, die uit de stad, in zijn rol als... ik ben glad vergeten wie het was... Bij alles wat Patrick deed, lag de hele zaal dubbel van het lachen. Johnny was helemaal weg van Anna. Wij waren ervan overtuigd dat Anna naar Engeland ging om van Johnny af te komen. De Mulveys waren in goeden doen, en ze hoefde niet weg te gaan. Maar toen ze Johnny schreef dat ze hem miste en wilde dat hij naar Engeland kwam, was hij dagenlang in de zevende hemel. Wij wilden dat hij zich ziek zou melden en dan zou gaan kijken hoe de vlag erbij hing, zodat hij niet meteen al zijn schepen achter zich zou verbranden, maar daar wilde hij niets van weten. Als hij naar ons had geluisterd, had hij hier nog steeds kunnen zijn.'

'Waarom schreef Anna dat ze wilde dat hij naar Engeland kwam, als ze het niet meende of niet geïnteresseerd was?'

'Ze gebruikte hem. Bij Johnny was ze verzekerd van adoratie. Ze hoefde maar te kikken om alles te krijgen wat ze wilde.'

'Dat was fout van haar', zei Kate.

'Goed of fout, eerlijk of niet, wat maakt het uit? Het leven is hard. Degene die het minste liefheeft wint. Die kan de zaak van twee kanten bekijken. Ze hield niet meer van Johnny dan van een hond of een kat.

Die arme Bran en Oscar. Het waren prachtige jachthonden. Ze hoorden net zo bij Johnny als zijn dubbelloopsgeweer, en ze aanbaden hem. De avond voor hij vertrok, pakte hij zijn geweer en ging met ze naar het moeras. Ze jankten, sprongen om hem heen en volgden sporen. Ze dachten dat ze op jacht gingen. Ik herinner het me nog als de dag van gisteren. Er zat die avond vorst in de lucht, en de blaadjes begonnen net van de bomen te vallen. Er stond geen zuchtje wind. Akkers verderop kon je een spa tegen een steen horen ketsen, om maar te zwijgen van een dubbelloopsgeweer. Je hoorde maar twee schoten, het ene na het andere. We hadden met alle plezier voor die honden gezorgd, maar hij heeft het ons niet gevraagd. Ik was niet zo'n geweldige jager als Johnny, maar ik zou het geweer en de honden hebben gehouden. Het waren zulke mooie beesten. Die avond kwam er een man voor het geweer, en een andere voor de motorfiets. Hij had ze allebei verkocht. Je zou toch verwacht hebben dat hij mij het geweer zou aanbieden na al die jaren bij ons in huis te hebben gewoond. Ik zou hem ervoor betaald hebben wat hij maar wilde.'

'Waarom heb je niet gevraagd of je het geweer kon kopen?'

'Nee. Erom vragen zou ik nooit. Ik zou nog liever doodgaan dan erom vragen.'

'Hoezo?'

'Hij zou kunnen denken dat ik het geweer voor niets wilde hebben. Maar van het geweer vond ik het niet zo erg, hoewel het een prachtstuk was. Mijn hart bloedde vanwege die twee honden – en Mary, die had het er nog moeilijker mee. Ze was helemaal weg van die honden.

De volgende avond is Johnny op de trein gestapt. Dat was het besluit dat zijn leven kapotmaakte. Hij was beter af geweest als hij zichzelf door zijn kop had geschoten in plaats van die honden.'

'Was het niet moedig om dat te doen, als je het afzet tegen wat er in de meeste levens gebeurt? Alles opgeven en weggaan in de hoop op liefde?'

'Welnee, Kate, je weet niet wat je zegt. Hij had geen idee wat hij deed. Hij zou een brandend huis zijn binnengegaan als zij het had gevraagd. Vergeleken met wat hij in haar zag, hechtte hij geen enkele waarde aan zijn eigen leven. Hij dacht dat hij zonder haar niet kon leven.'

'Waarom gebruikte ze hem als ze hem niet wilde?'

'Dat zou jij moeten weten, Kate. Jij bent een vrouw.'

'Je hebt net zoveel soorten vrouwen als mannen.'

'Dat is precies wat Mary zegt.' Om zijn woorden te onderstrepen sloeg hij tegen de armleuning van zijn stoel. 'Johnny zal sigaretten en drankjes voor haar hebben betaald, God weet wat, wij weten het niet, en hij heeft haar geld gegeven. Hij had een boel geld toen hij naar Engeland ging, en hij zou haar het hemd van zijn gat hebben gegeven als ze het had gevraagd. Ze hoefde maar te kikken en hij stond voor haar klaar. Naderhand hoorden we dat Anna Peadar Curren achterna was gegaan in Engeland en een blauwtje had gelopen. Ik denk dat Johnny haar heeft geholpen om overeind te krabbelen na die ellende met Peadar, en daarna heeft ze hem de bons gegeven. Die eerste zomer is Johnny niet naar huis gekomen, maar daarna heeft hij nooit meer een zomer verstek laten gaan.'

'Kwam Anna ter sprake als hij er was?'

'Niet één keer. We weten niet eens hoe het is afgelopen. Later hoorden we dat ze in Londen was getrouwd met een politieagent die zich voor haar heeft bekeerd.'

'Tot het katholicisme', lichtte Ruttledge toe. 'Veranderd van beginsel. Ik zou voor jou ook van beginsel zijn veranderd, Kate, maar ik had toen al geen beginsel meer, en je hebt het me nooit gevraagd.'

'Je klinkt als een echte heiden. Ze bekeren zich allemaal, Kate. Als ze moeten kiezen tussen hun geloof en Kaatje Kut, bekeren ze zich allemaal.' Hij lachte uitbundig.

'We hebben allemaal wel eens Johnny's weg bewandeld, alleen misschien niet zo ver', zei Ruttledge.

'Spreek voor uzelf, meneer Ruttledge. Ik niet', zei Jamesie.

'Dan ben je niet ver geweest.'

'Ik ben hier nooit, maar dan ook nooit weggeweest, maar ik ken de hele wereld', protesteerde hij.

'Je hebt gelijk, Jamesie. Let maar niet op hem', zei Kate.

'Wat denk jij ervan, Kate?'

'Ik denk dat vrouwen praktischer zijn. Ze weten wanneer ze een zinkend schip moeten verlaten. Ze zijn meer op zichzelf gericht.'

'Zachtjes binnenkomen, Kate, en op je tenen wegsluipen. Je mag er de vinger op leggen, maar niet drukken. Vraag waarom niet, maar nooit waarom. Lieg altijd, zodat je de waarheid spreekt en God alle arme zondaars kan redden', zei hij en hij verwelkomde zijn kwinkslagen met een daverend gelach.

Een onverwacht luid gebonk met een stok op de verandadeur liet haar geen tijd voor een reactie. 'God zegene jullie allen!' werd er geroepen, terwijl trage, moeizame schuifelpassen de voorkamer naderden.

'Bill Evans.'

'Iemand anders kan het niet zijn.' Vol verwachting wreef Jamesie in zijn handen.

Bill Evans bleef niet in de deuropening staan, maar liep meteen vrijpostig de kamer in en ging in de witte schommelstoel zitten. De reusachtige rubberlaarzen, de blauwe kamgaren broek en het gescheurde jasje, een overhemd van beddentijk en de verschoten strohoed waren allemaal verscheidene maten te groot. De zware wandelstok van sleedoorn die hij bij zich had, zette hij tegen een armleuning van de stoel. Zijn ogen schoten gretig van het ene gezicht naar het andere. 'Jamesie', zei hij, neerbuigend grijnzend. 'Welkom aan deze kant van het meer.'

'Het is me een waar genoegen; ik voel me vereerd hier te mogen zijn', zei Jamesie lachend.

Er werd thee gezet. Er werden melk en enige lepels suiker aan de thee toegevoegd, waarna hij werd geroerd. De thee en de koekjes werden op een laag krukje naast de schommelstoel gezet. Bill Evans at en dronk gulzig.

'Hoe gaat het met jullie daarboven?'

'Uitstekend. We maken het allemaal uitstekend.'

'Redden jullie je goed zonder Jackie?'

'We redden het uitstekend. Het gaat prima.'

Hij was er bedreven in nooit enige informatie te verstrekken over wat er gaande was. Het leven van Bill Evans kende veel geheimenissen. Omdat hij geen ander leven kende, had hij het oerinstinct om de mensen en de plek waarvan hij afhankelijk was te beschermen.

'Denk je dat de vrouw des huizes gaat hertrouwen?' vroeg Jamesie schertsend, provocerend.

'Iedereen zegt dat jij veel te nieuwsgierig bent.'

'Nieuws is beter dan geen nieuws', antwoordde Jamesie, een beetje geschrokken.

Geen waarheid zo kwetsend als de waarheid die we als gedeeltelijk waar herkennen. Dat hij uit zo'n nederige hoek kwam, maakte het des te schokkender. Hoewel Jamesie voorwendde dat

hij het zich niet aantrok, wist hij dat zijn nieuwsgierigheid heimelijk werd gevreesd en openlijk werd bespot. Hij werd ongewoon stil voor zijn doen.

Bill Evans had zijn thee en koekjes op. 'Heb je sigaretten?'
vroeg hij terwijl hij de kop en schotel wegzette en opstond uit de
schommelstoel.

Ruttledge gaf hem vijf losse sigaretten die op een hoekje van
het dressoir hadden gelegen. 'Een vuurtje?' vroeg Bill. Uit een
doosje werden wat lucifers in zijn handpalm geschud. Sigaretten
en lucifers werden bij elkaar in het borstzakje van het grote
kamgaren jasje gestopt. 'Geen kwaad woord over het gezelschap,
maar ik moet er nu vandoor', zei hij.

'Het beste, Bill', riep Jamesie vriendelijk, maar Bill Evans
reageerde niet.

Ruttledge liep met hem mee naar het hek, waar Bill zijn twee
emmers in de haag van fuchsiastruiken had achtergelaten.

'Kijk eens of er op de weg iemand staat te kijken', gebood Bill.

Ruttledge liep de weg op en keek vluchtig naar links en rechts.
Tussen de hoge bermen was het smalle weggetje als een verlichte
tunnel onder het warrige dak van groene takken. 'Er is geen kip te
bekennen.'

'Staat er boven bij het hek niemand te kijken?'

'Geen mens. Je was wel erg hard tegen die arme Jamesie', zei
Ruttledge.

'Dat is de enige manier om het hem aan zijn verstand te
brengen', zei hij, triomfantelijk grijnzend. 'Hij is veel te nieuwsgierig.' Hij tilde de twee emmers uit de fuchsiahaag, klemde de
wandelstok tegen een van de hengsels en ging op weg naar het
meer.

Zijn soort was nu bijna net zo uitgestorven als de kwartelko-
ning. Hij was naar zijn huidige huis gevlucht vanaf de boerderij
waar hij het eerst had gewerkt. Toen hij veertien jaar oud was, was
hij door het katholieke kindertehuis naar die eerste boerderij
gestuurd. Niemand wist inmiddels meer hoelang geleden dat
was, Bill Evans al helemaal niet.

Op een koude dag, heel wat jaren geleden, waren de bewoners weggegaan en hadden hem buitengesloten met de vermaning dat hij op de boel moest letten en niet weg mocht gaan. Ze bleven ongewoon lang weg. Tegen de avond hield hij het niet meer uit van de honger en ging naar Ruttledge. 'Geef me iets te eten. Ik verrek van de honger.'

'Wat is er gebeurd?'

'Ze zijn weggegaan', gaf hij schoorvoetend toe.

Er was weinig eten in huis. Kate was naar Londen en Ruttledge deed het huishouden in zijn eentje. 'Je mag alles hebben wat er in huis is, maar er is niet eens brood. Ik wilde vanavond pas naar het dorp gaan.'

'Heb je piepers?'

'Zat.' Het was niet in hem opgekomen om die aan te bieden. 'Snel, Joe. Zet ze op.'

Er werd een pan water op het vuur gezet. De aardappels werden gewassen. 'Hoeveel?'

'Meer. Meer.'

Met schitterende ogen keek hij tijdens het wachten naar de pan, alsof hij het water wilde dwingen aan de kook te raken. Er werden veertien aardappels in de pan gedaan. Hij at ze allemaal op, zelfs de schillen, met zout en boter, en dronk de kan melk leeg. 'God, ik heb me zo rond als een ton gegeten', zei hij met diepe voldoening terwijl hij zich achterover liet zakken in de comfortabele witte schommelstoel. 'Heb je een peuk voor me?'

Het bescheiden rantsoen werd van de plank gepakt. Er werd een sigaret opgestoken. Hij rookte, diep inhalerend, hield de rook vast tot de longen de druk niet meer aankonden, en liet zijn adem toen met zo'n trage tegenzin ontsnappen dat de rook eerst uit zijn neusgaten vrijkwam voordat hij er met een zwakke, opgebruikte ademtocht uit stroomde. Zijn genot was zo intens dat ernaar kijken ook een verontrustend genot was. Nu hij eindelijk een keer niet zo gespannen was en geen haast had om weg te gaan, begon Ruttledge hem dingen over zijn leven te vragen, ook al wist hij dat zijn gevraag waarschijnlijk niet op prijs zou worden gesteld. De grote lijnen van zo'n leven kende hij al. Hij zou zijn vader noch zijn moeder hebben gekend. Als baby zou hij aan de zorg van de nonnen zijn toevertrouwd. Wanneer zulke jongens zeven werden, de leeftijd van het verstand, werden ze overgeplaatst naar tehuizen die door priesters of broeders werden geleid. Op zijn veertiende was Bill Evans, net als vele anderen, naar zijn eerste boer gestuurd.

Ze werden ook als manusje-van-alles naar kostscholen gestuurd; ze boenden er de vloeren en zetten die in de was, leegden vuilnisemmers en bedienden aan tafel op de kostschool die Ruttledge had bezocht. Hij herinnerde zich hoe klein die jongens waren in hun witte jasje, en de grijze strepen van hun broek, hun kortgeknipte haar, de bleke gezichten strak en uitdrukkingsloos. Zij en de leerlingen mochten geen woord wisselen. Ze droegen grote dienbladen aan met vis of vlees, kommen soep, schalen groente en mandjes met brood, en op zondag glazen sifons met rode limonade met een zilveren stop erop. Het was zo'n naargeestig oord dat de glazen sifons die ene feestelijke dag per week als bloemen op tafel prijkten. Wat zich in de keukens afspeelde achter de zware eikenhouten scheidingswand bleef beperkt tot een gedruis van klanken in de verte, waaruit af en toe gekletter, geschreeuw of een uitroep opsteeg. In zijn lange zwarte soutane en met rode, priemende ogen onder een grijze borstelkop was het schoolhoofd een sinistere verschijning, vooral als hij een klein lachje vertoonde. Hij liep op en neer tussen de rijen tafels of stond onder het grote kruisbeeld tussen de hoge vensters. Hij las mededelingen voor, deelde waarschuwingen uit en sprak voor en na de maaltijden met gebogen hoofd het dankgebed uit. Terwijl hij langzaam op en neer liep tussen de tafels, las hij in zijn brevier en bleef nu en dan staan om een strakke blik te werpen op een tafel waar een zweem van rumoerigheid of onordelijkheid was ontstaan. Zijn reputatie was zodanig dat er vaak bestek op de grond belandde of door elkaar werd gestoten in een zenuwachtige poging tot correctie. Dan liep hij met een ijzingwekkende glimlach verder, keerde terug tot zijn brevier, hervatte zijn metronomische wandeling tot hij bleef staan om zijn blik op een omgevallen zoutvaatje te richten. Om hem heen repten de jongens in hun korte witte jasjes zich heen en weer tussen de keukens en de tafels.

Op een ochtend draaide een jongen zich haastig om van een tafel en trof de overste onverwacht op zijn pad en liep met een dienblad pardoes tegen hem op. De borden en schalen vlogen in het rond. De soutane werd ondergespetterd. Alleen de leerlingen die dicht bij het ongelukje zaten zagen wat er vervolgens gebeurde, en zelfs zij waren er niet helemaal zeker van. Ten overstaan van zijn razernij, werd er gedacht, had de jongen de zwijgplicht verbroken in een poging zich te verontschuldigen voor het voorval. Er volgde een onverwachte, wrede afranseling. Terwijl die plaatsvond, werd er aan geen van de tafels ook maar een hap gegeten. Er werd geen woord gezegd. Tijdens het gesnik dat op de afranseling volgde was de stilte diep en beschuldigend, totdat het schrapen van messen en vorken op borden en het zachte gemurmer van gesprekken werden hervat. Velen die tijdens de afranseling zwijgend aan tafel hadden gezeten zouden hun hele leven het gevoel houden dat ze er medeplichtig aan waren geweest door hun zelfbeschermende zwijgen. Deze man op leeftijd, die makkelijk een van de jongens had kunnen zijn die aan tafel bedienden of de keukens schoonmaakten als hij niet naar die eerste boerderij was gestuurd, zat ontspannen en uiterst comfortabel in de witte schommelstoel te roken na het verorberen van de enorme schaal aardappels.

'Werd je naar die eerste boerderij gestuurd toen je veertien was?'

'God, ja.'

'Je hebt zeker heel wat jaren voor ze gewerkt voordat je wegliep naar hier?'

'God, ja.'

'Behandelden ze je niet zo goed?'

Voor wat een eeuwigheid leek, maakte hij geen aanstalten om te antwoorden, maar keek koppig voor zich vanuit de witte stoel die niet meer bewoog. 'Waarom vraag je me dat, Joe?'

'Iedereen komt ergens vandaan. Niemand van ons komt uit de blauwe lucht vallen.'

'Straks word je al net zo erg als Jamesie', antwoordde hij geërgerd.

'Woonde je niet in een tehuis dat door broeders en priesters werd geleid voordat ze je naar die eerste boerderij stuurden?' Ruttledge negeerde het verwijt. Zo snel als de schaduw van een vogel langs een verlicht raam trok er een gekwelde uitdrukking over het gezicht van Bill Evans, die toen plaatsmaakte voor donkere strijdlust. 'Zat je voor de priesters en broeders niet bij de nonnen in een klooster met andere kleine jongens? Werd je niet beter behandeld toen je klein was en bij de nonnen zat?'

Dit keer viel er geen lange stilte. Hij kreeg een uitdrukking vol woede en verdriet op zijn gezicht. 'Kwel me niet zo', riep hij uit.

Geschrokken door zijn heftigheid en beschaamd nu over zijn zinloze gegraaf antwoordde Ruttledge snel: 'Dat is mijn bedoeling niet. Het spijt me dat er zo weinig eten in huis is.'

'De piepers waren uitstekend, Joe. Ik zit mudvol', zei hij terwijl hij stram overeind kwam uit de stoel en op het ruwe handvat van zijn wandelstok leunde. 'Ze hebben gezegd dat ik op het huis moet letten en ze kunnen elk moment terug zijn. Ik wil boven zijn als ze komen.'

Nu, verscheidene jaren later, keek Ruttledge hoe hij zich langzaam met de emmers naar het meer sleepte. Sinds Kate en hij in het huis waren komen wonen, had Bill Evans elke dag met de emmers water geput uit het meer. Binnen zaten Kate en Jamesie nog over hem te praten.

'Ik heb je toch gezegd, Kate, dat je te goedig bent', zei Jamesie. 'Hoe fatsoenlijker je types zoals hij behandelt, hoe meer ze over je heen lopen.'

'Hij heeft toch nooit anders gekend?'

'Jij bent degene die er last mee krijgt, maar op termijn heb je misschien gelijk', gaf Jamesie op zijn inschikkelijke manier toe. 'Wat hem is aangedaan was verkeerd, en daar kan geen mens wel bij varen. Als Jackie naar de melkfabriek reed, moest Bill bij weer en wind op de aanhanger meerijden, er bij de hekken af springen en die zware melkbussen op de aanhanger zwaaien. Als die melkbussen vol waren, lukte hem dat amper. Een sterkere man zou er nog een hele hijs aan hebben gehad. Zodra de melkbus op de aanhanger stond, liet Jackie de koppeling opkomen en gaf gas. Dan moest Bill rennen en achter de melkbussen op de aanhanger klauteren. Het kwam wel voor dat hij viel. Jackie schopte hem als hij de tractor moest stilzetten en eraf klimmen. Christus kan het niet veel zwaarder gehad hebben op weg naar Golgotha, alleen kwam Bill altijd levend thuis met de bussen afgeroomde melk. Het werd zo erg dat politieagent Murray Jackie een waarschuwing heeft moeten geven.'

'Het is niet te bevatten. Kon hij dan niet een paar tellen wachten tot hij weer op de aanhanger was geklommen?'

'Dommigheid. Pure dommigheid. Je kunt het niet anders noemen. Op een keer stond ik te kijken toen ze plaggen aan het keren waren. Er waren twee andere mannen met Jackie op de akker die ik niet bij naam zal noemen. Ik keek door de heg. Het was Billy's taak om de plaggen met zijn grote laarzen aan te stampen. Elke keer als ze met de ploeg langskwamen waar hij die plaggen stond aan te stampen, duwden ze hem met een trap of een por in de voor en bescheurden zich van het lachen. Het was een soort sport voor ze.'

'Had je er niets tegen kunnen doen?'

'Wat had ik moeten doen? Als ik de akker op was gegaan, zouden ze zich tegen mij hebben gekeerd, tenzij ik hen ook in een voor had geduwd. Dat was het jaar dat hij wegliep. Het beste wat hij ooit heeft gedaan. Niemand wist hoe hij was weggekomen. Hij moet gelopen hebben en stukjes zijn meegereden. Hij is twee jaar weggebleven. Hij zou nog steeds weg zijn als een stel mensen dat naar de All Ireland-voetbalwedstrijd was geweest op weg naar huis niet naar een café vlak buiten Mullingar waren gegaan om wat te drinken. Ze herkenden Bill niet eens. Hij was dik geworden en had laarzen en gewone kleren aan. Ze konden het niet bevatten dat hij ze zo hartelijk verwelkomde. Hij hield natuurlijk wel zijn hand op voor sigaretten. Het hield daar het midden tussen een boerderij en een café. Hij was er een soort kroeghulp en kon alle restjes opdrinken. Ze hadden hun grote mond moeten houden. Jackie en twee andere mannen zijn op een zondag in de Ford Prefect gestapt, naar Mullingar gereden en hebben hem teruggebracht.'

'Hebben ze hem gedwongen?'

'Dat weet geen mens. Misschien was hij zelfs wel blij ze te zien. Misschien heeft hij ze net zo hartelijk verwelkomd als dat stel voetbalsupporters. De volgende zondag was hij weer bij de mis en hield zijn hand op voor sigaretten alsof hij nooit was weggeweest.' Jamesie was opgestaan.

Toen Jamesie via de veranda naar buiten ging, werd zijn aandacht helemaal in beslag genomen door de vier ijzeren staanders die rechtop in hun betonnen voet stonden op het kleine erf tussen het huis en de boomgaard.

'De Heer zij ons genadig, maar Patrick Ryan is een geval apart. Hij begint overal aan en maakt niets af.'

'Met een jaar of wat komt hij wel weer', zei Ruttledge.

'We hebben allemaal wel eens onze vingers gebrand', zei Jamesie meelevend.

'Toen we hier net woonden, viel het niet mee om op hem te wachten en nooit te weten of hij zou komen opdagen of niet. De hele dag naar de verlaten weg om het meer staren tot je tegen de avond zeker wist dat hij niet zou komen. Nu maakt het niet meer uit.'

'Toch zou je het wel een keer af willen hebben', zei Jamesie. 'Die vier palen die daar in hun uppie staan zijn een aanfluiting. Er ontbreken alleen nog een dwarsbalk, een touw, een mensenmenigte, een kar en een man om op te hangen.'

'Waar hangt Patrick tegenwoordig uit?'

'Het laatste wat ik heb gehoord is dat hij in de buurt van Dromod een garage voor graafmachines en bulldozers aan het bouwen was. Maar misschien is hij daar inmiddels al weer klaar. Dat arme vee van hem zwerft maar over de heuvel.'

'Ik heb me vaak afgevraagd waarom hij eigenlijk vee houdt.'
'Dat klinkt goed. Vee en landerijen, dat klinkt goed. Zonder het vee en het land zou hij gewoon zomaar een rondtrekkende handwerksman zijn. Ik ken Patrick al mijn hele leven. Zijn arme broer, die zo zachtmoedig als een lammetje is, ligt er al een paar weken slecht bij in Carrick, en Patrick is hem niet één keer wezen opzoeken. Ze zeggen dat die arme mevrouw Logan en de hond helemaal ontreddderd zijn sinds hij in het ziekenhuis ligt.'

Ze liepen samen tussen de steile bermen van het weggetje door. De bermen stonden er in hun volle zomerse glorie bij, vol met vingerhoedskruid, kleine wilde aardbeien en groene wikke. Het rook er heerlijk naar wilde kamperfoelie. Voordat ze Bill Evans in het oog kregen, zagen ze trage pufjes sigarettenrook achter een scherm van jonge elzen. Hij zat op een omgekeerde emmer aan de waterkant, met de andere emmer naast zich; hij inhaleerde de rook alsof die zijn levensadem was en hij blies de rook met krenterige extase uit in de stille lucht. Om hem heen hing de prikkelende geur van de munt. Vlakbij waren twee zwanen in het ondiepe water aan het vissen, met drie donkere jongen aan hun zij. Verder weg was het water in beroering en rimpelde het oppervlak door een school baars die daar zwom. Verder was het water spiegelglad, behalve waar er golfjes ontstonden door plotselinge zomerse windvlagen. Aan de overkant van het meer, bij Jamesies hek, had een man zijn tractor achteruit het water in gereden en stond vanaf de verhoogde transportbox te vissen terwijl de motor liep.

'Cecil Pierce, een van de beste protestanten die er op twee benen rondloopt, en hij hijst zijn biertjes even goed als een katholiek.' Zo kenschetste Jamesie de man die vanaf de transportbox aan het vissen was. 'Op de plaats rust, Bill', fluisterde hij toen ze langs Bill Evans kwamen.

'Ik heb geen klagen, Jamesie', antwoordde hij.

'Doe de hartelijke groeten aan Mary', zei Kate, toen Jamesie zijn fiets uit de greppel tilde.

Hij bleef staan en draaide zich met een diepe buiging om. 'Ik mocht jullie toch al niet', zei hij bij het wegfietsen.

De reiger vloog op uit het riet en klapwiekte vooruit alsof hij Jamesie voorging langs de oever, maar vervolgens vloog hij hoog boven het meer en zocht zijn eigen weg naar dat deel van de oever waar vlak bij de waterkant twee ronde strekdammen lagen. Verscholen achter een wildernis van bomen en woekerende doornstruiken achter de strekdammen lag de bouwval van het huis waarin Mary was opgegroeid en van waaruit ze naar de overkant van het meer was gegaan om met Jamesie te trouwen.

Toen de Ruttledges van het meer wegliepen en de hoek om sloegen, stuitten ze op Bill Evans die tussen zijn twee emmers water stond. Hij rookte niet. Hij had op hen staan wachten. Ze tilden ieder een emmer op. Gewoonlijk bracht zijn trage, reumatische gang heuvelopwaarts vanaf het meer met zich mee dat hij om de tien, twaalf stappen moest pauzeren. Nu, bevrijd van zijn last, hield hij het tempo gemakkelijk bij en gebruikte de wandelstok energiek bij zijn krabachtige, zijwaartse klauterpartij. Ze liepen voorbij hun hek tot hij siste: 'Jullie zijn ver genoeg.'

'Ben je nu aan avondeten toe?'

'Reken maar', zei hij met een wolfachtige grijns.

'Zal er nog iets voor je over zijn?'

'God, ja. Nog een heleboel', zei hij, maar de plotselinge bezorgde blik in zijn ogen was in tegenspraak met zijn stelligheid.

Aan de overkant van het meer rustte Jamesie uit toen hij de steile heuvel had beklommen die wegliep van het meer; hij en zijn fiets tekenden zich als een silhouet af tegen de lucht. Cecil Pierce zat onderuitgezakt in de hoge transportbox boven het water alsof hij met de hengel in zijn hand in slaap was gevallen; de motor van de tractor dreunde vredig door.

'Bill Evans was de enige die we zijn tegengekomen toen we hier de eerste keer langs de oever reden', zei Ruttledge.

'Ik herinner me het noodweer nog', zei Kate. 'We zaten in de auto van de Sjah en reden achter dat aftandse rode Fordje van Jimmy Joe McKiernan aan. De golven sloegen tegen de waterkering aan, stroomden over de voorruit en benamen ons het zicht. Hoe woest het was, kon je alleen maar horen. De weg was bezaaid met schuim, en de Sjah zat te schudden van het lachen achter het stuur terwijl de auto van de ene geul in de andere gleed. "Als jullie weg willen van de bewoonde wereld, kan deze vorstelijke laan prima dienstdoen als slotgracht." Als hij zo lacht, hoor je hem nauwelijks. Hij zit gewoon te schudden als een reusachtige bolle drilpudding. Hij dacht dat het allemaal een heilloze onderneming was.'

'We hadden de hele dag al huizen bekeken. Leegstaande huizen, bouwvallige huizen, dat ene huis op de berg waar de vloer vol rattenvallen stond, nieuwe gelijkvloerse huisjes vol met kinderen. Vervlogen dromen met een bord "Te koop" bij het hek.'

'En de kindertjes die ons vanaf de vloer aanstaarden. Waar moesten ze allemaal naartoe?'

'Naar Engeland. Naar de steden. Een van de moeders vertelde me dat ze een huis in de stad zouden kopen als ze een gegadigde hadden gevonden. Haar man had al een baan in de cementfabriek. Jimmy Joe McKiernan heeft de hele dag amper een woord gezegd. Hij noemde alleen de prijs of het aantal hectaren land of de naam van de familie.'

'Jouw oom, de Sjah, zei ook haast niets. Ik zei een keer dat het aardiger zou zijn als een van ons met Jimmy Joe zou meerijden. "Dat is maar verwarrend, Kate. Jimmy Joe is eraan gewend om alleen te zijn", zei hij lachend. Ik had geen idee dat hij doelde op zijn jaren in de gevangenis. "Jimmy Joe heeft net zoveel belangstelling voor huizen en land als ik voor de maan." "Wat interesseert hem dan wel?" vroeg ik. "Ierland bevrijden", was het antwoord. "Maar Ierland is toch vrij?" "In de ogen van Jimmy Joe is er een deel dat niet vrij is."'

'De Sjah heeft nooit iets van politiek moeten hebben', zei Ruttledge. 'Ik geloof niet dat hij ooit is gaan stemmen.'

'Ik wist niet waar hij op doelde. Het lukte me prima de indruk te wekken dat ik het begreep terwijl ik geen flauwe notie had; dat is een weinig bewonderenswaardige eigenschap, maar dat kon me niet schelen. Ik werd verliefd op het land.'

Indertijd had er een groen geschilderde houten poort aan de es vastgezeten. Van de poort liep er tussen de twee rijen elzen door een pad naar het kleine natuurstenen huis met het asbest dak. In het groepje bomen bij het huis stonden oude, met mos begroeide appelbomen onder de grote eiken. De tuin en de witte meidoornhaag waren compleet verwilderd. Als een windbreker was er een lelijk betonnen portaal aan het huis vastgeplakt, dat gevaarlijk loskwam van de stenen muren. Achter het huis strekte zich een rij stenen bijgebouwen uit. In het midden van de roestige hooischuur lag een omgekieperde boerenkar.

Aan een zwartgeblakerde stang boven de asresten in de open haard hing een ketel. Er stond een tafeltje met daarop gebruikte bekers en een zware glazen suikerpot en een grote aluminium theepot. In de piepkleine benedenkamer stond een onopgemaakt bed tegen de muur, en in de kamer boven een afgehaald ijzeren ledikant en een triplex kledingkast. Naast de open haard stond een wandkast die vol lag met grote ronde stenen. Toen de kast openging, rolden de stenen alle kanten uit over de vloer.

'Ze hadden gezegd dat ze het huis aan kant zouden maken', mopperde Jimmy Joe McKiernan. 'Wat je ziet is in elk geval wat je krijgt.' Op zijn eigen rustige manier was hij gezaghebbend.

'Dit is geen huis', zei de Sjah geringschattend. 'Je zou het hooguit een adres kunnen noemen, maar dan moet je wel erg omhoog zitten. Het is niet meer dan een stuk bouwgrond!'

'Er hebben hier mensen gewoond', zei Jimmy Joe. 'Voor hen was het een onderkomen en een plek die ze thuis konden noemen, maar ik zal het niet betwisten. Ik kan niet doen voorkomen dat het in een geweldige staat verkeert. Het is een stuk bouwgrond, als je wilt, bouwgrond boven een meer, op acht hectare land.'

Aan de dikke muur bij het raam dat uitkeek op het meer hing een slagerskalender van vorig jaar. Boven de kolommen met de maanden en dagen stond een foto van twee jongens die op de fiets schapen voortdreven over een landweggetje tussen hoge stenen wallen. Ze werden geholpen door twee prachtige, zwart-witte bordercollies. *Eersteklas vlees, schapen- en lamsvlees tegen scherpe prijzen. Grote en kleine bestellingen worden evenzeer op prijs gesteld.* De dagen van de maanden waren doorgekruist, tot in oktober. Op de tweeëntwintigste oktober kwam er een eind aan de opmars van kruisjes door de dagen. De drieëntwintigste oktober was de eerste ongemarkeerde dag, gevolgd door de overige dagen van het jaar. 'Dat was de dag waarop hij overleed', zei Jimmy Joe.

Er lag een opengevouwen kruideniersrekening op de vensterbank: *twaalf flesjes donker bier, een fles Powers, thee, boter, twee broden, een half pond ham, een miskaart, twee telefoontjes.*

'Dat was de rekening voor de wake', zei Jimmy Joe McKiernan. 'Ze wilden niet zo veel mensen hebben. Zij was een nicht van me. Toen hij was overleden, wilde ze hier niet meer in haar eentje wonen en trok ze bij familie in. Ze hielden hier vee, maar hadden problemen met de erfafscheiding en de buren. Nu willen ze het van de hand doen.'

Jimmy Joe McKiernan had in de korte tijd die ze in het huis hadden doorgebracht meer gezegd dan tijdens heel de rest van de dag dat ze huizen hadden bekeken.

'Het enige waar ze heel uitgesproken over is, is dat het huis niet naar een van de buren mag gaan. Daarom is het nooit in de *Observer* gezet. Jullie zijn de eersten die het bekijken.'

'Dat is geen geweldige aanbeveling voor nieuwkomers', zei de Sjah.

'Dat is ter beoordeling van de nieuwkomers. Ik ben gewoon eerlijk.'

'Dat weet ik, Jimmy Joe', zei de Sjah goedkeurend. 'Sommigen van die andere oplichters zouden je willen doen geloven dat je het paradijs betrad.'

'Heb je het over mijn collega's?' vroeg Jimmy Joe ironisch, schertsend.

'Ja, dat is me een lekker stel', zei de Sjah spottend.

'Een paar maanden geleden was ik de begrafenisondernemer. Nu ben ik de vendumeester. Zo is het leven nu eenmaal, denk ik', zei Jimmy Joe McKiernan zacht, alsof hij het gevoel had dat hij te veel had gezegd.

De kleine velden om het huis werden omsloten door dichte hagen van witte meidoorn, met daartussen essen, lijsterbessen, groene eiken en esdoorns. De velden waren overwoekerd met biezen. Daarna weken de schermen van meidoorn plotseling uiteen en verhieven zich hoog boven een ander meer. Het beboste eiland waarop de reigers broedden was een eind verderop, en op de andere oever strekten de bleke zegge en de kleine berken-boompjes van het Gloriaveen zich uit tot aan de nevelige bergen. Op het merendeel van het meer woedde en raasde de storm, maar meteen onder de heuvel was een strook water zo kalm en rimpel-loos als een vijver. In die luwte waren zwanen en donkere groepen watervogels rustig aan het vissen.

'"Als je het wilt hebben, Kate, hou dan je mond. Jimmy Joe is geen schurk, maar net als de anderen moet hij er wel de beste prijs voor zien te krijgen", waarschuwde de Sjah, toen ik tegen hem zei dat ik weg was van het huis.'

'Ik had het moeilijk aan de andere kant van die heuvel', zei Ruttledge. 'Van alles wat we die dag hadden bekeken was het de enige plek die in aanmerking kwam. Ik wist dat het jou beviel. Ik was opgegroeid tussen zulke velden. Ik was eraan ontkomen door een opleiding die een generatie eerder vrijwel ondenkbaar zou zijn geweest. Nu stond ik oog in oog met alle dromen die we hebben als we jong zijn. Ik kende die velden met biezen, de armoede, de ontberingen. Op die heuvel realiseerde ik me dat dit de rest van mijn leven kon gaan uitmaken. Het stond ver af van wat ik had gedroomd of waarop ik had gehoopt. "Wat vind je ervan?" vroeg Jimmy Joe me ineens. "Het is een mogelijkheid", antwoordde ik. "Wat is zo'n huis als dit vandaag de dag waard?" "De waarde van alles is wat mensen bereid zijn ervoor te betalen", zei hij met die rustige glimlach. "Je oom vertelde me dat je in Londen woont. Hoe bevalt het je in Engeland?" "We hebben werk. Het leven is er prettig en comfortabel. Maar we zouden hier natuurlijk geen huizen bekijken als we helemaal tevreden waren."

"Wat mankeert er aan Engeland?" "Niets, maar het is mijn land niet en ik heb nooit het gevoel dat het helemaal echt is of dat mijn leven daar echt is. Daar zit ook een prettige kant aan. Je voelt je nooit verantwoordelijk of helemaal betrokken bij alles wat er gebeurt. Het is alsof je aanwezig bent en een essentieel deel van je zich er tegelijkertijd lekker aan onttrekt." "Zou je dit hier echt vinden?" "Veel te echt." "Zou je je aangetrokken voelen tot de stilte en de vogels?" Tot dat moment was het me ontgaan dat er inderdaad vogeltjes, winterkoninkjes, roodborstjes en vinken aan het zingen waren in de troosteloze takken. En alsof het zo afgesproken was, begon er op dat moment een fazant te roepen op een naburig veld. Nee, naar de vogels luisteren, daar ging het me niet om. Er wordt gezegd dat wij denken dat vogels zingen terwijl ze alleen maar *dit is van mij* roepen vanuit hun afzonderlijke territoria. "Heb jij ooit in Engeland gewoond?" moet ik vrij agressief hebben gevraagd, want ik herinner me dat ik die opmerking over de vogels vervelend vond. Het stoorde hem kennelijk niet en hij vertelde er openhartig over. "Ik heb één winter in het East End doorgebracht, in de buurt van Forest Gate en West Ham. We wilden een paar van onze mensen bevrijden die in Pentonville zaten. In diezelfde vleugel van de gevangenis zat een bende misdadigers uit het East End. We probeerden ze in te schakelen voor een uitbraak. Er kwam niets van het plan terecht. Wij wilden hen gebruiken. Zij wilden ons gebruiken. We kwamen er ook achter dat zij van plan waren dubbelspel te spelen tijdens de uitbraak." "Wat waren het voor types?" vroeg ik. "De gangsters uit het East End? Het waren net ratten. Ze bekommerden zich alleen om hun eigen hachje." Hij voelde de minachting en de aversie van de idealist ten opzichte van de pure crimineel. "Wat zouden jullie met de bende hebben gedaan als er een uitbraak was geweest en ze jullie probeerden te belazeren?" "We zouden ze hebben doodgeschoten. We waren sowieso van plan ze dood te schieten. Ze wisten te veel." "Of er nu dubbelspel werd gespeeld of niet?" "Ze wisten te veel. We wisten dat we werden geobserveerd." Hij sprak zonder gevoel of rancune. "Hoe dan ook, er

kwam niets van het plan. We wisten net op tijd weg te komen."
De kalmte waarmee hij zei: "We waren sowieso van plan ze dood
te schieten", maakte het nog killer op die regenachtige helling.'
'Toen we terugkwamen bij de auto's stond Bill Evans op het
weggetje met die enorme laarzen aan.'
'Ik kan me die twee emmers niet herinneren, maar die moeten
ergens geweest zijn', zei Ruttledge. 'Zijn zware overjas had hij met
een touw dichtgebonden. Op zijn hoofd had hij een glimmende
zwarte zuidwester. "Roken ze?" vroeg hij.
Op dat moment stak de Sjah zijn hand in een jaszak en wierp
een handvol muntjes in de lucht. Sommige muntjes kletterden op
de motorkap van het Fordje en rolden tussen de stenen en de
bladeren op de weg. Bill Evans scharrelde als een soort beest
achter die muntjes aan.'
'Ik vond het vreselijk dat hij die muntjes gooide', zei Kate.
'Hij bedoelde het niet kwaad. Toen we klein waren, deed hij
precies hetzelfde, altijd als hij bij ons thuis kwam, soms met
snoepjes in plaats van muntjes. Het was machtsvertoon. Het hele
land was straatarm. En toen kocht de Sjah het huis voor ons.'
'Ik was bang dat hij het door al dat gepingel zou verspelen', zei
Kate.
Het asbest dak werd vervangen door zwarte pannen, er werden
nieuwe kamers en een badkamer aangebouwd, een waterput
geslagen. Toen er overeenstemming was over de prijs en het
koopcontract gingen de Ruttledges terug naar Londen en lieten
het aan de Sjah over om toezicht op de bouwwerkzaamheden te
houden. Van die taak kweet hij zich met evenveel ijver alsof hij de
eigenaar was en reed verscheidene keren per week in zijn Mercedes om het meer. Jimmy Joe McKiernan had verteld dat de
verstandhouding tussen de oude vrouw en de naaste buren slecht
was. Dit en al het andere wat hij die eerste, regenachtige, storm-
achtige dag bij het meer zo achteloos had gezegd bleek waar te
zijn. De overige buren konden even slecht met elkaar opschieten
als met de oude vrouw. 'Ze zijn al zo zolang ik me kan herinneren', had Jamesie gezegd. 'Ze steken geen vinger voor elkaar

uit. Pakken alles wat ze krijgen kunnen. Aan onze kant van het meer liepen mensen zich het vuur uit de sloffen om elkaar te helpen en konden veel beter met elkaar opschieten. Hier dachten ze alleen maar aan hun eigenbelang. Als mensen zo zijn, is er nooit vrede.'

De buren hadden hun zinnen gezet op de landerijen van de kinderloze oude vrouw, en zij was op haar beurt vastbesloten dat zij dat land nooit in hun bezit zouden krijgen.

De extra kamers aan het huis, het nieuwe dak, het slaan van een waterput – terwijl het meer op een steenworp afstand was – het komen en gaan van de grote Mercedes, alles werd goed in de gaten gehouden, en wrokzucht gaf voeding aan een aangeboren onverdraagzaamheid voor alles wat vreemd of buitenlands was.

Toen de Ruttledges in het voorjaar uit Londen overkwamen, werden ze door hun naaste buren gemeden, maar ze gingen zo in het huis op dat het ze ontging. Zou de verhuizing een succes of een mislukking worden? Als het een mislukking werd, zouden ze teruggaan naar Londen.

Op een van de eerste dagen kwam Jamesie naar het huis, met het voorwendsel dat hij toevallig langskwam. Ze raakten aan de praat, en hij heette hen welkom en werd binnen gevraagd. Een paar avonden later kwam hij onverwacht met Mary langs; ze brachten verse eieren, zakjes aardappelen en wortelen en pastinaken mee. 'Voor het huis. Voor het huis', drong hij aan, geconfronteerd met hun bezwaren dat het meegebrachte veel te vrijgevig was. 'Gewoon voor het huis. Om het huis geluk toe te wensen.'

Vervolgens kwam John Quinn. In een wolk van uitlaatgassen keerde hij zijn oude, witte Kever onder de elzenboom bij het hek, zodat hij met zijn neus naar het meer stond. Toen hij uit de auto stapte, schoof hij een zware steen tegen een van de achterwielen voordat hij onbevangen het laantje op liep.

John Quinn was een lange, gespierde, aantrekkelijke man, die een goed gesneden pak droeg en zijn grijze haar achterover had geborsteld. Zodra hij zijn mond opendeed, ontstond er onmid-

dellijk een discrepantie tussen zijn knappe uiterlijk en zijn vleie-
rige stem.

'Ik kom mijn nieuwe buren geluk, succes en voorspoed wensen. Je hart springt op als je ziet dat een jong, gelukkig en verliefd
stel zijn leven begint op een nieuwe plek. Daar veert je hart van
op. Het doet je hart goed.'

Hij werd binnengenood en kreeg thee en whiskey aangeboden.
Met een arrogant handgebaar sloeg hij beide af.

'Ik ben hier niet om jullie of mijn kostbare tijd te verdoen. Ik
ben hier met een speciaal doel. Ik ben hier voor een akkefietje. Ik
ken die arme oom van jullie, ook bekend als de Sjah, goed. Een
betere man heeft de stad nooit gekend en als zakenman kent hij
zijn weerga niet. Het akkefietje waarvoor ik hier ben is dat ik
mevrouw Ruttledge op straat heb zien lopen, en aangezien jij zelf
een lange, knappe vrouw hebt gevonden toen je in Engeland was,
dacht ik dat je voor een buurman misschien iemand zou kunnen
vinden die even goed of bijna zo goed was. Ik zal mijn verhaal
kort houden. Mijn arme eerste vrouw is me ontvallen nadat ze
acht kinderen ter wereld had gebracht. Toen zij allemaal waren
grootgebracht, ben ik opnieuw getrouwd. De here God zegt in de
bijbel: "Het is niet goed voor een man om alleen te wonen", en
dat gebod heb ik altijd ter harte genomen. Ik vind het niet erg om
toe te geven dat de tweede ronde geen succes was.'

'Wat ging er mis?' werd hem beleefd gevraagd, geconfronteerd
met alles wat hen in de schoot werd geworpen met de welbe-
spraaktheid van een huis-aan-huisverkoper die met een stalen
gezicht openheid voorwendt.

'Ze had geen zin in datgene waarvoor God man en vrouw heeft
voorbestemd. Datgene wat als iets aangenaams en natuurlijks was
bedoeld, was voor haar een bezoeking. John probeerde alles wat
in zijn vermogen lag om haar te laten bijdraaien en haar gelukkig
te maken. Op een mooie dag als deze, toen de zon aan de hemel
stond te stralen, nam ik haar mee voor een roeitochtje op het
meer, zodat ze zich beter in haar vel zou voelen. Het meer
prachtig en rustig, nauwelijks een zuchtje wind, alleen hier en

daar een vis die opsprong, de vogels die zongen dat het een lust had, de bergen in de verte lieflijk en blauw, de zwanen die rondzwommen, elk geluid een aangenaam geluid, en weet je wat ze toen tegen me zei? "Je speelt toch niet met de gedachte om me erin te gooien, John?" Was dat geen rare liefdespraat? John hier die roeide als een jonge knaap, en het meer volkomen vredig en de bergen zo blauw en zo ver weg. Kort daarna blies ze de aftocht naar haar eigen huis. Aangezien we in de kerk waren getrouwd en ze nog leeft, moet ik zelf op zoek naar iemand gaan als ik niet alleen wil wonen. Dat is het akkefietje waarvoor ik ben gekomen. Omdat jij in het buitenland zo goed voor jezelf hebt gezorgd, zou je voor een nabuur misschien net zoiets goeds kunnen regelen, of bijna even goed. Je prachtige vrouw heeft vast haar eigen vriendinnen. En als ze een van hen bij mij onder dak zou kunnen brengen, zou ze een vriendin vlak in de buurt hebben. We zouden prima buren zijn, en de twee huisgezinnen zouden goed met elkaar overweg kunnen, over en weer bij elkaar op bezoek gaan, elkaar de helpende hand bieden en het leuk met elkaar hebben.'

Kate verontschuldigde zich en ging de kamer uit; John Quinn stond op om weg te gaan.

'Dat is het akkefietje waarvoor ik hier ben. Ik hoop dat je een buurman de helpende hand zult kunnen reiken. Ik heb al mijn kaarten op tafel gelegd. Ik draai nergens omheen.'

Ruttledge liep met hem mee naar de aftandse Kever die voor het hek stond geparkeerd. John haalde de steen voor het achterwiel weg voordat hij instapte.

'Als met Gods hulp alles goed uitpakt, kunnen we een prachtige tijd met elkaar hebben en zal iedereen tevreden zijn.'

Toen hij de koppeling liet opkomen, rolde de auto steeds sneller de heuvel af. Vlak bij het meer kwam de motor in rookwolken gehuld hoestend en proestend tot leven en ploeterde toen langzaam verder langs de oever als een schip met averij dat de haven probeert te halen.

'Het spijt me dat ik ben weggegaan', zei Kate. 'Ik kon er niet tegen om met hem in dezelfde kamer te verkeren. Er zijn maar heel weinig mensen die zo'n uitwerking op me hebben.'

'Ik vroeg me af of hij wel echt was toen hij zat te praten', zei Ruttledge.

'O, hij was heus echt. Hij zat me van top tot teen op te nemen alsof ik een beest was. Wat moeten we nu aan met dat merkwaardige verzoek van hem?'

'Daar doen we niets mee', zei Ruttledge. 'We gaan eens horen hoe het zit met hem.'

Het was duidelijk dat de Sjah heel wat meer over John Quinn wist dan hij bereid was te vertellen toen ze hem de volgende zondag vragen stelden over hun bezoeker.

'O, John Quinn.' Hij wreef met zijn knokkels over zijn ogen en schudde zijn hoofd toen hij de naam hoorde. 'Ach, John is een jongen. Vrouwen en nog eens vrouwen', zei hij, maar hij wilde geen bijzonderheden geven. 'Toen hij jong was, legde hij iedereen zijn wil op en vond het heerlijk om kroegruzies te beslechten; dan nam hij allebei de mannen mee naar buiten en sloeg ze een heel andere kleur. "Mensen een beetje fatsoen bijbrengen", noemde hij dat.'

'Hij zegt dat hij zakelijk wel eens met je te maken heeft gehad.'

'Iedereen heeft zakelijk wel eens iets met John Quinn te maken gehad. Daar leeft hij voor.'

'Hoe ga je met hem om?'

'Niet. Maar hij weet wel altijd onnozele vrouwen op te duikelen', en schuddebuikend van de lach gaf hij met een handgebaar te kennen dat zulke laag-bij-de-grondse details verstrekken mijlen beneden zijn waardigheid was.

Toen ze Jamesie en Mary weer ontmoetten, hingen die aan hun lippen toen ze het bezoek beschreven. 'Ik dacht dat ik alles al eens gehoord had. John Quinn is me er eentje. Hij probeert echt alles. Hij laat geen kans voorbijgaan, maar ik had nooit gedacht dat ik de dag zou beleven dat hij andere mensen een vrouw voor hem liet opscharrelen in Engeland', zei Jamesie.

'Zijn eerste optie zou zijn om te kijken of er een kans bestond dat hij het met jou kon aanleggen, Kate', zei Mary.

'Zo zitten die kerels in elkaar', zei Jamesie. 'Die proberen alles. "Ze kunnen m'n reet op. Ze kunnen hooguit weigeren", zo denken ze over andere mensen. En dan gaan ze gewoon naar de volgende. Ze hechtten geen waarde aan mensen, alleen aan wat ze van hen gedaan kunnen krijgen. Toen hij de eerste keer bij ons thuis kwam, leende hij het ezeltje dat we toen hadden, en toen hij hem terugbracht, was de borst van het dier helemaal rauw. "Een geleend paard heeft harde hoeven!" De volgende keer dat hij kwam, werd hem de deur gewezen. Ik geloof dat hij de eerste was die we ooit hebben weggestuurd, maar het gleed langs zijn koude kleren af. "Ze kunnen hooguit weigeren!" Mijn vader was verknocht aan dat ezeltje, en we hebben het beest nog maanden erna niet kunnen gebruiken.

John Quinn was lang, knap en sterk, zo'n aantrekkelijke man kom je niet elke dag tegen. Zijn oudere broer Packy woont nog steeds op de boerderij van hun ouders en verschilt van John als de dag van de nacht, rustig en fatsoenlijk. John was vroeger loonploeger. Op een wendakker kon hij de ploeg keren zonder hulp van de paarden. Hij dronk een of twee flesjes stout, maar niet meer. Hij was altijd erg matig, vooral als hij moest betalen. Toen hij jong was, ging hij nooit met meisjes of vrouwen uit, hoewel hij ze voor het uitkiezen had. Hij zat vol met vleierijen en hij flirtte en danste, maar intussen had John Quinn alleen het belang van John Quinn voor ogen.

De Sweeneys waren als lammeren die naar de slachtbank werden geleid. Hun boerderij was de allerbeste in de wijde omtrek; dezelfde kalkstenen velden als die je bij de oude abdij hebt – je kent ze wel, waar je de vorm van de vroegere monnikscellen in het gras kunt zien – en ze hadden geld wanneer niemand anders geld had. Hun boerderij stond bekend als de bijenkorf. Margaret was enig kind, net als haar moeder voor haar. Haar vader, Tom Sweeney, kwam uit de bergen en was ingetrouwd. Hij was geen adonis, maar een keiharde werker, en hij is degene die de grote kastanjeboom midden op het erf heeft geplant en er een muurtje van witgekalkte stenen omheen heeft gebouwd en er ijzeren hoepels om heeft gezet. Haar moeder was een grote, gemoedelijke vrouw en ze aanbad Tom Sweeney, hoe lelijk hij ook was – je kunt er bij mensen geen peil op trekken – en allebei aanbaden ze de grond waarop Margaret liep. Het waren eenvoudige, fatsoenlijke mensen en er zat geen greintje kwaad of kleinzieligheid bij. Ze waren alleen een tikkeltje naïef. Tom Sweeney zou de eerste zijn die bijsprong als een van de buren problemen had. Iedereen die langskwam werd welkom geheten en op eten en drinken onthaald – ze hadden altijd fantastische *poitín* die Tom uit de bergen haalde, veel en veel lekkerder dan welke whiskey ook – maar ze hadden niet veel omgang met andere mensen en kwamen zelden bij anderen thuis. Ze hadden genoeg aan hun eigen gezelschap, en zulke mensen zijn het meest ontredderd als er iets misgaat. Ze hebben niemand om op terug te vallen.

Ik vermoed dat Margaret verwend was. Ze zal alles hebben gekregen wat ze zich ooit had gewenst, maar dat zou allemaal veranderen toen John Quinn in het voorjaar met zijn span paarden bij hen kwam om te ploegen. Heel wat meisjes die een stuk knapper waren dan Mary hadden een oogje op John Quinn, maar die hadden geen kalkstenen akkers en geen boerderij waar je zo kon instappen.

Haar vader was van meet af aan tegen hem gekant, hoewel John Quinn droop van zoetsappigheid. De vader was bang dat alles wat hij rond de bijenkorf had opgebouwd teloor zou gaan. Maar Mary, de moeder, was meteen ingenomen met John Quinn, en de boerderij was van haar.'

'En wat hadden ze er ook tegen kunnen ondernemen? Margaret was helemaal weg van John Quinn. Het enige wat ze hadden kunnen doen was de deur achter hun enig kind dichttrekken, en dat waren die arme stakkers niet van plan', zei Mary.

'Iedereen die om het meer woonde werd uitgenodigd voor het huwelijk. Zelfs Mary hier is gegaan en ze was toen nog lang niet van school. Er werden kosten noch moeite gespaard. Er werden allerlei soorten vlees en drank ingekocht. Er zou muziek zijn.

Packie Donnelly van het kruispunt leefde toen nog, en hij was de beste violist die we aan het meer ooit hebben gehad. Hij liet een neef van hem overkomen uit Drumreilly, Peter Kelly, die een kei was op de accordeon. Die arme Tom Murphy kwam ook over uit Aughoo. Hij zoop als een tempelier, maar kon een blikken fluitje laten kwinkeleren. Op de ochtend van de huwelijksdag, toen het duidelijk was dat er die dag geen regen zou vallen, werd er onder de kastanjeboom op het erf een lange schragentafel neergezet.'

'Margaret ging met haar vader en moeder in de ponywagen naar de kerk', zei Mary. 'Ik zag ze gaan. Ze had een prachtige japon aan van blauwe zijde die tot op haar enkels viel en die haar moeder had gemaakt; een naaister had het haar niet kunnen verbeteren. Ze droeg een blauwe hoed met witte bloemen en witte schoenen. John Quinn was in een splinternieuw grijs pak met een witte bloem in zijn knoopsgat. Hij was zeer met zichzelf ingenomen en hij straalde.'

'Hij had Stratton het bloed onder de nagels vandaan gehaald bij het passen van dat grijze pak. Stratton wilde nooit meer iets voor hem maken. Na al die pasbeurten heeft hij waarschijnlijk nooit geld gezien voor het pak', zei Jamesie. 'Zodra John Quinn in de ponywagen stapte om met Margaret en haar vader en moeder terug te rijden van de kerk naar het huis, nam hij de teugels van Tom Sweeney over. Met die zoetsappig-valse stem van hem zei hij dat Tom al meer dan genoeg had gedaan en dat het zijn tijd was om met zijn voeten omhoog achterover te leunen en het rustig aan te doen. Wat moest die arme Tom Sweeney zeggen? In de ponywagen nam John Quinn de plaats van twee mensen in. Toen pakte hij de zweep en zwaaide ermee naar de mensen die op straat liepen en sloeg de kleine dikke pony tot hij in galop ging. Tom Sweeney was gewend om tegen de pony te praten. "Waarom heb je zo'n haast? We komen zo toch al te vroeg thuis. Ze is zo'n behandeling niet gewend." Hij had net zo goed tegen de wind kunnen praten, want John Quinn negeerde hem volledig.

Een aantal buurvrouwen en buurkinderen waren achtergebleven om het huis aan kant te maken en de tafels te dekken. Ze hadden het hele erf bestrooid met bloemen en moeten ervan hebben opgekeken dat het trouwkoetsje als eerste het erf op kwam, de pony overdekt met zweet en Tom Sweeney bijna in tranen. Toen de grote menigte kwam, had hij de pony uitgespannen en water gegeven en stond hij haar, met zijn goeie goed nog aan, af te wrijven.

Toen kwam de goegemeente de kerk uit. Ze wachtten er allemaal op dat de bruidegom de bruid over de drempel van het lege huis zou tillen en het feestmaal en de muziek zouden beginnen, maar John Quinn had nog een verrassing in petto. "Zo, Margaret, voordat we het huis binnengaan wil ik je hier op de oever een kleinigheid laten zien." Iedereen stond om hen heen op het erf en de woorden waren duidelijk verstaanbaar. "We gaan naar binnen. Er is bij het meer niets te zien dat we al niet eerder hebben gezien."

Maar hij deed het hek open, en hoewel ze best een stevige meid was, tilde hij haar op alsof ze zo licht als een veertje was en liep met haar weg. Ik herinner me dat ik een van haar witte schoentjes van haar voet op het gras zag vallen. Ik geloof dat iemand het heeft opgeraapt en heeft teruggebracht naar het huis. "Het duurt maar even. Neem ons niet kwalijk, beste vrienden en buren, want er is een kleinigheid die we eerst moeten afhandelen, maar het zal de zaak helemaal niet ophouden." Je weet hoe zoetsappig en bescheiden hij praat.

Iedereen dacht dat John Quinn alleen maar de clown uithing, en ze bleven staan praten en lachen en babbelen. "Het zou John niet zijn als hij alles niet anders deed. Wat is het toch een plaaggeest. Het zou John niet zijn als alles net zo ging als bij anderen", en ze begonnen zich af te vragen wat voor bijzonders hij Margaret op de oever wilde laten zien. Mensen kenden hem toen nog niet zoals ze hem nu kennen.

Ze kwamen bij de top van de heuvel waar het rotsachtige veld afloopt naar de oever. Daar is weinig aarde en op sommige plaatsen is de rots bloot komen te liggen. In droge perioden wordt het gras rood op dat deel van de oever.

Ze stonden een poosje vol in het zicht. Hoewel het op het erf even stil was als in de kerk, kon je niet verstaan wat ze zeiden. Ze waren te ver weg. John Quinn spreidde de deken die hij had meegenomen uit op de rots. Margaret keek alsof ze wilde wegrennen, maar hij had haar met één hand nog in bedwang kunnen houden. Voordat iemand besefte wat er gebeurde, was het voorbij. Hij trok haar blauwe japon over haar hoofd en legde haar op de deken. De gil die ze slaakte, sneed je door merg en been. John Quinn stond tussen haar en het huis toen hij zijn broek en zijn riem vastmaakte. Hij moet bang zijn geweest dat ze zou proberen er alleen vandoor te gaan, maar ze bleef gewoon op de grond liggen. Uiteindelijk moest hij haar optillen en haar jurk recht-trekken en haar in zijn armen dragen. De vader en moeder stonden erbij als een stel geesten. Er werd geen woord gezegd.

Toen de stormloop om weg te gaan eenmaal op gang was gekomen, bood dat een aanblik zoals je nog nooit hebt gezien. Een paar mensen gingen naar het oude echtpaar toe voordat ze vertrokken, maar de meesten gingen meteen op huis aan. Wat moesten ze ook zeggen? Het was zonneklaar dat Margaret niet eens naar het huis terug wilde na wat er was gebeurd. Tegen de tijd dat hij haar het erf op droeg, was er geen mens meer te bekennen. Afgezien van de bloemen die waren uitgestrooid en de lange schragen tafel die doorboog onder allerlei gerechten en drankjes, was het alsof er nooit een trouwerij had plaatsgevonden. De muzikanten waren de laatsten die vertrokken, zonder een noot te hebben gespeeld. Die arme Tom Sweeney deed ze uit-geleide helemaal tot aan het hek bij de weg, zonder een woord te zeggen. Hij probeerde ze een handvol geld toe te stoppen, maar niet een van hen wilde ook maar een cent aannemen. Toen hij bleef aandringen, was het enige wat Packie Donnelly – die niet alleen een groot violist was, maar ook een van de meest fatsoen-lijke mensen die je kunt vinden – was het enige wat Packie deed zijn arm om die arme Tom heenslaan en hem stevig vasthouden om hem te laten weten dat ze alles begrepen en niets wilden en dat ze hem geen enkele blaam of schuld toedichtten. In dit soort situaties is medeleven een van de moeilijkste dingen om te verdragen, en Tom Sweeney, die tot dan toe geen woord had gezegd, begon te janken als een kind. Wat konden ze anders dan elkaar aankijken en zeggen dat alles op den duur misschien toch wel goed zou komen en er als een haas vandoor gaan? Het is iets vreselijks om een oude man te zien huilen. Mensen zeggen altijd dat alles op den duur wel goed zal komen, ook als er geen enkele kans bestaat dat iets goed zal komen.'

'Hij moet niet goed bij zijn hoofd zijn geweest.'

'Aan zijn hoofd mankeerde helemaal niets, Kate.'

'Hoe had hij anders kunnen doen wat hij heeft gedaan?'

'Er zit systeem in alles wat John Quinn doet. Het is allemaal doordacht. Als een man vroeger ergens introuwde, had hij weinig te vertellen. Hij werd geacht de tweede viool te spelen. Sommigen waren niet meer dan een knecht. Vanaf het moment dat John Quinn op de terugweg van de kerk de teugels in handen nam, totdat hij Margaret had meegenomen naar die rots, maakte hij duidelijk wie er de baas zou zijn en dat hij vanaf die dag zeggenschap over alles zou hebben.'

'Je zou denken dat hij zich toch op zijn minst zou schamen.'

'Helemaal niet. Hij schepte erover op dat het in het volle zicht was gebeurd. Er werd verteld dat Margaret in huis geen onderbroek mocht dragen, zodat hij haar altijd en overal kon pakken als hij wilde, tegen de tafel of tegen de muur, en als het oude stel erbij was, des te beter.

Ze maakten het niet lang meer. Ze kwijnden weg. Weken voordat hij doodging, passeerde er bij John Sweeney geen hapje eten meer over zijn lippen. Margaret kreeg de acht kinderen, en daarna ging het slecht met haar. Toen Johnny op een ochtend op pad was met zijn geweer, zag hij haar voordat het helemaal licht was in haar nachthemd en op haar blote voeten door de dauw lopen om te zien of de kou de pijn kon verlichten. Op het eind wilden de schoolkinderen niet meer langs hun hek lopen als ze naar school gingen, omdat ze bang waren voor haar jammerkreten. Wanneer ze lachen om zijn capriolen en zijn rare gedrag, zouden ze niet het hele verhaal uit het oog moeten verliezen', zei Jamesie.

'Kan hij niet verantwoordelijk worden gesteld voor haar dood?'

'Nee. Het had anders ook kunnen gebeuren. De boerderij was een klein paradijs geweest. Die dieren praatten bijna tegen je, zo goed werden ze verzorgd. Tom Sweeney verbouwde allerlei soorten groenten – bonen, erwten, sla, pastinaken, noem maar op – hij had bijenkorven, de appelbomen waren gesnoeid in de vorm van schalen en bekers, en hij was een eersteklas rietdekker. Hij plantte zijn eigen riet aan en vernieuwde elk jaar een zevende deel van zijn dak. De zeven jaar kon je naast elkaar zien aan de verschillende tinten riet van het dak, van goudbruin tot bijna zwart van de regen. John Quinn verbouwde niets anders dan aardappels en kool en misschien wat rapen. Hij bedekte het rieten dak met zink en deed de bijen en de korven van de hand. Ik geloof niet dat hij in de moestuin ooit een spa in de grond heeft gezet. De fruitbomen verwilderden. Er waren een aantal katten op de boerderij. Die gingen op een rijtje zitten als Tom Sweeney aan het melken was. Ik vrees dat hij korte metten heeft gemaakt met de katten. Alles wat niet in John Quinns kraam te pas kwam, was geen lang leven beschoren.

Ik moet in alle eerlijkheid zeggen dat hij goed voor de kinderen was. Toen de moeder dood was, ontpopte hij zich tot een redelijke kok en hij had altijd wel een pan met iets lekkers op het vuur staan pruttelen. Het waren stuk voor stuk knappe, sterke kinderen, en John overlaadde ze met complimenten zodat ze zouden proberen elkaar de loef af te steken. Uiteraard deed hij zichzelf niet tekort wanneer hij complimenten uitdeelde, en hij leerde naaien en schoenlappen.

Indertijd werd er op de scholen vreselijk geslagen. Sommige leerkrachten waren echt barbaren. Mensen waren bang om er iets van te zeggen, maar niet John Quinn. Er was een zekere juffrouw Kilboy, die een kreng was met haar Spaanse riet. Ze mepte je tegen je benen en roste je handen af, en als je met je armen je benen probeerde te beschermen, kregen ook je armen en rug ervan langs.

Geen kind is ooit vergeten dat John Quinn naar school kwam. Hij klopte beleefd voordat hij de klink optilde en het lokaal binnenkwam, zijn zware spijkerschoenen hard op de holle vloer. Zijn stem droop van beleefdheid. "Neem me niet kwalijk, kinderen, dat ik jullie les kom onderbreken, maar ik heb een paar woordjes te wisselen met jullie juffrouw hier, hoewel dat niet veel tijd in beslag zal nemen."

De kinderen waren natuurlijk opgetogen en gingen rechtop in hun banken zitten, een en al oor. "Sorry dat ik lestijd in beslag neem, juffrouw, maar mijn twee kleine meisjes kwamen gisternamiddag huilend uit school. Hun handen waren zo opgezet dat ze bij het avondeten geen lepel konden vasthouden. Toen het tijd was om naar bed te gaan, huilden ze nog. Het is u wellicht opgevallen, juffrouw, dat ze vandaag niet op school zijn."

Wat moest ze zeggen? John Quinn had haar in het nauw gedreven. De kinderen zogen elk woord in zich op. De stem van John Quinn had niet vriendelijker kunnen klinken. Hij was als een kat die zit te spinnen bij een schoteltje melk.

"Welaan, juffrouw, als dit nog eens gebeurt, vrees ik dat ik het hoger zal opnemen dan nu, en het zou kunnen dat u, als de rechtbank klaar is, zult moeten omzien naar een andere betrekking. Het zou jammer zijn als zoiets gebeurde in zo'n klein dorpje als het onze waar iedereen tevreden is en goed met elkaar overweg kan. Dan kan er bitterheid onder de mensen ontstaan. En die bitterheid is soms moeilijk te vergeten. Mijn twee meisjes komen morgen weer naar school, maar iets dergelijks mag nooit meer gebeuren. U mag nog geen vinger naar die kleine meisjes uitsteken. Dat is voorlopig alles wat ik te zeggen heb. Ik zal geen minuutje van de goede lestijd meer in beslag nemen."

Terwijl hij met zijn spijkerschoenen tussen de rijen banken terugliep over de holle vloer, sprak hij tot de kinderen. "Neem me niet kwalijk, kinderen, dat ik jullie les heb onderbroken, maar ik had een paar belangrijke woordjes te wisselen met jullie juffrouw. Pak nu je boeken weer op en werk hard en luister goed naar alles wat jullie juffrouw zegt, want zo leer je iets te bereiken in de wereld en zul je gelukkig worden en je arme ouders blij maken. Neem me niet kwalijk, kinderen. Ik zal geen minuutje van jullie les meer in beslag nemen."

Al die tijd had juffrouw Kilboy geen woord gezegd. Zodra John Quinn weg was, ging ze naar de kamer van de bovenmeester, en samen gingen ze naar het portaal, waar de kinderen hen niet konden horen of zien. Ze bleven een hele tijd in het portaal, en toen juffrouw Kilboy terugkwam, zagen de kinderen dat ze had gehuild.

Daarna werd geen van de kinderen Quinn nog geslagen, maar ze kregen ook niet veel aandacht of scholing. De leerkrachten waren bang voor John Quinn, en dat was hun manier om ermee om te gaan. Hij kwam zich er op school meer dan eens over beklagen dat zijn kinderen werden overgeslagen en genegeerd, maar hij kon niets bewijzen. Laat niemand proberen het te winnen van een agent, een dokter of een leerkracht. Die hebben zo hun eigen manier om je terug te pakken.

Geen van de kinderen Quinn liet zich erdoor dwarsbomen. Ze waren sterk voor hun leeftijd, en zodra ze veertien of zestien waren, vertrokken ze allemaal naar Engeland. Daar hebben ze zich prima weten te redden. Een paar van hen schijnen miljonair te zijn, en ze dragen John Quinn allemaal op handen. Heel wat gewonere ouders worden door hun kinderen niet zo gewaardeerd of op handen gedragen.

Hij keek niet zo naar vrouwen om toen hij de kinderen nog thuis had. Hij had het te druk en was hier in de omgeving zo bekend als de bonte hond, en een huis vol kleine kinderen binnengaan waar John Quinn aan het hoofd stond was voor geen enkele vrouw erg aantrekkelijk. Toen de kinderen aan het uitdunnen waren begon hij. Hij haalde ze uit kranten en tijdschriften en bij bureaus vandaan. Hij duikelde overal vrouwen op. Je zou ervan staan te kijken hoeveel arme mensen door het leven gaan op zoek naar een partner, en John Quinn was er de jongen naar om ze te vinden. "Herenboer met hofstee aan meer" was zijn visitekaartje. Ik heb heel wat vrouwen zien komen en gaan. Het waren geen schoonheden, maar er wordt gezegd dat hij van sommigen geld kreeg, en ik heb ze karrenvrachten boodschappen voor het huis zien inslaan terwijl John in het café ernaast zat te wachten met zijn flesje stout.

Mevrouw O'Brien heeft hij daadwerkelijk van de hand gedaan. Hij had haar een aantal maanden, totdat hij haar beu werd en er ongetwijfeld al een vervangster klaarstond. Ze was een geweldige huishoudster, die voor een rijke familie in het Noorden had gewerkt. Ze stond bij hen in hoog aanzien en tot op de dag van vandaag houden ze contact met haar. Ze was een tikkeltje naïef, dat was het enige wat er aan haar mankeerde. Ze geloofde alles wat je haar vertelde en ze aanbad John Quinn. Hoe hij het ook heeft weten te bekokstoven, hij kreeg haar zover dat ze trouwde met Tom O'Brien, die een harde werker was en op zoek naar een vrouw, en daarbij is er geld van eigenaar veranderd. Ze waren reuze gelukkig en zijn dat nog steeds. In een mum van tijd had ze het huis blinkend, met kippen en ganzen op het erf, en ze kregen een badkamer en een wasmachine en de hele mikmak. John Quinn was er helemaal niet blij mee dat het zo goed uitpakte – het is een hufter – en vond dat hij meer geld had moeten krijgen. Die rijke mensen voor wie ze werkte komen haar elk jaar bezoeken en nemen haar en Tom O'Brien mee voor een uitgebreide maaltijd met drankjes in hotel Central in de stad.

Het rare is dat ze nog steeds even verkikkerd is op John Quinn als vroeger. Een paar maanden geleden lag Tom O'Brien in het ziekenhuis, en binnen de kortste keren stond John Quinn bij haar op de stoep. Ze was dolblij hem te zien en verwelkomde hem hartelijk. John was in zijn element; hij werd vorstelijk onthaald en hield zijn ogen open voor wat hij verder nog kon verschalken. De buren hebben hem verjaagd met de waarschuwing dat hij er niet welkom was totdat Tom uit het ziekenhuis kwam. Ze was er helemaal niet blij mee toen ze hoorde wat er was voorgevallen. Als

Tom iets zou overkomen, zou John Quinn er geen gras over laten groeien, en het staat zo vast als een huis dat ze hem zou terugnemen.'

'Kan de pastoor daar geen invloed op uitoefenen?'

'Geen enkele. Helemaal in het begin is hij wel eens op huisbezoek gegaan, maar dat was verspilde moeite. Iedereen legt het af tegen John Quinn. Hij heeft er lol in om met iedere vrouw die hij heeft vooraan in de kerk te gaan zitten, nadat hij eerst een kniebuiging heeft gemaakt en haar laat voorgaan in de kerkbank om dan vol devotie te knielen. Je lacht je dood als je hem bezig ziet met zijn vertoning. Zodra de mis afgelopen is, neemt hij de vrouw mee om een kaarsje te branden. Daar steken ze ieder een kaarsje op. Samen steken ze een derde kaarsje aan en zetten dat op de prikker tussen hun eigen twee kaarsjes. Het derde kaarsje is om een wens te doen. "Altijd iets goeds en aangenaams voor jezelf wensen, Maura. Het heeft geen zin dat er een ster valt zonder dat iemand het ziet en zonder dat iemand een wens doet. Altijd iets voor jezelf wensen." Je lacht je dood. Als John Quinn ooit toneelspeler zou worden, laat hij onze Johnny en zelfs Patrick Ryan mijlenver achter zich. En de dames kunnen er niet genoeg van krijgen.'

'En dat is het soort kerk waar ik van jou naar moet terugkeren', zei Ruttledge.

'Die man van mij gaat niet naar de kerk vanwege de religie', zei Mary laatdunkend. 'Hij gaat er alleen heen om zo'n vertoning als van John Quinn te zien. Het zou er slecht uitzien als mensen hem zouden navolgen.'

Jamesie had plezier in deze berisping, maar bracht er tegenin: 'Wij komen in elk geval tot het kerkportaal, wat meer is dan gezegd kan worden van bepaalde aanwezigen die ik niet bij naam zal noemen', zei hij op gezwollen toon.

'Waarom is John Quinn getrouwd als hij al die andere vrouwen zonder boterbriefje kon krijgen?'

'Het verbaast me dat je dat vraagt. Daar kon maar één reden voor zijn. Hij dacht dat ze geld had. En misschien ook omdat het een tikkeltje moeilijker werd om vrouwen te vinden. Net als wij allemaal wordt hij er niet jonger op. En vermoedelijk ook omdat zijn reputatie hem vooruit snelde. Hij stond bekend als de bonte hond.'

'En, hád ze geld?'

'Ik denk het wel, maar John wist er niet de hand op te leggen. Zo dom was ze niet. Ze heeft misschien wel wat spullen inge-bracht, maar geen geld.'

'Wat een vent', zei Mary afkeurend, maar vertelde toen verder. 'John had altijd paarden. Indertijd had hij een witte hengst. Als er wel eens een merrie kwam, moest zijn vrouw van hem op het erf gaan staan toekijken bij het dekken. "Natuurlijk en gezond, zoals God het heeft bedoeld", zei hij dan. Die platboomd schuit die hij beneden in het riet heeft liggen is levensgevaarlijk. Natuurlijk nam hij haar mee het water op. Wellicht om te zien of hij geld van haar kon loskrijgen. Ze zat volgens mij niet ver bezijden de waarheid toen ze vroeg of hij erover dacht om haar in het water te gooien. Hij maalde heus niet om de vogels en de blauwe berg en de zwanen die voorbij gleden.'

'Waarom kwam hij bij ons dan met die poespas aanzetten?'

'Omdat hij dacht dat het in zijn kraam te pas kwam, dat het er goed in zou gaan. Het zou kunnen helpen om Kate hier op zijn hand te krijgen. John zou nog naar muizen op een tweesprong staan kijken', zei Mary met dezelfde laatdunkendheid waarmee ze Jamesies kerkbezoek had beschreven.

'Hoe dan ook, het duurde niet lang voordat ze de benen nam. Ze kon weer bij haar broer komen wonen. Ik geloof dat het John geen zier kon schelen, en dat was een Gods zegen. Het waren fatsoenlijke, rustige mensen die zich niet met andermans zaken bemoeiden. Ze hadden geen idee wat voor een man John was. Nog niet zo lang geleden vertelde iemand me dat het helemaal niet zo goed gaat met dat arme mens.'

'Als haar iets overkomt, stapt John zo weer in het huwelijks-bootje. Let op mijn woorden', zei Jamesie.

'Of hij erin zal slagen of niet, hij zal het in elk geval proberen.

Het is echt een weerzinwekkende vent', zei Mary.

'Kijk maar hoe naarstig hij op zoek is. Kijk maar hoe hij Kate voor zijn karretje probeert te spannen om vrouwen voor hem te zoeken in Engeland.'

'Met Kate zal hij niet ver komen', zei ze.

'Die arme man doet alleen maar zijn best. Hij levert zijn bijdrage aan het ras. Net als iedereen probeert hij alleen maar zijn weg naar een warm vochtig holletje te vinden.' Jamesie wreef in zijn handen en keek plagerig uit zijn half geloken ogen.

'Jij, jij, jíj… bent ook een walgelijke kerel!' zei Mary en ze liet erop volgen: 'Geen wonder dat Lucy hem niet kan uitstaan!'

Lucy was zijn schoondochter, en Jamesie werd ineens zo stil alsof hij een klap in zijn gezicht had gekregen. Zij was een van de weinige mensen die niet voor zijn charmes bezweken; dat was een erg pijnlijk onderwerp. 'Sommige mensen willen dat je helemaal perfect bent. Sommige mensen zijn gewoon te pietluttig', zei hij, en ze waren allemaal te veel op hem gesteld om nog een woord te zeggen voordat hij zich had hersteld en er een uitweg uit de stilte werd gevonden.

Elke zondag reed de Sjah met zijn bordercollie naast zich op de voorbank om het meer en bleef totdat hij om zes uur zijn avondeten kreeg. Doordeweeks kwam hij 's avonds ook nog wel eens langs. Als het droog was, ging hij op zondag graag door de velden wandelen om te kijken naar de koeien en de schapen en het kleine, beboste eilandje dat helemaal achter in het meer lag, waar de reigers nestelden, en om over het meer uit te kijken naar de weidse vlakte van het zeggemoeras, het Gloriaveen, dat zich als een binnenzee uitstrekte tot aan het blauw van de laagste hellingen van de bergen waar zijn leven was begonnen, en waar de kleine berkenboompjes als kleine groene bloemen in de wildernis van het moeras stonden.

Als het regende of als er weinig te doen viel, vond hij het best om binnen te zitten. Vaak zat hij in zijn stoel zonder iets te zeggen. Zijn zwijgen had niets drukkends en hij sprak alleen om te reageren op iets wat een ander zei of om uiting te geven aan wat hij kwijt wilde. Hij was zich altijd intens bewust van de mensen om hem heen en gebruikte zijn voorstellingsvermogen zowel ten behoeve van hen als van zichzelf, om zichzelf te zien zoals hij door anderen kon worden beschouwd en zoals hij anderen beschouwde. Van jongs af aan had hij altijd wel een of ander handeltje gedreven, maar hij had nooit leren lezen of schrijven. Hij moest volledig op zijn intuïtie afgaan om te weten welke mensen hij kon vertrouwen. Dit zwijgen en luisteren leverden hem meer op dan praten, en zijn intuïtie was zo gevoelig als een radar. Vroeger had hij zich tegenover iedereen goedmoedig en gereserveerd gedragen, maar naarmate hij rijker en onafhankelijker was geworden, had hij die goedmoedigheid tot op zekere hoogte afgelegd. Tegen mensen die hij niet mocht, kon hij grof zijn. Hij deed de grootste moeite om mensen of plaatsen die hem een onbehaaglijk of onaangenaam gevoel bezorgden te vermijden. Als hij toch in zo'n situatie verzeild raakte, gedroeg hij zich verschrikkelijk, als iemand met een goed gezichtsvermogen die tijdelijk blind is geworden. Hij was op zijn best in de hem vertrouwde, alledaagse omgeving, en die verliet hij niet vrijwillig. De enige afwijking van zijn verbeeldingsvolle scherpzinnigheid was een heimelijke bewondering voor wetsovertreders en zelfs voor ouwe schurken als John Quinn, wiens handel en wandel hem geamuseerd bezighield, omdat die mensen tornden aan de fatsoensregels en daar lak aan hadden.

Zijn hele familie, waarover zijn moeder de scepter zwaaide, was hardwerkend, intelligent, geestig en prettig in de omgang geweest. In de kleine rozentuin voor het driekamerwoninkje was de meidoorn zo geleid en gesnoeid dat hij een boog vormde, en in een tijd dat maar weinig huizen op de berg over meer dan het hoognodige beschikten waren de witgekalkte muren begroeid met klimrozen. Ze hielden ook bijen, hadden een kleine bongerd met appelbomen, maalden gedroogde en geroosterde goudsbloemwortels tot koffie, en als ze wat geld over hadden, werd er een kamer bijgebouwd aan het huis in plaats van nog een schuurtje neer te zetten om meer kippen of andere dieren te kunnen houden.

Als enige van het gezin wist hij zich aan school te onttrekken. Een toegewijde, maar slecht gehumeurde schoolmeester, die ervoor had gezorgd dat zijn oudere broer en zus als eerste uit de bergen een studiebeurs kregen, had hem tijdens zijn eerste schooljaar een vreselijk pak slaag gegeven. Hij was er goed- noch kwaadschiks toe te bewegen om terug te gaan. Op zijn twaalfde verdiende hij zijn eerste geld door het paard van zijn ouders te lenen om stenen aan te voeren voor de aanleg van een weg naar de nieuwe rijksschool, waar zijn zus lesgaf. Zijn eerste baan was bij een plaatselijke zand- en grindgroeve, waar hij leerde lassen en machines repareren; algauw reed hij voor de groeve op een zandauto en kocht vervolgens zelf een oude vrachtwagen, waarmee hij koopwaar van en naar de havens van Belfast en Dublin vervoerde. Op wegen met zoveel gaten en kuilen was het belangrijker een goede monteur te zijn dan een goede chauffeur, en toen hij begin twintig was, had hij vier eigen vrachtwagens. Toen de oorlog uitbrak, stapte hij over op landbouwcontracten, waar hij grof geld mee verdiende.

Toen hij aan het eind van de oorlog begreep dat de verplichte teelt werd opgeheven, verkocht hij zijn bedrijf tijdig om het geld dat hij had verdiend veilig te stellen en zelfs te vermeerderen. Een paar jaar dreef hij een houtzagerij, maar toen de kleine spoorlijn werd opgeheven, kocht hij het station, met het omliggende terrein, de loodsen en een paar kilometer rails. Halverwege een langdurige recessie kon hij het voordelig krijgen en hij hoefde maar weinig geld te lenen. Een bankdirecteur, die hij kende van de kaartclub in de stad, verstrekte hem de lening, die hij al snel afloste door de spoorlijn te ontmantelen en de rails, de bielzen en de gebouwen die hij niet wilde te verkopen. Op zijn dertigste bezat hij een klein imperium en was vrij van schulden in een tijd dat alleen de oude, gevestigde handelaren, de pastoors, de dokters en de hereboeren geld hadden en alle treinen naar de nachtboten vol zaten. Vanuit zo'n positie zouden veel mannen van zijn leeftijd zijn gaan uitbreiden; hij kromp in. Als enige vaste werknemer nam hij een jonge knaap aan, zwijgzaam en intelligent, die vlak bij zijn ouderlijk huis op hetzelfde deel van de berg had gewoond. Wanneer hij andere werkkrachten nodig had, nam hij losse arbeiders in dienst. Toen het resterende deel van de spoorbaan was gedemonteerd en verkocht of opgeslagen, begon hij oude vrachtwagens, tractors en landbouwmachines op te kopen voor de verkoop van de losse onderdelen en installeerde hij brandstoftanks. En toen de vier kleine spoorwegwoningen die hij samen met het station had gekocht vrijkwamen, liet hij die betrekken door vrijgezelle mannen die hij kende, die te oud waren geworden om hun boerderij in de bergen te bestieren en naar de stad wilden verhuizen. Hij berekende hun geen huur, en als wederdienst hielpen ze, zolang ze ertoe in staat waren, mee in de loodsen en op de grote sloperij met de landbouwmachines. Het waren stuk voor stuk stille, teruggetrokken mensen die weinig zeiden, maar elkaar uitstekend leken te begrijpen en die zonder veel woorden goed met elkaar overweg konden. Wanneer ze overleden of naar het bejaardentehuis moesten, verving hij ze door een soortgenoot, eigenlijk net als de zwart-witte bordercollies waaraan hij verknocht was. Hij dronk niet en rookte niet en zijn hartstocht voor kaartspelen was profijtelijk. Zijn uitspattingen waren de nieuwe, dure auto's waar hij graag in reed en de uitgebreide maaltijden die hij elke dag in het hotel gebruikte. Met zijn dikke, krullende, bruine haar, zijn levendige, aangename voorkomen en zijn gemakkelijke en zelfverzekerde manier van optreden was hij aantrekkelijk voor vrouwen, ondanks het feit dat hij sinds jaar en dag het onverbloemde voornemen had om een huwelijk net zo te mijden als hij school had gedaan. Toen hij de vrachtwagens op de weg had, ging hij met verschillende meisjes om, allemaal even klein en knap. Maar na een paar jaar was er nog maar één meisje, ook klein en knap, Annie May McKiernan; negen jaar lang hadden ze verkering met elkaar en ontmoetten elkaar elke week op dezelfde twee avonden.

Ze woonde met haar ouders en haar broer op een welvarende

boerderij. Hij haalde haar van huis op met zijn grote auto en dan gingen ze naar dansfeesten, films en toneeluitvoeringen in het dorp. Geleidelijk aan ging hij bijna deel van haar familie uitmaken; hij hielp haar broer met de machines op de boerderij en reed haar ouders naar de kust in Strandhill en Bundoran en later naar het ziekenhuis in Manorhamilton.

Toen haar vader en later haar moeder overleed, was hij even behulpzaam en even vaak aanwezig als haar familieleden, maar korte tijd later wilde haar broer gaan trouwen en een jonge vrouw in huis brengen. Er werd druk uitgeoefend op Annie May en op de man die al vele jaren haar vrijer was. Toen ze dat jaar met kerst in de grote auto zaten en cadeautjes uitwisselden, zei ze, op haar onbewogen manier: 'Tante Mary wil dat ik bij haar in New York kom wonen. En weet je, als er niet snel iets gebeurt, denk ik dat ik rond Pasen naar Amerika ga.'

Ze had onmogelijk directer kunnen zijn, en hij begreep haar volkomen. Er moet een eindeloze stilte zijn gevallen, maar dezelfde negatieve vindingrijkheid die elke poging om hem te bewegen naar school terug te gaan had gedwarsboomd won het van zijn genegenheid en gewetensbezwaren.

'Weet je, Annie May, zoals het er nu voorstaat met het land, denk ik dat Amerika nog eens onze ondergang zal worden.'

Nog nooit was een deur zachter of definitiever dichtgegaan. Ze ging met Pasen niet naar New York, maar trouwde met de oude Paddy Fitzgerald, een veehandelaar, in een gearrangeerd huwelijk.

Daarna was de enige verandering in het leven van de Sjah dat hij in zijn eentje naar de bioscoop ging en vaker bij zijn zusters en broer op bezoek ging, vooral op zondag.

Alleen zijn makkers van de pokerclub bestonden het een keer om de muur van onverstoorbaarheid te beproeven die hij de wereld liet zien.

'Wist je al dat Annie May McKiernan met die oude Paddy Fitzgerald is getrouwd?' werd er met schijnbare achteloosheid opgemerkt terwijl de kaarten werden gedeeld.

Voeten zochten andere voeten onder de tafel. Zijn reactie was niet te voorspellen. Er kwam er geen. Alle kaarten werden uitgespeeld en de winst werd opgestreken.

'Jammer dat je achter het net hebt gevist', waagde iemand toen er opnieuw werd gedeeld. 'Je hebt te lang geaarzeld toen je de kans had.'

'Als ze nog een paar jaar had gewacht, had ze goed gezeten', zei hij ten slotte.

De hele tafel barstte in lachen uit, maar bij hem kon er geen glimlachje af toen zijn blik gelijkmoedig van het ene gezicht naar het andere ging en weer op zijn hand met kaarten kwam te rusten.

'Ruiten troef', zei hij, en de diepe concentratie van het spel keerde terug. 'Dat de beste man mag winnen.'

Ruttledge en hij hadden altijd goed met elkaar kunnen opschieten, en het schaadde bepaald niet dat ze dezelfde voornaam deelden. Toen Ruttledge zijn studie aan het seminarie opgaf, had zijn oom hem gesteund in een periode dat de overheersende stemming die van beschuldiging en verwijt was. 'Laat ze allemaal naar de hel lopen', had de Sjah gezegd en hij had hem geld aangeboden voor een andere studie – de man die niet lang genoeg naar school was gegaan om te leren lezen en schrijven – voordat Ruttledge besloot om naar Engeland te gaan en zich aan te sluiten bij de drommen mensen in de treinen en op de boten.

Pas toen ze al een poosje aan het meer woonden, en Kate was teruggegaan naar Londen om nieuwe huurders voor haar flat te zoeken, merkte hij hoe diep geworteld de afkeer was die zijn oom van het huwelijk had, hoe ideaal hij zijn eigen status als vrijgezel vond.

De zondag daarvoor had hij geen beter gezelschap kunnen zijn en hij wenste Kate met zichtbare genegenheid een veilige reis naar Londen. Nog de avond van de dag dat Kate was vertrokken keek Ruttledge ervan op dat hij de Mercedes zag komen aanrijden bij het huis. De Sjah maakte wat opmerkingen over de tuin en de verbeteringen aan het huis, maar pas toen hij op zijn gemak was gaan zitten, bleek wat het doel van zijn bezoekje was.

'Het moet een hele opluchting voor je zijn dat Kate nu in Londen zit', zei hij op verheugde toon.

'Nou, ik zou het niet bepaald een opluchting willen noemen.'

'Je kunt me nog meer vertellen', zei de Sjah toegeeflijk en hij begon zachtjes te schudden van het lachen.

'Ze heeft wat zaken af te handelen in Londen, maar ik voel me niet opgelucht dat ze weg is.'

'Ik weet het', zei de Sjah instemmend terwijl hij met zijn vuisten de tranen van het lachen wegveegde. 'Ik weet het maar al te goed. Van tijd tot tijd moeten we allemaal wel eens zulke onzin uitkramen.'

'Het is echt geen onzin.'

'Zo kan-ie wel weer. Zo is het wel mooi geweest.' Hij hief zijn handen om hem het zwijgen op te leggen en aan te geven dat hij het erbij wilde laten.

'Ik dacht dat je Kate aardig vond. Ik dacht dat jullie goed met elkaar konden opschieten.'

'Geen betere vrouw dan Kate. Je had niet beter af kunnen zijn dan met die arme Kate.'

'Dan weet ik niet wat je bedoelt.'

'Hoor eens', zei hij. 'Als je vanavond tegen de muur praat – geef daar nou eens antwoord op nu we het erover hebben – zegt die muur dan iets terug? Heb ik gelijk of niet?'

'Je hebt gelijk. Alleen ben ik er niet zo in geïnteresseerd om tegen de muur te praten.'

'Zie je nou wel', zei hij voldaan, hoewel het onduidelijk was wat er te zien was, en toen Kate terugkwam, verwelkomde hij haar alsof hij haar elke dag dat ze was weggeweest had gemist.

Hij had zulke vaste gewoontes – hij zorgde ervoor dat elke dag leek op de voorgaande, dat elke zondag was als alle andere zondagen – dat het erg in het oog sprong als er ook maar de geringste verandering optrad. Nog maar een paar maanden geleden had hij timide gevraagd of hij vroeg zou kunnen eten. Hij at altijd in stilte en ging zo in de maaltijd op dat in dezelfde kamer als hij verkeren al een zwijgende, aangename deelname aan die toegewijde plechtigheid was. In tegenstelling tot anders at hij die avond gehaast, zonder ervan te genieten, en stond al vroeg van tafel op.

'Er moet vanavond iets belangrijks te doen zijn', merkte Ruttledge op toen hij en Kate met hem meeliepen naar de auto. Kate aaide de bordercollie.

'Ik ga op rouwbezoek', zei hij gehaast.

'Wie is er dood?' vroeg Ruttledge zonder omhaal.

'Mevrouw Fitzgerald', zei hij, waarop hij meteen begon te blozen.

Wat er was voorgevallen was zo lang geleden gebeurd en lag nu zo ver in het verleden dat de naam Ruttledge niets zou hebben gezegd als zijn oom zich niet zo duidelijk onbehaaglijk had gevoeld. 'Was ze geen oude vlam van je?' vroeg hij als bij ingeving.

'Zo is het wel weer genoeg', zei hij, en hij liet snel de bordercollie in de auto voordat hij achter het stuur ging zitten. Hij was nog steeds rood van gêne toen hij zoals gebruikelijk het raampje omlaag draaide om 'God zegene jullie' te zeggen terwijl de grote auto naar de elzenboom reed en toen naar beneden, naar het meer en de oever.

'Het is vreemd', zei Kate, 'om zoveel emotie te tonen nu hij naar haar begrafenis gaat, terwijl hij met haar had kunnen trouwen toen ze jong waren. Hij was dol op haar. Je kon duidelijk zien hoe diep gegeneerd hij was.'

'Hij wilde alleen zijn. Hij wilde niet trouwen', zei Ruttledge. 'De pastoor, de ongetrouwde man, was het maatschappelijk ideaal, en wie kan het hem kwalijk nemen als je denkt aan al die kindertjes die ons aankeken vanaf de vloer van die kleine huisjes?'

'Vind je niet dat wij gelukkig zijn?' vroeg ze zo ernstig dat hij even bleef staan om haar dicht tegen zich aan te trekken.

'Wij zijn anders. Ik denk dat wij daar maar niet te veel bij moeten stilstaan. Wij wilden graag bij elkaar zijn. Wij hadden die angst niet.'

De vier stalen staanders die nutteloos opgericht stonden in hun betonnen voet waren de Sjah al een hele tijd een doorn in het oog.

Toen ze die zondag over de velden wandelden, zei hij: 'Het is toch een aanfluiting. Denk je dat die Ryan het werk ooit nog eens afmaakt?'

'Dat zal vermoedelijk wel… ooit een keer.'

'Als ik jou was, zou ik iemand in de arm nemen om die klus fatsoenlijk af te maken. Ik zou die Ryan flink op zijn donder geven en hem hier nooit meer in de buurt laten komen', drong hij aan.

'Dat kan ik niet maken. Hij heeft hier een berg werk verzet toen we niets te makken hadden.'

Ze liepen over de velden tot ze de schapen en de lammeren hadden gevonden die in de schaduw op de helling lagen. De koeien lagen met hun kalveren als huifkarren in een kring op een meter van het water op het smalle veld waar de oude aardappelruggen zich nog aftekenden in het gras. Een stukje verderop stond de oude korthoorn in haar eentje onder de knoestige meidoorns die zich uitstrekten tot aan de oever.

'Ze staat op het punt van kalveren. Het is er niet zo'n geweldige tijd voor, zo buiten op het gras.'

'Je hebt haar nu al een hele tijd. Een geweldige ouwe meid', zei hij.

De koe bleef stilstaan toen de Sjah zijn hand uitstak om haar botten te betasten. 'Ze is al een eind heen', zei hij. 'Je moet voor de avond nog maar eens bij haar gaan kijken. Ze kan elk moment kalveren.'

Ze gingen terug. Iets voorbij het riet wemelde het wateroppervlak van de scholen visjes. Er waren veel zwanen op het meer. Bij de oever aan de overkant was een grijze roeiboot aan het vissen. Tussen de bomen op het eiland en het Gloriaveen bewogen zich traag een paar reigers door de lucht. Er trok een zacht windje over de zee van bleke zegge, alsof er een hand overheen streek. Het blauw van de bergen was dieper en donkerder dan het blauw van het meer of de lucht. Langs de hoge oevers aan de rand van het water waren veel besloten graslandjes, bezaaid met vis-graten en blauwe kreeftenschalen waar de otters aten en hun jongen grootbrachten.

'Nu kan ik nooit meer naar het blauw van de bergen kijken zonder aan John Quinn te denken', zei Ruttledge.

'Ach die John', zei de Sjah zacht grinnikend. 'Je moet je lot niet te veel met dat van John verbinden, tenzij je op zoek bent naar vrouwen. John is nog een jongen.'

Toen ze thuiskwamen werd het eten opgediend. De Sjah at alleen, met de bordercollie naast zijn stoel, en niemand zei iets. De enige geluiden waren die van zijn mes en vork op het bord of het roeren van een lepel en de vogeltjes in de groene berm voor het raam. Kate en Ruttledge gingen de kamer uit en keerden terug zonder dat hij er aandacht aan schonk. Toen hij van tafel opstond, zei hij: 'Dat was heerlijk. God zegene en beware je, Kate.'

Ze liepen met hem mee naar de auto. De bordercollie sprong op de voorbank en zette zijn voorpoten op het dashboard. De Sjah keerde de auto onder de vier stalen staanders en draaide het raampje open om 'God zegene jullie' te roepen. Terwijl de auto langzaam langs de oever reed, zagen ze af en toe, als hij opdook in de ruimten tussen de grote bomen, het licht weerkaatsen op het glas en metaal.

Ze bleven een hele tijd naar de avondglinstering op het meer kijken tot er op een bleke plek een donkere gestalte verscheen, die rustig wandelend achter de bomen verdween. Toen de gestalte zich voortbewoog over de laatste open plek, kon hij de heuvel op lopen of de velden langs de oever op gaan. Het langzame tempo was zo gelijkmatig dat Patrick Ryan op het verwachte moment in de schaduw van de els bij het hek verscheen.

'Als je het over de duivel hebt', fluisterde Ruttledge, toen hij de gestalte in het donkere pak herkende.

In hetzelfde langzame, bestudeerde tempo kwam hij het korte laantje naar de veranda op lopen. Het donkere pak was keurig geperst, het witte overhemd gestreken, de wijnkleurige das met zorg gestrikt en de zwarte schoenen glommen onder het dunne laagje witte stof van de weg. Hij was een meter vijfenzestig, had brede schouders, een opvallend knap gezicht, was vijfenzestig jaar, kaarsrecht en sterk.

Ruttledge wist dat hij zijn eerste woorden zorgvuldig zou hebben afgewogen en bleef voor de veranda staan wachten in plaats van hem tegemoet te lopen.

'Ik was al een paar keer van plan langs te komen, maar er wordt al maanden door allerlei mensen aan me getrokken', zei Patrick bedaard en weloverwogen.

'Dat hindert niet. Je bent welkom', zei Ruttledge en hij ging hem voor naar binnen.

'Waar is Kate?' wilde Patrick weten toen hij in de witte schommelstoel had plaatsgenomen. 'Is ze thuis?'

'Ja, ergens in huis.'

Kate kwam de kamer binnen. Ze had een bloes van lichtgekleurde zijde aangetrokken en had haar haar geborsteld. 'Welkom, Patrick.'

'Het is een genoegen om je te zien, Kate', zei hij terwijl hij met een aangeboren, vanzelfsprekende charme uit zijn stoel opstond.

Het was koel en donker in het huis na het felle licht op de veranda; de groene hoge berm voor het grote raam glansde in het indirecte licht.

'Je wilt vast wel iets drinken; het is al weer een poosje geleden dat je hier was', zei Ruttledge terwijl hij een fles Powers tevoorschijn haalde.

'Ik moet niets van drank hebben.' Patrick hief zijn handen in een dramatisch gebaar. 'Ik moet helemaal niets van drank hebben. Er gaat verdomme veel te veel drank om in dit land.'

'Wil je thee?' vroeg Kate.

'Nee, ook geen thee. Ik ben hier met een bepaald doel. Ik wil dat die man van jou me naar Carrick rijdt.'

'Dat is geen enkele moeite.'

'Ik neem aan dat jullie allemaal hebben gehoord dat die jongen van ons er slecht bij ligt in Carrick?'

'Jamesie heeft ons verteld dat het niet zo goed gaat met Edmund', zei Ruttledge voorzichtig.

'Zolang Jamesie er is, hebben we hier geen radio- en tv-zender nodig', zei hij sarcastisch.

'Zonder Jamesie waren we nergens', zei Ruttledge.

'Ik neem aan dat hij jullie heeft verteld dat ik niet bij onze jongen op bezoek ben geweest. Dat heeft hij waarschijnlijk in het hele land rondgebazuind.'

'Hij heeft alleen gezegd dat Edmund er slecht aan toe was, en dat de oude mevrouw Logan en de hond hem erg missen nu hij in het ziekenhuis ligt.'

'Ze werpen me voor de voeten dat ik hem nooit ben wezen bezoeken, terwijl ik vandaag pas heb gehoord dat hij in het ziekenhuis lag. Als je her en der door het hele land aan het werk bent, hoor je niets.'

'Wanneer wil je gaan?' vroeg Ruttledge.

'Laten we in hemelsnaam nu meteen maar gaan.'

'Heb je zin om mee te gaan?' vroeg Ruttledge aan Kate, hoewel hij wist dat Patrick Ryan haar niet mee wilde hebben en het niet waarschijnlijk was dat ze zou meegaan.

'Nee, dank je.'

'Ik kom morgen terug', zei Patrick Ryan, maar Kate reageerde er niet op. Op de veranda bleef hij staan kijken naar de vier stalen staanders in hun betonnen voet en zei: 'Ik heb gehoord dat ze daar ook al over kletsen.'

'Als het daar niet over zou zijn, zou het wel over iets anders gaan. Het heeft geen haast', zei Ruttledge.

'We kunnen ze net zo goed de mond snoeren, jongen. De mensen van hier om het meer hebben er altijd om bekendgestaan dat ze een godsgruwelijke hang naar nieuws hebben, en zolang Jamesie leeft, zullen ze niet van de honger omkomen.' Patrick Ryan, ineens in een veel beter humeur, liet een diepe lach horen. 'Een van de jongens van Reagan kwam eens met vakantie over uit

Dublin. De Reagans waren allemaal dokters, advocaten en leraren, dat soort mensen, maar die jongen had een teer gestel. Nog niet zo lang geleden hoorde ik dat hij diplomaat is in Chicago. Hij wilde op bezoek gaan bij een oom, de hoofdonderwijzer in Kesh, maar ze vonden hem te zwak om te lopen of fietsen, zodat ze een oude, makke pony inspanden. Ik lieg er geen woord van, jongen, maar die anderhalve kilometer langs het meer nam meer tijd in beslag dan die andere zeven naar Kesh. Iedereen was op de been. Ze wilden weten wie hij was, waar hij vandaan kwam, bij wie hij logeerde – hoewel ze allemaal paard en wagen goed kenden – en waar hij naartoe ging en wat hij in dit deel van het land kwam doen. Het was alsof je door de douane moest. Ze gingen tussen de disselboom van de wagen en de schouder van de pony staan, zodat die arme jongen niet verder kon voordat ze hem helemaal hadden gefileerd. Als hij een luidspreker had gehad om de bijzonderheden om te roepen, zouden er uren zijn bespaard, maar ze moesten het allemaal zelf uit hem peuteren. Het was donker tegen de tijd dat hij in Kesh aankwam, en ze begonnen zich al zorgen te maken. Ik verzeker je, jongen, dat die mensen nooit van de honger zullen omkomen zolang Jamesie nog rondfietst.'

'Jamesie is fantastisch', zei Ruttledge.

'Het is net een groot kind, jongen. Hij zal nooit volwassen worden', zei hij smalend. 'Er is een hele uittocht geweest sinds die jonge Reagan met zijn ponywagen langs het meer reed. Het land wemelde toen van de mensen. Na ons zal er niets anders over zijn dan het waterhoentje en de zwaan.'

Ze kwamen langs de brede toegang tot het meer, waar eerder Cecil Pierce had zitten vissen vanaf de transportbox terwijl de motor van de tractor draaide. 'Cecil is naar huis gegaan om te melken', zei Patrick Ryan. 'Uit Cecils mond heb ik nog nooit een kwaad woord over iemand gehoord. Je zou toch denken dat die mensen in het Noorden het wel zouden leren, jongen, en met elkaar overweg zouden kunnen zoals Cecil en wij.'

'Het is anders daar.'

'Hoe kan het nou anders zijn?'

'Ze zijn daar gelijker aan elkaar en hebben daarom de pest aan elkaar. Hier hebben we nooit veel protestanten gehad. Als er maar een paar zijn, moeten ze zich koest houden, of het ze nou uitkomt of niet, net als de Ieren in Engeland als er een bom ontploft. Cecil houdt zich koest of er nu veel of weinig zijn. Zo'n soort man is het nu eenmaal.'

'Het is daar een akelig, oud, verbitterd volk. Ze zullen elkaar nog verslinden', zei Patrick strijdlustig.

'Johnny komt van de week uit Engeland over', zei Ruttledge om op een ander onderwerp over te stappen.

'Lieve hemel, is het al weer zo ver?' zei Ryan, en toen vrolijkte hij op en begon met liefdevol venijn Jamesie te imiteren. 'Ga hem van de trein halen met de auto van Johnny Rowley… Dan drinken we wat, weet je, een rondje, een paar rondjes, een paar cafés aandoen, handjes schudden en hem welkom heten… Welkom thuis uit Engeland… en we zijn nog niet binnen of Mary heeft het lendestuk al in de pan.' Hij lachte van genoegen om zijn kunnen en zijn trefzekerheid. Hij had een dodelijk talent.

'Het is bijna te goed, Patrick, het is formidabel.'

'Het is me er eentje, het is me er verdorie eentje', deed hij Jamesie weer na, in de stemming gebracht door de complimenten, en schakelde toen abrupt op zijn eigen stem over. 'Na al dat vertoon probeert hij de komende twee weken Johnny bij elke gelegenheid te ontlopen, alsof hij hoorntjes heeft gekregen. Ze hebben nooit met elkaar kunnen opschieten. Twee broers zouden niet meer van elkaar kunnen verschillen.'

Ze reden door een doolhof van kleine weggetjes totdat ze vlak bij Carrick op de doorgaande weg kwamen. Op sommige plaatsen streek de oprukkende meidoorn langs de zijkant van de auto. Sommige van de huisjes waren pas geschilderd en zagen er aantrekkelijk uit, met tuintjes en bloeiende planten. Andere waren verwaarloosd, onverzorgd.

'Je kunt altijd precies zien waar de oude vrijgezellen wonen. Er is er niet één bij die wel eens van een pot verf of een pakje bloemenzaad heeft gehoord. Het land zit er vol mee, en ze hebben allemaal een moeder gehad.'

Hij vertelde over de mensen voor wie hij had gewerkt. Velen van hen waren dood. Hij sprak met humor over ze, met een tikje geringschatting, aangezien de meesten arm waren geweest. 'Ik heb nooit een cent van ze aangenomen, jongen. Ze konden het niet missen.'

Toen hij begon over de rijke huizen waarvoor hij had gewerkt, nam zijn stem een andere klank aan: een beetje bezitterig en vol vereenzelviging, als het onvervulde verlangen van een jongen.

'Het gros van de mensen hier uit de buurt klimt nooit met zijn kont uit de greppel. Je moet iets achter je hebben om op te klimmen.'

Op te klimmen tot wat? lag Ruttledge op de lippen, maar dat hield hij voor zich. 'Ik neem aan dat ze net als de rest een poosje in het licht rondscharrelen en dan verdwijnen', zei hij.

'Dat zouden ze ook niet graag horen, jongen', reageerde Patrick Ryan scherp. 'Al die stommelingen geloven half en half dat zij de grote uitzondering zullen zijn en het eeuwige leven hebben.'

De torenspitsen van de kerken op de heuvel staken hoog uit boven de lage daken van Carrick, en op een hogere, alleenstaande heuvel aan de andere kant van het stadje stond een betonnen watertoren, als een reusachtige paddestoel op een slanke steel. Het langgerekte, natuurstenen gebouw was het voormalige werk-huis en hoorde nu bij het ziekenhuis. De grijze, Victoriaanse hardheid van het gesteente was verzacht door de jaren.

De zalen waar ze doorheen liepen waren ordelijk en proper. De mannen in de strak in het gelid staande bedden waren oud. Terwijl zij door de met bruine linoleum bedekte gang liepen, verkeerden velen in hun eigen wereldje en sommigen waren in verwoed gesprek met zichzelf verwikkeld. Anderen lagen er zo roerloos bij dat het leek alsof ze in shock verkeerden. Rond sommige bedden verzamelden zich zondagse bezoekers in be-kommerde of onbehaaglijke nutteloosheid, maar voor degenen die er alleen en zonder bezoek bij lagen wekten ze de schijn van gezelschap en saamhorigheid.

'Dat zet je aan het denken, jongen', zei Patrick pessimistisch. 'Als het je slecht gaat, sta je er alleen voor.'

Ze troffen Edmund alleen aan in een klein kamertje, met een infuus boven zijn bed dat naar zijn arm liep, in een diepe, verdoofde slaap.

'Die jongen van ons is er slecht aan toe', zei Patrick Ryan. 'We kunnen hem maar beter laten slapen.'

Patrick Ryan zette de fles limonade die ze hadden meegenomen resoluut op het nachtkastje, en zonder enige waarschuwing pakte hij Edmund bij de schouders en begon hem hard door elkaar te schudden.

'Laat hem toch met rust. Je kunt toch zien dat hij heel ziek is', zei Ruttledge, maar zijn woorden verhevigden slechts de vastberadenheid van Patrick Ryan.

'We brengen hem in een handomdraai bij zijn positieven, jongen.'

'Kijk uit voor het infuus!' riep Ruttledge geschrokken toen de slangetjes en de fles begonnen te schudden.

Toen Edmund bijkwam, was hij angstig. Aanvankelijk wist hij niet waar hij was. 'Patrick', zei hij vanuit zijn verstoorde slaap toen hij zijn broers gezicht herkende, en stak hem zijn bevende hand toe.

'Gaat het een beetje met je?' vroeg Patrick Ryan.

Hij antwoordde niet. Het drong niet tot hem door, of zijn aandacht werd afgeleid door de aanwezigheid van Ruttledge aan het voeteneinde van het bed. Met grote inspanning greep hij terug op een oude traditie van hoffelijkheid. 'Joe', riep hij naar Ruttledge, en moeizaam stak hij weer zijn bevende hand uit. 'Wat aardig van je om te komen. Hoe gaat het met jullie aan het meer?'

'Wij maken het goed, Edmund. Hoe gaat het met jou?'

Hij kreeg de kans niet om te antwoorden. Patrick schonk een glas vol limonade. 'Drink eens op', gebood hij. 'Het zal je goed doen.' Hij hield het bij zijn lippen, maar Edmund was te zwak om te drinken. Veel van de gele vloeistof liep over zijn witte stoppelbaard.

'Laat dat toch', zei Ruttledge boos en pakte hem het glas uit zijn hand. 'We doen meer kwaad dan goed.'

Heel even zag het ernaar uit dat Patrick Ryan Ruttledge zou gaan afsnauwen, maar in plaats daarvan richtte hij zijn aandacht weer op Edmund. 'Ga nu maar weer slapen, jongen', gebood hij. 'Het komt wel goed met je.'

Zwijgend wierp Edmund Ruttledge een vragende blik toe. Het gezicht was net zo regelmatig en knap als dat van Patrick, maar veel bescheidener en zachtmoediger, en het was door zijn ziekte nu fijner getekend. Ruttledge kende hem amper. In de loop van de jaren waren ze elkaar bij toeval op straat wel eens tegengekomen. Dan hadden ze over en weer beleefd naar het welzijn van de ander geïnformeerd, maar afgezien daarvan had zich nooit een gesprek ontwikkeld en waren ze teruggevallen op het aloude bestendige, het onbestendige weer. Zoals zoveel zwakkeren van geest deden, herhaalde Edmund alles wat de ander zei in de vragende vorm, vaak met een uitdrukking van grote belangstelling, charme zelfs, op zijn gezicht. Op een bescheiden manier werd de ander daardoor aangemoedigd het gesprek voort te zetten. Veel mensen wisten niet of kon het niet schelen dat ze reageerden op niets meer dan een echo. Anderen erkenden stilzwijgend dat dit zijn simpele manier van doen was. Slechts weinigen deden openlijk neerbuigend.

'Kun je nou niets anders dan mijn eigen woorden herhalen?' had zijn getergde broer meer dan eens gevraagd.

'Kun je nou niets anders? Helemaal niets anders?'

Ongeacht hoe Patrick tekeerging, Edmund bleef veilig binnen deze echo's en herhalingen. Nu bevond hij zich op een bergwand van stilte die niets van hem eiste.

'Je zult wel moe zijn', zei Ruttledge zacht.

'Niet te moe. Heel aardig van je om te komen. Heel aardig van jullie allebei om te komen.'

'Wij gaan nu. Je kunt weer gaan slapen', zei Patrick.

'Tot ziens, Pa.' Edmund gebruikte de oude koosnaam van Patrick; Ruttledge had hem in geen jaren zo horen noemen. 'Doe iedereen aan het meer de groeten van me.'

'Ze vragen allemaal naar je', zei Ruttledge. 'Ze wachten op je thuiskomst.'

'Je kunt nu weer gaan slapen', zei zijn broer nog eens, maar Edmund sliep al. Er kwam een verpleegster het kamertje binnen, en toen Patrick met haar in gesprek raakte over de patiënt, ging Ruttledge op de gang staan wachten.

'We hadden hem niet wakker moeten maken', zei Ruttledge toen ze door de zalen en de lange, lichtgroene gang liepen.

'Ik vrees dat die jongen van ons het niet lang meer maakt op deze wereld', antwoordde Patrick Ryan vaag.

In de auto vroeg Ruttledge: 'Waar wil je dat ik je afzet?'

'Ik ben nog nooit uit dit stadje weggegaan zonder er geld achter te laten. Ik ben niet van plan daar verandering in te brengen.'

'Waar wil je naartoe?'

'Laten we in hemelsnaam maar eens gaan kijken hoe het met Paddy Lowe gaat.'

Er stond een jong meisje achter de tap in Lowe's Bar. Afgezien van een groepje van twee meisjes en vijf mannen van uiteenlopende leeftijden, die na een voetbalwedstrijd op weg naar huis waren, was de bar leeg.

'Waar is Paddy?' vroeg Patrick aan het meisje toen ze de glazen bier aan het tappen was.

'Hij is buiten op het land', antwoordde het meisje.

'Paddy en ik zijn dikke vrienden', zei Patrick Ryan, maar het meisje liet zich niet tot een gesprek verleiden. Zodra ze hun glas hadden geheven, werd Patricks aandacht getrokken door de groep mensen die terugkwam van de voetbalwedstrijd. 'Ik ga eens even buurten om te horen waar ze vandaan komen', zei hij met een verontschuldigend lachje, en hij kuierde komisch langzaam naar hun tafeltje, waardoor hij de aandacht van de tafel trok voordat hij ook maar iets had gezegd. 'Hebben jullie gewonnen?'

vroeg hij ontwapenend. Ze hadden verloren. De wedstrijd was gespeeld in Boyle, en het had er niet eens om gespannen. Hun team was de Shannon Gaels. 'Jullie hebben zeker net zo'n stelletje krukken als wij', zei hij gemoedelijk.

'Goed zijn ze niet, maar het is een dagje uit', zei een van de mannen. 'Als er geen voetbal was, zouden we nooit het huis uit komen.'

'Ja, zo is het maar net.'

'Zeg dat wel', zei een andere man.

Er werd nog wat gepraat en gelachen. Toen Patrick Ryan weer bij Ruttledge aan de bar kwam staan, was hij weer zijn oude montere zelf.

'Ze komen allemaal uit Drumlion', vertrouwde hij hem toe. 'Dat kloteteam van ze heeft verloren. We kunnen in hemelsnaam maar beter ons glas leegdrinken en opstappen. Vergeet niet tegen Paddy Lowe te zeggen dat ik langs ben geweest en naar hem heb gevraagd.'

'Wie kan ik zeggen…?' vroeg het meisje beleefd.

'Zeg maar dat de man in het haveloze jasje is langs geweest. Als hij dat hoort, weet hij het wel. "Wie zal het zeggen, als het erop aankomt, wie de man met het haveloze jasje is geweest."'

'De man met het haveloze jasje', herhaalde ze, verbaasd en geamuseerd door zijn zelfvertrouwen en theatraliteit.

'"Want niemand kan aan de beend'ren zien, wie de man met het haveloze jasje is geweest"', herhaalde hij. De mannen die naar de voetbalwedstrijd waren geweest riepen iets naar hen. Ruttledge zwaaide. Patrick Ryan stond bij de deur en riep: 'Op ons allemaal! Op Ceannabo!'

'"Dat we nooit ten onder mogen gaan met hen die het ons misgunnen"', riepen ze in koor en bonkten met hun glazen op tafel. Een van de mannen juichte.

'God, met dat stel zou je een fantastische avond kunnen hebben', zei Patrick Ryan toen ze in de auto stapten. 'Ik zal je gratis en voor niets wat vertellen, jongen. Als er geen voetbal was en geen mis op zondag en geen *Observer* op woensdag, dan zouden mensen verdomme hun huis niet uitkomen. Dan zouden ze zo gebonden zijn als een hond aan zijn hok.'

Ze reden de stad uit en waren al snel weer terug in de doolhof van kleine weggetjes. Afgezien van de smalle reep lucht boven de kromgebogen meidoorns was het alsof ze door een groene wildernis reisden.

'Ik kom morgen langs. Dan gaan we die schuur afmaken', zei Patrick Ryan terwijl ze langzaam reden en Ruttledge bij elke blinde bocht in de weg luid toeterde.

'Het heeft geen haast.'

'Er is een tijd geweest dat je ernaar uitzag dat de bouw klaar kwam', zei Patrick Ryan.

'Dat was een hele tijd geleden.'

'Het gaat je een stuk beter dan toen je hier net kwam wonen, jongen.'

'We redden ons aardig. De meeste mensen redden zich op een of andere manier wel.'

'Sommigen redden zich een stuk beter dan anderen. Waar schrijf je dat aan toe… Geluk? Of iets achter je hebben staan?'

'Het helpt allemaal', zei Ruttledge.

'Mis je het niet dat jullie geen kinderen hebben?' vroeg Patrick Ryan agressief alsof hij de ontwijking aanvoelde.

'Nee. Je kunt niet missen wat je nooit hebt gehad. En er zijn bepaald niet te weinig mensen op de wereld.'

'Was ze te oud toen jullie begonnen?'

'Nee, Patrick. Ze was niet te oud', zei Ruttledge kalm, maar met een ijzige ondertoon. 'Waar zal ik je afzetten? Of kom je nog mee naar huis?'

'Zet me maar in het dorp af', zei Patrick Ryan.

Er heerste grote rust in het dorpje. Voor de twee cafés stonden een paar auto's. Er leunde een jongen over het bruggetje, die in het ondiepe beekje tuurde, en hij keek op toen de auto stopte naast de groene telefooncel. De koeien van de pastoor stonden met hun kalfjes te grazen in de vruchtbare velden rond de dakloze abdij.

'Je ziet me morgenochtend verschijnen', zei Patrick Ryan terwijl hij het portier dichtgooide, waarna hij met kwieke tred naar de Abbey Bar liep.

Thuisgekomen riep Ruttledge naar Kate dat hij terug was en trok toen snel oude kleren aan omdat hem te binnen schoot dat hij helemaal was vergeten om bij de korthoorn te gaan kijken.

Het vee stond niet meer op de ribbelige velden aan de oever, waar hun afdrukken nog zichtbaar waren in het korte gras. Twee velden verderop trof hij ze gretig grazend aan. In een oogopslag zag hij dat de oude rode korthoorn ontbrak. Bezorgd liep hij tussen het vee door. Ze was er niet, en ze was ook niet op een van de aangrenzende velden. Ze was hun laatst levende dier van de veestapel die ze oorspronkelijk hadden gekocht. Het zou vreselijk zijn om haar nu door nalatigheid te verliezen.

Hij zocht snel de voor de hand liggende plekjes af. Toen de angst hem om het hart sloeg, hield hij zich voor dat het zinloos was om in paniek te raken of zich te haasten. Er restte hem nu niets anders dan het land systematisch af te zoeken, veld na veld. Toen hij alle velden had afgezocht, vond hij haar uiteindelijk in het hoekje met de jonge sparren die als een windsingel waren aangeplant boven het meer. Achter haar was een greppel, die overgroeid was met varens, hondsroos en hoog vingerhoedskruid. Ze lag op haar zij toen hij de takken opzij boog. Ze deed haar best om overeind te komen, maar toen ze hem herkende, liet ze zich met een zachte, klaaglijke kreun om hulp terugvallen. 'Arme ouwe meid van me', zei hij, opgelucht dat hij haar had gevonden. Ze liet nog eens hetzelfde zachte gekreun horen. Ze wilde hulp.

Het hoekje van de windsingel was als een kamertje in de wildernis. Aan de hand van de afdrukken en vormen op de met sparrennaalden bedekte bodem kon hij zien dat ze al een tijd bezig was. De vliezen waren gebroken. Omdat hij bang was dat zijn handen niet schoon genoeg waren, betastte hij haar licht zonder ze in de koe te steken en voelde dat de pootjes en de kop goed lagen. De korthoorn begon te persen. De schede sperde zich open. De pootjes waren duidelijk te zien, maar maakten geen voortgang. De koe liet zich terugvallen en kreunde weer.

'Na al die jaren gaan we je echt niet verliezen', zei hij gerust-stellend, zonder erbij na te denken.

Hij had die woorden nog niet uitgesproken of hij hoorde een scherp gekuch. Hij draaide zich om en zag dat Jamesie naar de koe stond te kijken. Het sparrenbosje achter hem was bijna in nachtelijke duisternis gehuld. Hij was onhoorbaar naderbij ge-slopen. 'Hal-lo, hal-lo', riep hij met een zachte, samenzweerde-rige stem.

'Je komt als door de Heer gezonden.'

'Heb je het kalf gevoeld?'

'Het kalf ligt goed, maar het vordert niet.'

'Ga de geboortekrik maar halen', zei hij.

Toen Ruttledge zich omdraaide om naar huis te gaan, zag hij de zachte koorden uit Jamesies zak hangen. Hij moest de koe de hele avond heimelijk in de gaten hebben gehouden: hij was goed voorbereid gekomen en had niet verwacht Ruttledge er aan te treffen. Thuis legde Kate terzijde wat ze aan het doen was en haalde warm water, zeep, een desinfectiemiddel en een hand-doek. De krik was van aluminium en niet zwaar om te tillen. Ze liepen haastig naar de nieuwe aanplant.

'Jamesie, wat geweldig dat je er bent', fluisterde Kate toen ze de duisternis van het kamertje onder de sparrentakken betraden.

'Kate', zei hij glimlachend.

De beide mannen boenden hun armen en handen. Kate hield de handdoek op. Jamesie trok de pootjes tevoorschijn. Ruttledge schoof er de lussen omheen en trok ze boven de hoeven strak aan. Toen hij de krik op zijn plaats had, trok hij hem snel aan tot er spanning op de koorden kwam te staan. Toen wachtte hij tot de koe begon te persen. Telkens wanneer ze perste, vergrootte hij de spanning.

'Wat een goeie meid', zei Jamesie. 'Kijk eens hoe ze aan het persen is. Menig oude koe zou gewoon op haar zij blijven liggen en helemaal niet meehelpen.'

De lange tong en de neus kwamen tevoorschijn. Op een

bepaald moment stond er een vreselijke spanning op de koorden, en lagen de angst en de nervositeit zo op de loer dat ze bijna tastbaar en voelbaar werden, maar het volgende moment verslapten de koorden toen het kalf eruit kwam glijden en voor het opnieuw aanspannen van de krik op de grond belandde, overdekt met de glanzende placenta. Jamesie riep uit: 'Het is een stier, een kanjer!' terwijl hij de sluier van de placenta wegtrok van de neusgaten en het kalfje omkeerde. Snel pakte Ruttledge de navelstreng en dompelde hem in een beker desinfectiemiddel. Luidkeels loeiend kwam de korthoorn moeizaam overeind.

'Pas op, Kate, dat je haar niet in de weg staat. Je weet het maar nooit.'

De korthoorn richtte zich met volle overgave op haar kalf, alsof het weer haar eerste kalf was, het begin van de wereld. Tussen woest geloei door begon ze haar kalf droog te likken. De bewegingen van haar tong waren zo krachtig dat het kalfje erdoor over de grond werd voortgeschoven, in weerwil van zijn slappe, uitgespreide gewicht. Met dezelfde luide, aansporende uithalen – zo woest dat ze dreigend klonken – duwde ze hem met haar neus overeind. Hij zwaaide onzeker heen en weer op zijn lange, wankele poten, viel en stond op voordat hij ondanks haar ongeduldige aansporingen op zijn knieën zakte.

'Het is een monster', zei Jamesie vol bewondering. 'Die oude dame had hem in haar eentje nooit kunnen baren.'

'Wat heerlijk dat ze het gered heeft… dat ze het allebei gered hebben.'

'Die nieuwe krikken zijn geweldig', zei Jamesie. 'Ik heb vaak zes man aan die touwen zien trekken, om een boomstam geslagen om de spanning op te vangen, en de arme koe opengescheurd.'

'Praat me er niet van, Jamesie. Kijk eens hoe blij ze zijn elkaar te zien.'

'Geld, Kate. Geld.'

'Ik denk dat we ze maar met zijn tweetjes moeten laten', zei Ruttledge.

'Hij gaat wel drinken als hij honger krijgt. Ze kennen hun eigen zaakjes het beste.'

Er was een groot gevoel van opluchting. Ze was weer een jaar veilig met haar kalf. De opluchting was als vrede.

'Hoe kwam jij hier zo verzeild, Jamesie?' vroeg Kate ineens toen ze naar het huis liepen. Het was niet eerder bij haar opgekomen dat te vragen.

'Omdat ik een lepe vos ben, Kate, vandaar', zei hij verdedigend. 'Jullie zullen me wel beu zijn. Twee keer op dezelfde dag.'

'Dat zal nooit gebeuren.'

'Je moet hier al die tijd zijn geweest. Je moet hebben toegekeken toen ik de koe aan het zoeken was. Je bent me er eentje. Heb je al die tijd naar me staan kijken? Waarom heb je me niet geroepen?'

Als reactie begon hij hard te lachen. 'Waar heb je Patrick Ryan afgezet?' vroeg hij.

'Hoe wist je dat ik met Patrick op stap was?'

'Ik zag hem langs de oever lopen. Ik zag de auto richting Carrick gaan. Ik wist precies wat Patrick wilde. Hij wilde naar het ziekenhuis. Ik wist dat het niet goed ging met de koe. Ik had je niet zo snel thuis verwacht. Betere mannen dan jij is het soms niet gelukt om Patrick mee te krijgen uit de stad.'

'Ik heb hem in het dorp afgezet. Hij had geen behoefte aan mijn gezelschap.'

'Praat me er niet van. Ik weet het maar al te goed.'

Met moeite wisten ze hem over te halen om binnen te komen. 'Twee keer op dezelfde dag whiskey drinken in een huis. De hele streek zal er schande van spreken.'

'Die oude korthoorn kalft niet elke dag.' Als een blijk van dankbaarheid en genegenheid pakte Ruttledge hem bij zijn schouder.

De drankjes werden ingeschonken. Ze spraken over het bezoek aan het ziekenhuis, Edmunds grote hoffelijkheid en het verschil in karakter tussen de twee broers, die dezelfde vader en moeder hadden gehad en dezelfde opvoeding in hetzelfde dorpje.

'Hij zou nog geen vlieg kwaad doen. "Hoe gaat het met jullie aan het meer. Heel aardig van je om te komen." Ik hoor het hem zo zeggen', zei Jamesie.

70

'Patrick had hem niet mogen wakker schudden', zei Kate.

'Nee, Kate. Hou maar op. Patrick is nooit op Edmund gesteld geweest. Hij wil alleen maar kunnen zeggen dat hij op bezoek is geweest voor het geval hem iets wordt verweten. Het enige waar het hem om gaat is dat mensen hebben gezien dat hij met Edmund heeft gepraat. Toen de ouders nog leefden, was het Patrick voor en Patrick na, en Edmund kwam in het hele verhaal niet voor. Patrick was alles voor ze.'

'Dat is toch niet goed.'

'Goed of fout, Kate? Niets is goed of fout in deze wereld. Er is alleen wat er gebeurt. Ik ga er vandoor', zei hij terwijl hij de whiskey achterover sloeg en het aanbod van een tweede afwimpelde. 'Mary is naar haar zondagse *ceilidhe*. Ze heeft me op het hart gedrukt om niet te laat te komen. We gaan samen door het veen naar huis. Al was het einde van de wereld nabij, dan zou ze nog niet in haar eentje door het veen gaan.'

Ze liepen mee naar de plek aan het meer waar hij zijn fiets had laten staan. De maan stond hoog boven het meer. De geur van wilde munt en kamperfoelie was zoet en doordringend in de avondlucht. De bomen, die vol in het blad stonden, rezen hoog en stil op, donker en majestueus tegen het maanverlichte water.

'Ik betwijfel of die arme Edmund ooit nog over deze wegen zal gaan', zei Jamesie zacht, vlak voordat hij wegfietste. 'Ik betwijfel of hij het meer nog zal terugzien.'

Laat op de avond liepen ze door de overvloedige dauw naar de nieuwe aanplant. Het kalf had gedronken en sliep naast zijn moeder. De koe liet een indringend, bezorgd geloei horen toen ze tussen de takken door kwamen aanlopen. Toen ze tegen haar praatten, werd ze stil en onthaalde het kalf op een paar flinke, achteloze likken alsof ze blijk wilde geven van haar trots. Ze zagen er nu uit alsof ze altijd al samen geweest waren. De zwarte kat was hen achterna gekomen over de velden. Toen ze op hun schreden terugkeerden, schoot ze voor hun voeten heen en weer, een list om te worden opgepakt van het natte gras en te worden gedragen. Na een poosje tilde Ruttledge haar op en liftte ze op zijn schouder naar huis terug.

Het warme weer bracht zijn eigen plagen mee. De groene vlieg had toegeslagen, en alle schapen en lammeren die last van maden hadden stonden op een komisch aandoende manier stil, alsof ze diep over iets nadachten. Dan ineens probeerden ze terug te bijten naar de donkere, vochtige plek wol die zo tergend buiten hun bereik was. Ze werden de schuur in gedreven. Er werd een bad klaargemaakt. De geïnfecteerde schapen en lammeren werden eruit gepikt en de aangetaste lichaamsdelen werden in een ontsmettingsmiddel gedompeld. De dikke witte maden kronkelden onder de wol en op de grond rond het bad. De schapen en lammeren sprongen de vrijheid tegemoet, bevrijd van hun dodelijke gasten.

De korthoorn loodste haar struikelende kalf van de nieuwe aanplant naar beneden, waar de kudde aan de waterkant stond. Ze kwamen allemaal plichtsgetrouw snuffelen en snuiven en met hun snuit tegen het nieuwe kalf duwen, terwijl de moeder er trots bij stond. Toen de koeien het grazen hervatten, kwamen de kalfjes naar hun nieuwe metgezel toe omdat ze hoopten te kunnen spelen en capriolen uithalen, maar het nieuwe kalfje liet zich gewoon bekaf op zijn knieën zakken, uitgeput na zijn lange tocht. Ruttledge was verbaasd stemmen te horen toen hij bij het huis kwam en bleef staan om te luisteren. Patrick Ryan was gekomen. Kate en hij zaten te praten.

'Ik hoor dat het niet goed gaat met Edmund.'

'Hij is ten dode opgeschreven.'

'Hij zou toch weer kunnen opknappen.'

'Nee, meisje. Hij is ten dode opgeschreven.'

Patrick Ryan zat aan de tafel met zijn pet naast zich op het tafelkleed. Hij zat een geroosterde boterham met een gekookt ei te eten met een grote beker thee erbij. Kate zat tegenover hem aan een apart tafeltje, waar ze de ramen voor de bijenkorven in elkaar zette. Ze zocht vaak haar toevlucht tot een dergelijk klusje als Patrick Ryan over de vloer was.

'Ik ben hier in de zevende hemel met een heerlijk gekookt eitje', begroette hij Ruttledge zonnig en goedmoedig.

'We hadden het over Edmund', zei Kate.

'Dat heeft geen zin. Ik zei al tegen haar dat die jongen van ons ten dode opgeschreven is. Het is zinloos om erover te praten of te doen alsof het anders is', benadrukte hij somber. 'Jullie hadden, denk ik, niet echt verwacht me te zien?'

'We zijn blij je te zien', zei Ruttledge. 'We verwachten je als we je zien, Patrick.'

'Dat is ook maar het beste met verwachten.'

'Heb je het gisteravond leuk gehad in het dorp?'

'Het is veel te laat geworden. Iemand gaf me een lift naar de bocht van het meer. We hebben te lang in de auto zitten te praten. Ze kunnen me de pot op met al die discussies tot diep in de nacht. Ze leiden nooit ergens toe. Er stond een maan zo groot als een koekenpan toen ik de heuvel op moest lopen naar de Tomb. Volgens mij was het wel zes weken geleden dat ik voor het laatst in het huis heb geslapen. Maar er zat tenminste geen mopperende vrouw thuis.'

'Mooi', zei Ruttledge.

'Daar weet jij niets van. Hoe dan ook, die was er niet. Deze vrouw hier bekommert zich om haar bijen. Als mensen net zo bedrijvig en georganiseerd waren als de bijen, dan hadden we het paradijs op aarde.'

'Bijen kunnen op hun manier ook hard zijn. Ze maken korte metten met leeglopers', zei Kate.

'Dat zouden ze met onze klaplopers ook moeten doen', zei hij fel terwijl hij zijn pet van het tafelkleed pakte. 'We moesten maar eens beginnen. Kunnen we, wat jou betreft?'

'Wat mij betreft wel.'

'Laten we dan in hemelsnaam maar beginnen.'

Het timmerhout, de hoekstalen, de lange spijkers, de schroeven en moeren en het plaatstaal hadden in de schuur gelegen sinds ze twee jaar geleden waren gekocht. Het nam veel tijd in beslag om alles op te zoeken en ordelijk klaar te leggen.

Patrick Ryan werkte langzaam, maar heel precies. Hij mat elke balk een paar keer op voordat hij hem met een tekenhaak en een stompje potlood aftekende en controleerde het nog een keer voor hij de zaag erin zette.

Laat op de dag hoorden ze een zware motor langzaam om het meer rijden en de heuvel op komen naar het huis.

'Het ziet ernaar uit dat we bezoek krijgen, jongen', zei Patrick Ryan opgewonden toen ze opkeken van het passen en meten.

'Het is de Sjah', kreunde Patrick Ryan met zichtbare teleurstelling toen de nieuwe zwarte Mercedes de schaduw binnenreed met een overdekte veetrailer erachter. De twee mannen kenden elkaar maar al te goed. 'Ga jij maar naar hem toe om te horen wat hij wil. Het is niet waarschijnlijk dat hij mij een vracht geld komt brengen. Ik vraag me af wat hij in hemelsnaam met een veetrailer moet', zei hij knorrig.

Ruttledge liep naar de auto. De Sjah maakte geen aanstalten om uit te stappen. Hij had het raampje omlaaggedraaid. De bordercollie zat rechtop naast hem, met zijn poten op het dashboard, blaffend en kwispelend van opwinding.

'Stap je niet uit en laat je de hond er niet uit?'

'Ik wacht', zei hij stuurs.

'Waarop?'

'Tot ik weet wat ik moet doen.'

'Moet doen met wat?'

'Met deze zending', antwoordde hij geïrriteerd.

'Een zending van wat?'

'Alsof je dat niet zou weten', zei hij nog geïrriteerder terwijl hij zich uit de auto worstelde. De bordercollie kwam hem achterna. Ruttledge haalde de hond aan terwijl de Sjah de borgpennen van de trailerdeur haalde en hem met een dramatisch gebaar liet openzwaaien.

De trailer stond vol met dozen. Ruttledge begon stilletjes te lachen. De stemming en de aanleiding ertoe vielen op hun plaats. Een paar maanden geleden had hij een opdracht voor een wijnhandelaar gedaan. Er was betaling in wijn afgesproken.

'Ze hadden dit allemaal hier aan huis moeten afleveren', zei Ruttledge. 'Ze hadden het niet bij jou moeten zetten.'

'Ze zeiden dat de vrachtwagen te groot was voor de weg om het meer', zei hij kwaad. 'Als ik had geweten wat ze vervoerden, had ik ze mijn erf afgejaagd.'

'Hiermee kun je zowat een café beginnen', zei Ruttledge.

'Er zitten heel wat kroegen in de stad die het met heel wat minder af kunnen', zei de Sjah knorrig.

'Ik denk dat we die dozen maar in veiligheid moeten brengen.'

'Tenzij je ze in het meer wilt dumpen. Ik ben in elk geval blij dat je er de geestige kant van inziet. Ik denk dat het de moeite loont om gevoel voor humor te tonen als je degene bent die een feestje geeft.'

Kate had het geluid van de motor niet gehoord en was verbaasd de auto met de trailer bij het hek te zien staan. Ze liep op de Sjah af om hem te verwelkomen, maar schrok terug omdat hij zo kort aangebonden deed. 'Wat zijn dat allemaal voor dozen?' vroeg ze.

'Ik neem aan dat die man van je het jou ook niet heeft verteld', zei hij beschuldigend. 'Vraag het hem maar. Hij schijnt er alles van te weten.'

'Dat hij me wát niet heeft verteld?'

'Over die dozen die hij voor zichzelf heeft besteld. Hij moet wel een aardige uitspatting in het vooruitzicht hebben. Het zal wel niet lang meer duren voordat je hier alles in rook ziet opgaan.'

Ze keek Ruttledge aan.

'Herinner je je nog het werk dat ik voor die wijnhandel heb gedaan?'

'Natuurlijk.'

'Ze hebben de zending bij meneer hier in de stad achtergelaten in plaats van hem hier aan huis te bezorgen.'

'Ik had nooit gedacht dat het zoveel dozen zouden zijn', zei ze.

'Bederven zullen ze niet', zei Ruttledge gekscherend.

'Zeg dat wel', zei de Sjah. Hij had gespannen Kates gezicht opgenomen en was gerustgesteld door haar reactie.

Ze begonnen de dozen het huis binnen te dragen. De Sjah stond bij de aanhanger en opende en sloot het portier alsof hij de beschamende lading voor vreemde blikken wilde afschermen.

Ruttledge droeg de dozen over de veranda naar de logeerkamer. Kate vond de dozen zwaar en zette ze op de veranda neer. Toen alle dozen daarheen waren gebracht, zag ze de Sjah naar haar kleine stapel dozen kijken.

'Doe ik iets verkeerd?'

'Kun je ze niet ergens zetten waar niemand ze kan zien? Kun je ze niet daar zetten waar je man ze neerzet, waar ze uit het zicht zijn?'

Ruttledge fluisterde haar toe: 'Laat ze maar staan als ze te zwaar zijn. Ik zet ze wel in het kamertje. Het had niet erger kunnen zijn als er een vracht gevallen vrouwen bij de spoorwegloods was afgeleverd.' Het kostte hem moeite om zijn gezicht voor de buitenwereld in de plooi te houden en hij was blij dat hij zich door het gesjouw aan de blikken van de Sjah kon onttrekken.

De Sjah sloot het portier van de trailer en liet de borgpennen zo stevig op hun plaats vallen dat er een mengeling van woede en opluchting uit sprak. Patrick Ryan had niet één keer hun kant uitgekeken. Met een potlood en een stalen meetlint was hij nauwgezet de verschillende lengtes hout aan het meten en aftekenen.

'Ik zie dat je die dronken tor weer aan het werk hebt. Als hij lucht krijgt van deze lading is hij hier niet meer weg te slaan', zei de Sjah toen hij het huis binnenging, iets bijgetrokken nu hij zag dat de dozen waren weggehaald en opgeborgen.

'Hij houdt niet van wijn', zei Ruttledge.

'Je zult zien dat hij er nog niet is of hij licht zijn hielen alweer. Ik zeg je al een hele tijd dat je hem als de donder van je erf moet jagen en een fatsoenlijk vakman in de arm moet nemen.'

'Hij valt wel mee. Voorlopig doen we het ermee.'

In het begin had de Sjah zich laten inpakken door Patrick Ryans makkelijke charme, zijn vrijmoedigheid, zijn imitatiedrang – een neiging waaraan hij zich ook bezondigde – maar op den duur was Patrick te ver gegaan en wilde de Sjah niets meer met hem te maken hebben. Nu bekeek hij hem alsof hij een hand kaarten beoordeelde. Toen hij op een avond naar het meer reed, had hij Patrick vanuit de stad een lift aangeboden. Patrick had hem flink zitten en had een slechte dronk over zich. In zo'n bui had hij er een handje van om mensen de les te lezen.

'Jij hebt een aardige berg geld bij elkaar verdiend. Wat denk je dat je ermee gaat doen? Je kunt het niet meenemen. Je laatste hemd heeft geen zakken. Heb je al iets geregeld?'

Patrick Ryan had geen heikeler onderwerp kunnen aansnijden. De Sjah reed zonder een woord te zeggen verder; er was in geen jaren zo tegen hem gesproken. Zijn geld was een bron van trots en tevredenheid en gaf hem een groot gevoel van veiligheid. Hij zei helemaal niets meer totdat de auto de twee cafés van Shruhaun naderde, naast het beekje en de dakloze abdij. Terwijl Patrick doorging met zijn preek, zette hij de auto stil op het stenen bruggetje.

'Ik hoef er hier niet uit. Het is spijtig voor ze, maar ik heb voor vandaag mijn buik vol van cafés. Ik ga door naar het meer.'

'Eruit!' zei de Sjah, die strak voor zich uit keek.

Als Patrick Ryan wat nuchterder was geweest en wat opmerkzamer, was het hem niet zo koud op zijn dak gevallen.

'Je hoeft het allemaal niet zo serieus op te vatten. We zaten toch alleen maar een beetje gekheid te maken? Er is geen reden om je zo op te winden.'

'Het is genoeg geweest. Eruit.'

Toen Patrick Ryan doorhad dat zijn poging om de zaak glad te strijken faalde, sloeg zijn stemming weer om. 'Ik zal je gratis en voor niets wat vertellen. Je mag dan geld hebben, maar je bent onnozel geboren en je hebt nooit wat bijgeleerd.'

'Eruit, zei ik. Het interesseert me geen fluit wat je denkt.'

'Je moet hem als de donder van je erf jagen', zei de Sjah nog eens toen hij binnenkwam. Toen hij had plaatsgenomen, vroeg hij om thee, maar hij wilde niets eten. Zodra hij de aanhanger had weggebracht, zou hij naar het hotel gaan.

'Jij bent een prachtmens, Kate. Wat jou betreft hebben we geen enkele bedenking, maar dat ligt anders voor die man van je', zei hij toen hij de thee aanpakte en op het onderwerp wijn terugkwam.

'Wat voor twijfels?'

'Wie geeft het feest?' vroeg hij, half voor de grap, maar bezorgd en afkeurend.

'Welk feest?'

'Iemand moet toch een feest geven met een dergelijke vracht in huis. En mannen die feestjes geven zijn meestal geen blijverds.'

'Er komen mensen op bezoek. Er zijn gelegenheden om iets te vieren. We kunnen er jaren mee toe', zei Ruttledge.

'Het zal me een feest zijn helemaal in je eentje. Het zou me niet verbazen als het erop uit zou draaien dat Kate je de deur uitzette.'

'De kans is groot dat ze dat toch wel doet.'

'En daar zou ze misschien helemaal niet verkeerd aan doen.' Hij begon zachtjes te schudden van het lachen, zijn goede humeur hersteld.

Ze liepen met hem mee naar de auto en de trailer. Kate gaf de bordercollie een koekje, dat hij gewichtig meenam naar de voorbank.

'Het spijt me dat ze die lading bij jou hebben gebracht. Ze hadden hem hier moeten bezorgen', zei Ruttledge verontschuldigend.

Terwijl hij de zware trailer keerde in de ruimte tussen het huis en de kale stalen staanders, hief hij, als voor een bisschoppelijke zegen, traag een hand op naar een grijnzende Patrick Ryan, die met gespeelde grote aandacht tussen de staanders stond. Uit voorgewende dankbaarheid beantwoordde Patrick het gebaar met een blasfemisch kruisteken – tikte voorhoofd, beide schouders en zijn borst aan – en toen de auto met de aanhanger keerde, hief hij zijn hand in een scherp militair saluut. Het was een voortreffelijke voorstelling, maar het beoogde slachtoffer keek niet eens in zijn spiegeltje toen de auto met de trailer knerpend langs de veranda het hek uit reed en langzaam langs de oever zijn weg vervolgde. Patrick had voor zijn eigen plezier toneelgespeeld. Er kwam geen reactie of applaus om de holle weerklank te overstemmen, en hij keerde zich vol ergernis af.

'Ze hadden niets ergers bij de loodsen kunnen bezorgen', zei

Ruttledge tegen Kate voordat hij zich weer bij Patrick Ryan voegde. 'Hij is nu vast aan het tellen om te zien of we vee hebben verkocht.'

'Wat moest de Sjah nou met die trailer?' vroeg Patrick Ryan toen Ruttledge terugkwam. 'Op zijn leeftijd gaat hij vast niet meer in de veehandel.'

'Wat spullen voor het huis die per abuis bij de spoorweg waren afgeleverd.'

Jamesie zou hebben gebrand van nieuwsgierigheid om uit te vissen wat er was afgeleverd, maar Patrick Ryan was niet nieuwsgierig naar de dingen om hem heen en vroeg niet door.

'Hij mag dan je oom zijn en hij mag zijn eigen gewicht in geld hebben verdiend, maar laat me je gratis en voor niets dít vertellen, jongen: hij is onnozel geboren en heeft nooit wat bijgeleerd.'

'Ik mag hem heel graag', verzekerde Ruttledge hem simpelweg. 'Hij was aardig voor me toen ik jong was. Die goedheid is er nog steeds, ook al is dat soms niet zo duidelijk te zien.'

Patrick wierp hem een indringende blik toe, maar Ruttledge bleef hem vastberaden aankijken, en na een hele poos draaide Patrick zich om en begon een hoek af te tekenen op een balk.

Ze wisten de zware balken overeind te krijgen en met behulp van ladders met bouten vast te zetten boven aan de stalen staanders. Terwijl ze in de hitte en de stilte aan het werk waren, was Bill Evans hun enige bezoeker toen hij naar het meer ging om emmers water te halen. Hij bleef met hen staan kletsen totdat Patrick Ryan hem wat sigaretten toewierp, en toen ging hij het huis binnen voor thee en eten en nog meer sigaretten.

'Misschien is hij wel gelukkiger dan wij allemaal, jongen. Hij weet niet beter', zei Patrick Ryan.

'Wie zal het zeggen?' zei Ruttledge luchtig.

'Wie zal het zeggen, als het erop aankomt, wie de man met het haveloze jasje is geweest', zong hij zacht. 'Het is een raadsel, jongen. En dat zal ook wel zo blijven.'

'Zou je met hem willen ruilen?'

'Nee, jongen. Ik zou nog niet willen ruilen met een edelman.

Iedereen wil zijn eigen leven. Als het erop aankomt wil niemand van ons met een ander ruilen. Het is maar goed dat we geen keus hebben. Als je keus zou hebben, zouden sommige onbezonnen types zich vast laten opereren tot ze iemand anders waren, zoals de types die van geslacht veranderen, waar je in de krant wel over leest.'

Ze wisten van tevoren nooit of hij zou komen opdagen, maar pas als zijn donkere gestalte opdook in de ruimten tussen de bomen om het meer, of bij de els naast het hek, of als hij in de deuropening van de kamer verscheen. Wanneer het werk voor die dag erop zat en ze hadden gegeten, bleef hij altijd hangen, omdat hij geen zin had om naar huis te gaan.

'Ik breng je met alle plezier naar Carrick om Edmund te bezoeken', bood Ruttledge een paar keer aan om te ontkomen aan de lange avonden die door hem in beslag werden genomen.

'Dat weet ik', antwoordde hij. 'Dat weet ik best, maar Edmunds dagen zijn geteld. Die jongen van ons was erg gemakkelijk, net als mijn vader. Mijn moeder heeft jaren in Amerika gezeten en was hard. Ze had een oog verloren toen ze in de stal door een hoorn was geraakt toen ze een koe vastbond, en bijna al het geld dat ze had teruggebracht uit Amerika is ze kwijtgeraakt in een poging het zicht in het andere oog te redden. Ze was erg hard. Ik ben op mijn beurt waarschijnlijk te hard geweest tegen Edmund. Maar wat doet het er uiteindelijk allemaal toe? Zodra Edmund wakker werd, zag ik dat hij ten dode opgeschreven was. Zijn leven hangt aan een zijden draadje in Carrick. We zullen hem niet meer terugzien.'

'Heb je zin om een ritje naar de stad te maken?' bood Ruttledge op andere avonden aan.

'Nee, jongen, nee. Als we naar de stad gaan, zetten we het maar op een drinken.'

'We zouden er een of twee kunnen nemen en het daarbij laten. We hoeven niet door te zakken.'

'Je zou inmiddels toch moeten weten dat een Ier niets half doet. Hij wil het per se grondig doen.'

'Er zijn een paar dingen voor het huis die nog gehaald moeten worden.'

'Ga jij maar naar de stad, jongen, als je inkopen moet doen', zei hij. Kate keek gealarmeerd op van haar strijkwerk. 'Waarom leg je dat niet weg zodat we een fatsoenlijk gesprek kunnen voeren, meisje?'

'We kunnen praten zoveel we willen als ik aan het strijken ben. Dat is gezelliger.'

'Het is moeilijk fluiten en kauwen tegelijk. Denk je dat de tekening die je hebt gemaakt ooit iets zal opleveren?'

'Ik denk het niet, Patrick.'

'Waarom ga je er dan mee door, meisje?'

'Het verduidelijkt wat ik zie.'

'Bedoel je dat niemand ooit een van die tekeningen zou willen hebben als je ze probeerde te verkopen?'

'Dat is best mogelijk. Een tante van mij heeft haar hele leven getekend en geschilderd. Ze was goed, maar heeft nooit een tekening of een schilderij verkocht.'

'Dan moet ze goed in de slappe was hebben gezeten.'

'Haar man was advocaat.'

'Hij zorgde dus voor brood op de plank. Ik neem aan dat zij ook geen kinderen hadden.'

'Ze hadden twee dochters.'

Hij raakte steeds gefrustreerder, want hij kon niet openlijk de aanval inzetten, maar ze konden ook niet met elkaar overweg. Wat hij wilde was onverdeelde aandacht, en zijn stemmingen waren onvoorspelbaar, altijd wisselvallig. 'Je hoeft me niets te vertellen over de mensen hier in de buurt. Ik heb hun akkers geploegd, hun huizen gebouwd, ik heb ze afgelegd, in hun bed geslapen en meegegeten aan hun tafel. Ze zijn zo dom als het achtereind van een varken. Het enige wat ze willen is zoveel mogelijk voor zichzelf bemachtigen en zo min mogelijk teruggeven. En hoe ouder ze worden – als je zou verwachten dat ze een beetje verstand hadden – hoe inhaliger die sukkels worden.'

'Nu oordeel je te hard. Je hebt hier heel wat fatsoenlijke mensen.'

'Er zijn er een paar', gaf hij met tegenzin toe. 'Maar die wijken erg af van het gangbare.'

'En Mary en Jamesie dan?'

'Mary is de grootste schat die er is.' Zijn gezicht lichtte op. 'Geen grotere lieverd dan Mary. En Jamesie zou je het hemd van zijn gat geven. Op een keer kwam ik hun ezel lenen. Hij had de ezel ingespannen en was mest aan het uitstrooien. Toen hij me zag aankomen, had hij de ezel in een ommezien uitgespannen. Hij zwoer bij alles wat hem heilig was dat hij de ezel nergens voor nodig had. Ik kon het ezeltje zo meenemen.'

'En jijzelf? Jij bent ook de beroerdste niet', zei Kate overtuigd.

'Inmiddels ken je me goed genoeg', lachte hij opgemonterd. 'Ik tel niet. Ik ben gewoon een soort hofnar. Toen je die tekeningen van me maakte, Kate, denk je dat je toen dichter bij de aard van het beestje bent gekomen?'

'Je hebt een boeiend gezicht, maar dat weet je zelf ook wel. Ik geloof niet dat ik het ooit helemaal goed heb getroffen.'

'Misschien is het maar goed ook dat ze nooit ergens zijn tentoongesteld waar iedereen ze kan zien', zei hij afhoudend, maar het was duidelijk dat hij ermee ingenomen was.

'We hebben veel hulp van je gehad toen we hier pas woonden', zei Ruttledge toen ze alleen waren en het hout voor het dak uitlegden.

'Dat stelt niets voor, jongen', zei Patrick Ryan. 'Wat had ik anders moeten doen?'

'De eerste keer dat ik je geld gaf, smeet je het in de wind. We moesten de biljetten terugzoeken in de struiken.'

'Daar staat me niets van bij, jongen. Ik heb in mijn tijd heel wat dingen gedaan die maar beter in het vergeetboek kunnen blijven, maar ik heb nooit geld aangenomen van buren.'

'Jij was hier de eerste keer dat de pastoor op bezoek kwam', zei Ruttledge.

'Dat staat me ook niet meer bij.'

'Jij hebt je verstopt. Toen de auto voor het hek stopte, zei je dat ik hem binnen moest vragen en me niet moest haasten om weer buiten te komen.'

'Het begint me te dagen. Ga verder, jongen.'

'Ik heb hem mee naar binnen genomen en heb thee voor hem gezet. Kate was in de stad. Hij was helemaal niet op zoek naar jou. We spraken over het weer, het vee en het land. Na een hele tijd vroeg hij: "Ik neem aan dat je je afvraagt waarvoor ik hier gekomen ben?" "Het is door mijn hoofd gegaan, maar het is niet belangrijk. Het is fijn dat u er bent", zei ik. "Hoe het ook zij", zei pastoor Conroy, "ik ben hier niet uit eigen beweging. Ik geloof in leven en laten leven. De man in Longford is erg geïnteresseerd in jou en waarom je uit de Kerk bent gestapt, en telkens als hij komt, zaagt hij me over jou door. Donderdag komt hij voor het heilig vormsel en een van de eerste dingen die hij me zal vragen is: Ben je al bij die man op bezoek geweest? En aanstaande donderdag zal ik hem klare wijn schenken en bevestigend antwoorden, en dat is de enige reden voor mijn bezoek.'

'Hij is goudeerlijk en draait er niet om heen', zei Patrick Ryan. 'De bisschop en hij liggen elkaar niet. Ze verschillen als dag en nacht.'

'Hij dronk zijn thee zwart, zonder suiker. Hij wilde zelfs geen koekje', zei Ruttledge.

'Het verbaast me dat hij thee wilde. Hij moet uit zijn doen zijn geweest. Over het algemeen slaat hij alles af als hij op huisbezoek komt. Hij leeft op fruit en brood en melk en water. Vee is zijn ziel en zaligheid, maar vlees eet hij niet. Ik denk dat er daarom geen grammetje vet aan hem zit, en het is toch een grote kerel.'

'Zodra we het huis uit kwamen, zag hij jou bij de schuur en liep meteen jouw kant uit', zei Ruttledge lachend. 'Nog voordat hij bij je was, begon jij al geld uit je zak te halen. Het was een onstuimige dag. De wind kreeg een vijfje te pakken en prikte het aan een meidoorn.'

'Ik had me niet moeten vertonen. Ik had kennelijk niet verwacht dat hij zo snel weer buiten zou komen', zei Patrick Ryan.

'Hij kreeg nog pingping van me. Ik had al een paar jaar geen kerkgeld meer betaald.'

'Nadat je hem had betaald, zag hij dat vijfje aan die doorn zitten en stak zijn hand ernaar uit. "Ik denk dat God die ook voor mij heeft bedoeld."'

'Hij heeft haviksogen, zeker als het om geld gaat. Jij hebt een goed geheugen, jongen.'

'Het was dezelfde dag dat ik je geld probeerde te geven. Je gooide het in mijn gezicht en alles verdween in de wind. We moesten de struiken in om het terug te zoeken.'

'Geld heeft me nooit geïnteresseerd', zei Patrick Ryan.

Toen de dwarsbalken met bouten aan de vier staanders waren vastgezet, gebruikten ze steigerplanken om tussen de ladders te kunnen lopen. De zware dakbalken werden onder verstek gezaagd en bevestigd. Ze begonnen de dakspanten te zagen. Het was schoon en prettig werk. Hoog op de steigerplanken stond een verkoelende wind die van het meer kwam. Het verkeersgedruis in de verte ging op in het zoemen van de insecten en het schelle vogelgezang. Af en toe streek er een winterkoninkje of een roodborstje neer op de dakbalken, dat op hen neerkeek alsof ze schapen of koeien waren en dan terugvloog naar de struiken. Ze waren er in de loop van de jaren zo aan gewend om met tussenpozen met elkaar te werken dat ze vaak zwegen. Als het tot een gesprek kwam, was het meestal Patrick Ryan die wilde praten, en zijn opmerkingen waren vaak sarcastisch en geestig, over mensen voor wie hij had gewerkt of die hij kende. Af en toe welde er uit de stilte zonder waarschuwing een ziedende, ternauwernood bedwongen neiging op om uit te vallen over gereedschap of een stuk hout dat niet op zijn plek lag. Die agressieve vlagen kwamen en gingen, en door er uiting aan te geven voorzagen ze kennelijk in een behoefte en putten ze zichzelf uit.

'Johnny zal inmiddels wel thuis zijn', zei Ruttledge tijdens het werk. 'Een dezer dagen zal hij wel op bezoek komen.'

'Ik weet het, jongen. Ik had ernaartoe moeten gaan om hem op te zoeken, maar ik heb er een bloedhekel aan om te doen alsof we de beste vrienden zijn. Hij was het ergste geval dat we hier in de omgeving ooit hebben meegemaakt. Hij is weggegaan toen hij de hele wereld aan zijn voeten had liggen.'

Toen ze de dakspanten vastspijkerden, begon de dakconstructie vorm aan te nemen. Elke nieuwe spant vormde zijn eigen vierkant of rechthoek, en vanaf de grond gezien omvatten die allemaal hun eigen stuk lucht; in de buitenste rechthoeken mengden zich bladeren van overhangende essentakken in de lucht.

'Waar kijk je naar, jongen?'

'Naar hoe de spanten de lucht omlijsten. Die vierkanten van licht zijn boeiender dan de vrije lucht. Ze maken het menselijker door de hemel kleiner te maken, en dan komt de hele lucht uit die kleine ruimte voort.'

'Zolang ze maar aan het staal vast blijven zitten is het goed, jongen.' Patrick Ryan lachte welwillend. 'Er is een tijd geweest dat mensen achter slot en grendel verdwenen voor minder dan wat jij nu zegt. Als je toen zo'n verhaal had afgestoken, zouden ze gedacht hebben dat je zo gek was als het paard van Christus, en dat was een ezel.'

In de vroege weilanden werden een paar maaimachines gestart.

'Ik zou dit jaar voor je kunnen maaien, Patrick, als ik de maaimachine tevoorschijn haal. Ik maai ook voor Jamesie', bood Ruttledge aan terwijl ze aan het werk waren.

'Nee, jongen, nee. Ik heb zat klanten die dat hebben aangeboden. Het duurt nog weken voordat mijn weilanden zo ver zijn, en als ze niet gemaaid werden zou dat ook niet zoveel uitmaken.'

Er trokken wolkenflarden over het blauw. Telkens wanneer het gehamer stopte, viel het gestage gezoem van insecten samen met de schelle klanken van de vogeltjes en de schrillere kreten van meeuwen en kraaien dichter bij de oever.

Ze hoorden een auto aankomen. Ze bleven op de ladders staan om hem langs de open plekken tussen de bomen te zien rijden.

'Godallemachtig, het lijkt hier inmiddels wel O'Connell

Street', zei Patrick Ryan toen de auto bij het meer afsloeg en de heuvel op reed.

Er kwam een groene Vauxhall tot stilstand onder de els bij het hek. Er stapten twee stevig gebouwde mannen van middelbare leeftijd uit.

'Stront aan de knikker', zei Patrick Ryan. Hij daalde snel de ladder af en liep gehaast naar het hek alsof hij niet wilde dat de mannen dichterbij kwamen. Ze gaven elkaar geen hand en er werden geen beleefdheden uitgewisseld. De drie mannen liepen het weggetje op totdat ze schuilgingen achter de hoge bermen.

Ruttledge herschikte de planken en legde de afgezaagde uiteinden van de balken en spanten op een hoopje, dat hij als brandhout kon gebruiken. Hij was het gewend dat mensen Patrick Ryan kwamen zoeken. Hij had hem vaak zijn gereedschap bij elkaar zien pakken om midden in het werk met ze mee te gaan. Vroeger had hij dat ergerniswekkend gevonden. Nu maakte hij zich er niet meer druk om. Er waren maar weinig klussen die je niet evengoed ongedaan kon laten.

Toen ze weer achter de hoge bermen van het weggetje tevoorschijn kwamen, stapten de twee stevig gebouwde mannen meteen in de groene Vauxhall en Patrick Ryan kwam langzaam teruglopen naar de schuur. Hij was niet in een goede bui en hij stond chagrijnig en in gedachten verzonken omhoog te staren naar het patroon van de balken en spanten.

'Hoe langer je leeft, hoe meer je moet slikken', zei hij.

'Wat is er aan de hand?'

'We hadden er creosoot op moeten doen.'

'Dat kunnen we ook vanaf de ladder nog doen.'

'Het zou een stuk makkelijker zijn gegaan als we zo slim waren geweest het erop te smeren voordat het hout van de grond ging.'

Toen ze de laatste spanten op hun plek spijkerden, maakte Patrick Ryan een bezorgde of afwezige indruk en maakte hij een paar foutjes, wat voor hem ongebruikelijk was.

'Wie waren die mannen?'

'Een stel verklaarde idioten uit het aarsgat van Drumreilly. Als zij iets gedaan willen hebben, denken ze dat hun klus de enige klus ter wereld is.'

'Hebben ze je bedreigd?'

'Laat ik het zo stellen, jongen, ze kwamen me geen sinaasappels brengen', zei hij.

De blikken creosootolie werden uit de schuur gehaald, waarna de donkere vloeistof in twee kleinere verfblikken werd overgegoten. Ruttledge haalde twee paar rubberhandschoenen en hield Patrick Ryan een paar voor.

'Nee, jongen. Trek jij maar handschoenen aan. Mijn huid is net leer.'

'Het is gevaarlijk spul. Je kunt de damp al ruiken.'

'Ik heb mijn hele leven gestuct en geschilderd en heb nooit handschoenen gedragen. En ik was nu niet anders van plan.'

Ze stonden hoog op de ladder om de creosoot in het blanke hout te kwasten toen Kate het huis uit kwam in een wit imkerpak met hoed en sluier. In haar gehandschoende handen hield ze een koperen beroker en een gele schraapbeitel. De beroker was aangestoken en ademde bleke rook uit als ze in de waaiervormige blaasbalg kneep.

'Wat gaat zij nou doen?'

'Met die uitrusting aan hoef je niet twee keer te raden.'

'Wat kan ze nou van plan zijn met die bijen?' vroeg hij strijdlustig.

'Ik weet het niet. Als ze terugkomt, kunnen we het haar vragen.'

Onbeheerst goot hij creosoot uit, en terwijl het over de balk liep, spetterde de olie alle kanten uit door de verwoede streken van de kwast. Een van zijn wangen bolde op en hij bewoog zijn kaken langzaam op en neer alsof hij zijn tong opat. Hij had zijn bui weer niet.

Kate bleef lang in de boomgaard. Toen ze weer verscheen, zag ze er ontreddert uit; haar lange haar wapperde om haar gezicht en er kwam rook uit de koperen neus van de beroker die ze onhandig vasthield. Ze zou snel voorbij gelopen zijn als Patrick niet had gevraagd: 'Hoe is het met de bijen?'

87

'Ze zijn nijdig.'

'Was je bang?'

'Nee.' Ze schrok van de spottende strijdlustigheid in zijn toon en bleef staan. 'Ik had de korven willen nalopen, maar het was geen doen. Ze waren woedend. Ik was inderdaad bang.' Er glinsterden kleine zweetdruppeltjes op haar voorhoofd toen ze opkeek. Eén kant van haar nek, waar ze gestoken was onder de sluier, was rood en geïrriteerd.

'Wat voor reden hadden de bijen op zo'n prachtige dag in Ierland om zo van de kook te zijn?'

'Ze wilden me niet om zich heen hebben. Het was geen goed idee.'

'Wat niet?'

'Om naar de korven te gaan.'

Ze wachtte, maar Patrick Ryan ging door met het uitgieten van creosoot over het hout en begon het met de kwast ruw te verspreiden. Toen er een wolk van donkere druppels gevaarlijk dicht neerkwam bij de plek waar ze stond, liep ze zonder te kijken of nog iets te zeggen snel door. De twee mannen werkten zwijgend verder, goten de creosoot uit, smeerden de olie uit met een kwast en verplaatsten de ladders.

'Op de ladder is het een trage rotklus', mopperde Patrick toen hij de zware ladder nog een keer verplaatste tegen de balk. 'Ik ga naar de boomgaard, want ik moet even de broek laten zakken.'

'Kijk maar uit bij die bijenkorven', waarschuwde Ruttledge.

'Die bijen laten me wel met rust. Mijn huid is net leer.'

Hij liep de boomgaard in, met zijn pet jolig achterstevoren. Onder het vieze witte overhemd waren zijn schouders en rug groot en gespierd, maar zo volmaakt geproportioneerd dat hun kracht verhuld bleef.

Ruttledge ging door met kwasten. Er school een geesteloos genoegen in het uitstrijken van de donkere vloeistof over het hout in de warmte en de zachte wind vanaf het meer. Heel in de verte hoorde je het metalige geluid van de arm van een graafmachine, onderbroken door schrapende geluiden.

In zijn trage gedachteloosheid was de terugkomst van Patrick Ryan als de eruptie van lucht die zich voordoet in het geelachtige licht van gemaaide weilanden tijdens een hittegolf. Gedroogd gras en bladeren, en zelfs deeltjes van takken, worden tollend hoog in de lucht geworpen als een drukke, wervelende cilinder van stof en vliegende lucht, die dan even snel weer verdwijnt en als een luchtspiegeling in een ander deel van het weiland opduikt. Tijdens het rennen probeerde Patrick zijn broek met één hand omhoog te houden. Zijn vrije hand zwaaide woest heen en weer in een poging zijn kwelgeesten te verjagen. Hij draaide zich fel om naar de aanvallende bijen en sloeg links en rechts om zich heen, maar dat haalde niets uit; toen hij zich omdraaide en verder rende sloeg hij in een kleinere, wanhopige kring om zijn hoofd. De broek die hij niet meer kon vasthouden hing als een hinderlijk hoopje om zijn enkels en bij elke worstelende stap dreigde hij te struikelen. Aan de voet van de ladders draaide hij zich om en bleef staan. Met zijn pet sloeg hij de afzonderlijke bijen weg die als duikbommenwerpers zoemend op hem af kwamen. Ruttledge stond machteloos. Hij moest zelf verdwaalde bijen wegslaan die op hem afkwamen, hoog op de ladder. Er raakte een bij verstrikt in zijn haar. De aanvallen namen slechts heel geleidelijk af. Onderaan de ladders zat Patrick Ryan, diep in elkaar gedoken, maar zijn ademhaling werd minder moeizaam. 'Godallemachtig, wat een klotebeesten', riep hij uit.

Er klonk gezoem uit zijn haar. Met zijn pet sloeg en veegde hij tegen zijn hoofd tot het zoemen ophield. Ruttledge hielp hem zijn overhemd en zijn broek te doorzoeken. Er zaten zelfs bijen in zijn schoenen. Toen Ruttledge een aantal bijen losschudde die onder de kraag van zijn overhemd vastzaten, riep hij woedend: 'Waarom sla je die hufters niet dood?'

'Dat is niet nodig.'

'Ze zouden allemaal dood moeten. Ze horen niet in de buurt van een huis. Ik zat daar met mijn broek op mijn enkels over de toestand van de wereld te mijmeren toen ze verdomme als een wolk op me neerdaalden.'

'Doet het erg pijn?'

'Laat me je dit vertellen, jongen, ik zou die pijn niet verruilen voor een plekje in de hemel.' Hij lachte manhaftig. 'Het gaat wel weer over. Alles gaat over als je maar lang genoeg wacht.'

'We hebben er wel een middeltje voor in huis.'

'Dat helpt toch niet. We besteden er gewoon geen aandacht aan. Het gaat wel over als het zover is.'

'We gaan binnen even pauzeren. Als we terugkomen, zijn ze wel tot bedaren gekomen. Ik ben wel toe aan een glas water', zei Ruttledge.

Het was koel in huis. Het donkere licht was rustgevend. Hoe Kate ook aandrong, Patrick Ryan wilde niet dat ze de steken bekeek of behandelde.

'Daar helpt geen moedertje lief aan. Je moet er gewoon geen aandacht aan besteden. Behandel je man maar als hij wil.' Zo wimpelde hij alle hulp af.

'Die paar steken van mij stellen niets voor', zei Ruttledge.

'Geef me maar een flink glas whiskey', zei Patrick Ryan. Er werd een groot glas ingeschonken. Hij wilde er water noch limonade bij. 'Ierse morfine. Dat we elkaar in de hemel allemaal weer mogen treffen. Moet ik in mijn uppie drinken?' Hij hief zijn glas om te proosten.

'Het is te warm en ik heb geen pijn.' Als gebaar schonk Ruttledge zichzelf een bodempje in en lengde het aan met veel water. Kate nam thee.

Patrick Ryan kon niet stilzitten van de pijn terwijl hij dronk, maar zijn humeur verbeterde met de minuut. 'Ze daalden als een wolk op me neer', zei hij. 'Het geluid was erger dan de duisternis. Hoe je ook rende of draaide, ze zaten om je hoofd en ik kon ze niet wegslaan.'

'Het spijt me. Ik had je moeten waarschuwen', zei Kate. 'Ik heb ze nog nooit zo nijdig gezien. Ik kon niets met ze uitrichten, zelfs niet met dat pak aan.'

'Jij kon er niets aan doen, Kate. Die man van je heeft me gewaarschuwd, maar daar heb ik me niets van aangetrokken.'

Tijdens het praten zat hij voortdurend heen en weer te schuiven op zijn stoel. Hij praatte alsof het praten zelf de pijn kon verlichten. Hij dronk schielijk en leek niet te merken dat Kate zijn glas bijschonk.

Hij vertelde over een ongeluk bij het maaien, dat was gebeurd toen hij een kind was. Een man was met een jong paard een weiland aan het maaien toen het blad een nest wilde rode bijen doorsneed. Het jonge paard was nerveus. Ze zeggen dat bijen angst kunnen ruiken. Ze vielen het arme paard aan. De man werd gelukkig weggeslingerd toen het paard op hol sloeg. In een mum van tijd had het paard de disselbomen en touwen aan flarden getrokken en viel toen morsdood neer. Patrick Ryan had de man nooit gezien en had nooit een voet op het weiland gezet, maar hij kon de man voor zich zien op zijn enkelbladige maaimachine met het jonge paard en de grote bomen van een omheind weiland alsof het echt was, even echt alsof hij erbij was geweest.

'Voor de geest is er geen verschil tussen het verleden en het heden', zei Kate. 'Het zijn maar beelden.'

'Weet je zeker dat je niets gedronken hebt, Kate?' vroeg Ruttledge.

'Het moet van de aspirines en het zalfje komen', zei ze met een knipoog.

Patrick Ryan was zo geconcentreerd dat dit kleine intermezzo hem ontging.

'Je had rode bijen en zwarte bijen. We plunderden de nesten in het weiland en zogen de honing eruit. De rode bijen waren het ergst. Door die cirkelmaaiers en dat gedoe met hooibalen zijn alle nesten uit de weilanden verdwenen', zei Patrick Ryan terwijl hij voorzichtig ging staan. 'Als we nog meer van deze pijnstiller nemen, vallen we nog van de ladder. Laten we in naam van God en zijn Heilige Moeder maar weer aan de slag gaan.'

Buiten vlogen de bijen nog steeds rond, maar ze vielen niet meer aan. Op de sporten van de ladder bleef Patrick Ryan zijn gewicht van de ene naar de andere voet verplaatsen, maar hij beklaagde zich niet één keer en hield al die tijd een stroom van grapjes en anekdotes op gang alsof het praten de pijn verlichtte. In de stiltes floot hij en debiteerde onzinrefreinen en godslasteringen. Bezorgde vragen werden afgewimpeld.

'Het stelt niets voor. Over een uurtje weet ik niet eens meer dat ik gestoken ben. Dan ben ik het glad vergeten.'

Door een plotseling luid gekuch en het harde, opzettelijke schrapen van schoenen over het grind werd hun blik getrokken naar een man die een damesfiets naar het huis duwde, met een rieten mandje aan het stuur. Het zadel was bedekt met een wollen breisel dat aan een theemuts deed denken. Hij had zijn hoofd diep gebogen, alsof hij eerder een dier of een circusclown was dan een man en hij tilde zijn voeten langzaam op om overdreven, komische stappen over het grind te nemen. Zijn pak was van blauw kamgaren. Zijn rode stropdas hing losjes om zijn nek. De onderkant van zijn broekspijpen had hij in zijn donkere sokken gestopt. Zijn grijze haar zag donker van de pommade en was glad achterover gekamd over zijn kalende schedel. Toen hij met de fiets aan de hand dichterbij kwam, werd zijn loopje langzamer en nog overdrevener, als een dier dat onbekend terrein betreedt.

'Johnny is thuis! Johnny is over uit Engeland!' riep Patrick Ryan uit.

Onder de stalen staanders hief Johnny zich in zijn volle lengte op, gaf de fiets een zet, zodat hij wiebelig verder reed voordat hij vlak voor een van de staanders omviel, klakte zijn hakken tegen elkaar en salueerde. 'Present', riep hij.

De pijn die hem door de bijen was toegebracht werd opzijgezet toen Patrick Ryan zich de ladder af haastte om naar zijn oude vriend te gaan. 'Johnny. Je hebt het nog steeds, ouwe makker van me.' Hoog in de lucht sloegen ze hun handen in elkaar als atleten die een overwinning hebben behaald en hielden ze toen stil alsof ze wilden uitmaken wie de sterkste was.

'They're all fucked', zong Johnny.

'Except our Ellen', viel Patrick Ryan in terwijl ze in het rond dansten met hun ineengeslagen handen hoog in de lucht.

'And she's, and she's, and she's', zongen ze tijdens het rond-

draaien. *'And she's in Castle – Castlepollard'*, zongen ze terwijl ze buiten adem bleven staan en juichten.

'Welkom thuis. Welkom thuis uit Engeland.'

'Fijn om thuis te zijn. Fijn te zien dat jullie het allemaal goed maken.'

'Welkom thuis, Johnny.' Ruttledge gaf hem een hand.

'Fijn, fijn je te zien. Gaat het goed met de vrouw des huizes?'

'Ze zal het heerlijk vinden je te zien.'

'Ik hoorde het gisteren pas', zei Patrick Ryan.

'Alles ging tiptop volgens plan', zei Johnny. 'Jamesie stond als gewoonlijk met Johnny Rowleys auto bij het station. We zijn een paar cafés af geweest. Toen we thuiskwamen, wipte Mary het lendestuk in de pan, en hij was mals als boter. Jamesie viel in slaap tegen het fornuis en verbrandde zijn voorhoofd terwijl we zaten te eten. De reprimande die Mary hem gaf zou je hart goed hebben gedaan. Kortom, alles ging volgens plan en het had niet verbeterd kunnen worden. Ik heb Mary's fiets geleend om hiernaartoe te fietsen en jullie allemaal te zien. Het is fijn dat iedereen er zo goed uitziet.'

'Werk je nog steeds bij Ford in Dagenham?'

'Nog steeds bij Ford. In de kantine, stofzuigen en de toiletten schoonhouden. Je kunt het amper werk noemen.'

'Dat moet beter zijn dan aan de lopende band', zei Patrick Ryan.

'De lopende band was vreselijk. Die heeft mijn oude oren geen goed gedaan', zei hij, wijzend op een lichtgekleurd kunststoffen gehoorapparaat dat in zijn linkeroor zat. 'Daardoor ben ik in de kantine terechtgekomen.'

'Je hebt de vergissing van je leven gemaakt door hier weg te gaan. Je was in het paradijs, maar besefte het niet. Je bent weggegaan en hebt alles opgegeven.'

'Misschien heb ik wel een vergissing gemaakt', gaf Johnny beteuterd toe, alsof alleen beteuterd kijken het oordeel kon afwenden. 'Maar gedane zaken nemen geen keer.'

'Patrick is voor niemand genadig', zei Ruttledge bij wijze van troost.

'Ik zeg de waarheid en vraag geen gunsten.'

'De waarheid komt niet altijd goed van pas.'

'Ja, wat wel?'

'Vriendelijkheid… begrip… medeleven misschien. Ik ga Kate vertellen dat Johnny er is. Ze zal een en ander in gereedheid willen brengen.'

'Zeg haar dat ze geen drukte moet maken. Ik ben hier alleen naartoe gefietst om te kijken of jullie het goed maken.'

'Hup, naar huis', zei Patrick Ryan baldadig tegen Ruttledge. 'En zeg maar dat we voorlopig niet binnen komen.'

'Dus ze zijn er nog steeds?' zei Johnny toen Ruttledge weg was.

'Levensgroot.'

'Ik had nooit gedacht dat ze het zouden volhouden. Elk jaar als ik thuiskom, verwacht ik dat ze vertrokken zijn.'

'Ze zijn aan het uitbreiden', zei Patrick Ryan met een ironisch gebaar naar de vier stalen staanders die de vierkanten en recht-hoeken hout bij elkaar hielden. 'Ik denk dat we maar beter aan het idee kunnen wennen dat ze hier net als wij zullen blijven tot de lijkwagen voorrijdt. Ze hebben zelfs land bijgekocht, alsof ze al niet genoeg hadden.'

'Dat heb ik gehoord. Gaat het ze nu beter af?'

'Het kan ermee door. Je weet zelf dat je hier op het land geboren moet zijn. Die broer van jou heeft er in het begin voor gezorgd dat ze het hoofd boven water hielden. Alles hier krijgt een koninklijke behandeling. Er loopt hier een zwarte kat met witte pootjes rond die bijna op zijn achterpoten gaat staan om zijn ontbijt te bestellen. Het komt je duur te staan als je erop betrapt wordt dat je hem stilletjes een snelle schop onder zijn hol ver-koopt. De koeien lopen achterom naar het huis om te loeien alsof ze van de vakbond zijn als het gras niet van de gewenste kwaliteit is. Ze hebben de weilanden opnieuw ingezaaid en hebben scha-pen moeten kopen om het gras kort te houden. Ze zijn die schapen zelfs leuk gaan vinden, terwijl er toch geen stommer beest op Gods aardbodem rondloopt. Er is een oude korthoorn, die ze melken voor eigen gebruik, die zowat in een leunstoel gaat zitten en d'r bril opzet om de *Observer* te lezen. De bijen hebben een uur geleden zowat mijn billen opgevreten. Zij tekent alles wat ze ziet. Ze heeft zelfs een tekening van mij gemaakt.'

'Was het wat?'

'Nou, je zou hem niet aan de wand hangen', zei hij met een lachje. 'Je zou niet kunnen uitmaken of ik mens of dier was.'

'Zij heeft waarschijnlijk de broek aan. In Engeland is het meestal de vrouw die de broek aan heeft. De mannen zijn zo bekaf dat het ze niet meer kan schelen.'

'Ik zal je wat vertellen: ze spelen allemaal de baas als ze de kans krijgen. In alle huizen waar ik over de vloer kom is 't hetzelfde liedje. Dat stel daar is anders. Ze lijken elkaar nooit in de haren te zitten. Soms vraag je je wel eens af of ze eigenlijk wel man en vrouw zijn.'

'Vreemd hè, als je denkt aan al de mensen die hiervandaan naar Engeland en Amerika en alle uithoeken van de aarde zijn gegaan terwijl dit stel tegen het tij in is teruggekomen.'

'Die mensen moesten wel gaan. Ze hadden geen keus. Jij bent gegaan terwijl het niet hoefde.'

'Ik weet het. Ik weet het. Ik weet het.'

'Jij zou je schaapjes op het droge hebben gehad, jongen, als je was gebleven.'

'We zouden allemaal rijk zijn als we alles van tevoren wisten.'

'Iedereen zag dat toen zo, en toch zag jij het zelf niet.'

'Wat iedereen vindt, telt niet. We moesten, denk ik, omwille van de lieve vrede maar naar binnen gaan.'

'Wacht even', zei Patrick Ryan, en hij begon zijn gereedschap bij elkaar te zoeken – een waterpas, een stalen meetlint, een winkelhaak, een zaag, een hamer en allerlei beitels – en in een bruine tas te doen.

'Iets anders waarvoor ze hier zijn gekomen is de stilte. Wil je goddomme eens naar die stilte luisteren en bedenken of je daar in jezusnaam niet gek van zou worden?'

Als uit een diepgewortelde herinnering aan timing en ensemblespel namen de twee mannen ineens een komische, overdreven luisterhouding aan, één hand aan hun oor, en stonden er versteend bij, als beelden in een park.

In de minuut dat ze hun mond hielden, leken de vogels in de takken nog onstuimiger te zingen. Bijen waren rumoerig aan het werk tussen de stengels rode en witte klaver. Bij de oever hoorde je koeien loeien. Verder weg reden auto's en vrachtwagens langs op de hoofdweg, en van nog verder weg kwam nog steeds het scherpe, luide, metalige geluid van een graafmachine die een haag rooide of de fundering voor een huis uitgroef. Even plotseling als ze zich hadden overgegeven aan deze parodie op luisteren en stilte, begonnen ze uitgelaten en rumoerig te dansen, te juichen, in hun handen te klappen en stuntelig om een staander te dansen terwijl ze elkaars opgeheven arm vasthielden.

Ze waren allebei buiten adem, en Johnny zag er verhit uit en zweette hevig, maar zijn stemming was enorm opgeklaard. 'We moesten maar naar binnen gaan voordat we er nog slechter aan toe zijn', zei hij lachend en naar adem happend.

'Als we nog langer buiten blijven, denken ze nog dat ze over de tong gaan', zei Patrick Ryan.

Ze gingen lawaaierig naar binnen.

'Welkom thuis, Johnny.'

'Het is heerlijk om thuis te zijn, Kate. Heerlijk om te zien dat het jullie goed gaat.'

De vierkante sandwiches waren afgedekt met een vochtige theedoek. Ze haalde de doek van de gele schaal en zette hem op een stoel tussen de twee mannen in. Ruttledge schonk een glas rum in uit een bestofte fles en deed er zwartebessensiroop bij. 'Rum met zwarte bessen', zei Johnny toen hij zijn glas aanpakte. 'Je had niet zoveel moeite hoeven doen. Een whiskey was ook goed geweest.'

'Die fles staat jaar in jaar uit min of meer op jou te wachten. Heel weinig mensen hier in de buurt drinken rum, behalve misschien een of twee met kerst.'

'Zodra ik de Prince of Wales binnenkom, zetten ze de rum met zwarte bessen al op de toog voordat de vaste klanten ook maar de tijd hebben gehad om hun glas te heffen', zei Johnny.

'Ik weet niet waar je dat hebt leren drinken', zei Patrick Ryan. 'Je dronk al rum voordat je wegging.'

Ruttledge schonk voor Patrick Ryan een groot glas whiskey in en schonk er water bij uit de bruine kan. Kate schudde haar hoofd op zijn onuitgesproken vraag. Hij schonk een whiskey voor zichzelf in en proostte met de mannen.

'Op jullie gezondheid.'

'En morgen nog meer, als God het wil, zoals Jamesie zegt.'

'Proost en gezondheid.'

'"Heremijntijd, jongen, hou je mond hier, anders worden we eruit gegooid", zoals Pee Maguire tegen zijn Engelse schoonzoon zei toen hij hem zijn eerste pilsje kocht in het café', zei Patrick Ryan gekscherend.

Omdat geen van de mannen nog een sandwich had gepakt, liet Kate de schaal rondgaan toen de glazen werden bijgeschonken.

'Dit zijn heerlijke sandwiches, Kate', zei Johnny.

'Fijn dat je weer thuis bent, Johnny', zei Kate nog eens.

'Johnny was de beste schutter die we in dit deel van het land ooit hebben gehad', zei Patrick Ryan. 'Als er links en rechts om hem heen werd geschoten, hoefde hij alleen maar zijn geweer omhoog te richten of de vogels vielen al als een baksteen uit de lucht.'

'Tegenwoordig zou ik nog geen huis meer kunnen raken', zei Johnny. 'Een paar zomers geleden heb ik Jamesies geweer nog eens ter hand genomen voor een paar grijze kraaien. Ik raakte niks meer.'

'Met een beetje oefening zou het wel weer terugkomen.'

'Ik betwijfel het. Ik ben het kwijt', zei hij simpelweg. 'Patrick hier was de beste acteur die we in dit deel van het land ooit in een toneelstuk hebben gezien. Hij was de ster.'

'Ik zou niets zijn geweest zonder de anderen.' Patrick kon zijn genoegen niet verbergen. 'We waren allemaal goed. Wij tweeën brachten het beste in elkaar boven. Heel wat mensen zeiden dat we even goed waren.'

'Toen we in Athlone de Confined Cup wonnen, was Patrick de uitverkorene. Ik kreeg soms wel een eervolle vermelding, maar ik heb nooit iets gewonnen.'

'Het doet er niet toe wie er won of niet won. In Athlone wonnen we allemaal en zijn we een week doorgezakt.'

In de stemming gebracht door de rum en de whiskey en de herinnering aan de toneelzalen van vroeger ervoeren de twee mannen een intensiteit van gevoel en genegenheid die de bijna verstreken dag niet lang in stand kon houden.

'Hoe is het in Engeland?' vroeg Patrick Ryan op luide toon.

'In Engeland verandert niet veel. Alles verloopt daar volgens een vast stramien. In Engeland loopt alles min of meer volgens plan.'

'In tegenstelling tot hier in dit kloteoord. Je weet nooit wat een Ier van het ene moment op het andere gaat doen. En bovendien is de kans groot dat hij het zelf ook niet weet.'

'Iedereen heeft zo zijn eigen manier van doen. Soms werken de Engelsen misschien wel wat al te veel volgens plan', zei Johnny.

'Dat gevaar zit er hier niet in. Mensen hebben geen manieren.'

'Sommige mensen hier hebben uitstekende manieren', protesteerde Kate.

'Een paar misschien', gaf Patrick Ryan met tegenzin toe. 'Maar er zijn geen regels. Die bedenken ze terwijl ze maar wat aanklooien.'

'Woon je nog steeds in hetzelfde huis in Engeland?' vroeg Ruttledge.

'In hetzelfde huis. Aan Edward Road. Een kamer op de bovenste verdieping. Het is soms wel een hele hijs om die trappen op te lopen, maar het is beter dan iemand boven je hoofd hebben. Toen ik een kamer in Fairlop had, woonde er een Pool in de kamer boven me. Heremijntijd, je zou zweren dat hij in een dodencel zat, op en neer, op en neer, ook midden in de nacht, je zou er zelf ook bijna door gaan ijsberen. De kamer aan Edward Road is ruim, met een groot raam. Je kunt er de verlichting in de Prince aan zien gaan.'

Ineens, alsof hij Johnny's hooggelegen kamer voor het eerst zag en door het grote raam uitzicht had over Edward Road, helemaal tot aan de Prince of Wales, voelde Patrick Ryan zich aangetrokken tot de kamer net zoals hij zich aangetrokken voelde tot vreemden, en hij begon vragen te stellen over de kamer en het huis en de mensen in de andere kamers.

'Dat heb ik vast allemaal al eens verteld. Ik woon al vijf jaar in die kamer aan Edward Road', zei Johnny.

'Vertel nou maar. Er is niets nieuws onder de zon. En mensen vergeten. Dan horen we het nog een keer', drong Patrick Ryan aan.

Er stond een tafel in de kamer, een stoel met een hoge rugleuning, een eenpersoonsbed, een leunstoel om in te lezen en naar de radio te luisteren, een gashaard in de kleine schouw. Op de schoorsteenmantel boven de haard had hij altijd een stapeltje muntjes voor de gasmeter op de overloop. In een hoek van de kamer, net achter de deur, had je het gasfornuis en de gootsteen. Hij had geen televisie. Hij zag genoeg tv in de kantine op zijn werk en in het weekend in het bookmakerskantoor of in de Prince of Wales.

'Het huis is van meneer Singh. Hij is een Indiër, rijdt in een Mercedes en heeft verscheidene huizen. Alle rijke Indiërs rijden in een Mercedes. Op donderdagavond komt hij persoonlijk de huur ophalen. Als er iets is – een kapotte gaspit of een stopcontact – meld je dat op donderdagavond aan meneer Singh en wordt het meteen gerepareerd. De Indiërs doen altijd alles volgens plan. Meneer Singh drinkt niet. Maar heel weinig Indiërs drinken, dat mogen ze niet van hun geloof. Er wonen in huis ook een Schot en een Welshman, maar verder zijn het allemaal Ieren, en op twee na zijn het bouwvakkers. Meneer Singh verhuurt alleen aan vrijgezelle mannen: geen getrouwde mannen, geen vrouwen, geen kleurlingen.'

'Meneer Singh moet zelf toch ook een kleurling zijn', zei Kate.

'Dat maakt geen verschil, Kate. Het gaat om zaken. Meneer Singh zei eens tegen me: "Zelfs in Ierland meng je geen roodborstjes met zwarte kraaien." Er woonde een tijdje een nicht, een Engelsman, maar die kwam in aanvaring met de bouwvakkers. De bouwvakkers slapen er alleen maar. Ze worden al vroeg opgehaald door een busje. Ze werken veel op de luchthaven en in de tunnels. De meesten gaan meteen uit hun werk naar het café, zonder zich om te kleden. In het weekend werken ze ook. Ik geloof niet dat ze zich wel eens in de kerk vertonen. Ze verdienen een smak geld. Een paar van de getrouwde mannen passen wel goed op, want die sturen geld naar huis, maar bij de meesten vliegt het hun zak uit. Het komt wel eens voor dat een van hen ernstig gewond raakt. Ik heb gehoord dat er zelfs een paar om het leven zijn gekomen. Dan staan ze voor elkaar klaar en zamelen geld in. Een heleboel mensen mopperen over de bouw-vakkers, maar ik heb niks op ze aan te merken. Ze geven mij altijd hun geld, zodat ik het op donderdagavond aan meneer Singh kan afdragen, en nu zamel ik het geld in van het hele huis. Dat vindt iedereen prettiger. De bouwvakkers zijn stuk voor stuk grote, sterke kerels.'

'Ik kan me niet voorstellen dat zij en zo'n nicht goed met elkaar konden opschieten', zei Patrick Ryan grinnikend.

'Ik weet niet wat er is voorgevallen', zei Johnny resoluut. 'Er zat een knappe, zwartharige jongen uit de Galway Gaeltacht bij de bouwvakkers met wie die niet wilde aanpappen. Het komt erop neer dat hij in een ziekenwagen is afgevoerd. De politie is over de vloer geweest. Dat vond meneer Singh niet fijn. Maar het is met een sisser afgelopen. Die jongen uit Galway is kort daarna ook vertrokken. De kantine bij Ford is een makkie, tafels afruimen, de vloer en de wc's schoonhouden, geld inzetten bij de bookmaker voor de jongens die aan de lopende band staan.'

'Hoe is het met je gehoor?'

'Ik hoor vaak meer dan me lief is', zei hij.

'Toch, alles moet beter zijn dan die vervloekte lopende band.'

'Het lawaai was verschrikkelijk, maar het went. De tijd gaat snel als je aan de lopende band staat. Je hebt geen tijd om na te denken. Je bent veel te druk bezig. In de kantine duurt een dag vaak wel erg lang. Maar ik weet dat ik blij mag zijn dat ik die baan heb.'

'De avonden zijn, denk ik, ook wel lang om door te komen', zei Patrick Ryan.

'Dat valt wel mee. Als je maar een plan hebt', zei Johnny. 'Soms knap ik een uiltje. Als ik opsta, ga ik me wassen en scheren en trek andere kleren aan. Dat is het enige wat ik op die bouwvakkers heb aan te merken. Ze dragen de godganse dag dezelfde kleren. Als het dartsteam uit speelt, ga ik al vroeg naar de Prince. Er is altijd ruimschoots vervoer. Als we thuis spelen, ga ik er om een uur of halfnegen naartoe en als er geen wedstrijd is, kuier ik er om negen uur heen. Ze kennen me allemaal in de Prince. Op zaterdag en zondag slaap ik uit. Als ik op zaterdag de *Post* heb doorgenomen, plaats ik altijd een paar wedjes. Op zondag sla ik nooit de avondmis in de Saint-Ann over. Pater Wrynn is daar pastoor. Hij komt uit Drumshambo. Na de mis blijf ik hangen, en als hij het niet druk heeft, gaan we uitgebreid over thuis zitten praten. We maken er altijd grapjes over dat je de wind uit Drumshambo niet kunt ontlopen, hoe ver je ook reist.'

'Ik heb die arme vader en moeder van pater Wrynn goed gekend', zei Patrick meelevend. 'In die tijd moest je rijk zijn om een pastoor in de familie te hebben. De Wrynns waren niet rijk, maar ze werkten alle uren die God hun gaf. Ze dachten dat ze de hemel betraden op de dag dat pater Wrynn tot priester werd gewijd.'

'De zoon is helemaal niet vroom. Ik praat bijna elke zondag met hem', zei Johnny. 'Eigenlijk zijn alle pastoors in Engeland prettig in de omgang. Ze hebben geen rechtstreeks lijntje met God zoals die van hier.'

'Pater Conroy is niet zo', mengde Ruttledge zich in het gesprek.

'Pater Conroy is heel gewoon gebleven. Door die pastoors was het in dit land godsdienst voor en godsdienst na. Het is een goede zaak dat het wat afneemt', zei Patrick Ryan.

'Met de kerst ga ik met de trein naar Josie Connor in Birmingham. Ik zorg altijd voor de kalkoen en een paar flessen

Powers. Dan nemen we door wat er om het meer allemaal is gebeurd. Anne en Josie zijn bovenstebeste mensen. Ze schrijven me altijd ruim voor de kerst. Het zou een eenzame eerste kerstdag zijn als ik over een verlaten Edward Road moest uitstaren terwijl de Prince de hele dag dicht was en er alleen een paar mensen met cadeautjes over straat liepen.'

'Alle Connors waren geschikte mensen, zo geschikt als ze maar op twee benen kunnen rondlopen. Zelfs als ze aan de rand van het veen woonden, kon je nog van ze krijgen wat ze zelf niet hadden', zei Patrick Ryan, emotioneel van de whiskey. 'En Annes familie, de Doherty's, was min of meer uit hetzelfde hout gesneden. Daar kon je ook krijgen wat ze zelf niet hadden.'

Er verscheen een dikke goudvink, die aan de kleine wilde aardbeitjes in de hoge berm begon te pikken. De zwarte kat lag voor het raam te slapen, maar verstijfde toen zijn aandacht werd getrokken door de vliegensvlugge bewegingen van het vogeltje, dat als een opwindspeelgoedje rondhipte tussen de varens en het gras.

'Dat is nog eens een geweldige kat', zei Patrick Ryan sarcastisch. 'Ze zou het wel prettig vinden als ze het vogeltje aangereikt kreeg met mes en vork erbij.'

'De helft van het plezier in die wilde aardbeitjes bestaat uit kijken naar die goudvink', zei Kate. 'Ik ben blij dat de kat binnen is.'

'Ik ben het met Kate eens', zei Johnny. 'Ik heb op al het gevleugelde wild geschoten dat ooit heeft rondgevlogen. Maar nu zie ik ze liever rondvliegen.'

'Ik niet', zei Patrick Ryan. 'Ik zou ze allemaal neerknallen.'

'Hoe gaat het vandaag de dag met Bill Evans?' vroeg Johnny.

'Die gaat stug door. Hij gaat nog steeds naar het meer om emmers water te halen.'

'Die man heeft zijn plekje in de hemel wel verdiend', zei Johnny.

'Jezus Christus was niet beter af dan Bill Evans, alleen hebben ze Bill Evans nooit aan het kruis genageld. Hij heeft het beter sinds baas Packie dood is. Ik zou het niet de hemel willen noemen, maar het is een hele verbetering vergeleken met hoe hij het vroeger had', zei Patrick Ryan.

Johnny en Patrick wisselden sigaretten uit en staken er allebei een op met de ene lucifer die Johnny had afgestreken. Het gezicht van Patrick Ryan lichtte op met een vreemde, kinderlijke vredigheid toen hij zich vooroverboog naar het vlammetje, alsof ze weer terug waren in die oude, warme wereld die ze vroeger samen hadden gedeeld. Dat kon niet zo blijven. Zodra hij het laatste snelle trekje van zijn sigaret had genomen, hield hij Ruttledge zonder inleiding of waarschuwing de peuk voor.

'Gooi die eens naar buiten, jongen.'

Ruttledge zei niets en verroerde zich niet. De sfeer werd vervuld met gespannen onzekerheid. Het zachte gemurmel van de zomer buiten het huis, dat tot dusverre onopgemerkt was gebleven, drong de kamer binnen, en het gestuntel van een dikke zwarte vlieg tegen het raam bij de berm, waar eerst de vink had gezeten, klonk ineens luid.

Ruttledge stond langzaam op en maakte een buiging. 'Tot uw dienst, meneer', zei hij. Hij nam de nagloeiende peuk aan, opende het deurtje van de bruine Raeburn die niet brandde en wierp hem naar binnen. Hij was te zeer vertrouwd met dergelijke gebiedende verzoeken om zich te haasten. Hij had gezien hoe Patrick smekelingen die zijn diensten nodig hadden als onderdanige slaven zijn jas en gereedschap had laten dragen.

'Je zou geen slechte acteur zijn geweest, jongen', zei Patrick ongemakkelijk lachend toen Ruttledge het deurtje van de kachel sloot, maar in de kamer duurde het zwijgen voort.

'Ik had een asbak moeten klaarzetten', zei Kate.

Johnny had zijn gedoofde peuk al in zijn zak gestoken. 'Bedankt voor alles', zei hij terwijl hij opstond en zijn glas op tafel zette. 'Het is fijn te zien dat het jullie allemaal goed gaat nadat er weer een jaar is verstreken.'

'Bedankt voor je komst', zeiden ze. 'Het was fijn je weer te zien.'

'Ik stap op. Ik kom voorlopig niet meer terug', zei Patrick Ryan, zijn kwaadheid nog onverminderd na de onbevredigende aanvaring. 'Je hebt alle tijd om het hout in de creosoot te zetten. Op die manier hoef je je geen zorgen te maken over de regen op het hout.'

'Het komt wel goed.'

'Wat komt wel goed?'

'Alles. Met de creosoot, met alles', antwoordde Ruttledge.

'Het is niet goed, maar het moet zo maar', zei Patrick Ryan.

'Zou je ooit overwegen om voorgoed terug te komen als je bij Ford met pensioen gaat?' vroeg Kate, toen ze met hen meeliepen naar het hek.

'Ik weet het niet, Kate. Je raakt aan Engeland gewend. Als je je biezen hebt gepakt en elders je bed hebt opgemaakt, moet je er ook in gaan liggen', zei hij.

'Dat zou niks meer worden', zei Patrick Ryan. 'Hij kent hier nu niemand meer.'

'Denk je eraan om de groeten te doen aan Mary en Jamesie?'

'Komt voor elkaar', zei hij opgewekt, zijn Engelse accent hoorbaar.

'Je zult wel heel wat bezoekjes hebben af te leggen.'

'Niet zo heel veel, Kate. Een paar maar, en het worden er elk jaar minder. Daarom is het zo fijn dat het met iedereen zo goed gaat.'

Patrick Ryan pakte zijn tas met gereedschap op. Johnny duwde de damesfiets voort. De twee mannen leken in een levendig gesprek verwikkeld toen ze de heuvel af liepen naar de bocht van het meer. Twee keer bleven ze staan en hoorde je een heldere schaterlach opklinken.

Toen al het hout in de creosoot was gezet, stond het geraamte er op zijn vier staanders bij als een donker, lomp skelet. Toen Ruttledge aan het opruimen was, liep Kate langs de ladders om te controleren of de deksels van de korven niet van hun plaats waren geraakt tijdens het tumult van de vorige dag. De bijen waren rustig aan het werk.

Op zondag kwam de zwarte Mercedes aanrijden langs de oever en bracht een enorme doos chocola met een blauw lint erom mee voor Kate en een klein metalen kistje met handgrepen. Het metaal had de kleur van gras en aarde en zag eruit alsof het uit de legerdump kwam.

'Ik zie dat de kathedraal begint op te schieten', zei de Sjah terwijl hij zich langzaam van de voorbank wurmde.

'Vermoedelijk zal hij er zo wel een poosje bij blijven staan. Patrick is weer weg. God weet wanneer hij weer terugkomt.'

'Ik zeg je al een hele tijd dat je hem van je erf moet jagen.'

'Dat onderschrijf ik van harte', zei Kate.

'Zo mag ik het horen.'

Hij overhandigde Kate de doos chocolaatjes, waarop ze hem bedankte en protesteerde dat het veel te veel was.

'Het komt je toe', zei hij. 'Het is geen grammetje te veel.'

'Wat zit er in dat rare kistje?' vroeg Ruttledge.

'Ik ga een poosje op vakantie en laat dit hier', kondigde hij aan terwijl hij het metalen kistje op tafel zette. Hij was nog nooit met vakantie geweest, tenzij drie dagen vele jaren geleden bij Lough Derg als vakantie telden. Af en toe haalde hij herinneringen op aan hoe hij had geleden: de kou, de regen, het gebrek aan slaap, de nooit eindigende gebedskring op blote voeten, de honger, de scherpe stenen. 'Als de hel er ook maar iets van weg heeft, zorg ik er wel voor dat ik op het rechte pad blijf.' Die enkele keer per jaar dat je een warme zondag had en hij naar de oceaan in Bundoran reed om er te genieten van de golven en in de zon te liggen tot hij roodverbrand was, telde ook nauwelijks als vakantie.

'Ik ga naar Donegal, naar Burtonport', zei hij. 'Ik neem Monica en de kinderen mee. Dat arme mens moet er eens uit.'

Monica was zijn lievelingsnichtje, een lange, donkerharige vrouw met vier kinderen. Haar man was een succesvol ondernemer geweest, extravert en geliefd, een zwaarlijvige, zachtmoedige reus van een vent. Ze waren een markant stel geweest. 'Hij was gewaarschuwd, maar trok zich er niets van aan en daar heeft hij de prijs voor moeten betalen. Hij is zo in elkaar gezakt', zei de Sjah met enige voldoening, want ook hij was gewaarschuwd voor zijn overgewicht. Het verschil was dat hij er een gewoonte van had gemaakt om 's ochtends als ontbijt, de enige maaltijd waar hij nooit om had gegeven, grapefruit te eten omdat iemand hem had verteld dat je daarvan afslankte. Hij kocht ze per doos tegelijk. Ze hadden geen invloed op zijn gewicht, maar ze verschaften hem een excuus om met een onbezwaard geweten uitgebreide maaltijden te gebruiken in hotel Central. 'Ik heb hem verteld over de grapefruit, maar hij lachte er alleen om. Maar hij is er wel achter gekomen.'

Het was een hecht echtpaar geweest. Ondanks het plotselinge verlies had Monica de leiding overgenomen van de delen van het bedrijf die ze aankon terwijl ze haar kinderen grootbracht, en de delen die ze niet in haar eentje kon runnen had ze verkocht.

'Ze redt zich maar zo-zo', gaf hij met tegenzin toe. 'Ze heeft te veel handenbindertjes. Ze moet er eens uit.'

'Wat zit er in dat kistje?'

'Geld.'

'Waarom staat het niet op de bank?'

'Er staat al genoeg geld op de bank', zei hij verdedigend. 'De belastingman heeft de gewoonte om naar je bankrekening te kijken.'

'Wat ga je ermee doen?'

'Hier laten tot ik terug ben', zei hij en hij legde een sleutel naast het kistje.

'Hoeveel zit erin?'

'Er zal zo'n dertigduizend pond in zitten', bekende hij schoorvoetend.

'We gaan het tellen', zei Ruttledge beslist. De Sjah protesteerde, maar Ruttledge was vastbesloten; hij wilde geen ruimte laten voor achterdocht.

In de slaapkamer telden ze met gesloten gordijnen, als een stel dieven, het geld. Het metalen kistje bevatte ruim drieënveertigduizend pond.

'Je zou er een huis en land voor kunnen kopen. Je zou kunnen trouwen. Je kunt er een ander leven mee beginnen. Je zou naar Afrika of Amerika kunnen gaan', zei Ruttledge terwijl hij aanstalten maakte om het kistje op te bergen. 'Het is een vermogen.'

'Het is in elk geval beter dan wanneer een ander het heeft', beaamde de Sjah onzeker, en Ruttledge besloot niet meer te protesteren of er grapjes over te maken.

Er restte geen tijd meer om een wandeling over de velden te maken. De tijd was opgegaan aan het trage tellen.

Hij at zwijgend van een groot wit bord: braadworst, bacon, gegrilde halve tomaten, paddestoelen, ui, bloedworst, een dunne plak lever, een gegrilde lamskotelet. Van een ander bordje pakte hij sneetjes vers gebakken sodabrood die hij beboterde. Naast zijn stoel zat de bordercollie in stille afwachting. Zoals altijd bewogen de handen van de Sjah zich sierlijk.

'Vind je het goed?' vroeg hij beleefd toen hij klaar was.

'Natuurlijk.' Toen Kate knikte, gaf hij de restjes die op zijn bord lagen aan de bordercollie.

Met een hoorbare zucht van tevredenheid pakte hij de punt appeltaart, waarvan de korst met fijne suiker was bestrooid. Uit een wit kannetje schonk hij er room over. Hij nam een slok van zijn beker dampende thee. 'God zegen je, Kate', zei hij terwijl hij opstond en zijn pet pakte. 'Je zult me een poos niet meer zien.'

'Een heel leuke tijd in Burtonport.'

'Ik betwijfel of het leuk zal zijn', zei hij, 'maar we zullen er wel zijn.'

Vrijwel zonder waarschuwing sloeg het weer om, wat niet leidde tot de gebruikelijke zomerse buien, maar tot aanhoudende plensbuien, met in de verte donderslagen en snelle bliksemflitsen boven de velden en het meer. De zwarte kat raakte in paniek en kroop weg in een hoekje bij het fornuis, veilig achter de schommelstoel. In de natte buitenlucht hoorde je in alle afwateringsgreppels het water luid naar het meer stromen. Toen de onweersbui achter de rug was, hield het wisselvallige weer met harde wind en buien aan.

De dagen gingen voorbij met het verrichten van kleine karweitjes. De lammeren werden een tweede keer getroffen door de vlieg. Een oud schaap werd op haar rug aangetroffen, met twee kleine lammetjes aan haar zij. Als ze in die toestand was blijven liggen, was het dier ten dode opgeschreven geweest. Toen ze overeind werd gezet, strompelde ze in een kringetje rond en viel een aantal keren. Toen ze haar evenwicht had hervonden, ging ze eerst na of het haar eigen lammetjes waren voordat ze hen de uitzinnige vreugde van het drinken toestond. De tuin moest van onkruid worden ontdaan; de wortelen, sla, uien, bieten en pastinaken werden uitgedund; de bonen moesten worden gestut, het aardappelloof en de fruitbomen bespoten. Op zulke avonden aten ze laat. In het zachte licht leek de kamer groen en zo ruimtelijk te worden dat hij zich uitstrekte tot aan de velden en de toppen van de bomen, en leken de groene bermen en de weilanden en bomen tot in de kamer door te dringen met de hele volheid en het aanzien van de zomer.

'Het is al tijden geleden dat we Mary en Jamesie hebben gezien', zei Kate op een avond. 'Waarom maken we niet een wandeling om het meer? Johnny zal inmiddels wel weer naar Engeland zijn.'

Aan de oever van het meer, lager op de heuvel, onder het huis van het echtpaar Ruttledge, stond de ingang van het huis waarin Mary was opgegroeid; de natuurstenen muren en de bijgebouwen gingen schuil achter de hoge bomen. Midden in de huiskamer had een esdoorn wortel geschoten op de plek waar ze hadden zitten kaarten en 's avonds de rozenkrans hadden gebeden voordat de as over de gloeiende kolen werd gerakeld, maar je kon nog steeds goed zien hoe aantrekkelijk en mooi het woonhuis was geweest, op een steenworp afstand van het water. Het blauw van porseleinscherven in het ondiepe water van het meer bij de strekdammen getuigde zelfs van welvaart en comfort. Er groeiden verwilderde kersen-, appel- en perenbomen om het huis, en hier en daar lichtte het frisse groen van kruisbessen op uit de wirwar van een woekerende sleedoorn. De lente bij het meer werd nog elk jaar verwelkomd met de pracht van honderden gele en witte narcissen, ook al was er niemand meer in de buurt om ze op te merken.

Als schoolmeisje was Mary verliefd geworden op Jamesie en daarna had ze geen oog meer voor andere mannen. Hij kwam steevast op zijn aftandse fiets aanrijden langs het meer. Ze stond altijd op hem te wachten. Hun verkeringstijd verschilde als dag en nacht van de harde les die Johnny had geleerd.

Na hun trouwen nam ze haar intrek in het huis van Jamesie aan de overkant van het meer. Jamesies vader verruilde de kamer boven, waar hij sinds zijn eigen huwelijksdag had geslapen, voor Jamesies eenpersoonsbed in de kamer beneden, waar Johnny tegenover hem sliep, in het bed onder het raam.

Er verschenen vazen met bloemen op de vensterbanken en de tafels. Ze bracht wat kleur in huis met beddenspreien en stoel-dekjes, die ze uit haar ouderlijk huis had meegenomen. Het beddengoed werd regelmatig verschoond, gewassen, aan de lijn gehangen en gestreken. De maaltijden waren ineens heerlijk na hun vertrouwde, uiterst eenvoudige eten. Het huis was altijd al keurig bijgehouden, maar nu blonk het je tegemoet.

Jarenlang had ze op hem gewacht. Nu was ze bij hem. Dit was haar nieuwe leven, maar bij al haar vreugde ontdekte ze ook een nieuwe angst. Ze moest het andere huis, waar ze ook van hield, achterlaten, en ook haar vader en haar jongere broer. Hoewel ze haar verzekerden dat ze zich wel konden redden, bakte ze brood voor beide huizen en bracht de broden een paar keer per week naar de andere kant van het meer.

Elke donderdag reed haar vader met de ponywagen naar de stad. Als hij zijn inkopen had gedaan, ging hij naar hotel Hoy, dat eigendom was van zijn neef, en dronk verscheidene glazen van hun beste whiskey, een achttien jaar oude White Powers, terwijl hij met Hoy een onderhoudend gesprek voerde over politiek en de politieke partij waartoe ze allebei behoorden. Daarna bracht de pony hem naar huis. Tenzij het waaide of hard regende, zagen mensen hem altijd slapen in een hoekje van de ponywagen als de ponywagen langs de twee cafés van Shruhaun kwam. Er was zo weinig verkeer op straat, hij had zo'n bescheiden en zorgeloos karakter, en zijn kleine zwakte was zo alom bekend dat dit stille voorbijrijden slechts een warme glimlach van herkenning opriep. Geen mens riep hem zelfs een ondeugende begroeting toe. In de regel werd hij wakker als ze langs de oever reden en de pony zijn tred versnelde bij het vooruitzicht dat hij zou worden uitgespannen en water, hooi en haver zou krijgen. Als de snelle tempowisseling hem niet zou hebben gewekt, zou hij al snel worden wakker geschud door de vele kuilen in de weg.

Ongeacht wat voor weer het was, op donderdag kon Mary de drang niet weerstaan om met de twee honden naar de heuvelkam te gaan omstreeks de tijd dat de pony op de weg langs de oever werd verwacht. Ze slaakte een zucht van verlichting zodra de wagen in het zicht kwam en de pony een galop inzette. Ze keek hem helemaal na tot hij bij het huis kwam en de hond aansloeg: 'Dat zal hem vast en zeker wekken als hij nog niet wakker is. Ik wou dat iedereen zijn zaakjes even goed kende als die bruine pony.'

Wanneer Jamesie haar ermee plaagde dat ze naar de heuvelkam ging, deed ze er het zwijgen toe: ze begon te begrijpen dat zonder zorgen zijn gelijkstond aan niet liefhebben, en dat je dat gevoel niet kon delen. Ze was blij en voldaan dat haar eerste en oudere liefde, die al de dagen van haar jeugd niet één keer een boos woord tegen haar had gesproken, veilig thuis was en zijn donderdagse roes uitsliep in het grote bed met de opengewerkte koperen bollen.

Toen begon de wereld die ze had achtergelaten beetje bij beetje af te brokkelen. Op een zachte, regenachtige avond in oktober, toen sluiers van mist en lichte regen zowel de heuvels als het meer aan het oog onttrokken, kwam de pony veilig terug draven van het donderdagse uitje naar de stad, maar ergens onderweg had het leven in de wagen het tijdelijke voor het eeuwige verwisseld. Mary was te jong geweest om haar moeders dood te voelen. Dit was haar eerste grote verdriet, en ze was ontroostbaar.

'Geen man heeft een gelukkiger leven gehad. Een goede vrouw. Kinderen die werkten en geen problemen opleverden. En er dan tussenuit knijpen na verscheidene glazen White Power en een goed gesprek over politiek met Ned Hoy... Denk je dat wij er zo makkelijk vanaf komen? Kun je me een makkelijker manier opnoemen?' Jamesie probeerde haar verdriet weg te redeneren.

Binnen een jaar stond het huis leeg. Haar broer Tom had kennis aan een meisje uit Kesh dat naar een tante in Boston was gegaan. Ze schreven elkaar. Op de avond voor Allerheiligen vertrok hij naar Boston, en daar traden ze in het huwelijk. Mary mocht van hem kiezen welke spullen ze uit het huis wilde hebben. Ze koos slechts een paar dingen uit, alleen om hem een plezier te doen.

Op een milde zaterdag in oktober, toen de noten aan de hazelaar rijp waren, werd aan de oever de boedelveiling gehouden. Er verzamelde zich een grote menigte. Alles werd verkocht: de maaimachine, de ploeg, de zware rode keukenkast, al het vee, de pony, het tuig, de wagen. Ze was er niet bij aanwezig en ging zelfs niet naar heuvelkam om te kunnen kijken naar de menigte die zich had verzameld. Ze vroeg Jamesie te bieden op alle bruine kippen en de rode korthoorn die ze voor eigen gebruik placht te melken. Toen Jamesie triomfantelijk thuiskwam met de kleine koe en het krat vol klokkende kippen, leken het armzalige overblijfselen van een verdwenen wereld. De volgende ochtend had ze het te druk om er verder bij stil te staan. Ze was in verwachting en had het huis en drie mannen om voor te zorgen. Het was een moeilijke bevalling, maar ze was sterk en werd snel weer de oude. De jongen werd James genoemd, naar zijn vader en grootvader, hoewel Jamesie aanbood het kind naar Mary's eigen vader te vernoemen.

Vanwege deze jongen en de hoop op meer kinderen werd

besloten om het huis met een extra kamer uit te breiden. Patrick Ryan had in die tijd een aanvang met de bouw gemaakt en was even vaak aanwezig als de mannen die in het huis woonden. Johnny en hij stonden toen samen in toneelstukken en vaak oefenden ze hun rol tijdens het werk.

De Ruttledges hadden het gevoel dat de ziel van dat dakloze huis aan de oever van het water nooit was gestorven, maar gewoon was overgegaan naar het andere huis aan de overkant van het meer waar ze nu naartoe liepen. Vanaf het hek bij het meer klommen ze naar de heuvelkam. Vanaf daar liep er een pad langs een lage, met mos begroeide aardwal omlaag naar het huis in zijn ruige beschutting van bomen, voor het merendeel elzen, seringen en een paar essen, geen van alle erg groot. De border-collie en de rode terriër, Ruff en Bobby, kwamen hen fel blaffend tegemoet bij het tweede ijzeren hek, maar toen er tegen ze werd gepraat, gaven de honden kwispelend en snuffelend blijk van herkenning en vergezelden ze hen naar het huis. De bruine kippen zaten achter het gaas. Er stond van alles in bloei, Oost-Indische kers, duizendschoon, lelies en klimrozen. De muren van het huis en de schuren waren allemaal pas gewit, de deuren waren donkerrood geschilderd, de kozijnen in een feller, harder groen dan het zacht stralende groen van de weiden. De kamer die Patrick Ryan haaks op het oude huis had aangebouwd had een dak van leisteen. Het rieten dak van de oorspronkelijke drie kamers was vervangen door platen asbest. Op de zwarte venster-banken stonden kleine houten plantenbakken met fluwelige viooltjes en geraniums. De deur van het huis stond open, maar de stilte was zo groot dat je de klokken binnen kon horen tikken. Ze wisten dat ze waren herkend aan het blaffen van de honden en dat ze werden verwacht. Voor de grap klopten ze aan, en toen nog eens.

'Hoe later op de avond, hoe schoner volk.'

'Zo schoon zijn we niet. Wat nu?'

'Pech. Dan moet je maar buiten blijven.'

'Trek je niets van die malle vent aan. Hij zou een heilige nog te schande maken.' Ter verwelkoming kwam Mary met open armen naar hen toe en zoende hen allebei op de mond.

'Kate', gebood Jamesie met zijn reusachtige hand. 'Een lafaard is God een doorn in het oog. Een dapper mens sterft maar één keer.'

'Ik ben een zwakke vrouw, Jamesie.'

'Je bent helemaal niet zwak.' Ze gaf hem haar hand. Toen ze uitriep: 'Voorzichtig, Jamesie', ontspande hij zijn licht knellende greep met een kleine triomfkreet. 'Je bent een van Gods strijders, Kate. Je bent welkom.' Als een plechtige clown maakte hij een buiging voor Ruttledge. 'Jou heb ik nooit gemogen.'

'Ik voel me vereerd.' Ruttledge beantwoordde zijn buiging.

Na het felle avondlicht op het meer was het donker in de kamer met zijn ene kleine raam op het zuiden, ook al stond de deur open. Eerst zagen ze het kleinkind Margaret niet, dat op een laag krukje zat tussen Mary's stoel en het gele fornuis met de blinkende stang. Ze was een mooi, donkerharig kind, met een heel lichte huid en ogen met de kleur van sleedoornpruimen. Uit genegenheid tilde Ruttledge haar ter begroeting hoog in de lucht om te zien hoe ze sinds de vorige zomer was gegroeid.

'Dat kun je niet meer doen. Ze heeft vriendjes', zei Jamesie plagerig.

'Ik heb geen vriendjes.'

'Heel veel vriendjes. Allemaal leuk en aanhalig. Erg goed gemanierde jongens.' Hij stak provocerend zijn tong naar haar uit en deed alsof hij zijn hoofd onder zijn armen wilde wegstoppen toen ze hem speels een klap gaf.

'De andere drie zijn met hun ouders mee op vakantie, maar Margaret is bij ons gekomen. Is het niet?' zei Mary met een liefdevolle aai over haar hoofd, en het kind knikte ernstig terwijl ze zich dichter naar haar toe boog.

'Waar zijn ze naartoe?' vroeg Kate.

'Ze zijn naar...' zei Jamesie gezaghebbend, maar hij wist het niet meer. 'Ze zijn naar – je weet wel – ginter ergens – iets buitenlands', zei hij met een brede zwaai van zijn armen.

Zowel het kind als Mary begonnen te lachen. 'Ginter ergens', herhaalde Mary spottend. 'Ze hebben voor drie weken een huis gehuurd bij Florence. Heb je enig idee waar Italië is?'

'Ginter ergens', zei hij verdedigend en schudde zijn vuist naar Margaret.

'Heb je echt geen flauw idee waar Italië ligt? Volgens mij heeft hij bij God geen idee wat het verschil is tussen Florence en Mullingar. Je kunt toch nergens met hem aankomen.'

'Het ligt sowieso altijd ginter ergens. Daar maken wij ons toch helemaal niet druk om', zei hij grootmoedig, zijn waardigheid herstellend. 'Hebben jullie nog nieuws?'

'Geen nieuws. Ik neem aan dat Johnny weer naar Engeland terug is?'

'Al een hele tijd.'

'En die arme Edmund is overleden. Hij is gisteren begraven. Moge God hem genadig zijn', zei Mary zacht.

'Ik weet van niets. Als ik het geweten had, zou ik naar de begrafenis zijn gegaan', zei Ruttledge verbaasd. 'Ik mocht Edmund graag.'

'We mochten Edmund allemaal graag. Je zou het gehoord hebben als je naar de mis was gegaan', zei Jamesie zachtmoedig. 'Dat krijg je ervan als je niet naar de mis gaat.'

'Jij had het me toch kunnen vertellen', zei Ruttledge.

Jamesie voelde het verwijt en werd onzeker; hij voelde zich altijd slecht op zijn gemak als iemand iets op hem aan te merken had.

'Hij wou naar je toe gaan', zei Mary, haar woorden zorgvuldig kiezend, 'maar Patrick wilde het niet. Hij zei dat je niet hoefde komen.'

'Ik had me er niets van aan moeten trekken. Patrick is een vervelende dwarsligger. Die wil in alles zijn zin hebben.' Hij liet zijn hand even op Ruttledges schouder rusten. 'Ik had niets moeten zeggen en gewoon naar je toe moeten gaan. Dat zou hij nooit aan de weet zijn gekomen.'

'Het geeft niet. Ik mocht Edmund graag, maar het maakt nu niet meer uit.'

'Er was geen wake. Hij is meteen vanuit het ziekenhuis naar de kerk overgebracht. Voor Patrick telde alleen dat alle belangrijke mensen kwamen, dokters en grote aannemers en politici, mensen voor wie hij heeft gewerkt. Hij maakte er een hele vertoning van door drankjes voor ze te bestellen en handen te geven en ze recht aan te kijken en een verdwaalde traan weg te vegen. Je zou zweren dat het hem iets deed. Hij zou nog in hun aars kruipen als ze hem binnenlieten. Mij keurde hij geen blik waardig, en voor jou zou hetzelfde hebben gegolden als je was gekomen.'

'Je moet Patrick inmiddels toch kennen. Hij zou zich heus ineens niet anders gedragen', zei Mary alsof ze vond dat de kritiek overdreven was. 'En eerlijk gezegd denk ik dat ze echt gekomen zijn vanwege Patrick. Wie kende die arme Edmund nou?'

'Wíj kenden hem', antwoordde Jamesie boos. 'De waarheid vindt soms stal noch haard.'

'Wij tellen niet', zei ze overtuigd.

'Al is de leugen nog zo snel, de waarheid achterhaalt haar wel', zei Ruttledge.

'Patrick gaf niets om Edmund. Toen hij nog leefde, liet hij het dak van het huis verkommeren om maar van hem af te komen.'

'Ze zeggen dat de hond en de oude mevrouw Logan de enigen zijn die Edmund misten. De hond kwijnt al sinds de dag dat Edmund naar het ziekenhuis is gebracht; hij loopt maar heen en weer tussen het hek en het huis om hem te zoeken, en die arme vrouw is helemaal uit haar doen. Zij heeft hem in huis genomen toen het dak bezweek. Hij deed alles voor haar in en om het huis. Ze waren erg aan elkaar verknocht.'

'Is zij op de begrafenis geweest?'

'Het arme mens voelde zich niet goed.' Op Mary's gezicht lag een lieve, naar binnen gekeerde glimlach. 'Bovendien had Patrick haar toch niet gewild. Er is nog iemand overleden, de tweede vrouw van John Quinn. John verscheen op de begrafenis, ook al was hij ongewenst. Ze wilden hem niet in huis laten, maar hij stapte vastberaden achter de kist de kerk binnen, knielde in de voorste bank, gaf iedereen een hand en ging na afloop naar de notaris om te horen of er nog een mogelijkheid was dat hij aan geld kon komen.'

'John is me er eentje. Binnen de kortste keren gaat hij opnieuw trouwen. God sluit nooit een deur zonder een andere te openen.' Jamesie wreef zich opgewekt in de handen en maakte een overeenkomstig speels gebaar naar Mary om aan te geven dat hij genoeg had van het gepraat en een borrel wilde. Ze reageerde erop met een ritualistisch afkeurend gebaar terwijl ze langzaam naar de muurkast liep en een fles Powers tevoorschijn haalde. Kate vroeg om thee, maar Mary haalde haar over om samen een niet te sterke warme whiskey te nemen. Toen ze die aan het maken was, raakte de kleine, frisse kamer vervuld van de geur van kruidnagel en citroen. Margaret kreeg een groot glas limonade.

'Gezondheid, en morgen nog meer, en dat we maar het eeuwige leven mogen hebben.'

'En Johnny is na weer een zomer terug naar Engeland', zei Ruttledge.

'De trein vanuit Dromod. Terwijl je op de trein wacht twee drankjes in het café tegenover het station die je beter niet had kunnen nemen. Er valt niets te vieren als je iemand uitgeleide doet. Margarets vader heeft hem afgehaald van de trein en naar het vliegveld gebracht.'

'Ik vind het vreselijk om te zeggen, maar het speet me niet', zei Mary. 'Ik had Johnny vrijwel elke dag van vroeg tot laat om me heen.'

'Hij was heel prettig gezelschap toen hij bij ons op bezoek kwam.'

'Al die mannen weten precies hoe ze zich moeten voordoen als ze buiten de deur zijn', zei Jamesie, zijn hand opheffend. 'Maar er is een groot verschil tussen op bezoek zijn of ergens thuishoren.'

'Ook als hij niet praatte, was het akelig om te zien dat hij terugdacht aan wat er allemaal was gebeurd', zei Mary. 'Hij dacht dat hij zonder haar niet kon leven. Aan deze tafel legde hij zijn hoofd op zijn armen en huilde zonder te huilen. En hier zat hij een paar dagen geleden zijn kruiswoordpuzzel te maken of zijn keus te bepalen op de racepagina als hij niet aan het vertellen was.'

'Anna Mulvey moet wel een mooie vrouw zijn geweest dat ze iemand zo kon misleiden.'

'Nee. Er waren er genoeg die mooier waren, maar zij steeg ver uit boven wat mooi was. Lang, met zwart haar tot over haar schouders, een lange rug, een scherp getekend gezicht. Alle Mulveys waren vurig en wat hooghartig. Anna en Johnny zijn door *De held van het Westen* bij elkaar gebracht. Anna had daarvoor nooit enige belangstelling voor Johnny gehad. Ze bedroog hem zelfs al met Peadar Curran toen *De held* nog liep. Ik werd bijna gek van hem toen zij het probeerde uit te maken. Op en neer lopen, praten, praten, praten, niet kunnen eten, geen minuut kunnen stilzitten', zei Mary.

'Er zijn tijden geweest dat we in angst hebben geleefd. We wisten niet wat hij zou doen als hij over Peadar aan de weet zou komen.'

'En toen kwam hij erachter', zei Mary.

'Hugh Brady heeft het hem verteld terwijl hij hem net als de rest leugens had moeten verkopen. Johnny heeft die arme Brady zo de duimschroeven aangedraaid dat hij het hem vertelde. Johnny is meteen van Brady naar Anna gegaan, maar ze zwoer dat ze niets met Curran of een andere man had. Johnny was als was in haar handen. Hij is teruggegaan en heeft Brady bijna iets aangedaan omdat hij leugens en geruchten verspreidde. Het was een godswonder. Stomkoppen als Brady zijn levensgevaarlijk.'

'Peadar Curran is naar Engeland vertrokken. Dat was een kwelling minder voor Johnny. Er was niets uitzonderlijks aan zijn vertrek. Iedereen ging naar Engeland. Misschien is hij ook wel gegaan omdat die kwestie met Anna te hoog opliep. Peadar is altijd voorzichtig geweest.'

'Anna ging wel met Johnny uit, maar alleen omwille van de lieve vrede.'

'Anna was de volgende die naar Engeland ging. Wij dachten dat het was om van Johnny af te komen. De Mulveys waren in goeden doen en ze hoefde niet te gaan. Ze ging Peadar achterna.'

'Hoe nam Johnny haar vertrek op?'

'Wat kon hij doen? Toen klampte hij zich al aan elke strohalm vast. Ze beloofde te schrijven.'

'Anna liep een blauwtje in Engeland. Die beste Peadar had al een andere vrouw. Toen begon Anna brieven aan Johnny te sturen. Johnny was er dolgelukkig mee.'

'In plaats van te wachten tot de post werd bezorgd, ging hij de postbode tegemoet. Hij hield hem onderweg aan en liet hem kijken of er iets voor hem bij zat. En toen ze hem schreef dat ze hem miste en wilde dat hij naar Engeland kwam, was hij dagen lang in de zevende hemel.'

'Toen heeft hij die arme jachthonden afgeschoten, Oscar en Bran', zei Mary zacht. 'Ik gaf die honden altijd eten. Ze waren zo mooi.'

'Hij had veel beter zichzelf kunnen afschieten of naar het midden van het meer kunnen roeien met een steen om zijn nek', zei Jamesie.

'En dit allemaal doordat Anna toevallig in *De held* meespeelde?'

'Wat acteren betreft was ze waarschijnlijk de slechtste van allemaal, maar als ze op het toneel stond, kon je je ogen niet van haar afhouden.'

'Johnny wilde altijd dat ik haar tekst las als hij zijn rol oefende', zei Mary.

'Kun je je er nog iets van herinneren?'

'Niet één regel meer, ik weet alleen nog dat het vreselijk ouderwetse, lachwekkende teksten waren', zei Mary met een glimlach. 'Zeker als je het vergelijkt met wat je tegenwoordig onder ogen krijgt.'

'Ik heb slechts oog voor Pegeen, en wat zou ik erom malen als je me een schare uitverkoren vrouwen bracht, slechts gekleed in een hemdje, wellicht van hier tot aan de oosterse wereld?' citeerde Ruttledge.

'Ja, precies. Een ontzettend lachwekkende vertoning', zei Mary.

'Toen het pas was verschenen, had het zo'n schokeffect dat

118

mensen er heel verontrust en opgewonden van werden', zei Ruttledge.

'Het is een koud kunstje om mensen opgewonden te maken', zei Jamesie geringschattend. 'Was ik ook zo toen ik om het meer fietste om jou te veroveren, Mary?'

'Het kon je amper wat schelen. Je was veel meer geïnteresseerd in wat zich verder allemaal afspeelde. Ik was gewoon een grote vergissing. Wat heb ik toch ooit in hem gezien, Margaret?' Ze legde haar hand op het haar van het meisje.

'Heb je mijn Jamesie gezien?' imiteerde hij, in zijn handen wrijvend. 'Dat waren nog eens tijden, Mary. Toen hield je van me.'

'Liefde', zei Mary. 'Liefde vliegt het venster uit.'

'Als iemand zo voor een vrouw valt als Johnny deed, geeft dat gegarandeerd verdriet', zei Kate.

'Daar draait het bij verkering toch allemaal om? Je leert wat je aan elkaar hebt', zei Mary. 'Mensen die te veel in zichzelf opgaan, worden de ogen geopend.'

'Zelfs de slimsten worden gestrikt. Terwijl ze rondlopen en naarstig op zoek zijn', zei Jamesie. 'Heb je die vent van jou zo gestrikt, Kate?'

'Nee', zei ze lachend. 'We werkten voor hetzelfde bedrijf op verschillende afdelingen, op verschillende etages. We hadden nauwelijks nog een woord met elkaar gewisseld. Ik had nooit een bijzondere gedachte aan hem gewijd, behalve dat het ongebruikelijk was dat er een Ier bij het bedrijf werkte.'

'Robert Booth was een Ier. Hij had me die baan gegeven', zei Ruttledge.

'Je zou van Robert nooit denken dat het een Ier was', zei Kate. 'Hij is naar de toneelschool gegaan om van zijn accent af te komen.'

'Laat je niet door hem van je apropos brengen, Kate. We willen het naadje van de kous weten over hoe hij is gestrikt. We laten ons niet afschepen', zei Jamesie.

'Niet vertellen, Kate', waarschuwde Ruttledge plagerig.

'Op een dag deed ons kopieerapparaat het niet en ben ik naar zijn etage gegaan om wat te kopiëren. We kenden elkaar van naam en we hadden vermoedelijk wel eens een paar woorden met elkaar gewisseld. Toen zei hij plompverloren: "Je hebt erg mooie benen, Kate."'

Jamesie juichte alsof er een doelpunt was gescoord, terwijl Margaret met haar vinger naar hem zwaaide met de plechtigheid van de slinger van een van de klokken.

'Sexy. Hij was de bekende wolf in schaapskleren, die al die tijd wachtte tot hij kon toeslaan', zei Jamesie.

'Hij maakte je te schande', zei Mary.

'Vertel het hem niet, Kate', zei Ruttledge. 'Dan krijgt het hele land het te horen.'

'Van hem moet je je ook niets aantrekken. Het is prima om ze in verlegenheid te brengen.'

'Jullie kunnen het ook niet zonder ons stellen', beweerde Jamesie.

'Toen troffen we elkaar na het werk in de lift – ik meen dat ik dat zo had gearrangeerd – en nodigde hij me uit voor een drankje. Het was november en het regende. We gingen naar de Old Wine Shades, een wijnbar vlak bij de rivier, niet ver van kantoor. We bestelden een fles rode wijn – ik dronk toen vrijwel nooit – met een plankje witte cheddar en crackers.'

'Ik begrijp niet dat jullie rode wijn kunnen drinken. Die smaakt als puur vergif. Die man van je probeerde je gewoon te versieren.'

'Ik geloof dat ik hetzelfde deed, Jamesie.'

Hij liet een zachte kreet van goedkeuring horen.

'En toen leefden ze nog lang en gelukkig. Binnenkort gaat dat voor Margaret ook allemaal beginnen. Al die jongens, allemaal even leuk en aanhalig.' Zijn kleindochter gaf hem weer een tik, en hij deed alsof hij dekking zocht achter zijn enorme armen.

'Margaret zal wel denken dat we een stel vreselijke domoren zijn', zei Mary; ze sloeg haar arm om het meisje heen en trok haar tegen zich aan. 'Wat zouden haar vader en moeder ervan zeggen?'

De hele avond sloegen er klokken. Er waren er zeven of acht van in huis, de meeste hingen aan de muur van de kamer boven. De klokken gaven op onregelmatige tijden het hele en het halve uur aan, om de paar minuten sloeg er wel een.

'Is er eigenlijk wel een klok bij die de juiste tijd aangeeft?' vroeg Ruttledge toen hij opkeek omdat hij vond dat het tijd werd om te gaan.

'Heb je soms haast?' wierp Jamesie meteen tegen. 'De avond is toch nog jong? Het is tijden geleden dat jullie op bezoek waren.'

Ongemerkt had Mary in kleine vierkantjes gesneden sandwiches met ham en sla en tomaat klaargemaakt. Toen die werden rondgedeeld, dronken Ruttledge en Jamesie nog een whiskey. Kate en Mary dronken thee met Margaret.

'Ik blijf de klokken opwinden', zei Mary. 'Ik weet niet hoe ik ze moet afstellen. We moeten de kleine klokkenmaker een dezer dagen maar eens hier laten komen om de onderdelen schoon te maken en te oliën en alle klokken af te stellen. Jamesies vader was gek op klokken. Hij zou desnoods naar de hel en terug rijden als er een op een veiling was. Hij kon ze heel nauwkeurig afstellen. Ik wind ze alleen op. Je raakt gewend aan het geluid.'

'Wie maalt er om de tijd? We weten best hoe laat het is', zei Jamesie. 'Hebben jullie nog nieuws voordat je weggaat?'

'Helemaal niets. Tenzij het feit dat de Sjah met vakantie is als nieuws telt.'

'De Sjah met vakantie. De Heer sta ons bij', zei Jamesie met openlijke verbazing.

'Is hij ooit eerder in zijn leven met vakantie geweest?' vroeg Mary, duidelijk geamuseerd.

'Eén keer, naar Lough Derg, jaren geleden. Dit keer is hij naar dezelfde streek, maar naar een hotel aan de oceaan.'

'Ondanks zijn geld zal hij wel helemaal uit zijn doen zijn. Hij zal niet weten wat hij in zijn eentje moet beginnen.'

'Hij is met Monica gegaan, die nicht van mij die haar man heeft verloren. De vier kinderen zijn ook mee. Hij heeft ze uitgenodigd.'

'Dat is heel prijzenswaardig van hem', zei Jamesie.

Ruttledge tilde het kleine meisje hoog in de lucht, gaf haar wat kleingeld en vroeg of ze met Mary een keer bij hen op bezoek wilde komen aan de andere kant van het meer. Het kind, hand in hand met Mary, en Jamesie en de twee honden brachten hen helemaal tot aan de kam van de heuvel.

'Ik kom met de maaimachine zodra het een paar dagen bestendig weer is', zei Ruttledge.

'Zie maar wanneer het je uitkomt', antwoordde Jamesie met bestudeerde achteloosheid, hoewel het voor hem het allerbelangrijkste nieuws van de hele avond was.

Drie dagen voor het geplande eind van de vakantie kwam de Mercedes weer langs de oever aanrijden, gevolgd door Monica's grote rode Ford. De oudste jongen reed met de Sjah mee, het meisje en de twee jongere broers met hun moeder. De oude man en de jongen zaten met elkaar te kletsen toen de Mercedes langs de veranda reed en konden het uitstekend met elkaar vinden.

'Deze vent wordt vliegtuigpiloot', zei hij mededeelzaam, en bij de veranda legde hij trots zijn arm om de schouder van de jongen, die al groter was dan de corpulente oude man. Alle kinderen droegen dure vrijetijdskleding; ze zagen er levenslustig uit, vol zelfvertrouwen.

Hun moeder had een eenvoudige groene jurk aan, de eerste keer sinds de begrafenis dat ze haar in iets anders dan zwart zagen. Ze was lang, beschikte over een natuurlijke elegantie, en uit haar gezicht sprak vriendelijkheid en gevoel voor humor.

'Zijn jullie iets eerder teruggekomen?'

'Inderdaad', antwoordde de Sjah afwerend, terwijl Monica in een veelzeggend zwijgen haar ogen ten hemel sloeg. 'We vonden het lang genoeg.'

Iedereen kreeg thee met verse appeltaart. Toen de thee op was, ontdekten de jongste kinderen de zwarte kat. De oudste jongen stond naast de stoel van zijn moeder alsof hij nu de steun en toeverlaat was van een oud geslacht. 'Hoe was het hotel?' vroeg

Ruttledge aan zijn oom toen ze met zijn tweetjes buiten stonden.

'Het kon ermee door. Het stond pal aan de kust. Je hoefde alleen de straat over te steken om bij de oceaan te komen. Ik heb elke dag een duik genomen. Ik heb Monica ook proberen over te halen, maar die moest er niets van hebben.'

'Was het eten goed?'

'Het kon ermee door.'

'Maakten ze er geen probleem van dat jullie eerder weggingen?'

'Ze waren heel redelijk. We kregen geld terug. Niet dat me dat iets uitmaakte. Die Noord-Ieren zijn zonder uitzondering goede zakenlieden.'

'Hoe ging het met Monica?' vroeg Ruttledge, die wilde weten hoe ze zich herstelde na het sterfgeval.

'Het is me opgevallen dat ze best van een slokje houdt. Ze was elke avond in de bar te vinden. Of ze is op zoek naar mannen', zei hij schuddend van de lach.

'Dat kan ik me nauwelijks voorstellen.'

'Niets ergers dan weduwen. Dat zullen zelfs pastoors je verzekeren.'

'Wil je dat ik dat kistje onopvallend in je kofferbak zet?' Ruttledge wilde het gesprek een andere wending geven.

'Nee, laat maar. Ik ben er zondag weer', zei hij, en Ruttledge zag hoe moe hij was.

'Ik neem aan dat het een poos zal duren voor je weer eens weggaat', zei hij medelevend.

'Je krijgt me met geen tien paarden meer weg. Je gaat je afvragen waarom al die achterlijke idioten overal maar naartoe reizen.'

'Misschien doen ze er nieuwe waardering op voor hun eigen woonplaats?'

'Dat moeten zij dan maar weten', zei hij smalend.

'Toch was het ontzettend aardig van je om te doen', zei Ruttledge welgemeend, omdat hij wist met hoeveel tegenzin hij het had gedaan.

Binnen vertelde Monica over de dagen in het hotel. 'Weet je, hij deed zijn uiterste best. Het moet hem zwaar gevallen zijn. Hij heeft de kinderen verwend. Hij wilde alles voor ons doen.' Eerst schokten haar schouders van het lachen, maar na een poosje bleef er slechts een glimlach van over. 'Elke dag om elf uur ging hij zwemmen. Hij kleedde zich in zijn kamer om in een verschoten zwembroek, die modieus zal zijn geweest tijdens de Boerenoorlog. Als hij een badjas of zelfs een regenjas had aangetrokken zou het nog niet zo erg zijn geweest, maar hij banjerde door het hotel in niets anders dan die zwembroek en een paar oude sandalen, en hij had een handdoek bij zich – door de lobby van het hotel en dwars over straat, met toeterende auto's en mensen die zich bescheurden van het lachen – en dan de oceaan in, als een walvis.

Weet je, met zijn kleren aan valt het niet op hoe dik hij is, maar in zijn zwembroek was hij net een wandelende ton. Na die eerste dag zorgde ik er wel voor dat ik uit de buurt bleef. Er verzamelde zich een hele menigte. Eamon hier kwam naar me toe en zei: "Weet je, moeder, als oom een komiek was, konden we geld aan hem verdienen."'

'Echt waar', zei de jongen. 'Er kwamen elke dag meer mensen kijken.'

'Pas op wat je zegt', waarschuwde Monica. 'Ik denk dat ik het zou hebben bestorven als ik in de lobby was geweest, maar hij zwaaide alleen naar de mensen, als een kardinaal. Hij was zo onbekommerd en zo zichzelf dat mensen hem op den duur aardig gingen vinden. Voor we weggingen, zag ik dat mensen allemaal anders naar hem keken; er waren mensen die lachten en zich ten koste van hem vermaakten, maar ook mensen die zich tot hem aangetrokken voelden. Mensen zijn rare wezens. Ze kijken van allerlei hoogten op je neer, maar als het neerkijken geen effect heeft, worden ze onzeker.

Hij heeft die mensenmenigte dan wel genegeerd, maar er ontgaat hem niets. Nadat de kinderen naar bed waren en onze Patrick hier oppaste, ging ik in mijn eentje een wandeling langs de kust maken. En als ik terugkwam, ging ik naar de bar van het hotel. De eerste avond moest ik me dwingen om naar binnen te gaan. Dat was namelijk wat Paddy Joe en ik op vakantie aan het eind van de dag altijd deden en ik wist niet zeker of ik het aankon om zonder hem naar binnen te gaan. Ik zat nog niet eens of meneer voegde zich bij me als mijn schaduw. Ik was blij met zijn gezelschap. Met hem verveel je je nooit. En het weerhield die mannen ervan om naar me toe te komen en me een drankje aan te bieden, wat het ergste is van in je eentje zijn. Op een avond nam ik een tweede cognacje. Ik zag hem op een rare manier naar het glas kijken en vroeg of er iets mis was. "Je kunt er de smaak van te pakken krijgen, Monica", zei hij op die manier van hem waardoor het klinkt alsof het iets rampzaligs is. Zijn hele familie had een afkeer van drank. Pas op hoge leeftijd nam mijn moeder wel eens een glaasje. Hij is echt een schat; hij heeft zijn uiterste best gedaan, hij was heel lief voor de kinderen en ze zijn allemaal dol op hem behalve wanneer hij opkwam als komiek.'

'Of zijn geld in de lucht gooide', voegde de jongen eraan toe.

'Daar hielden ze niet van. Ik moest ze dwingen om die muntjes op te rapen. Toen wij opgroeiden, waren we blij als we muntjes konden rapen, ongeacht waar ze vandaan kwamen.'

'Moeder vertelt altijd over hoe alles was toen zij jong was', zei de jongen en hij trok er een afkeurend gezicht bij.

'Eerlijk is eerlijk, hij zou de hele week in het hotel zijn gebleven en er zou geen klacht over zijn lippen zijn gekomen, ook al vond hij het vreselijk, maar je had die blik op zijn gezicht moeten zien toen ik zei dat het zo misschien wel mooi was geweest: het was een bevrijding.'

Bij de veranda waren de Ruttledges getuige van het officiële einde van de vakantie, de bedankjes, de loftuitingen, de beloften, het handjes geven en de laatste kus. Alle kinderen reden met Monica mee, en nadat ze de Ruttledges had uitgenodigd een avond bij haar op bezoek te komen, was zij de eerste die wegreed.

'We brengen een bezoekje als je de tijd hebt gehad om op orde te komen. We komen als je eraan toe bent.'

De Sjah draaide het raampje omlaag toen de grote auto langzaam langs de veranda reed. 'Ik kom zondag. Tegen die tijd is alles wel weer bij het oude.'

Op zondag nam hij het metalen kistje mee terug.

'Weet je zeker dat je het niet wilt natellen?' vroeg Ruttledge plagerig toen hij hem het kistje gaf. 'Ik had me wel wat duizendjes kunnen toeëigenen.'

'Zo kan-ie wel weer', zei hij. 'Je hebt wel weer genoeg gezegd voor één dag. Ik begrijp niet hoe je het in hemelsnaam met hem uithoudt, Kate.'

Toen brak er een periode van bestendig weer aan; de ochtendwind vanaf het meer lichtte de gordijnen voor de open ramen op en blies ze de kamer in, zodat het vroege licht over de muren van de slaapkamer werd verspreid.

Vanachter het gordijn bij het open raam hoorde je een scherp klauwend geluid. Het kabaal van de vogels klonk al luid door het huis, maar het zachte gezoem van de kleine insecten was nog niet begonnen. Er was nog nauwelijks verkeer op de weg in de verte.

Het geklauw werd gevolgd door een luide smak in de kamer, en toen door stilte. Er klonk het geluid van iets zwaars dat over de vloer naar het bed werd gesleept. Vrijwel elke ochtend kwam de zwarte kat door het raam de kamer binnen. Meestal deed ze dat geruisloos, behalve wanneer ze een muis of een vogeltje meebracht en iedereen wakker maakte met haar lawaaierige spel. Dit geluid klonk zwaarder en alarmerender dan van een kat die binnenkomt met haar prooi.

Kate sliep door het lawaai heen. Ze drukte haar gezicht zelfs nog dichter in het kussen alsof ze diepere slaap zocht.

Met een enkele sprong belandde de kat op het voeteneind van het bed en sloeg haar klauwen in de witte dekbedhoes, omdat ze uit alle macht wilde voorkomen dat ze omlaag zou worden getrokken door het gewicht dat ze meetorste. Pas toen ze een stevige greep op de rand van het bed had, liep ze verder en legde het dier onder Kates omhoogstekende schouder neer. Toen ging de kat rechtop zitten en begon te spinnen. Het was een jonge haas die ze had meegenomen, zijn bruine vacht uitgestrekt op het witte dek, het wit van de buik zacht glanzend in het donker. Al haar aandacht was gericht op de slapende vrouw.

Toen ze nog wild was en uitgehongerd, had Kate haar eten gebracht. Dan keek de kat vanachter een boom toe, maar verliet de beschutting van de boom niet voordat de vrouw was weggegaan. Uiteindelijk kwam ze wel, met haar lichaam laag over de grond sluipend, mits Kate op enige afstand stond. Totdat ze op een dag van het bord at, ging zitten en haar kop waste in plaats van weg te rennen om zich in veiligheid te brengen.

Hoewel ze nu aan mensen gewend was en meer bij het huis dan bij de velden hoorde, raakte ze haar wildheid nooit helemaal kwijt. Ze moest het haasje hebben gevonden toen het in zijn leger in het lange gras lag te slapen of ze had achter hem aan gezeten toen hij probeerde te ontsnappen door de dichte golven van het weiland.

De kat was het beu om zonder enige reactie van de slapende vrouw op het bed te zitten; ze pakte het haasje weer op en liep naderbij tot ze het haasje op Kates keel kon laten vallen.

Ruttledge zat gefascineerd toe te kijken. Hij had zijn hand kunnen uitsteken om het haasje weg te nemen, maar hij voelde zich machteloos, alsof hij onderdeel was van een droom.

Voor hij zich kon verroeren, kwamen Kates eigen handen onder het dekbed vandaan en grepen naar haar keel alsof de handen een apart leven leidden, als diertjes. Bij de aanraking van het warme bont verstijfden ze ineens en met een kreet ging ze rechtop zitten en wierp het haasje van zich af.

'Dat doe je toch niet!'

Bij deze uitval trok de kat zich terug naar de hoek van het bed, maar week niet verder terug. Ruttledge knipte het lampje naast het bed aan.

'Hoe is het beest daar terechtgekomen?'

'Je kat heeft hem binnengebracht. Ze heeft hem binnengebracht door het raam.'

'Waarom heb je haar niet tegengehouden?'

'Ik wist niet wat ze zou gaan doen.'

Bevrijd van de spanning die haar schrik had teweeggebracht stak Kate ineens haar hand uit naar de kat. 'O, ondier! Wat is het voor een arm diertje?'

'Een jonge haas, half volgroeid.'

Het lichaampje was nog warm. Er sijpelde een stroompje fel scharlakenrood uit de neusgaten. Er liep een smalle rode vlek over de witte dekbedhoes, als een spoor. Hij tilde het haasje op en legde het uit het zicht op de grond.

'Waarom heb je me dat aangedaan?' De kat reageerde op de klank van haar stem, spon luider dan ooit en kwam dichterbij om te worden opgetild en geprezen.

Buiten was er geen wolkje aan de lucht. Het rijpe, zware gras op het weiland bewoog als water onder de lichte bries. Bij het ontbijt hoorden ze op de radio dat er langzaam uitgestrekte hogedrukgebieden aankwamen vanaf de Atlantische Oceaan. Terwijl ze hun ochtendtaken verrichtten, hoorden ze uit alle windstreken het geluid van startende machines en het gegier van cirkelmaaiers, als vliegtuigen die laag over de weilanden kwamen. Het zag ernaar uit dat het volkomen gedaan was met de rust die er anders heerste.

Ruttledge was klaar om te maaien. Terwijl hij de maaier omkeerde om hem aan de cardanas vast te maken, voelde hij wel enige spanning, maar geen opwinding. Hij was niet opgegroeid met machines, en in tegenstelling tot jonge mannen beleefde hij geen plezier aan hun kracht; in de omgang ermee zou hij ook nooit zo bedreven of zelfverzekerd worden. Hij wist het hoognodige van werktuigkunde en kende het gevaar van die razendsnel draaiende messen. De ochtendwind die van het meer was gekomen en de gordijnen had laten bollen was gaan liggen. Het water was spiegelglad en reflecteerde de heldere hemel aan weerskanten van een sprankelende rivier van het licht van de opkomende zon. Er streek geen zuchtje wind over de weilanden. De enige beweging was het fladderen van vlinders boven het vredige gras. De stationair draaiende tractor overstemde het zoemen van de insecten, maar niet het kabaal van de kraaien of de kreten van de meeuwen bij het meer. Toen de maaimachine aanstond en op volle toeren draaide, overstemde hij elk geluid. In een cocon van lawaai, stof, dieseldampen en de benauwde warmte die het metaal afgaf, zat hij achter het stuur, terwijl de tractor en de maaimachine rondjes reden over het weiland en het gras bezweek voor het razende gegier van de bladen. Vanuit zijn ooghoek zag hij hazen ontsnappen en een vrouwtjesfazant haar kleine groepje jongen naar de twijfelachtige veiligheid van een diepe afwateringssloot brengen. Toen alle velden waren gemaaid, boden ze een prachtig lege en schone aanblik; de grote eik en de essenbomen in de hagen torenden uit boven de banen gemaaid gras, en de kraaien en meeuwen streken als een krijsende bende neer voor de jacht op kikkers, slakken en wurmen. In de hoeken van de weilanden waren paartjes dikke duiven druk bezig graszaad op te pikken. Er was geen haas of fazant gedood of verminkt geraakt. Nu de zee van gras was verdwenen, leek de ruimte tussen het huis en het meer ineens een ander landschap.

'Ik heb haast', zei Ruttledge toen hij binnenkwam voor thee en een boterham. 'Ik weet dat Jamesie op hete kolen zit als hij de maaimachine hoort.'

'Hoe laat denk je dat je klaar bent?'

'Zijn velden zijn klein, tegen etenstijd.'

'Dan kom ik tegen zessen.'

Hij reed om het meer. Alle hekken vanaf de weg tot aan het huis stonden open. De twee honden wachtten de tractor bij het laatste hek op en liepen met hem mee naar het huis. De bruine kippen lagen lui in het beschaduwde zand achter het gaas. Bij de open voordeur stond een paar laarzen te drogen. Het groene hek naar de velden, bij de witgekalkte muur van de aanbouw, was wijd open geduwd. Ruttledge liet de tractor met draaiende motor op straat staan, met de maaimachine omhoog.

'Ben je zover?'

Binnen klonk er gelach.

'Onkruid vergaat niet', riep Jamesie terug, maar hij kwam niet naar buiten.

Na het hete zonlicht was het binnen in huis donker en koel. Jamesie zat aan de tafel bij het raam op kousenvoeten zijn *Observer* te lezen. Mary en Margaret zaten zwijgend naast de werkeloze haard. Toen de begroetingen en de welkomstwoorden waren uitgewisseld, zei Jamesie: 'Waarom zet je dat pokkending op straat niet uit, terwijl wij thee of iets anders drinken?'

'Nee. We gaan beginnen. Hoeveel wil je gemaaid hebben?'

Jamesie en Mary wisselden een snelle blik uit voordat ze Ruttledge aankeken. 'Wat denk jij?'

Ruttledge weigerde zich uit de tent te laten lokken. 'Dat mag jij bepalen. Als je wilt, kan ik alles maaien.'

'Mary?' Jamesie draaide zich naar haar om.

'Het heeft geen zin om het mij te vragen. Je weet zelf wat je wilt.'

Jamesie verkeerde in tweestrijd, omdat hij de weilanden altijd in drie delen had gemaaid: het was strijdig met zijn intuïtie om het er allemaal in één keer op te wagen. In slechte zomers was hij weken lang met het hooi in de weer, maar als je het in drieën maaide, kon je nooit alles verliezen. Hoewel hij wist dat het meeste zware werk van het hooien door machines was overgenomen, kon hij nooit helemaal geloven dat ze het hooien ook hadden ontdaan van het grootste risico, de opwinding en het drama.

'Wat heb jij gedaan?' vroeg hij bekommerd.

'Bij mij heb ik alles gemaaid.'

'Maai alles in hemelsnaam in één keer', zei Mary ineens. 'Anders worden we het spuugzat om er de hele zomer tegenaan te kijken.'

'En als het gaat stortregenen?' vroeg Jamesie.

'Het weerbericht is goed', zei Ruttledge geruststellend.

'Krijg ook het heen-en-weer', zei Jamesie ineens. 'Maai alles maar. Erop of eronder.'

'Mooi zo!' zei Mary uit de grond van haar hart. 'Ik zou de

zomers niet willen tellen dat ik de kleur van hooi niet meer kon zíen.'

De weitjes moesten vroeger piepklein zijn geweest, niet veel groter dan een tuin. Hagen of sloten waren weggehaald en liepen nu als ondiepe greppels door de smalle weiden. Waar ze steil afliepen, had Jamesie ze gemarkeerd met een oude nylonkous aan een stok, als een vlaggetje. Bij deze stukken hield hij een wakend oog. Ruttledge vond het een onbehaaglijk idee dat hij zo dichtbij stond, omdat hij het gevaar kende van een blad dat losvloog of een steentje raakte dat dan als een kogel opschoot uit het dikke gras, maar Jamesie liet zich niet wegsturen.

'Hier kun je door het gras de rivier niet eens meer zien. Heremijntijd, als de tractor erin kiepte, zouden we in het hele graafschap wekenlang het gesprek van de dag zijn.'

Er vloog geen steen of blad door de lucht, en tegen de avond waren alle kleine weitjes gemaaid. Er streek een enorme vlucht kraaien op het gras neer, en ook een stel duiven, maar geen meeuwen. Vanaf het meer kon je de kleine velden niet zien. In het westen kleurde de hemel rood.

Ruttledge was verbaasd dat Kate niet binnen was. 'Ze zei dat ze hiernaartoe zou komen.'

'Ze zal ergens door opgehouden zijn', zei Mary.

'Ik moet niet aan whiskey dénken. Geef mij maar water of een biertje', protesteerde Ruttledge toen Jamesie met een uitdagende klap een fles Powers op tafel zette en de dop losdraaide, de drie zwaluwen op het gouden etiket klaar om weg te vliegen.

'Aan jou heb ik niks. Waardeloos', zei hij terwijl hij een grote bel whiskey inschonk en met uitdagende zwier zijn glas hief.

Het koude bier was heerlijk bij deze vermoeidheid. De vermoeidheid zelf was erg aangenaam na het gehots, de hitte, het stof en de concentratie op de verdwijnende grond. Mary zette een grote schaal boordevol sandwiches op een stoel.

'Ze zijn heerlijk, Mary. Hebben jullie nog iets uit Italië gehoord?'

'Gisteren', zei ze met de lieve glimlach die zo kenmerkend voor haar was, en ze pakte een ansicht van de vensterbank. 'Er staat niets bijzonders in. Lees 'm gerust.'

Ruttledge verwachtte op de ansicht een druk strand te zien of een café met tafeltjes onder een luifel of een oude kerk, maar het was een afbeelding van Giotto's *Vlucht naar Egypte*. Jozef met een bundel op zijn schouder voerde de ezel mee met daarop Maria en het Kind. Tegen het donkerblauw van de hemel en de fletse heuvels zweefden twee engelen met uitgespreide vleugels en licht-gouden halo's. Het blauw van Maria's mantel was lichter van kleur dan het allerlichtste blauw van de hemel. De mantels van Jozef, het Kind en de engelen waren aardebruin. De bomen op de heuvels leken wel bloemen. Het geheel straalde een uitzonderlijke en diep ontroerende vredigheid uit: het was alsof ze volledig vertrouwen hadden in het gezegende licht terwijl ze naar een plek of een staat reisden waar niets een schaduw wierp.

Toen Ruttledge hem teruggaf, zaten Jamesie en Mary te lachen omdat hij zo volledig in de ansichtkaart was opgegaan.

'Wat is er zo geestig?'

'Volgens mij heeft de moeder hem uitgekozen. Jim heeft hem alleen geschreven. Het is meer iets wat je met Kerstmis krijgt', zei Mary toen het lachen was weggestorven.

'Het is een mooie kaart. Jim heeft een lange weg afgelegd', zei Ruttledge.

'Voor hij naar school ging, bestookte hij mij en opa met vragen. In het begin hadden we geen idee hoe goed hij was', zei Mary. 'Toen hij eenmaal naar school ging, werd hij stiller. Hij zat hier altijd aan het hoekje van de tafel zijn huiswerk te maken. We wisten wel dat hij goed was, maar wat is góed? Die man van mij popelde om van school te gaan. Ik was gewoon middelmatig.'

'Haar moet je niet geloven', zei Jamesie. 'Ze was veruit de beste van haar klas. Ik ben nooit erg goed geweest.'

'Dat zegt niets. Dat zegt helemaal niets. Ik was lang niet zo goed als Jim bleek te zijn. We wisten toen ook nog niet dat hij Margarets vader zou worden.' Mary glimlachte naar haar klein-kind. 'We wisten niets.'

'Jamesie hier nam altijd een week vrij van de wegenbouw om turf te steken en de aardappels te poten. We hadden de strook die we nog steeds hebben op Gloria, hoewel hij nu braak ligt. We hoefden toen niet meer met kruiwagens te zeulen zoals in mijn jeugd. We hadden de ezel en de kar met rubberbanden. Het enige wat Jim hoefde doen was de turven opvangen die zijn vader uit het veen stak en ze op de kar leggen. De ezel bracht ze naar het veld waar ze ondersteboven werden uitgelegd. Ik denk dat Jim veel liever naar school dan naar het veen ging, maar hij beklaagde zich nooit. De meeste mensen hielden hun kinderen thuis van school als ze nodig waren. Daar stoorde niemand zich aan.'

'Het was altijd koud op Gloria', zei Jamesie. 'Je had het niet koud als je in een veengat stond, maar als je op de kant stond, werd je blauw van de kou. De enige beschutting op Gloria zijn hier en daar van die armzalige berkenboompjes. Mensen staken vroeger kleine hutjes uit in de veenwal, als beschutting of om te schuilen voor de buien. We keken uit naar Mary als we aan het eind van ons Latijn waren. Er stond altijd een *fear gorta* op Gloria. We konden het net bolwerken tot we haar fiets zagen aankomen op de weg, dan bezweken we bijna. Dan kónden we niet meer.'

'Op een dag zagen we meester Hunts auto aankomen over de veenweg. Die havik hier was natuurlijk de eerste die hem zag en zich afvroeg wat de meester nou in het veen moest.'

'Blinde kip die je bent', riep hij.

'We dachten geen moment dat hij voor ons was gekomen toen hij de auto stilzette op de weg. Tenzij je in die tijd zo'n bijdehandje was als John Quinn, was je bang om naar een pastoor of een onderwijzer te gaan en verwachtte je niet dat ze in je buurt zouden komen.'

'Meester Hunt was de fatsoenlijkste, eerlijkste man die ooit op de aardbodem heeft rondgelopen. Hij leek in niets op de onmensen die wij als onderwijzer hadden.'

'We hadden net de thee op. Toen we een poosje gepraat

hadden, zei hij dat hij ons alleen wilde spreken. Terwijl we een stukje naar de auto liepen, vertelde hij dat hij in al die jaren dat hij lesgaf maar een of twee keer een kind had gehad dat zo goed kon leren als Jim. Hij was ervan overtuigd dat hij het volgende jaar een studiebeurs van het graafschap zou kunnen krijgen, maar niet als hij werd thuisgehouden van school.'

'We waren alleen maar dolblij. De enige reden dat we hem thuishielden was dat we dachten dat het niets uitmaakte', zei Jamesie.

'Meester Hunt kwam zelf de uitslag brengen. Hij was nooit eerder bij ons thuis geweest. Zijn handen trilden toen hij ons de brief gaf. Je zou gedacht hebben dat hij het kind was dat de studiebeurs had gekregen.'

'Nou, dat was in zekere zin ook zo', zei Ruttledge.

'Die rare vent van me was niet tevreden voordat de meester ging zitten. Ook al was het ochtend, hij opende een nieuwe fles whiskey. En ik zweer bij God dat die twee de fles hebben leeg-gedronken.'

'Wat zei Jim ervan? Hij moet in de zevende hemel zijn ge-weest.'

'Hij kreeg er geen woord tussen zolang die man van mij honderduit zat te kletsen met de meester. Ik was bang dat de meester een greppel in zou rijden met zoveel whiskey op. Meester Hunt was geen whiskey gewend.'

'Hij was nog goed bij zijn positieven', zei Jamesie verdedigend. 'Het was een grote, sterke vent.'

'Toen de meester weg was, stapte Jamesie op zijn fiets en trapte ladderzat als hij was van de whiskey de hele streek af.' Mary lachte plagerig, maar uit haar ogen sprak een grote genegenheid. 'Ze hebben hem nog heel lang de Beste Van Het Graafschap ge-noemd.'

'Ze waren jaloers', zei hij.

'Je had de mensen inmiddels goed genoeg moeten kennen om het niet van de daken te schreeuwen. Je loopt lang genoeg op de aardbodem rond om dat te weten.'

'Het was immers niets anders dan de waarheid', zei hij. 'Er waren een paar mensen die er blij om waren.'

'Veel waren het er niet', antwoordde ze.

'De pot op met ze', zei hij. 'De enigen die telden waren Jim en meester Hunt.'

'Je had er beter aan gedaan om ze er zelf achter te laten komen. Jamesie hier kan nooit ergens zijn mond over houden', zei Mary spijtig.

'Mary werd nooit meer de oude toen Jim in september ging studeren', had Jamesie al vaak verteld. 'Haar hart was gebroken. Ze zou nooit meer de oude worden. Het leven was uit het huis.'

'Wat vindt onze Margaret ervan om te horen vertellen over haar vader toen hij jong was?' vroeg Ruttledge.

'Vader vertelt nooit over toen hij klein was. Alleen moeder', zei het kind nuchter.

'Zo gauw ze terug zijn uit het buitenland komen ze met zijn allen hiernaartoe om Margaret op te halen', zei Mary, en het kind drukte zich dichter tegen haar aan.

Buiten op straat keek Jamesie bezorgd naar de gemaaide weilanden en toen naar de lucht, waar een straalvliegtuig een krijtstreep trok over het wolkeloze blauw van de avond. Hij voelde zich bezorgd en kwetsbaar: hij zou in de wijde omgeving worden uitgelachen om zijn hebzucht als de hemelsluizen opengingen.

'Ik kom morgenochtend vroeg weer', zei Ruttledge. 'Er komt geen regen.'

'Als God het wil. Wat je uitkomt', zei hij bijna afwezig, terwijl Mary en Margaret stonden te zwaaien bij de voordeur. Die nonchalance was bestudeerd; hij zou geen rustig moment meer hebben tot zijn weilanden veilig waren.

Op de keien aan de oever stond een jongen te vissen; hij wierp een glinsterend lepeltje in over het water en haalde het dan langzaam weer binnen. De reiger vloog op uit het riet en klapwiekte boven hun hoofd voordat hij afzwaaide naar de andere oever. Een vuurrode zon zonk weg onder de rand van de hemel.

'We hadden verwacht dat je daarheen zou komen', zei Ruttledge tegen Kate.

'Ik kon niet wegkomen. De Sjah kwam. Hij wilde je ergens over spreken. Toen kreeg ik Bill Evans en was het te laat.'

'Had Bill nog nieuws?' vroeg Ruttledge terloops, vermoeid; Bill Evans had nooit nieuws.

'Groot nieuws', zei Kate. 'Van nu af aan gaat hij elke week een keer met een busje naar de stad. Daar krijgt hij een maaltijd en algemene verzorging.'

'Hij zal denken dat hij in de hemel is.'

'In de zevende hemel.'

De volgende ochtend werden zelfs de grote bomen langs de oever door een witte mist aan het zicht onttrokken. Er hing een fijne spinrag over de peren-, pruimen- en appelbomen in de boomgaard, en het gras op de velden was bedekt met een bleek spinnenweb. Er zat een roodborstje opgesloten in de broeikas, dat werd vrijgelaten voordat het ten prooi kon vallen aan de zwarte kat. De zware maaimachine werd losgekoppeld van de tractor en vervangen door de hooikeerder. De zuivere stilte en de koelte van de ochtend was verrukkelijk, terwijl elk uur later op de dag hitte voorspelde. Toen de zon de mist had weggebrand en de dauw op het gemaaide gras was opgedroogd, begon het keren van het hooi. De hooikeerder was nieuw en werkte perfect; hij keerde het platte, keurige maaisel tot een groene stroom van gras, en toen het werk klaar was, lag het uitgespreide gras als een verhoogde groene vloer onder de zon. Vervolgens zetten de tractor en de hooikeerder langzaam koers om het meer naar Jamesie.

De honden kwamen de tractor tegemoet toen hij bij het huis kwam aanrijden. Iedereen was op het land. Jamesie en Mary schudden het zware maaisel met een riek om terwijl Margaret met de honden aan het spelen was.

'Die rieken getuigen niet van veel vertrouwen in de machines', zei Ruttledge toen ze om de stationair draaiende tractor kwamen staan en toekeken hoe hij de hooikeerder op zijn plek zette en aan de cardanas vastmaakte.

'We zijn alleen maar de tijd aan het doden', zei Jamesie ter verdediging.

'Waar ben je liever: in Italië of op het land?' vroeg Ruttledge aan Margaret toen de hooikeerder gebruiksklaar was en hij haar had gewaarschuwd om niet te dicht in de buurt van de scherpe punten te komen.

'Op het land', antwoordde ze terwijl ze tegen Mary aan kroop.

Bij de weersvoorspelling op de televisie van de vorige avond was de kaart van Ierland overdekt geweest met kleine zonnetjes, als lachende appels. Kort na de middag was het maaisel op alle kleine weitjes gekeerd. Tegen de avond ritselde het gemaaide gras als hooi als je het aanraakte. De volgende ochtend werd het hooi in banen bij elkaar geharkt. De aangeharkte grond tussen de banen was al goudkleurig geworden. Omdat Jamesie zo bezorgd was, reed Ruttledge eerst om het meer om zijn hooi te balen. Kate ging met hem mee om de balen op te stapelen. Hoewel de hooimachines op de weilanden al jaren een vertrouwde aanblik vormden, keek Jamesie met een soort ongeloof toe terwijl de logge rode machine de stroken los hooi binnenhaalde en in keurig dichtgebonden balen uitspuugde. Toen ze even pauzeerden van het werk, toen Mary met een kan gezoete thee aankwam, staken al zijn zorgen en zijn gebrek aan vertrouwen weer de kop op.

'Als dat ding nu kapot gaat, zouden we wat er nu nog ligt met de riek bij elkaar kunnen halen.'

'En die arme velden van mij dan?'

'Het zou jou geen bal kunnen schelen.'

'Het zou me wel iets kunnen schelen, maar ik zou er niet veel aan kunnen doen.'

'Toe God, laat het mooi weer blijven', zei hij.

Voor het kind waren de balen te zwaar, maar de twee vrouwen en Jamesie konden ze bijna even snel opstapelen als de hooimachine ze uitspuugde. Twee balen werden op hun kant gelegd, dicht genoeg bij elkaar om er twee andere balen dwars bovenop te leggen, maar wel zo ver uit elkaar dat er lucht tussen kon circuleren. De stapel werd voltooid met één enkele baal bovenop, met de ongesneden kant naar boven om de regen tegen te houden. Toen ze allemaal waren opgestapeld, stonden ze als abstracte sculpturen in een weidse, lege ruimte.

Daarna liepen ze, terwijl de twee honden vooruit dribbelden, allemaal langs de oever achter de tractor en de hooimachine aan om op Ruttledges weilanden aan de slag te gaan. Toen de zon tegen de avond achter het huis was verdwenen, zat al het hooi in balen en waren alle balen opgestapeld in de lange schaduwen van de bomen, schaduwen die zich uitstrekten tot op het meer. Toen de laatste baal was opgetild ter bekroning van de laatste kleine stapel, liet Jamesie een luide juichkreet horen. Het was een kreet die triomf en hartgrondige opluchting uitdrukte.

'Al dat werk in maar een paar uur', zei hij telkens weer. 'Verscheidene mannen met paarden zouden er dagen voor nodig hebben gehad en nog niet klaar zijn.'

'Nu is het in veiligheid', zei Kate vriendelijk.

'Het ligt nog niet in de schuur', waarschuwde Jamesie.

'Als het gaat regenen, kunnen we het morgen naar binnen brengen. Wat kan er nu anders mee gebeuren dan broeien in zijn eigen sap?'

Binnen op de grote tafel brandde de leeslamp met de groene kap. Op het rood-wit geblokte tafelkleed stonden een blauwe kom gevuld met salade en grote witte borden met tong en ham, een plank met allerlei kazen, waaronder de in zilverpapier gehulde Galtee waar Jamesie dol op was, een gesneden brood, witte wijn, een fles Powers en limonade. Er stond ook een grote kan ijswater waarin schijfjes citroen dreven.

'Wat een geweldig huis. Eén groot feestmaal. Midden in de zomer een lamp aan', zei Jamesie. 'Wat een verspilling, wat een verspilling. Er sterven kinderen in Afrika.'

'Alsof hij zoveel van Afrika weet; hij weet niet eens waar Italië ligt! Mannen zeuren altijd over lampen en ze drinken zelf zoveel whiskey op een dag dat je er een jaar het huis van zou kunnen verlichten.' Er werden drankjes ingeschonken. Ze waren meer moe dan hongerig na het werk en de warmte. De pijnlijke spieren en de vermoeidheid voelden zalig door de lome roes van de alcohol. Niemand had zin om aan tafel te zitten.

Margaret stond bij Jamesies stoel, en hij zat aan haar haar en trok aan haar lint. De anderen hadden er genoeg aan om te zitten en naar het licht te kijken. Het kind bleef bij zijn stoel staan tot de zwarte kat behoedzaam de kamer binnenkwam. Toen het licht begon weg te sterven, verzachtte de lucht achter de donkere silhouetten van de bomen zich tot een gloed, en de kamer werd reusachtig toen hij in het weidse, fluwelige licht van de hemel overvloeide in de velden en de bomen.

'Met zulk weer, maar iets later in het jaar, is Jamesies vader overleden', zei Mary zacht. 'Ze waren op het erf, waar nu de hooischuur staat, met de hooiberg bezig. Zijn vader lag ziek op bed, maar was niet bij het raam weg te slaan. "Ze bouwen hem verkeerd op", riep hij dan woedend. "Waarom maak je je er druk om? Dat is hun probleem", zei ik dan, en ik probeerde hem te overreden om bij het raam weg te gaan. Maar hij had nog geen vijf minuten in bed gelegen in de kamer beneden of hij stond al weer als een dwars kind met zijn neus tegen het glas gedrukt.'

'En waren ze de hooischelf verkeerd aan het opbouwen?'

'Helemaal niet. Ze bouwden hem op een andere manier op dan hij het deed. De stroom van verwensingen was vreselijk: hij zou omvallen, de regen binnenlaten, wegrotten, de koeien zouden geen hap te eten hebben. Ik overreedde hem om weer naar bed te gaan, maar in een mum van tijd stond hij weer bij het raam met zijn neus tegen het glas gedrukt. Dat ging de hele dag zo door. Ik maakte eten voor de mannen klaar. Een deel van de tijd moest ik mijn best doen om mijn gezicht in de plooi te houden. Als zij binnenkwamen om te eten, ging hij naar zijn kamer, sloeg de deur met een klap dicht en vertoonde zich pas weer als ze weg waren.'

Jamesie zweeg in alle talen terwijl Mary aan het woord was. Toen ze uitgesproken was, voegde hij eraan toe: 'Mijn vader was dom en onwetend, maar hij adoreerde Mary. Aanvankelijk wilde hij haar niet in huis hebben, maar op het laatst aanbad hij de grond waarop ze liep.'

'Toen ik pas in huis was, zei hij geen woord tegen me, maar op het laatst wilde hij zelfs geen slokje water van iemand anders aannemen.'

'Ongeveer een week nadat de hooiberg klaar was, was ik mest aan het uitstrooien met het ezeltje. Mijn vader had geen rust tot hij kwam helpen. Het was weer zoals vandaag, prachtig weer. Hij had in bed moeten liggen, maar hij liet zich niets gezeggen. Toen riep hij me. Hij zei dat zijn riek vastzat. Ik moest bijna hardop lachen. Een kind had die riek kunnen lostrekken. Hij zat helemaal niet vast. Hij had er gewoon de kracht niet voor. Toen kreeg ik door dat er iets heel erg mis was. Het enige wat ik kon doen was hem weer naar binnen brengen. Hij heeft daarna nog maar drie dagen geleefd.'

'Ik moest bij hem blijven', zei Mary. 'Hij raakte helemaal van streek als ik ook maar een paar minuutjes probeerde weg te gaan. Op het eind kwijnde hij gewoon weg. Het ging zo vredig als je je maar zou kunnen wensen.'

'Zo te horen leek hij meer op Johnny dan op Jamesie', zei Ruttledge.

'Veel meer. Daarom konden die twee niet met elkaar overweg. Ik weet niet hoe ze aan Jamesie zijn gekomen. Hij leek in niets op een van hen.'

'Koekoek!' riep hij.

'Waar denk je dat Johnny op het moment is?'

Jamesie stroopte zijn mouw een stukje op, maar had moeite de tijd af te lezen in het schemerige licht. 'In de Prince. Op deze tijd zit hij vast in de Prince. Tenzij het dartteam een uitwedstrijd speelt.'

'Mensen die we kennen komen en gaan in ons hoofd of ze nu hier zijn of in Engeland, leven of dood zijn', zei Mary met een somberte die net zo zeer deel van haar uitmaakte als de lieve, naar binnen gekeerde glimlach. 'We zijn niet meer dan een zuchtje wind op het meer.'

Op de veranda werd luid geklopt, en ze hoorden het geluid van de wandelstok van Bill Evans op de grond en het zware schuifelen van zijn laarzen bij zijn trage loopje. 'God zegene jullie allen.' Zijn blik vloog van het ene gezicht naar het andere tot hij bleef rusten op de verlichte tafel. Met zijn ogen verslond hij de tafel.

'Het gebeurt niet vaak dat we je twee keer op dezelfde dag zien', zei Kate. Margaret liep bij Jamesie weg en ging dicht bij Mary staan. De zwarte kat rende de kamer uit.

'Ik had boven niet veel te doen, en daarom kom ik langs kuieren om te zien of jullie opschieten met het hooi.'

'Het is allemaal in veiligheid. Je komt te laat', zei Jamesie ironisch.

'Wil je iets eten?'

'Lieve hemel ja, Kate, snel', zei hij, en toen hij eenmaal in de schommelstoel was gaan zitten met een groot bord sandwiches naast zich, zei hij plechtig: 'Jullie zijn allemaal van harte welkom aan deze kant van het meer.'

'We zijn allemaal heel blij hier te zijn', antwoordden ze, hun lachen inhoudend.

'Heb jij al gemaaid?' zei Jamesie plagerig.

'Nee.' Bill Evans voelde zich in het nadeel. 'Het grasland is nog niet zover.'

'Wie vanavond zijn grasland niet heeft gemaaid, is verloren.'

'Je bent altijd al een paniekzaaier geweest, Jamesie', zei hij.

'Gelijk heb je, Bill. Geef hem zijn vet', zei Mary.

'Ik kan hem heel goed op zijn nummer zetten. Ik ken die streken van hem al jaren', zei hij, waarop Jamesie reageerde met een zachte juichkreet.

'Bill gaat binnenkort naar de stad', zei Ruttledge.

'Elke donderdag. Het busje komt me bij het hek ophalen', snoefde hij.

'Fijn voor je, Bill', zei Jamesie welwillend.

'Een whiskey, Joe, voor ik ga', vroeg hij.

'Je bent geen whiskey gewend, Bill', zei Ruttledge, maar hij schonk hem een bescheiden whiskey in en lengde hem aan met veel water.

Hij sloeg hem in één slok achterover. 'Nog een, Joe.'

'Nee, Bill. Daar zou alleen maar ellende van komen', zei hij, waarna hij met hem meeliep naar het hek. Bill had geen emmers bij zich en liep meteen de heuvel op, zijn stok voor zich neerplantend bij zijn krabachtige, zijwaartse loopje.

De avondlucht rook heerlijk naar gras, geitenbaard en wilde kamperfoelie. Ergens op een hoge tak bewoog een vogel en verstilde weer. De duidelijke gele contouren van de opgestapelde balen tekenden zich scherp af tegen de spookachtige wei onder de grote maan en de hoog oprijzende schimmen van de bomen. De koplampen van een passerende auto aan de overkant van het meer werden als kleine maantjes gevangen in de ruiten van de veranda terwijl hij naar Shruhaun reed. Toen Ruttledge terugkwam, was iedereen opgestaan om te vertrekken.

'Jullie zullen wel moe zijn. We brengen jullie met de auto naar de overkant.'

'Nee, we gaan lopen. We hebben een heerlijke avond gehad. Wie zou er op zo'n avond nou niet willen lopen?' zei Jamesie.

'De avond is perfect, maar het is een veel te lange dag geweest. Stap in de auto.'

Ruttledge wist dat hij Jamesies woorden niet voor zoete koek moest slikken. Ze waren blij in de auto te kunnen stappen en naar huis te worden gereden; Mary en Margaret hielden de twee honden in hun armen. Tijdens het rijden begon Jamesies hoofd op zijn borst te zakken.

Kate had goed aangevoeld dat de Sjah ergens mee zat. Toen hij zondag op zijn gebruikelijke tijd kwam aanrijden in zijn grote auto was hij vol lof over de gemaaide weilanden en de opgestapelde balen, maar hij was er met zijn hoofd niet bij. Hij popelde om zijn hart uit te storten.

Nadat hij luid zijn keel had geschraapt, kondigde hij aan: 'Ik denk erover om met pensioen te gaan', op een manier alsof hij zich er niet toe kon brengen zijn eigen woorden te geloven.

'Je mankeert toch niets, hoop ik?' Ruttledge was al even verbaasd.

'Nee.' Hij lachte verdedigend.

'Waarom wil je met pensioen gaan?'

'Die tijd komt een keer. Er lopen van die oude knarren rond die denken dat ze het eeuwige leven hebben. Daar wil ik niet bijhoren.'

Er hing een vreemde stilte in de kamer. De gedachte aan de Sjah als gepensioneerde viel de Ruttledges even moeilijk als hem zelf, maar Ruttledge wist dat hij het zorgvuldig zou hebben overwogen en goed had doordacht.

'Wat zou je dan met je bedrijf doen?'

'Dat ga ik verkopen.'

'Aan wie zou je het verkopen?'

'Aan wie het maar kopen wil. Aan wie de poen ervoor heeft. Het gaat niet om een bedrag met zes nullen.'

'Wat zou er dan met Frank gebeuren?'

'Frank zal zichzelf moeten zien te redden, net als wij allemaal. En, wat vind je ervan?' vroeg hij vanuit een stilte die ongemakkelijk lang had geduurd.

'Zou je het niet missen? Het heeft het grootste deel van je leven uitgemaakt. Wat zou je gaan doen?'

'Ik heb meer dan genoeg te doen', zei hij stekelig. 'Ik zou het niet erg vinden om te niksen.'

'Je moet niets overhaasten, dat is het enige waar ik me zorgen over maak. Je zou ermee moeten wachten tot je het zeker weet.'

'We gaan niets overhaasten. Dat moeten we sowieso niet doen', zei hij lachend, zijn zelfvertrouwen hersteld.

'Wat gebeurt er met de mannen in die arbeidershuisjes van je?'

'Voor hen verandert er niets. Zij zullen er niet onder te lijden hebben. Die arbeidershuisjes blijven zoals ze zijn. En, wat vind jij er allemaal van, Kate?'

'Het is een hele stap. Captain, wat vind jij ervan?' En bij het horen van zijn naam kwam de bordercollie van de bank en ging naar Kate. Zijn baasje leek gerustgesteld en zo blij als een kind, zowel door zijn reactie als door Kates woorden.

'Hij weet bij wie hij moet zijn. Dom is hij niet.'

'Kluif!' zei ze voor de grap, waarop de hond begon te blaffen.

'Heb je het nog met iemand anders besproken?' vroeg Rutt-ledge.

'Nee. Ik heb het er terloops over gehad met die vrouw van het hotel, maar nee, ik heb het verder met niemand besproken.'

'Er schort toch niets aan je gezondheid?'

'Voorzover ik weet niet, maar ik word ook een dagje ouder.'

'Ik vind het moeilijk om aan het idee te wennen.'

'Ik vind het zelf ook moeilijk om aan het idee te wennen', gaf hij met wrange humor toe. 'Maar er komt voor ons allemaal een tijd dat we plaats moeten maken voor een ander.'

'Waarom laten we het niet een poosje bezinken? Als je er over een paar weken nog zo over denkt, kunnen we het er over hebben', zei Ruttledge.

'Dat doen we', zei hij met duidelijke opluchting. 'De gedachte speelt al een hele tijd door mijn hoofd. Die verdwijnt niet zo maar.'

'Ik vind dat je Frank Dolan een kans moet geven als je besluit om te gaan verkopen. Hij heeft zijn hele leven voor je gewerkt.'

'Kan hij dat wel? Zou hij er de poen voor hebben?'

'Dat kunnen we allemaal gaan bezien als je het echt zeker weet.'

Ze liepen over de velden. Ze keken naar de opgestapelde balen in de geschoren weilanden, nu door de zon al goudgeel, en naar de koeien en de schapen. Ze stonden op de hoge heuvel boven het tweede meer en zagen een reiger oversteken van het beboste eilandje naar het Gloriaveen. Het was zo'n windstille dag dat er zelfs geen zuchtje wind door de zegge streek, die in de zon zo bleek als tarwe was. De berkenbomen stonden erbij als groene bloemen tot waar de wittige oever samensmolt met het verre blauw van de berg.

'Dat blauw in de verte duidt op mooi weer.'

'Over mooi weer gesproken en de buurman van je die daar woont, ik hoor dat hij de stap weer gaat wagen.'

'Die bergen zo schoon en blauw in de verte?' zei Ruttledge. 'Sinds ik hier woon, waagt hij al de ene stap na de andere.'

'Dit keer gaat het in de kerk gebeuren met de zegen en al, en na afloop een grote receptie in het hotel. Ik heb gehoord dat jullie allemaal worden uitgenodigd.'

'Wie is de gelukkige vrouw?'

'Een of andere onnozele weduwvrouw uit het oosten, Meath of Westmeath, die uit de kinderen is en een boerderij met veel land heeft, heb ik me laten vertellen.'

'Waar heeft hij haar opgedoken?'

'Op de beste plek die er is: via het huwelijksbureau in Knock.'

'Waar de Maagd aan de kinderen is verschenen?'

'Dat is nog tot daar aan toe, maar je zou toch denken dat die paters en nonnen wel iets beters te doen hebben dan koppelarij.' Hij schudde van het lachen en wreef met zijn kleine vuisten zijn tranen weg.

'Waar heb je dat gehoord?'

'Van de vrouw die eigenaar is van het hotel. Het is allemaal al geboekt. Ik heb haar al gewaarschuwd dat ze haar geld maar beter vooraf kan vragen.'

'Weet je zeker dat je het niet hebt verzonnen?'

'Geen woord', zei hij, zachtjes schuddend van de lach. 'Hoe ouder hoe gekker.'

De maaimachine, de hooikeerder en de hooipers werden weggezet voor dat jaar. Een oude rooihark die Ruttledge jaren geleden van de Sjah had gekregen werd tevoorschijn gehaald. Met zijn lompe gewicht van massief metaal en de scherp gepunte tanden zag hij er even antiek uit als hij was, maar hij was geknipt voor het vervoeren van de vierkante balen.

Zodra Ruttledge de straat op reed met de grote rooihark aan de tractor, zag hij dat Jamesies schuur al bijna halfvol was. Margaret voerde de ezel aan de teugels mee vanaf het weiland, met zes balen opgestapeld op de kleine kar met de rubberbanden. Jamesie liep achter hen aan. De bruine kippen paradeerden trots rond in het zand achter het gaas. De bloembak met de viooltjes stond te stralen op de vensterbank naast de geraniums. Mary stond bij de deur.

'Je had moeten zeggen dat je was begonnen. Dan was ik eerder gekomen', zei Ruttledge.

'We hadden niets te doen en toen zijn we kalmpjes aan zelf maar begonnen. We hadden verder niets om handen.'

Ze laadden de paar balen af en stapelden ze op, spanden het ezeltje uit en lieten het los op zijn veld.

'Als hij zich wist te gedragen, kon hij tussen de koeien lopen', zei Jamesie. 'Maar aangezien hij zich niet weet te gedragen, moet hij in zijn eentje blijven. Net als mensen die niet tegen drank kunnen.'

Binnen vroeg Jamesie om de fles Powers en bespotte Ruttledge toen hij de whiskey afsloeg.

'Het is nog te vroeg. Ik moet er nu niet aan denken.'

'Ik kan het op elk uur van de dag of nacht drinken en me er lekker bij voelen', schepte hij op.

'Tuurlijk kun jij dat', zei Mary sarcastisch terwijl ze hem een whiskey inschonk.

'Heb je nog nieuws?'

'Nee, geen nieuws. Ik hoopte juist op een nieuwtje.'

'Dan ben je aan het verkeerde adres. Wij wachten nog op nieuws.'

Margaret moest hartelijk lachen om de zich herhalende onzin van het spel, maar in plaats van hem nog langer te plagen, zei Ruttledge: 'Ik heb groot nieuws', waarop de kamer stil werd. 'Heel groot nieuws.'

'Wat dan? Wat dan?' riep Jamesie uit. 'Je doet maar alsof! Je hebt helemaal geen nieuws!'

'Ik heb echt groot nieuws', zei Ruttledge nog eens.

Nieuwtjes vormden de voedingsbron van Jamesies belangstelling voor alles wat zich in en om zijn leventje afspeelde. Jaren geleden was er afgesproken dat Jamesie en Mary een avondje bij

de Ruttledges op bezoek zouden komen, wat op zich al ongebruikelijk was vanwege zijn afkeer van officiële afspraken. Vroeg
op de dag was Ruttledge naar de stad gegaan om inkopen voor die
avond te doen en toen was hij bij toeval Jamesie tegengekomen.
Ze gingen naar café Luke en zaten daar ongeveer een halfuur
gezellig te kletsen.

'Ik neem geen afscheid van je, want ik zie je vanavond weer',
zei Ruttledge terloops toen ze ieder huns weegs gingen.

'Nee, mij zie je niet', antwoordde Jamesie botweg.

'Waarom niet? Is er iets aan de hand?' vroeg Ruttledge geschrokken.

'Er is helemaal niets aan de hand, maar je hebt geen nieuwtjes
meer voor vanavond. Ik ken voorlopig al je nieuwtjes al', antwoordde hij eenvoudig.

Ruttledge geloofde het niet helemaal, totdat de avond ver-
streek zonder dat Jamesie en Mary zich vertoonden.

Nu kon Jamesie het plagerige uitstel van Ruttledge niet verdragen.

'Je hebt geen nieuws. Je hangt alleen maar de paljas uit', zei hij
beschuldigend.

'Jij hangt misschien de paljas uit, maar hij niet', zei Mary.

'Ik verzeker je dat hij geen nieuws heeft. Er is al jaren geen
nieuws meer.'

'John Quinn gaat weer trouwen.' Ruttledge legde hem als een
troefkaart op de groene tafel.

'Dat lieg je. Wie heeft je dat verteld? Iemand neemt je in de
maling.'

'De Sjah heeft het ons verteld. Hem interesseert het totaal niet.
Hij vindt iedereen die trouwt een idioot.'

'Daar kon hij wel eens gelijk in hebben', zei Mary.

'Hij heeft het van mevrouw Maguire, de eigenaresse van het
Central. Die twee zijn dikke vrienden.'

'Ik weet het. Ik weet het. Hij rijdt haar elke zondag naar de mis.
Het is net een oud, getrouwd stel.'

'De huwelijkslunch is al geboekt in hotel Central. We krijgen
allemaal een uitnodiging.'

Jamesie bleef een hele tijd stil voordat hij tot de slotsom kwam dat Ruttledge niet loog of een grap met hem uithaalde, en hij juichte in plaats van iets te zeggen.

'Waar heeft John de sufkop van een vrouw gevonden die hem wil hebben?' vroeg Mary.

'Bij het huwelijksbureau in Knock.'

'Echt iets voor hem. Het wordt steeds leuker', zei Jamesie. 'Er hangen briefjes over dat bureau bij de kerkdeur. John laat geen mogelijkheid onbenut. Hij verstuurt en krijgt een massa brieven. Hij is de laatste tijd ook vaak op pad.' Jamesie wreef vergenoegd in zijn handen alsof hij het nu pas geloofde.

'Een ding dat zeker is, is dat John Quinn niet voor het halve land een huwelijksreceptie gaat bekostigen', zei Mary.

'Misschien betaalt zijn vrouw. Misschien heeft zij geld.'

'Dan is ze een nog grotere domkop.'

'En het kan allemaal ook nog een bende leugens blijken te zijn', zei Jamesie.

'We moesten maar eens een begin maken met die balen, tenzij we zelf van plan zijn om te trouwen', zei Ruttledge.

De rooihark kon je met een hendeltje naar believen omhoog of omlaag doen, zodat je de balen makkelijk op de lange pennen kon gooien. Terwijl de balen zich opstapelden in de schuur, bleven Jamesie en Mary achter en werkte Ruttledge in zijn eentje verder op het weiland. Soms reed Margaret tussen zijn knieën met hem mee en bestuurde de grote tractor. De balen stonden trapsgewijs opgetast tot aan het dak van de schuur. In zekere zin viel Mary het zwaarste werk ten deel. Zij pakte de balen van Ruttledge aan en tilde ze dan op naar Jamesie, die het bindtouw in zijn reusachtige handen pakte en de balen op hun plek gooide alsof ze niets wogen. Met de mannenpet achterstevoren om het hooizaad en het stof uit haar haar te houden, zag ze er prachtig jongensachtig uit als ze glimlachte, maar tegen de avond begon ze duidelijk vermoeid te raken. Maar toen Ruttledge zei dat ze voor die dag meer dan genoeg had gedaan en dat Jamesie en hij het samen wel konden afmaken, wilde ze van stoppen niets horen.

'Ach, dat laatste rukje? Ik ben benieuwd wat zijn arme oude vader van de schuur zou vinden als hij kwam aanrennen en zijn neus tegen het raam drukte', zei ze lachend.

'Hij zou niet goed worden', zei Jamesie. 'Hij zou denken dat de wereld gek geworden was.'

'Wij kunnen ook nog eindigen als de vader voor het raam', zei Ruttledge.

'Zo is het leven!' riep Jamesie omlaag vanuit de verstikkende hitte van de hooischuur.

'Als wij beneden in Shruhaun liggen, zal Margaret vast over ons praten zoals wij nu over je vader praten', zei Mary.

'Ze zal niets dan goeds vertellen aan haar jongeman. Ze zal zeggen dat we heus fatsoenlijke mensen waren, God hebbe hun ziel, maar dat we nooit naar school waren geweest, dat we geen geld hadden en nooit manieren hadden geleerd, maar dat we wel meevielen. Dat we al met al best aardige oudjes waren', zei Jamesie.

'Dat zou ik nooit doen', zei Margaret stampvoetend.

'Gelijk heb je, Margaret', zei Mary. 'Hij denkt altijd maar dat hij gelijk heeft. Joe hier is naar school geweest en is een gestudeerd man, in tegenstelling tot die komediant daarboven op het hooi, die meer onzin uitkraamt dan tien geleerden.'

Jamesie zat luid te protesteren bij dit gesprek, en Ruttledge zei: 'En kijk eens hoe ver ik het heb geschopt, Mary…'

'Tot een belangrijke baan bij de overheid', riep Jamesie naar beneden, waarna ze een poosje stonden te lachen voordat ze weer aan het werk togen.

Ze waren de laatste paar balen aan het binnenbrengen toen er een grote groene auto kwam aanrijden. De auto gaf geen overdreven visitekaartje af, zoals de zware Mercedes van de Sjah, maar straalde toch duidelijk iets uit – hij was splinternieuw, duur, had een open schuifdak en zilverkleurige wieldoppen die op de stralen van de zon leken. Uit luidsprekers in de auto klonk muziek.

'Margarets vakantie is voorbij.' Mary draaide zich om naar het kind dat dichter tegen Mary aan kroop en ongerust keek. De ouders stapten als eersten uit de auto, Jim in comfortabele golf-kleding en Lucy in een zomerjurk. De kinderen keken bedremmeld. Ze waren op een ongemakkelijke leeftijd en bleven op straat staan zonder op Margaret af te lopen, en zij maakte ook geen aanstalten. Een stil moment leek het tafereel versteend door onzekerheid, totdat Jamesie hun iets toeriep en met behendige snelheid afdaalde over de rij hooibalen.

'Welkom. Welkom.' Hij schudde iedereen de hand, maar kuste of omhelsde hen niet. In een intuïtieve poging om zijn opwinding in bedwang te houden, bukte hij zich om de drie kleinkinderen een voor een op te tillen en dan te doen alsof hij daar niet meer toe in staat was. 'Jullie groeien me allemaal boven het hoofd, en deze arme oude man hier krimpt', en hij trok er zijn droefgeestige clownsgezicht bij, zodat ze allemaal moesten lachen. Toen had hij zijn oude, alerte, geestige zelf hervonden. Mary's gezicht daarentegen drukte stille aanbidding uit terwijl ze op de kus van haar zoon wachtte alsof het een sacrament was.

'Behandelt hij je nog steeds zo slecht, moeder?' zei haar zoon voor de grap.

'Klikspaan', riep Jamesie, maar Mary zei niets.

'Hoe gaat het met u, oma? Wat heerlijk u weer te zien', zei Lucy uitbundig terwijl de twee vrouwen elkaar kusten.

'Je bent zo welkom als een mens maar kan zijn', zei Mary, maar alle onzekere haperingen van haar hart waren hoorbaar in die simpele woordenreeks.

'Welkom', zei Ruttledge en gaf hen stuk voor stuk een hand.

'Help je pa en ma met het hooien? Eén grote familie. Hoe is het met Kate?' vroeg Lucy met een jovialiteit die de uitwerking had van een stem die geen wijs kon houden maar het goed bedoelde.

'Goed. Ze zal het jammer vinden dat ze jullie is misgelopen. Hoe was het in Florence?' vroeg Ruttledge.

'Fantastisch. In één woord fantastisch', zei Lucy. 'Een unieke ervaring.'

'We waren ook blij weer naar huis te gaan', voegde haar man er zacht aan toe.

'Hoe heeft Margaret zich gedragen?' vroeg de moeder, die overdreven glimlachend neerkeek op het kind.

'Margaret was geweldig. Ze pepte ons allemaal op tijdens het werk', zei Ruttledge, die zich een beetje een buitenstaander voelde. 'Ze hield de moed erin.'

'Het moet een pak van zijn hart zijn dat hij het hooi in de schuur heeft. Hij werd in deze tijd van het jaar altijd knettergek', zei de zoon lachend.

'Naar hem moet je niet luisteren. Ik heb dit niet gehoord. Je zou knettergek worden als je luisterde naar wat iedereen zei', antwoordde Jamesie luchtig terwijl hij zich bezighield met de drie kinderen, die nu ook gezelschap hadden gekregen van Mary en de twee honden. 'Ze kunnen het zo draaien dat je niet meer weet wat voor en achter is.'

'Hij heeft op alles een antwoord. Het is me er eentje', zei Lucy op een vreselijk neerbuigende toon.

'Een rare snijboon', viel haar man haar bij, maar verdedigend en onzeker, met een lachje.

'Een arme ouwe vent. Een brave arme stakker. Moge de Heer zijn ziel genadig zijn', reageerde de betrokkene zelf, die zich nog steeds met zijn kleinkinderen bezighield.

De drukte en opwinding van hun komst stierf weg. De bruine kippen hervatten hun gepik in het zand, maar keken af en toe met een geel oogje opzij om met komische ernst de ongewoon drukke weg te inspecteren. In het huis begon een van de klokken een uur te slaan dat al verstreken was. Met koortsachtig gefladder streek er een merel neer in de haag naast de hooischuur. Hoewel ze deel uitmaakte van de groep mensen, stond Mary in haar eentje zwijgend naar haar zoon en zijn vrouw te staren, alsof ze zich erover verwonderde dat er zoveel tijd was verstreken en was teruggekeerd in zulke vreemde, stoffelijke vormen, die haar zowel eigen waren als niet. Er leken zich zoveel gevoelens en gedachten op haar gezicht af te tekenen; het was alsof ze er hevig naar verlangde om die verstrooid geraakte jaren van verandering aan te raken en bijeen te brengen om er een geheel van te maken. Maar hoe kun je tijd bijeenbrengen om te kussen? Er zijn alleen lichamen.

In Ruttledges ogen was Jim een rustige, hoffelijke man, zonder de levendigheid, de aanwezigheid of de hartelijkheid van zijn ouders. Belangstelling was voor Jim een tweede natuur, en zijn gezicht straalde vriendelijkheid uit. Het was alsof hij voortijdig was uitgeput door de lange weg die hij had afgelegd en alsof hij weinig voeding had gevonden op de nieuwe kusten van Kildare Street en Mount Merrion. Hij had het al ver gebracht, maar het was onwaarschijnlijk dat hij het zonder geluk veel verder zou schoppen. Met de mensen die hem tot de hoogste sport van de ladder konden bevorderen moest er een bepaalde interactie ontstaan, maar mensen lieten zich niet bestuderen zoals een probleem of een boek.

Zijn vrouw zou willen dat hij hogerop kwam, maar uitgerekend zijzelf zou een hinderpaal zijn bij wat ze wilde bereiken. Toen ze de Ruttledges voor het eerst ontmoette, verwachtte ze dat zij diep onder de indruk zouden zijn van haar persoonlijkheid, omdat ze al bevriend waren met haar schoonouders. Ze vonden haar vermoeiend. Ze haalde al haar energie uit wat buiten zichzelf lag, vooral uit de indruk die ze op andere mensen meende te maken, en haar donkere, knappe uiterlijk en seksuele aantrekkelijkheid droegen bij tot deze aangeboren eigendunk. Doodgewone beleefdheid interpreteerde ze als onvoorwaardelijke goedkeuring, maar met mensen die het zich permitteerden om te laten doorschemeren dat ze haar helemaal niet zo betoverend vonden, maakte ze korte metten. Haar gevoel van eigenwaarde en zelfvertrouwen konden alleen in stand worden gehouden door de grote, hechte familie waartoe ze behoorde, en die haar man onverbiddelijk had ingelijfd.

'Ik ga die laatste balen naar binnen brengen en wens jullie verder nog een prettige avond', zei Ruttledge.

Toen alle weitjes leeg en opgeruimd waren, wilde hij de motor niet afzetten. Hij zwaaide naar iedereen en blies Margaret een kus toe, waarop het meisje zich zowel blij als gegeneerd afwendde.

'Ik wens jullie een heel fijne avond', riep hij omlaag.

'God zegene je voor al je hulp', zei Mary.

'Je weet dat ik je nooit heb gemogen', schreeuwde Jamesie.

'Is hij niet vreselijk? Maar het is me er een, dat moet je hem nageven', zei Lucy glimlachend en wuivend als een koningin.

Jim glimlachte stilletjes terwijl hij zwaaide.

De volgende ochtend was het drukkend en windstil. Op de radio werd gezegd dat de onweersbuien uit het zuiden zich tegen de avond over het hele land zouden verspreiden. Heel vroeg in de ochtend begonnen ze de balen naar binnen te brengen; de wielen van de tractor maakten lichte sporen door het met spinnenwebben bedekte gras. Kate wilde per se helpen. Ze droeg oude handschoenen tegen het harde touw, maar had de kracht niet om de zwaardere balen op te tillen.

'Weet je zeker dat je dit wilt doen?'

'Zolang je wat aan me hebt.'

'Ik heb heel veel aan je. Maar die balen zijn zwaar. Het heeft geen zin om je te bezeren.'

Ze werkten gestaag door. Pas als de balen hoog waren opgestapeld, zou het tillen moeizaam en traag gaan. Nog voor de ochtend om was, zagen ze Jamesie en Mary aankomen door het openstaande hek onder de els. Ze waren op de fiets en hadden een pet op met de klep naar achteren. Hun twee honden volgden al sporen door het weiland. Hun hart veerde op. De last van zware, monotone arbeid, die zou voortduren tot het in de avond zou gaan regenen, was ineens gehalveerd en licht gemaakt.

'Een arm oud stel dat aan het ploeteren is om van de winter niet van de honger om te komen', riep Jamesie.

'Waarom zijn jullie niet bij je gasten?'

'Ze zijn weg. Ze zijn gisteravond vertrokken. Met die auto is Dublin maar twee uur rijden.'

'We dachten dat ze een paar dagen zouden blijven.'

'Nee. Ze zijn vertrokken', zei Jamesie voorzichtig. 'Jim moest weer aan het werk. En het huis is te klein.'

'Die arme Margaret wist niet hoe ze het had', zei Mary. 'Ze

wilde helemaal niet weg. Het enige wat ze wilde was vandaag weer met ons het weiland in gaan.'

'Als je een kind zoals zij ziet, hoop je dat ze gelukkig wordt.'

'Hoop jij maar. Ze zal het toch in haar eentje moeten zien te rooien, net als wij allemaal', zei Mary.

'Geen erger aanblik dan die van een man alleen in het weiland', zei Jamesie en hij barstte in lachen uit toen hij de handschoenen zag die Kate aanhad. 'Goeie genade, Kate. Jij bent al op de winter voorbereid', en met trots liet hij zijn eigen eeltige handen zien: 'Puur schoenleer!'

Het binnenbrengen van het hooi ging ineens heel snel. De twee vrouwen gingen het huis in en kwamen terug met een kan gezoete thee.

'De Sjah had gelijk. John Quinn gaat trouwen', zei Jamesie, die uitrustte op de balen.

'Hij zat op hete kolen tot hij het had uitgevist', zei Mary. 'Het is een zegen dat iemand eens iets gehoord heeft voordat hij het wist. Zodra jullie weg waren, kreeg hij Jim zover dat hij hem naar Shruhaun reed. Lucy kreeg een rolberoerte. Ze dacht dat ze niet meer zouden terugkomen.'

'We hebben maar twee drankjes genomen', zei Jamesie. 'Het was er stampvol. Jim werd hartelijk verwelkomd. John Quinn zat erbij als een kat met een schotel room; mensen feliciteerden hem, sloegen hem op zijn rug en gaven hem een drankje. Je bestierf het bijna. Hij heeft haar inderdaad bij het huwelijksbureau in Knock vandaan. Haar familie is faliekant tegen het huwelijk. Daarom wordt de trouwerij hier gehouden. Ze heeft drie zoons, een grote boerderij en geld. We worden allemaal uitgenodigd. Hij gaat niet van die onnozele uitnodigingen versturen. John gaat zelf al zijn goede buren af om ze persoonlijk uit te nodigen. Je kunt een bezoekje verwachten. We hebben het erg naar ons zin gehad.'

'Heeft Jim ook iets gedronken?' wilde Ruttledge weten.

'Twee maar, en toch was Lucy razend. Meteen toen ze terugkwamen, heeft ze iedereen in de auto geladen', zei Mary lachend.

'Als je het had kunnen horen, zouden je oren getuit hebben, heel de weg naar Dublin.'

'Ik kan er wel tegen', zei Jamesie. 'Je hebt er vrouwen bij die veel te pietluttig zijn. Die denken dat de hele wereld om hun handel en wandel draait.'

Terwijl de zon telkens schuilging achter de donkere, voortrazende wolken, verdwenen de balen van de weilanden en raakte de schuur gevuld, zodat ze de laatste vrachten op hun gemak, keuvelend en wel, konden opstapelen. De vogels hoorde je niet meer. Het zoemen van de insecten was stilgevallen. De zwaluwen maakten diepe duikvluchten boven de lege weilanden. Door de stille lucht hoorde je de vleugelslag van zwanen die overstaken van het ene naar het andere meer, en ze telden er zeven in formatie voordat ze achter de haag van bomen verdwenen. Voor schepsels die in de lucht en op het water zo sierlijk waren, was het neerkomen luid en stuntelig.

Ze ruimden op hun dooie akkertje op en hadden nog uren tijd en goed weer over toen Bill Evans kwam aanlopen door het hek en naar de volgestouwde schuur kuierde. Hij had zijn enorme laarzen aan, maar geen overjas, en zijn brede bretels liepen over het overhemd van beddentijk. De bretels zaten met kopspijkers in plaats van knopen vast aan zijn wijde tweedbroek.

'Jullie zijn reusachtig opgeschoten', complimenteerde hij hen.

'Iedereen die nu nog grasland moet maaien is te laat', zei Jamesie provocerend.

'Er komt nog genoeg mooi weer', verdedigde hij koppig zijn eigen boerderij.

'Gelijk heb je. Trek je niets van hem aan, Bill.' Mary viel hem bij. 'Vanaf wanneer komt het busje om je naar de stad te brengen?'

'Elke donderdag van nu af aan', zei hij gewichtig.

'Ze gaan je gevalletje wassen als ze je naar de stad brengen', zei Jamesie. 'Je zult nooit meer de oude worden.'

'Je bent een vreselijke vent, Jamesie. Ze zullen je nog eens de parochie uit jagen. Het mag een wonder heten dat Mary het zo lang met je heeft uitgehouden', was zijn luide repliek.

'Wat moet ik anders, Bill? Ik zit nu eenmaal aan hem vast', zei Mary.

'Dat is zijn enige redding', zei hij grinnikend.

De twee vrouwen gingen naar binnen, en met een kinderlijk vertrouwen liep hij achter hen aan.

'Goeie genade', zei Jamesie. 'Ze behandelen hem slechter dan een hond en toch zou hij de kruisdood voor ze sterven als je ook maar een woordje kritiek op ze hebt. Hij zal het reuze naar zijn zin hebben in de stad. Hij zal alles in zijn blikveld verslinden. Hij zal kringen om zich heen eten en drinken. Hij zal bolrond worden', zei Jamesie opgewekt. 'Soms denk ik dat hij net zo gelukkig is als de rest van ons.'

De woorden bleven even in de lucht hangen zonder te worden bevestigd of ontkend; het was alsof ze allebei heimelijk wisten dat er niets met zekerheid te zeggen viel over wat het geluk of het ongeluk van een ander uitmaakt.

'Zou je met hem willen ruilen?'

'Nee.'

'Zou hij met jou willen ruilen?'

'In een oogwenk.'

'Ik betwijfel het. Niemand wil zijn leven verruilen voor dat van een ander. Bovendien is het onmogelijk.'

'Ik zou wel willen ruilen. Ik was dolgraag De Valera geweest', zei Jamesie.

'Dan zou je nou dood zijn', zei Ruttledge, maar aan Jamesies gezicht kon hij zien dat die zijn woorden helemaal niet grappig vond.

Vroeg in de avond keken ze neer over de volledig kale graslanden onder de stilte van de grote bomen. In het hele land zouden deze gemaaide graslanden een week of langer hun vierkanten of rechthoeken van verzengd geel licht weerkaatsen te midden van het groen van hagen en weilanden. Ruttledge stelde een paar keer voor om het werk af te ronden en naar binnen te gaan, maar Jamesie bleef treuzelen en besteedde overdreven veel aandacht aan de laatste paar rijen alsof hij wachtte tot het zou gaan regenen. Toen de bui kwam, in de volledige stilte van de bomen en de vogels, klonken de eerste aarzelende druppels luid op het golfijzer.

'Patrick Ryan is toch echt een hopeloos geval', zei Jamesie terwijl hij naar de kale heuvel aan de overkant van het meer keek waar het handjevol vee van Patrick liep te grazen. 'Nog geen grasspriet gemaaid en al het goede weer zit er weer op. Het is echt een hopeloos geval, en het kan hem geen zier schelen als er tussen nu en Kerstmis geen droge dag meer komt.'

Het oppervlak van het meer tussen de bomen vertoonde nu putjes van de regen. Het water plensde in stromen van de grote bladeren van de plataan neer op het dak van de schuur.

'Ik ga genieten van deze bui. Ik ga met een glas in de hand voor het raam zitten kijken hoe het neerstroomt', zei Jamesie toen ze op het punt stonden om naar het huis te rennen.

De grond werd al snel zompig, en het water gutste door de afwateringsgreppels. Toen de regen ophield, brak er wisselvallig weer aan, waarbij er wind en lichte buien over het oppervlak van het meer joegen.

Op een regenachtige zondag kwam de Sjah met een verbeten gezicht naar het huis en zei dat hij een besluit had genomen.

'Heb je er sindsdien al met iemand over gesproken?'

'Alleen met die vrouw van het hotel.'

'Wat vond zij ervan?'

'Ongeveer hetzelfde als wat jij zei. Zij heeft een testament gemaakt. Haar kinderen nemen de zaak over, maar pas als zij eraan toe is, en hoelang ze het zullen volhouden is maar de vraag', zei hij. 'Eén ding is zeker, en dat is dat ze zich nooit met haar zullen kunnen meten.'

'Wat vond zij ervan om Frank Dolan een kans te geven?'

'Ze vond het redelijk. Als hij het geld kan ophoesten. Wat denk jij?'

'Het doet er niet toe wat ik denk.'

'Best, maar wat vínd je ervan?'

'Hij heeft zijn hele leven voor je gewerkt. Hij kan er evenveel aanspraak op maken als wie dan ook. Dat daar gelaten: mensen krijgen niet altijd waar ze recht op hebben.'

'Zeg dat wel', zei hij gretig.

'Je kunt er altijd nog mee naar een vendumeester stappen.'

'Nee', zei hij geschrokken. 'Die oplichters. Ze zijn niet allemaal als Jimmy Joe McKiernan. Jij zou het ook vervelend vinden als er allemaal mensen kwamen kijken en de belastingman ging rondneuzen.'

'Soms zijn ze noodzakelijk', zei Ruttledge.

'Maar zal die andere vent het geld ervoor kunnen ophoesten? Zal hij de poen ervoor hebben? Zal hij het kunnen betalen?' vroeg hij, en het was Ruttledge duidelijk dat zijn besluit vaststond.

'Ik weet het niet. Je zult eerst aan de weet moeten zien te komen of hij de zaak wil hebben.'

Dit vond de Sjah onvoorstelbaar; hij kon zich niet indenken dat iemand de zaak niet zou willen hebben.

'Er zijn mensen die geen verantwoordelijkheid willen', legde Ruttledge uit.

'Wat zou er gebeuren als iemand anders de zaak overnam?' vroeg hij.

'Dan kan hij op de keien komen te staan', zei Ruttledge.

'Nou zeg je het zelf. Snap je het nou?' zei hij zelfverzekerd.

'Wat ga je nu doen?'

'Dat vraag ik jou nou net.'

'Je zult met hem moeten praten. Jullie zullen het moeten bespreken.'

De Sjah zweeg verbijsterd. Vlakbij begonnen de besjes van de lijsterbes al rood te worden. Op de takken van de witte meidoorn zat een klein vogeltje, een roodborstje, te zingen. Op het kale veld streek geruisloos een enkele kraai neer.

'We praten niet', zei hij.

'Hij zal inmiddels toch wel zo'n twintig jaar bij je zijn.'

'Heel wat langer dan dat, maar toch praten we niet', zei hij koppig.

Nu was het de beurt aan Ruttledge om verbijsterd te zijn. Hij had aangenomen dat mensen die zo lang in elkaars nabijheid verkeerden met elkaar spraken. Nu moest hij erkennen dat hij in al die tijd dat hij ze samen had gezien niet één keer getuige was geweest van zelfs maar een kort gesprek. Nu en dan maakten ze een opmerking met de bedoeling dat hij zou worden opgevangen, soms met de rug naar de ander toegekeerd of zijdelings, maar nooit rechtstreeks. Deze mededelingen werden zwijgend aangehoord, en dan gingen ze verder met waar ze mee bezig waren geweest.

Hun hebbelijkheden en gewoonten werkten dat ook wel in de hand. De Sjah stond graag vroeg op. Frank Dolan kwam zelden voor het middaguur zijn bed uit, maar werkte tot 's avonds laat door. Ze gingen gemoedelijk met hun vele klanten om, maar altijd afzonderlijk. De klanten die ze niet mochten leerden al snel dat ze beter konden wegblijven. Hoe ze dat ook aan elkaar overbrachten – en dat ging even snel en trefzeker als via radar – er bestond nooit het geringste verschil van mening over klanten die ongewenst waren. En of ze nu Frank Dolan troffen of de Sjah, hen werd bot de deur gewezen. Als de ander toevallig in de buurt was, keek hij op van wat hij aan het doen was om te zien wat zich afspeelde, maar zonder ooit commentaar te leveren of zich ermee te bemoeien.

'Wat wil je dat ik doe?' vroeg Ruttledge.

'Zou jij met hem willen praten?'

'Weet je het zeker? Weet je zeker dat het niet beter zou zijn als je gewoon nog een poos zo doorgaat?'

'Nee. Het is tijd om spijkers met koppen te slaan, en niemand anders dan Frank weet iets van de zaak. Iemand anders zou er niet veel aan hebben. Ze zouden niet weten hoe ze met de mensen moeten omgaan.'

'Ik neem aan dat je niet jouw woning of de arbeidershuisjes of de velden gaat verkopen. Alleen de zaak?'

'Ik ben slecht, maar nou ook weer niet zo slecht. Ik ga niet in één keer alle schepen achter me verbranden.' Voor het eerst die dag zat de Sjah zacht te schudden van het lachen, weer helemaal de oude. 'Frank staat een hele schok te wachten', zei hij enthousiast.

'Misschien wil hij de verantwoordelijkheid niet', waarschuwde Ruttledge.

'Dan kunnen we naar die vendumeester van je stappen en staat hem een nog grotere schok te wachten. Sommige kerels denken dat het leven een gespreid bedje is.'

Slechts enkele dagen later kwam John Quinn naar het huis in een nieuwe tweedehands groene Vauxhall. Hij parkeerde onder de els, waar hij jaren geleden de oude witte Kever had geparkeerd. Dit keer zette hij geen grote steen achter een van de wielen om zich ervan te verzekeren dat hij niet zou wegrollen in de richting van het meer. In zijn nieuwe donkere krijtstreeppak had hij een vooraanstaand politicus of zakenman kunnen zijn.

'Het is heerlijk om een jong stel te zien dat gelukkig is, goed vooruitkomt in de wereld, het ene succes na het andere behaalt, zich van niemand afkeert en alle anderen stimuleert', begon hij, toen hij het huis binnenkwam.

'Ik vrees dat we zo jong niet meer zijn, John', zei Ruttledge.

'Dat zit allemaal in je hoofd. Het zit allemaal in je hoofd. Je bent zo jong als je je voelt. Ik persoonlijk ben van plan om tot het doek valt altijd tweeëntwintig of drieëntwintig te blijven. Ik kom met goed nieuws en ik blijf niet lang', zei hij, toen hem een stoel werd aangeboden. 'Ik heb werk te doen en jullie hebben je eigen werk te doen en ik wil mijn goede tijd niet verdoen, noch die van mijn buren.'

Tijdens de hele duur van het bezoekje bleef hij staan, maar zijn ogen dwaalden ongedurig door de kamer en bleven alleen even op Kate rusten. Zijn knappe gezicht werd slechts ontsierd door zijn kleine oogjes en een paar ontbrekende tanden. 'De Here God heeft gezegd: "Het is niet goed voor een man om alleen te wonen", en dat heeft John Quinn altijd ter harte genomen', vervolgde hij gladjes en zacht, 'en als de berg niet naar Mohammed komt, moet Mohammed naar de berg gaan. En daarom ging John naar het huwelijksbureau in Knock, waar Onze Lieve Vrouw aan de kindertjes is verschenen. Alles is grondig onderzocht en goed bevonden. Ze vonden me een heel respectabel persoon. Zij heeft haar dierbare echtgenoot verloren nadat ze haar gezin had grootgebracht en vond het net als ik niet goed om alleen te leven. Er is een klein probleempje met haar familie, maar dat lost zich in de loop van de tijd wel op. Voor jonge mensen is het soms moeilijk te begrijpen dat oudere mensen behoefte hebben aan dezelfde dingetjes en troost en genoegens als zij. Daarom houden we de bruiloft hier te midden van goede vrienden en buren in plaats van in haar deel van het land, wat correcter zou zijn. De reden van mijn komst is dus geen niemendalletje, maar een uitnodiging aan jullie om te komen delen in ons geluk.' En hij noemde de datum en het tijdstip van het huwelijk en de receptie in hotel Central.

De Ruttledges feliciteerden hem en wensten hem veel geluk; ze bedankten hem en zeiden dat het hen een genoegen zou zijn om zijn bruiloft bij te wonen.

'We zijn niet meer in de mei van ons leven en hebben geen reden om te wachten, en of je nu jong of oud bent, de zomer is de beste tijd om te trouwen. Ik ga er vandoor, zodat jullie verder kunnen met je goede werk en ik niet meer van jullie tijd verdoe.'

Hij wilde thee noch whiskey om de vreugdevolle gebeurtenis te vieren en onderstreepte nog eens dat zij het druk hadden en dat hij het druk had en dat mensen niet te veel waarde moesten hechten aan vormelijkheid of beleefdheid. Een overdaad aan beleefdheid was soms een grote sta-in-de-weg bij wat mensen in het leven te doen hadden.

Ze liepen samen met hem mee naar de groene Vauxhall onder de els.

'We hopen dat jullie allebei heel gelukkig zullen worden.'

'Geluk brengt geluk voort. Wanneer mensen gelukkig zijn,

helpen ze elkaar en kunnen ze goed met elkaar opschieten.'

Hij startte de motor niet, maar haalde de auto van de handrem en liet hem in zijn vrij naar het meer rijden. Bij het meer gekomen zette hij hem in zijn versnelling. Hij sidderde even voor hij aansloeg.

'Hij was benzine aan het besparen', zei Ruttledge.

'Ah.' Kate haalde vol afkeer rillend haar schouders op.

'Misschien treft hij deze keer zijns gelijke', zei Ruttledge. 'Je weet het maar nooit. In de vrouwelijke lijn moet je toch ook schurken hebben.'

'Natuurlijk, maar ik durf te wedden dat die er wel voor uitkijken een soortgenoot te kiezen', zei ze.

Het werd tijd om de lammeren te verkopen. Elk jaar, zonder mankeren, hield Jamesie Ruttledge gezelschap tijdens de rit naar de fabriek. Op de afgesproken ochtend kwam hij al vroeg handenwrijvend het huis binnen. Hij wist dat het geen dag was die zij met plezier tegemoet zagen.

'We gaan het geld binnenhalen. We gaan rijk worden. We gaan een prinsheerlijk leven leiden en de waarheid spreken zonder angst of aanzien des persoons.'

'Je ziet er al uit als een prins', zei Kate.

'Prins van het veen en de biezen', reageerde hij verdedigend, maar hij straalde. Zijn wijde grijze tweedpak was sleets, maar smetteloos, en in het overhemd met de open boord zag hij er nog keuriger uit dan in zijn zondagse kleren. Het leer van zijn laarzen was kaal op plekken waar de zwarte schoensmeer er door het natte gras was afgespoeld.

'Wil je iets gebruiken voor we gaan?'

'Nee. Vandaag niet. We moesten ons maar eens uit de voeten maken. Er kon wel eens een lange rij staan.'

De aanhangwagen was al aan de auto gekoppeld en achteruit gereden tot aan de deur van de schuur. De schapen en lammeren waren bijeengebracht op het kleine veld naast de schuur en waren makkelijk van elkaar te scheiden. De dikke mannelijke lammeren

werden geselecteerd en naar de aanhanger gedragen. Twijfelachtige lammeren werden in een hoek gewogen op een metalen
weegschaal.

'Je redding', zei Jamesie toen een lam dat onder het gewicht
was werd gemerkt en vrijgelaten.

'Een erg tijdelijke redding.'

'Welk ander soort redding heb je dan?'

'Een lang leven in de wei.'

'Denk je dat zo'n leven eeuwig duurt? Ze gaan sowieso naar
hun bestemming. Een rijk voorziene zondagse dis', zei hij.

'Vijf maanden oud. Dat is een korte reis.'

Toen ze in de auto stapten, gaf Jamesie een tevreden klap op
het dak van de aanhanger. 'Die zullen het meer nooit meer zien.'

Voor Jamesie was alles waar ze langsreden van het hoogste
belang: de goed onderhouden velden, de verwaarloosde velden,
het grazende vee, slecht onderhouden huizen, huizen die blon-
ken, huizen in verval. Het gretige kijken gaf aanleiding tot een
doorlopend, traag geleverd commentaar. Hij prees waar hij kon,
en de meeste mensen werd zonder lof of kritiek hun bestaans-
ruimte gegund met een handgebaar dat zijn leven en dat van hen
een eigen plaats toekende tijdens deze niet te overziene reis.

Toen ze langs de dakloze abdij van Shruhaun kwamen, sloeg
hij een kruisje, snel en gehaast, alsof hij water sprenkelde.

De cafés in Shruhaun waren dicht, maar bij de zij-ingang
stonden bestelwagens die brood en kranten afleverden. Hij keek
reikhalzend achterom om te zien wie het brood aanpakte, gehin-
derd door vrachtwagens. Toen ze bij de buitenwijken van de stad
waren aangekomen, droeg hij Ruttledge op om langzamer te
rijden.

'Ik heb nog meegemaakt dat iedere man hier vond dat die
vrouw een hemelse verschijning was', zei hij over een forse vrouw
die de straat overstak. 'Nu is het vergane glorie.'

'Je zult zien dat die hemelse verschijning een andere gedaante
heeft aangenomen. Die van een andere jonge vrouw.'

'In het steegje staan twee rechercheurs de boel in de gaten te houden', riep hij uit toen de auto en de aanhanger langzaam langs het café van Jimmy Joe McKiernan reden.

'Die staan er altijd.'

'Dag en nacht.'

'En het is tijdverspilling. De mensen die zij zoeken komen heus niet aanrijden bij de voordeur.'

'Ik weet het. Ik weet het. Ik weet het maar al te goed. Alles gaat via de achterdeur', zei hij met stelligheid. 'Iedereen weet dat hij de leiding had over die grote uitbraak uit Long Kesh – toen heeft hij toch zijn arm gebroken? – en dat hij nog een heleboel andere dingen op zijn kerfstok heeft, maar ze kunnen hem niet arresteren. Ze willen alleen dat iedereen weet dat ze de boel in de gaten houden. Alles wat er gebeurt, gebeurt in het Noorden. Het kan ze geen moer schelen, zolang de ellende zich maar niet naar hier verplaatst. Allemaal vertoon.'

'Ik vind dat het niet deugt', zei Ruttledge. 'Er zouden geen twee soorten wetten moeten bestaan.'

'Ik heb niets tegen Jimmy Joe McKiernan. Hij is een van de eerlijkste, fatsoenlijkste mensen in de stad. Hij leeft niet voor zichzelf, zoals al die anderen.'

'Je vindt het niet erg dat hij je zou doodschieten?'

'Dat zou hij alleen doen als het moest. Hij zou het alleen doen als je de Zaak in de weg stond. Jimmy Joe zou geen vlieg kwaad doen tenzij hij hem in de weg stond.'

'Ik zie niet veel verschil tussen doodgeschoten worden voor een goede of een slechte zaak.'

'Nou word je te pietluttig, meneer Ruttledge. Hij zal jou of mij niet neerschieten. Wij tellen niet.' Jamesie voelde zich onbehaaglijk bij deze woordenwisseling. 'Er is nog niets te doen bij Luke', zei hij toen ze langs het café van Luke Henry reden. Jamesie probeerde onenigheid of iets onaangenaams altijd uit de weg te gaan.

'We gaan op de terugweg wel een borrel halen bij Luke', zei Ruttledge, die zijn onbehagen bespeurde.

'Ja, laten we dat doen', zei hij enthousiast, opgelucht. 'Het rijk van de Sjah', zei hij met welgevallen toen ze aan de rand van de stad kwamen en de loodsen zagen en de dieselborden en de arbeidershuisjes en het reusachtige terrein vol met tot oud ijzer ontmantelde vrachtwagens, auto's, tractors en machines achter de hoge draadafrastering. 'Weet hij eigenlijk wel hoeveel geld hij heeft?'

'Hij geniet ervan om geld te hebben', zei Ruttledge, en toen zag hij zijn kleine ronde gestalte bij de boogvormige ingang van de hoofdloods, met zijn vuist stevig in zijn zij geplant. De bordercollie zat naast hem. 'Hij heeft niet zoveel geld nodig. Het is het bezit ervan dat hem genoegen verschaft.'

'Allemachtig, hij is al op terwijl de halve stad nog ligt te slapen. Wat gaat hij met al dat geld doen?' vroeg Jamesie zich verwonderd af toen hij de ronde gestalte naast de bordercollie zag.

'Het zal wel bij de een of ander terechtkomen. Geld kan nergens anders heen', zei Ruttledge lachend. 'Hij heeft het van mensen vergaard en het keert gewoon terug naar andere mensen.'

'Ik weet dat je niet de geringste belangstelling voor zijn geld hebt, en Kate ook niet', zei Jamesie behoedzaam. 'Dat prijs ik in jullie allebei. Er is niets erger dan te zien dat mensen erop wachten om in andermans schoenen te stappen terwijl ze zich met hun eigen zaken zouden moeten bezighouden.'

'Ik weet het, Jamesie, ik weet het.'

Toen ze de stad eenmaal voorbij waren, kende hij niemand meer van de mensen die op de boerderijen of in de bungalows langs de weg woonden. Zijn geboeidheid werd er niet minder door, maar nu zweeg hij en keek van rechts naar links, alsof hij bang was dat hij onderweg misschien iets belangrijks zou missen.

'Dromod', riep hij uit toen het natuurstenen station en het café aan de overkant van de weg in zicht kwamen. 'Elke zomer weer. Johnny van de trein halen met de auto van Rowley. En hem weer op de trein zetten.'

'Het is een mooi station', zei Ruttledge.

'Het kan ermee door. Het gaat wel', zei hij geringschattend.

Als gebouw op zich boezemde het hem verder geen belangstelling in.

Op de brede weg naar Rooskey stond hij versteld van het aantal auto's en vrachtwagens en de snelheid waarmee ze voorbijkwamen. Toen ze via de smalle brug in Rooskey de Shannon overstaken, vroeg hij Ruttledge om weer langzamer te gaan rijden, zodat hij kon genieten van de aanblik van de witte plezierbootjes beneden in het water.

'Buitenlanders en mensen uit Dublin. Geld in overvloed. Drankjes. Paardrijden.' Hij wreef zich quasi-vergenoegd in de handen om hun kostbare pleziertjes.

'Zouden Lucy en Jim het leuk vinden om zo'n bootje te hebben? Veroorloven kunnen ze het zich…'

'Nee.' Het idee alleen al was verontrustend. 'Nee. Zij misschien wel, maar Jim zou het niet willen. Nee', zei hij beslist, opgelucht. 'Ze zouden naar het buitenland willen. Naar Italië of zoiets. Dit zouden ze niets vinden. Ze kennen die plaatsjes hier in de omgeving veel te goed.'

Ze reden door een veenmoeras met kleine struikjes. Het water uit het stroomgebied van de rivier was zo sterk gedaald dat de zegge zo bleek zag als rijp koren. Eén lucifer kon het in een laaiend vuur veranderen. Heel in de diepte fonkelde een kleine baai van de Shannon. Ze kwamen langs een school en een kerk met een grote klok, die verstild op het gras stond, langs witte huizen en oude bomen, en toen ze eenmaal aan de afdaling begonnen, kwamen ze uit te midden van de kalksteenvelden en de stenen muurtjes van Roscommon. Hier en daar stond er een enkele es tussen de grijs stenen muurtjes, de schapen, de koeien en soms een veld met paarden. Ze kwamen door slaperige dorpjes en reden via de ringweg die langs de veemarkt liep om de kerktorens en schoorstenen van het stadje Roscommon heen.

'Thuis zie je niets. Niets', verzuchtte Jamesie, terwijl ze mensen en plaatsen voorbijraasden.

Zodra ze bij de fabriek aanschoven in de rij auto's en tractors met aanhangwagens, hield hij zijn polshorloge bij het licht van het raampje. 'Een uur en tien minuten nadat we van huis zijn gegaan – vijf minuten sneller dan vorig jaar. Weet je nog het jaar dat het wiel van de oude aanhanger losraakte en we dachten dat we er nooit meer zouden komen en de lammeren zo tekeergingen? Die mannen van het bestelbusje van het elektriciteitsbedrijf waren onze redding. Ze tilden de aanhanger op alsof het een veertje was. Dat waren bovenstebeste kerels en ze wilden niet eens geld voor een drankje aannemen. Ze zaten met zijn allen in een touwtrekploeg.'

'Ik weet het nog. Ik weet niet wat we zonder hen hadden moeten doen.'

De rij schoof langzaam op. De grote vrachtwagens gingen door een andere poort naar binnen. Af en toe stapten er boeren uit hun auto om een praatje te maken bij het open raampje van auto's die ze kenden. Na ongeveer een halfuur kwamen ze bij de poort. Ruttledge zei tegen de man in het kleine houten kantoortje hoeveel lammeren hij in de aanhanger had en kreeg een bon en ronde papieren plakkers met het getal 126 erop. Bij de hokken keerde hij de aanhanger. Boeren hielpen om de angstige, dicht opeengepakte lammeren uit de aanhanger te drijven. De plakkers werden op de wol gedaan. Op het blaten van de lammeren na verliep het allemaal heel rustig en ordelijk. Ruttledge liet Jamesie binnen de omheining achter en ging de auto en de aanhanger wegzetten. Hij moest een behoorlijk stuk terugrijden voordat hij een plekje vond. Hij liep op zijn dooie akkertje terug. Bij de omheining gekomen trof hij een geagiteerde en vreselijk bezorgde Jamesie aan. Het ging snel met de lammeren, en hij was bang geweest dat Ruttledge niet op tijd terug zou zijn.

'Ik dacht dat je nooit terug zou komen.'

'Ik moest een eind verderop parkeren. We hebben alle tijd.'

'Nee, nog maar heel weinig tijd. Ze kunnen elk moment naar binnen gaan.'

Ze moesten nog een paar minuten wachten, en in die tijd verdween zijn bezorgdheid als sneeuw voor de zon. Een man in een witte jas controleerde of het aantal lammeren klopte met

Ruttledges bon en schreef een ontvangstbewijs voor hem uit. Toen er een stel jonge mannen kwam om de lammeren naar het aanvoerhok te drijven, keerde de hele kudde zich om en rende de mannen tegemoet.

'Stomme troetelbeesten', riepen ze gefrustreerd uit, terwijl ze de lammeren duwend, schreeuwend en schoppend naar de laatste kraal dreven of ze erin tilden.

'Die lammeren van jou krijgen een slecht getuigschrift', zei Jamesie pesterig, maar Ruttledge had inmiddels afstand genomen van de lammeren, zoals mensen die afstand moeten nemen van wat uitzichtloos en onafwendbaar is.

'Ze werden goed behandeld', zei hij. 'Ze hadden geen reden om bang te zijn voor mensen.'

'Te goed behandeld, vinden die mannen', antwoordde Jamesie, die Ruttledge aandachtig gadesloeg.

'Laat ze maar denken.'

Ze keken hoe het laatste hek zich achter de lammeren sloot, waarna twee mannen, die geen tijd hadden om op of om te kijken, het ene lam na het andere in een glijkoker duwden waar dikke, zwartrubberen strips voor zaten. Toen draaiden ze zich om.

Toen ze naar het kantoor liepen, zagen ze dat uit een oude rode vrachtwagen lammeren rechtstreeks in een hok op de fabrieksvloer werden uitgeladen. Je hoorde een constant sissen van de waterslang, terwijl de in het wit geklede mannen zich als geesten voortbewogen te midden van de wolken stoom en het gekletter van metaal en geroep en geschreeuw. Er kwam een andere oude vrachtwagen aanrijden. De bestuurder stapte uit. Met zichtbare verbazing en woede herkende hij de eerste vrachtwagen, en toen hij de bestuurder zag, liep hij op de man af. Dit was zijn territorium.

De arbeiders die de lammeren aan het uitladen waren, de mannen die hun nummers controleerden en de mannen die de lammeren door de hokken dreven, bleven stokstijf staan. Het scheelde een haartje of het zou tot een handgemeen komen.

Toen ze elkaar tot op een meter genaderd waren, bleef de nieuw-komer staan. Beide mannen waren in de veertig, klein en fors gebouwd, qua postuur precies aan elkaar gewaagd. Ineens begon de eerste chauffeur te zingen.

'Take my hand. I'm a stranger in paradise. All lost in a wonder-land.'

De andere chauffeur keek eerst raar op, maar toen trok er langzaam een begrijpend lachje over zijn gezicht. Ook hij kende het liedje en ook hij kon zingen.

'If I stand starry-eyed. That's the danger in paradise. For mortals who stand beside an angel like you', begon hij.

'I saw your face. And I ascended. Out of the commonplace into the rare.'

'Somewhere in space I hang suspended', zong de ander nu vol zelfvertrouwen, terwijl hij zijn gebalde hand omhoogstak.

'Until I know there's a chance that you care', zongen ze samen terwijl ze op hun lompe laarzen met hun handen in de lucht in het rond dansten voor een gebiologeerde werkvloer. Toen draai-den ze zich naar elkaar toe.

'And tell him that he need be a stranger no more!' brulden ze samen, stampvoetend als twee ossen.

Toen ze klaar waren, applaudisseerde de hele werkvloer. Wui-vend stapten ze ieder in hun eigen cabine.

'Thuis zie je nooit wat. Niks', mopperde Jamesie.

'Je ziet de vogels en de lucht en de sporen van de dieren', zei Ruttledge plagerig.

'Niks. Je ziet nooit wat. Mensen zijn veel boeiender. Je ziet hier meer in één dag dan thuis in een hele maand.'

'Ik dacht dat ze elkaar te lijf zouden gaan.'

'Dat zingen en dansen was een slimme uitweg. Volgens mij wordt er minder gezongen als het nog een keer gebeurt. Dan wordt het rammen, met hun vuisten of een krik.'

'Johnny en Patrick waren net zo rond de ijzeren staanders aan het zingen en dansen toen Johnny thuis was.'

'Johnny en Patrick zongen in hun tijd beter dan dit stel', zei

Jamesie loyaal. 'Maar alle lof voor die twee dat ze het niet op een handgemeen lieten uitlopen.'

Ze liepen langs kantoortjes door een lange gang en gingen een kamer binnen met een glazen wand, waar een stuk of tien boeren waren. Achterin het vertrek zaten een man en een meisje in een hoog glazen kantoortje. De lammeren, die aan een haak hingen, schoven langzaam voorbij, de kop was er al af, de ingewanden eruit gehaald, de huid afgestroopt. Mannen met een hogedruk-spuit spoten de karkassen schoon. De kolkende stoom vervaagde en gaf het hele tafereel iets spookachtigs. Daarna werden de lammeren overgetild naar een ander traject, waar ze werden gekeurd en gewogen op een reusachtige digitale weegschaal. Iedere boer wist wat zijn eigen lammeren waren, omdat het nummer in grote rode cijfers oplichtte boven de weegschaal. Te midden van de stoom en het water werkten de mannen met hun witte jasschorten, witte rubberlaarzen en witte petjes onafgebroken door in een ritmische stilte. Het leken wel atleten, verkleed als dokter of verpleger in een groot, lopende-bandhospi-taal der doden.

In het glazen kantoortje printte het meisje het gewicht en de kwaliteitsklasse uit zoals de weegschaal had aangegeven. Dan noemde ze in de microfoon de naam en het nummer van de boer op en gaf hem door een kleine opening in het glas een geprint strookje. Toen ze omriep: 'Ruttledge 126', ging hij zijn strookje halen. De boeren waren bijna even stil als de arbeiders die binnen rondliepen, al hun aandacht gericht op de rode, digitale cijfers boven de weegschaal. Jamesies blik ging voort-durend heen en weer van het ene gezicht naar het andere, en van het scherm naar de karkassen en de zwijgende arbeiders. Ook hij zei geen woord.

'Ze zijn jong, die arbeiders', zei Ruttledge tegen een van de toeschouwers bij de glazen wand.

'Net als voetballers. Er zijn er maar weinig die het langer dan een paar jaar volhouden – die vochtigheid, al dat tillen; het is echt werk voor jonge mannen.'

'Wat doen ze daarna dan?'

'Wat iedereen doet die werk nodig heeft', zei de man met een verbeten lachje. 'De bouw in of naar een andere fabriek. Ze gaan naar Amerika of Engeland of ze moeten op een houtje bijten.'

In een druk inpandig kantoortje tikte een vrouw de gegevens van het strookje in op een apparaat dat een gespecificeerde rekening maakte, compleet met aftrekpercentages. Vervolgens schreef ze een cheque uit, liet die contrasigneren door de enige man in het kantoor en overhandigde Ruttledge de cheque en de rekening in een bruine envelop. De hele sfeer was efficiënt, vriendelijk en informeel, en het was er een komen en gaan van mannen met hun strookjes.

'Bijna alle vrouwen op dat kantoor waren getrouwd', zei Jamesie, die aandachtig hun handen had bekeken toen het strookje van Ruttledge werd afgehandeld. 'Het is me toch wat hoe de wereld werkt. Je komt binnenrijden met een aanhanger vol lammeren en een uur later ga je weg en heb je ze allemaal in een cheque in je broekzak zitten', zei hij toen ze met de lege aanhanger wegreden.

Al snel verlustigden zijn ogen zich aan de velden met kort, mals gras binnen hun muurtjes van met korstmos begroeide kalksteen, de slanke essen, een enorme kastanjeboom, wat hoger gelegen stroken kale rots, als een voorgebergte in een zee van gras.

'Een paar van dit soort velden zouden bij het meer net zoveel waard zijn als een hele boerderij.'

In een uitgestorven bar-annex-kruidenierswinkel net buiten Roscommon aten ze een broodje ham met een groot, romig glas stout erbij. Een vrouw sneed de ham en maakte de sandwiches van een brood zo vers dat het nog warm was. Jamesie genoot van het onbekende café en verheugde zich op de rest van de reis. Ruttledge was opgelucht dat de ochtend erop zat.

'Is je opgevallen dat de terugrit altijd sneller lijkt te gaan?' vroeg hij, toen de plezierjachtjes in zicht kwamen toen ze via de smalle brug in Rooskey de Shannon overstaken.

'Natuurlijk', zei Jamesie meteen. 'Als je vertrekt, weet je nooit precies wat je tegemoet gaat. De weg naar huis ken je altijd.'

Bij het café van Luke was plaats voor de auto met de lege aanhanger, en Jamesie danste min of meer voor Ruttledge uit toen ze het café binnengingen. Luke zat achter de tapkast, met zijn kin op zijn ineengeslagen handen. Op een familie van ketellappers na, die rustig zat te drinken in een hoekje, was het café leeg.

'Ben je het al zat, Luke?' vroeg hij.

Luke boog zich iets naar voren en zei op spottende, vertrouwelijke toon: 'Ik ben het nog niet zat, Jamesie.'

'Waarom ben je het nog niet zat, Luke?'

'Het is er de tijd nog niet voor.'

'Wanneer dan wel?'

Luke keek bedachtzaam naar de elektrische klok tussen de guirlandes van plastic bloemen. 'Om twee minuten voor vier zal ik het spuugzat zijn, maar ik verwacht dat jij tegen die tijd de stad al weer uit bent.'

'Je bent een goede kerel, Luke. Je hebt ons nog nooit teleurgesteld', riep Jamesie goedkeurend uit, en inmiddels hadden de ketellappers hun zachte gesprek gestaakt. Al hun aandacht ging uit naar de twee mannen aan de bar.

'Twee glazen Crested Ten en twee stout, Luke', riep Ruttledge.

'De man die goed heeft geboerd trakteert.' Jamesie wreef zich stevig in de handen. Door het caféraam hadden ze vrij uitzicht op de overkant van de straat, waar een man bakken met potplanten op een lange schragentafel neerzette. Jamesie liep naar de ketellappers en maakte een praatje met ze.

'Meneer en mevrouw McDonough. Van harte welkom in de stad', zei hij hartelijk terwijl hij zijn hand uitstak. Ze waren opgetogen. Geen van beiden leek zich eraan te storen dat ze dichter bij de stad woonden dan hij en ruim voor zijn komst al in het café en de stad waren.

'Op je gezondheid, Luke.'

'Veel geluk en een lang leven', zei Luke. 'Ik zie dat je vriend je in de steek heeft gelaten.'

'Die komt wel weer terug', zei Ruttledge.

Ruttledge koos een tijdstip uit waarop hij er vrij zeker van was dat hij Frank Dolan alleen zou treffen om te horen of hij geïnteresseerd was in het overnemen van het bedrijf van de Sjah. Om zes uur zou de sloperij dicht zijn. De Sjah zou aan zijn tafeltje in het Central tronen. De mannen die de hele dag in de loodsen en op de sloperij rondhingen, zouden zich in hun huisjes hebben teruggetrokken. De winkeltjes waren al dicht of aan het sluiten toen hij door de stad reed.

Hij vond Frank Dolan in de hoofdloods. Hij was in een van de diepe smeerkuilen een oude graafmachine aan het nakijken, terwijl de bordercollie vlak bij zijn hoofd op de rand van de kuil lag. De hond herkende Ruttledge meteen en rende op hem af.

'Hij kent je, hij kent je', zei Frank Dolan over de bordercollie terwijl hij via de ladder uit de smeerkuil klom. Hij was net zo gek op de hond als zijn baasje was.

'Als iemand anders zomaar was komen aanlopen, zou hij hem hebben verslonden. Over een uur is hij in geen velden of wegen meer te bekennen. Dan is hij hem gesmeerd om zijn baas op te wachten als hij uit het hotel komt. Is het niet, jongen?' Hij pakte de hond speels beet en stoeide wat met hem, waarop de hond gromde en Frank Dolan bij zijn pols pakte en vasthield. Toen de hond zijn hand losliet, veegde hij hem af aan een lap en stak Ruttledge zijn pink toe als een vriendelijke, komische verontschuldiging voor zijn handen die onder het vet en de olie zaten.

De twee mannen stonden op goede voet met elkaar. Ze kenden elkaar al heel lang zonder dat ze echt vertrouwelijk waren geworden. Franks grijze ogen gaven blijk van een gevoel voor humor en een scherpe intelligentie, en in de loop van de jaren had hij een treffende gelijkenis met zijn baas gekregen, wat zelfs zo ver ging dat hij door onervaren handelsreizigers voor zijn zoon werd gehouden. Dat werd door allebei als hoogst gênant ervaren.

Hun gelaatstrekken toonden weinig overeenkomst, maar ze waren op elkaar gaan lijken in hun manier van bewegen, staan, praten en luisteren. Door avondstudie, lezen en het praktijkwerk in de loods had Frank vakkennis en handigheid opgedaan. De

Sjah wist weinig van de nieuwere machines af; hij was goed in grof laswerk, omgaan met klanten die hij mocht en slim inkopen en verkopen. Ze hielden zich allebei verre van het terrein van de ander.

'Meneer heeft gevraagd of ik een kleine zakenkwestie met je wil bespreken', zei Ruttledge toen er stiltes begonnen te vallen in hun beleefde conversatie.

Frank Dolan nam meteen een ongeruste, vormelijke houding aan.

'Het is niets onaangenaams', haastte Ruttledge zich te zeggen. 'Is het goed als we hier praten?'

'Wat verder naar achteren is het veiliger.' Hij was gerustgesteld, maar nog steeds bezorgd. Hij en de Sjah deelden een afkeer van alle nieuwe of vreemde dingen die hun wereld binnenkwamen.

Ze liepen door een chaos van oude motoren, auto's, tractors, machines, gereedschap en werkbanken, terwijl Frank Dolan de hond klopjes op zijn kop gaf alsof hem dat geruststelde. Van achterin kon je goed zien hoe reusachtig de loods was, die helemaal doorliep tot aan de grote boogpoort.

'Hij wil met pensioen gaan en denkt erover om de zaak te verkopen. Zou jij geïnteresseerd zijn?'

Het anders zo alerte gezicht van Frank Dolan drukte een en al verrassing uit en maakte vervolgens plaats voor een emotie die zo hevig was dat hij grensde aan onschuld. Ruttledge had nog steeds geen idee wat zijn reactie zou kunnen zijn.

Hij keek Ruttledge lang en ernstig aan terwijl hij zei: 'Ik zou zeer geïnteresseerd zijn', met een mengeling van ijzeren waardigheid en bescheidenheid.

Zo'n eerlijke en ongecompliceerde reactie had Ruttledge niet verwacht. 'Met wat hij ervoor vraagt, haalt hij je niet het vel over de oren', zei hij en hij noemde de prijs die de Sjah had vastgesteld.

Frank Dolan keek Ruttledge kalm aan, maar gaf geen commentaar op de prijs. 'De grote vraag is: kan ik het me veroorloven? Kan ik het geld ervoor bij elkaar krijgen?' zei hij, alsof hij na een verontrustende stilte hardop dacht. 'Geïnteresseerd zijn is het makkelijkste deel.'

'Dat kun jij alleen weten, Frank.'

'Hoe?' vroeg hij op de man af, zonder slinksheid.

'Heb je spaargeld of bezit?'

Hij had geen bezit, maar wel aanzienlijk wat spaargeld, veel meer dan Ruttledge had kunnen vermoeden. 'Maar hoe moet ik de rest bij elkaar krijgen?' Zijn toon veranderde; hij vroeg het nederig, bijna wanhopig.

'Net zoals iedereen doet als het om zo'n bedrag gaat. Vraag een lening. Dat zul je zelf ook wel weten. Dat hoef ik je niet te vertellen.'

'Ik weet er niets van', zei hij slechts. 'Zou je me erbij willen helpen?'

'Natuurlijk wil ik dat, voorzover ik kan, maar zou je niet beter af zijn met iemand die dichter bij je staat?'

'Wie?'

'Je familie… kennissen… vrienden.'

'Dat kunnen de allerergsten zijn', zei hij lachend. 'Soms ben je in je eentje beter af dan met een van hen.'

'Als je wilt, zal ik je helpen. Ik heb meneer gezegd dat hij dit zelf met je moest bespreken, maar daar wilde hij niets van weten. Bovendien is het nu al gedaan.'

'Dat is hem ten voeten uit', zei hij openhartig. 'In sommige opzichten is hij de grootste lafaard die je in de wijde omgeving kunt vinden. Het lijkt een hele kerel tot er iets onaangenaams gebeurt. Dan gaat hij op een holletje naar anderen. Hij gaat alles uit de weg.'

Ruttledge glimlachte om deze rake typering die door de buitenkant heen prikte en zei: 'God weet dat jij hem lang genoeg hebt kunnen observeren om dat te constateren. Desondanks mag ik hem heel graag.'

'Wij allemaal – op een enkele keer na – maar dat wil je niet zo laten merken', zei Frank Dolan aangedaan.

'Ik zal hem vertellen dat je wel degelijk geïnteresseerd bent, en dan zien we verder wel', zei Ruttledge.

'Als je nog een halfuurtje wacht, tref je hem als hij uit het hotel komt. Je zult zo zien dat de hond hem tegemoet gaat. Dan bestaan jij en ik niet meer voor hem.'

'Ik vertel het hem bij een andere gelegenheid wel. Het heeft bij hem geen zin iets te overhaasten. Ik hoop dat alles goed zal uitpakken.'

'God, laten we het hopen', zei Frank Dolan terwijl hij met hem meeliep naar de auto, en voor het eerst kwam het bij Ruttledge op dat die rommelige autosloperij, de pompen, de loodsen en de kleine huisjes iets weghadden van een onorthodoxe kloosterge-meenschap. Er was nergens een vrouw te bekennen, ook niet in de arbeidershuisjes.

Er volgden heel wat regenachtige, winderige dagen. Onrustige windvlagen verstoorden het wateroppervlak van het meer en joegen het alle kanten uit. Een enkele keer strekte zich een regen-boog helemaal uit over het meer. Het kwam vaker voor dat de regenbogen even grillig waren als het weer en zich hier en daar in de onstuimige lucht aftekenden als strepen of als felgekleurde vlekken. Als de regen niet van de bladeren en de dakranden droop, was de lucht zo van vocht verzadigd dat het was alsof hij regen uitademde. In de bijenkorven was het rustig. Er zwerm-den alleen muggen rond.

De felle, geblakerde kleur van de pas gemaaide velden ver-zachtte zich, en er lag een blauw floers over het eerste nagras, dat glansde onder de wind die eroverheen streek. De goudvink ver-dween met de wilde aardbeitjes uit de berm. De kleine wikke werd zwart. De bessen van de lijsterbes langs de oever gloeiden zo rood op dat het duidelijk was waarom de lijsterbes in oude liedjes werd gebruikt om de lippen van meisjes en vrouwen te bezingen. De pijlsnelle gier- en boerenzwaluwen joegen laag boven de velden, en in de schemering kwamen de lawaaierige, stuntelig fladderende vleermuizen tevoorschijn.

Buiten was er weinig werk te doen. De schapen en de koeien

stonden loom en voldaan in de wei. In de ochtend werkte Ruttledge aan de paar reclameopdrachten die hij had tot ze allemaal klaar waren. Daarna ging hij lezen of vissen met het bootje. Kate las of tekende en ging soms wandelend of fietsend om het meer naar Mary en Jamesie.

Nog voorspelbaarder dan de regen was dat Bill Evans elke dag kwam. Hij praatte alleen nog maar over het busje dat hem naar de stad zou brengen. Om een of andere reden was het een paar weken uitgesteld of opgeschort, maar hij praatte elke dag over de naderende komst van het busje. Ze begonnen te denken dat het idee even illusionair was als de kleine regenbogen boven het meer, toen er vroeg op een donderdagochtend een vierkant geel mini-busje langzaam kwam aanrijden langs het meer en ging staan wachten. In de avond klom het busje omhoog langs de els en het hek en reed tot helemaal boven aan de heuvel.

Hij was altijd al zwijgzaam geweest over wat zich bij hem thuis of op de boerderij afspeelde, tenzij hij zich kon laten voorstaan op een gloriedaad of een succes; met het dagcentrum was het niet anders.

Hij was wel mededeelzaam over het busje, de mensen in het busje en de buschauffeur, Michael Pat. Hij was al tot Michaels rechterhand bevorderd: met zijn tweeën bestierden ze het busje, en hij sprak met hooghartige neerbuigendheid over de andere passagiers.

'Ik ben een hele hulp voor Michael Pat bij het in- en uitstappen uit de bus. Sommige mensen zijn niet goed bij hun hoofd. Dat is grappig. Michael Pat zei dat het zonder mij lang zo goed niet zou gaan en dat ik een godsgeschenk ben. Komende donderdag komt hij me al vroeg halen. Ik zit naast hem op de voorbank en hou een oogje in het zeil.'

Als er niet eens een vreemde vogel over de velden kon vliegen zonder dat Jamesie het wist, zou een levensgrote gele minibus die langs het meer reed hem beslist niet ontgaan, maar hij wilde niet met zijn nieuwsgierigheid te koop lopen. Hij liet er een paar dagen overheen gaan voor hij om het meer kwam fietsen. De

Ruttledges wisten meteen wat het doel van zijn komst was en vertelden hem wat ze wisten. Ze hadden de neiging om een grapje te maken over de grootspraak van Bill Evans.

In protest stak Jamesie zijn hand op, omdat hij een aantal van de mensen die met het busje meereden kende. 'Vergis je niet. Hij zit er misschien niet zo ver naast. Nu mensen langer leven, is er een hele nieuwe klasse, die zijn plek in de wereld noch op het kerkhof heeft. Vroeger voelden ze zich in het leven mijlen boven Bill Evans verheven. Sommigen van hen hebben hem op zondag na de mis sigaretten toegegooid. Nu zitten ze in een rolstoel en kunnen zich amper meer redden. Het busje brengt ze naar de stad. Het is een geweldig idee. Ze worden gewassen en krijgen eten en verzorging, en dat geeft de familieleden die thuis voor hen zorgen even een adempauze. Buiten hun schuld kunnen mensen erg diep zinken. Vergeleken met sommige arme zielen in dat busje is Bill Evans de koning te rijk.'

Het was een speciaal busje, met veiligheidsriemen en handgrepen en een hellingbaan voor rolstoelen. De volgende donderdag zat Bill Evans op de voorbank naast Michael Pat en hij zwaaide lachend naar de Ruttledges toen het busje langzaam afdaalde naar het meer. Onder het bordje NIET ROKEN zat hij te dampen als een oceaanstomer. De gezichten die achter de andere raampjes verschenen waren vermoeid door ouderdom en ziekte en keken uitdrukkingsloos voor zich uit. Veel mensen keken niet eens naar buiten.

De Sjah probeerde zijn ongeduld te verbloemen toen hij die zondag op bezoek kwam, maar slaagde er niet in. 'Is het je al gelukt om langs te gaan en de kwestie met die man te bespreken?'

'Heb je dat dan niet gehoord? Heeft hij je dat niet verteld?'

'Grapjas. Uit hem krijg je geen woord. Het is net een muur.'

'Ik ben er geweest. Jij was naar het hotel. De zaak ging bijna dicht.'

'Waarom ben je dan niet naar het hotel gekomen? De bazin vraagt altijd naar je. Dan had je een hapje kunnen mee-eten na de moeite die je had genomen.'

'Het was geen moeite.'

'Heb je wel een woord uit hem weten te krijgen? Je hebt het zeker uit hem moeten trekken?'

'Hij was aardig en verstandig. Hij had genoeg te zeggen.'

'En?' vroeg hij ongeduldig.

'Hij wil de zaak kopen als hij het rond kan krijgen.'

'Aha', zei hij met voldoening. 'Dan is het niet zo'n slome duikelaar als hij lijkt. Heeft hij er de poen voor?'

'Hij heeft spaargeld, meer dan ik had gedacht dat hij kon hebben. Hij zal toch echt niet rijk worden van wat jij hem betaalt.'

'Zo kan-ie wel weer', zei hij schuddend van het lachen om deze typering van zijn geslepenheid. 'Hij krijgt goed genoeg betaald. Hij kan nog van de wind leven. En waar moet hij de rest vandaan halen? Heeft hij het daar nog over gehad?'

'Hij moet proberen een lening te krijgen.'

'Wie zal hem nou een lening geven?'

'Hij zal naar een bank moeten stappen.'

'Wat denk je dat de bank zal zeggen als ze hem zien? Ze jagen hem zo de deur uit.'

'Volgens mij heeft hij alle kans een lening te krijgen, maar weet jij wel zeker dat je de verkoop wilt doorzetten?'

'Waarom zou ik van gedachten willen veranderen?' vroeg hij.

'Dat bedrijf is je hele leven geweest. Als je het verkoopt, is het niet meer van jou. Dan heb je er geen zeggenschap meer over. Hij kan het doorverkopen aan iemand anders of zeggen dat hij je er niet meer wil zien, en daar kun je dan niets aan veranderen. Ik zeg niet dat het waarschijnlijk is dat hij zoiets zal doen. Ik denk zelfs dat het hoogst onwaarschijnlijk is, maar als je je bedrijf eenmaal hebt verkocht, kun je niet meer terug. Daarom moet je het nu wel zeker weten.'

'Ik zou het prachtig vinden als hij zei dat hij me niet meer in de buurt wilde hebben. Ik zou de deur uit zijn voordat hij met zijn ogen kon knipperen.'

'Als je dat maar goed beseft', zei Ruttledge.

'Ik besef het maar al te goed. Er zijn veel te veel mensen die blijven doorwerken tot ze alleen nog maar kunnen rondstrompelen. Alles heeft zijn tijd. Die jongen krijgt een stuk land. Dat zal een deel van de slaperigheid uit zijn blik verdrijven.'

'Als dit is wat je wilt, zal ik de verkoop in gang zetten.'

'In volle gang. Maar pas op! Je zult er misschien achterkomen dat de banken niet staan te trappelen om een lening te verstrekken als ze zien wie ze voor zich hebben.' Hij schudde stilletjes van de lach.

'Als jij maar zeker van je zaak bent.'

'Ik ben er zeker van. Het is tijd.'

De grond was zompig geworden en onaangenaam om op te lopen, zodat ze niet verder gingen dan de overhangende heuvel boven het kleine meer, van waar ze de schapen konden tellen. Te midden van donkere groepjes watervogels zwommen ook tal van zwanen over het meer. Er vloog een enkele solitaire reiger tussen het eiland en het veenmoeras. Niets tekende zich scherp af. De banen van waterig licht die af en toe door de laaghangende bewolking heendrongen, leken niets anders te beschijnen dan mist, wolken en water. De zegge van het Gloriaveen en de kleine berken waren kleurloos. De bergen waren aan het zicht onttrokken. Vanaf deze overhangende heuvel had de Sjah sinds jaar en dag over het meer en het moeras op deze bergen uitgekeken. Door de manier waarop hij stond, met zijn rechterhand stevig op zijn heup geplant, moest Ruttledge steeds meer denken aan de manier waarop zijn bejaarde grootmoeder bij haar halve deur had gestaan. Zelfs toen was ze nog een knappe, energieke vrouw geweest, met een groot gevoel voor humor. De manier waarop ze stond, was als een symbool van haar onafhankelijkheid en geestkracht geweest toen haar andere sterke kanten waren verdwenen.

'De regen valt. Gras groeit. Kinderen worden groot', zei de Sjah ineens. 'Zo gaat dat. We weten het allemaal. We weten het maar al te goed, maar durven het niet eens hardop te fluisteren. Maar toch weten we het.'

Omstreeks die tijd kreeg Kate aanlokkelijk werk aangeboden in Londen.

Elke zomer kwam Robert Booth over uit Londen. Toen de Ruttledges pas naar het meer waren verhuisd, waren er ook andere bezoekers uit Londen gekomen, maar in de loop van de jaren was hun aantal afgenomen, totdat Robert Booth hun enige serieuze connectie was met de drukke wereld waartoe ze vroeger hadden behoord, een wereld die steeds verder van hen af kwam te staan.

Robert Booth was van eenvoudige komaf, uit het Noorden van Ierland, de briljante zoon van een kleine manufacturier. Dankzij studiebeurzen wist hij tot Oxford door te dringen, waar zijn studietijd werd onderbroken door de oorlog. Na de oorlog keerde hij er terug en studeerde met een dubbel summa cum laude af in geschiedenis en klassieke talen en ging vervolgens de advocatuur in, waar hij erachter kwam dat het niet acceptabel was om met een zwaar regionaal accent voor de rechtbank op te treden, zodat hij spraaklessen nam aan de toneelschool, waar hij het accent verwierf waarvan hij zich de rest van zijn leven zou bedienen, met als enige nadeel dat het overtrof wat hij ermee probeerde na te streven.

Hij was redelijk succesvol als advocaat, maar voelde zich te kwetsbaar, te veel op zichzelf aangewezen; hij was een buitenstaander die altijd ergens wilde bijhoren. Toen hem een partnerschap werd aangeboden bij een jong reclamebureau van mensen die hij van Oxford kende, liet hij de juristerij opgelucht voor wat ze was. Binnen het bureau rees zijn ster gestaag. Hij had het sollicitatiegesprek met Ruttledge gevoerd toen die als tekstschrijver bij het bureau wilde komen werken, een paar jaar nadat hij zich in Londen had gevestigd. Toen kende hij Kate en Kates vader al. Bij haar huwelijk was hij een van de twee getuigen geweest. Hij was tegen haar besluit geweest om Londen te verlaten, en zonder het freelancewerk dat hij hun na hun vertrek had toegeschoven, zouden de eerste jaren aan het meer heel wat moeilijker zijn geweest. Van tijd tot tijd had hij kunnen regelen dat Kate voor korte perioden terugkeerde naar haar oude functie bij het bureau.

In die tijd kwam hij met de bus, die hem aan het eind van de weg afzette. Ruttledge wachtte hem daar op en dan liepen ze samen langzaam om het meer; Ruttledge met Roberts koffer, en Robert Booth met een wandelstok met rubberen dop waaraan hij steun had bij al de gaten in de weg en de losse stenen.

In latere jaren trof Ruttledge hem elk jaar bij het hotel aan de rivier in Enniskillen en reed hem met de auto naar huis. Hij wachtte aan de bar van het hotel, vanwaar hij de ingang in het oog kon houden. Er liep een breed gazon tot aan de Erne, waar plezierbootjes aangemeerd lagen aan een houten steiger. Nog lager stond een nieuw theater naast de hoge stenen zuilen waarover vroeger de spoorlijn naar de overkant had gelopen.

Er stopte een grote zwarte auto voor de ingang van het hotel. Een lange, elegante, in tweed geklede vrouw van middelbare leeftijd kwam achter het stuur vandaan en liep om naar de passagierskant om het portier voor Robert open te doen en hem een koffer aan te reiken van de achterbank. Het stel wisselde glimlachend nog wat woorden met elkaar. Het gedrag en de kleding van de vrouw suggereerde golf, bridge en dinertafels, kinderen op goede scholen of universiteiten, boeken wellicht, maar strikte conformiteit aan een klasse met geld en welstand. Ze omhelsden elkaar. Ze zette hem al jaren bij dit hotel af, maar Ruttledge had de vrouw van Robert Booths broer nog nooit ontmoet. Al zijn verschillende sociale contacten werden in afgescheiden compartimenten gehouden en mochten zich nooit met elkaar vermengen. Robert bleef hoffelijk bij de ingang staan terwijl de auto wegreed. Zodra de auto over het veerooster bij de ingang ratelde, hief hij zijn wandelstok op, draaide zich om en ging het hotel binnen.

'Het is me een groot genoegen', zei hij.

Ze dronken wat aan een tafeltje in de vrijwel verlaten bar, en Robert vertelde over zijn verblijf in het weekendhuisje van zijn broer in Donegal en over hun wederzijdse kennissen in Londen. Toen ze naar de auto liepen, zei Robert beleefd dat hij zich erop verheugde om Kate weer te zien. Ruttledge kende Robert, maar toch kende hij hem amper. Hij wist alleen wat Robert Booth kwijt wilde, wat erg weinig was, of wat hij zich per ongeluk liet ontvallen. Het was een gereserveerde, gecompliceerde man, en er bleef veel verborgen, vermoedde Ruttledge, voor hem en voor de meeste andere mensen.

De vriendschap was altijd met zaken vermengd geweest. Het was onwaarschijnlijk dat het een het zonder het ander zou hebben overleefd. Robert Booth zag er nu beter uit dan toen Ruttledge hem pas kende. De tijd had zijn lelijkheid afgezwakt en zijn lompheid verzacht.

De weg was nat van de zomerse buien toen ze naar de grens reden; de velden en huizen waren netter en verzorgder dan in het Zuiden. Veel huizen hadden een bloementuin. Bij de controlepost stonden ze in een rij auto's achter een verhoogde verkeersdrempel, tot een groen licht aangaf dat ze het gepantserde en met zandzakken afgezette gebied mochten binnenrijden. Overal om hen heen was het een woestenij, kleine veldjes met biezen, wilgenboompjes en kreupelhout, met hier en daar een geïsoleerd gelegen huis. Boven hen rezen de kale berghellingen op.

Ruttledge had Robert Booth eens gevraagd wat hij van het klassensysteem had gevonden toen hij pas in Oxford was, hij die nu zo op zijn gemak leek in die doolhof.

'Het was vrij eenvoudig', antwoordde Robert Booth bereidwillig. 'Toen wij opgroeiden, voelden we ons superieur aan de katholieken. De eerste stap is altijd de moeilijkste. Daarna is het makkelijk.' Ruttledge betwijfelde of hij dat nu nog net zo open en vertrouwelijk kon toegeven.

Een jonge soldaat met een machinegeweer las het kenteken op door een rooster in een gecamoufleerde stalen cabine en wachtte tot iemand daarbinnen zijn fiat gaf. Een andere soldaat stond vlakbij op wacht. Ze droegen allebei laarzen en een gevechtstenue en hadden een air van gedrilde efficiëntie. Ruttledge gaf de soldaat zijn rijbewijs. Hij was vriendelijk en voorkomend toen hij het aanpakte en ging controleren. Ruttledge gaf hem zijn naam, zijn beroep, zijn geboortedatum en zijn adres.

'Wat is het doel van het bezoek?'

'Een vriend ophalen voor een korte vakantie.'

'Waar komt hij vandaan?'

'Uit Londen.'

'Goedendag', zei Robert Booth met zijn officiersaccent.

'Een prettige vakantie, meneer', zei de soldaat, scherp saluerend nadat hij het rijbewijs had teruggegeven. Hij vroeg niet of hij in de kofferbak mocht kijken.

'Een erg plezierige jongeman', zei Robert Booth toen ze over de hoge verkeersdrempels uit het afgebakende gedeelte reden, waar andere auto's die het Noorden in wilden wachtten tot ze gecontroleerd werden.

'Dat zijn het allemaal. Ze zijn goed opgeleid.'

'Ik heb me laten vertellen dat het vrij moeilijk is om tegenwoordig bij het leger te komen. Ze hebben geen kanonnenvoer meer nodig', zei Robert Booth.

'Er zijn hier twee soldaten gedood. Er was een bom geplaatst in een auto die ze de heuvel hebben afgeduwd. De soldaten zagen te laat dat er niemand achter het stuur zat.'

'Zal er ooit een einde aan komen?'

'Dat zou jij beter moeten weten dan ik. Jij komt hiervandaan.'

'Als het tot een groot conflict zou komen, zouden onze mensen hevige, bloederige weerstand bieden, maar ze zouden het waarschijnlijk verliezen', zei Robert Booth, maar hij liet duidelijk blijken dat hij het onderwerp niet verder wilde uitdiepen.

Kate kon goed met Robert Booth opschieten. Een deel van haar familie was afkomstig uit de klasse waarbij hij zich met zoveel inspanning had aangesloten. Hij bracht nooit cadeautjes mee, en nadat ze wat vriendelijkheden hadden uitgewisseld, wezen ze hem zijn kamer. Het bezoek verliep vervolgens met de voorspelbaarheid van een dienstregeling. Hij friste zich op, wandelde om het meer en las een krant. De manier waarop hij bij het lezen met de pagina's ritselde, creëerde ruimte om de schommelstoel. Ze kenden hem goed genoeg om hem volledig te negeren. Als ze hadden gevraagd of ze iets voor hem konden doen, zou hij ze hebben afgescheept. Zijn stemming veranderde merkbaar toen hij de krant weglegde: het borreluurtje naderde.

'Het is een heel groot genoegen hier te zijn', zei hij terwijl hij zijn glas hief en op zijn allervriendelijkst lachte. Tijdens het avondeten vertelde hij allerlei verhalen. Zoals zoveel mensen met een druk sociaal leven sprak hij nooit negatief over degenen met wie hij werkte of over wederzijdse kennissen, tenzij hij ze had afgeschreven. Alleen wanneer hij over schilderijen sprak, klonk er iets van gevoel in zijn stem door.

Kate informeerde naar een aquarel van Turner die hij in zijn bezit had en die zij bewonderde. Hij had hem voor een geringe som gekocht toen hij jong was.

'Hij is in Japan. Op een Turner-tentoonstelling', zei hij triomfantelijk lachend. 'Voor Tokio was hij in Sydney. Het doet me echt plezier te bedenken dat zoveel mensen ernaar gaan kijken.'

De volgende ochtend na het ontbijt liep hij naar het meer. Later ging hij in de witte schommelstoel op de veranda zitten lezen. Terwijl hij zat te lezen, kwam Bill Evans. Ruttledge was in huis en hoorde hard tegen het glas kloppen, en toen hij op de veranda kwam, wilde Robert Booth juist de deur opendoen.

In plaats van met Ruttledge het huis binnen te gaan, bleef Bill Evans koppig buiten staan en vroeg: 'Rookt hij?'

'Hij rookt niet, maar ik heb binnen wel sigaretten.'

'Waar komt hij vandaan?' wilde Bill weten toen hij eindelijk zat.

'Uit Londen. Je hebt hem al een paar keer eerder gezien. Herinner je je hem niet van de vorige zomer?'

'God ja, nou je het zegt.' Er trok een geslepen uitdrukking over zijn scherpe gelaatstrekken. 'Heeft hij niet een of andere hoge baan?'

'Ja. In Londen.'

'Krijgen jullie wat van hem los?'

'Het is een vriend. Soms geeft hij ons werk.'

'Is dat betaald werk?'

'Ja.'

'Logisch dat jullie iets uit hem los proberen te krijgen', zei hij terwijl hij zijn kopje wegzette en zijn wandelstok pakte.

Ruttledge liep met hem mee naar het hek, en toen hij naar het huis terugliep zag hij dat Robert Booth was gestopt met lezen en Bill Evans met zijn blik volgde toen hij de twee emmers uit de fuchsiahaag pakte en op weg ging naar het meer.

'Hij lijkt zo weggelopen uit een Russische roman', zei hij.

'Hij is honderd procent Iers, helemaal van eigen bodem, getikt en wel. Toen ik jong was, zag je ze door het hele land. Die met een Engels accent kwamen hoofdzakelijk uit weeshuizen in de buurt van Liverpool. Dat hele gedoe verschilde weinig van slavenhandel.'

'Het is geen prettige geschiedenis.'

'Ieder van ons had in zijn schoenen kunnen staan.'

'Maar dat is niet het geval', zei Robert Booth resoluut.

Bij de lunch vroeg hij om een glas wijn, wat ongebruikelijk was, hoewel ze hem een enkele keer wel eens flink hadden zien doordrinken tot laat in de middag.

'We zijn nu al heel lang bevriend. Ik had het gisteravond tijdens het eten ter sprake willen brengen, maar ik besloot ermee te wachten', zei hij.

Het hoofd van de afdeling vormgeving en productie ging met pensioen. Ze hadden besloten die afdeling in tweeën te splitsen en Kate een van de twee banen aan te bieden. De mensen die haar kenden waren ervan overtuigd dat zij geknipt zou zijn voor die baan. Hij kon niet precies zeggen wat haar salaris zou worden, maar het zou aanzienlijk meer zijn dan ze in het verleden had verdiend. Ze hadden willen schrijven, maar wisten dat hij bij haar op bezoek zou gaan.

'Ik ben blij te kunnen zeggen dat het een volkomen unaniem besluit was.'

'Dat is heel vleiend', zei Kate.

'Het hoeft niet zo'n grote overstap te zijn. Heb je die flat niet aangehouden?'

'Die is nu verhuurd, maar dat zou geen probleem zijn.'

'Wat is het probleem dan wel?'

'Hier weggaan.'

'Er is nog een andere kwestie', zei Robert Booth. 'De mensen die het bureau nu runnen kennen en mogen je, maar er is een heel nieuwe generatie onderweg. Die mensen willen natuurlijk hun eigen vrienden om zich heen. Mensen zijn geneigd je snel te vergeten als je er niet meer bent.'

Er werd een tweede fles wijn geopend. De middag kreeg een sfeer van opwinding en vakantie. Het vooruitzicht van Londen in al zijn aantrekkelijkheid werd uitgemeten in pleinen en straten en parken, winkels en galeries, de kronkelende rivier en de eindeloze levende stroom van mensen. Dat was iets om van te genieten bij de doezelig makende wijn, zonder de wrange wetenschap dat het gewoon weer hetzelfde oude leventje zou worden, maar onder andere omstandigheden in een andere plaats.

'Ik wil ook graag dat jullie weten dat het me persoonlijk veel plezier zou doen als jullie terug zouden verhuizen naar Londen.'

'En het zou een van de genoegens van Londen zijn om jou vaker te kunnen zien.'

'Dit zou je als een tweede huis kunnen aanhouden.'

'Dat moeten we allemaal nog eens overdenken.'

'Jij zou natuurlijk zonder enig probleem een baan kunnen krijgen', zei hij, zich tot Ruttledge wendend. 'Bij ons is er momenteel geen leidinggevende functie open, maar die komt er wel.'

'Ik betwijfel of ik weer een vaste baan wil', zei Ruttledge. 'Het hangt helemaal van Kate af.'

'Denk erom: mensen vergeten snel', zei Robert Booth.

Ruttledge trok oude kleren aan en liep de velden in. Na de wijn en de naar het hoofd stijgende opwinding was hij blij helemaal te kunnen opgaan in allerlei klusjes waarbij je niet hoefde na te denken.

Toen hij terugliep naar het huis, zag hij Jamesie door een hek achter het huis verschijnen, waar hij even bleef staan. Bijna achteloos liep Jamesie over het karrenspoor en bukte diep om ongezien het grote raam bij de berm te kunnen passeren. Toen hij daar eenmaal langs was, bleef hij aandachtig staan luisteren, als een vogel of een ander dier. Vervolgens nam hij de schuren in ogenschouw en bekeek gereedschap dat was blijven rondslingeren, beproefde de staanders van de schuur in aanbouw en schudde in zwijgende afkeuring het hoofd toen hij zijn blik over het skelet van het dak liet gaan. Hij liep de boomgaard in en daarna de broeikas. Lange tijd bekeek hij de kruiden en de bloemen, plukte en at een rijpe tomaat, kauwde er bedachtzaam op en liep toen naar het land waar de koeien en de schapen stonden. Hij moest de plek waar Ruttledge stond bijna rakelings passeren. Hij kauwde op een lange grasspriet.

'Hal-lo', riep Ruttledge zacht toen hij langskwam.

Geschrokken draaide hij zich met een ruk om. 'Verrek, zeg. Waarom had je niet het fatsoen je te vertonen?'

'Je krijgt een koekje van eigen deeg.'

'Wat een rotdeeg', reageerde hij en stak hem zijn hand toe.

'Waarom ben je niet naar binnen gegaan?'

'Die grote Engelsman is er. Hij zit te slapen op de veranda, met een boek op zijn knie.' En hij imiteerde een diep snurkend geluid.

'Het zou hem niet storen.'

'Nee, nee. Ik ga ervandoor. Roodborstjes en kraaien gaan niet goed samen.'

Er hing een zware, zoete geur in de lucht. Die kwam van de wilde kamperfoelie, die tegen een oude meidoorn dicht bij het huis was opgeklommen en waarvan de hoogste takken nog steeds lichtgele bloemen droegen.

Robert Booth zat te slapen op de veranda. Ruttledge ging achterom het huis binnen. De zwarte kat zat op Kates knie, zijn witte voetjes gingen open en dicht op de blauwe spijkerstof.

'Fats gaat naar Londen!' zei ze lachend toen Ruttledge de kamer binnenkwam, en de kat reageerde op die toon door luider te spinnen.

'Dat zal ze niet leuk vinden.'

'Ik weet ook niet of ik het wel leuk zou vinden. Maar het is heerlijk om gevraagd te worden.'

'Hoe denk je erover?'

'Ik wil er nu niet over nadenken.'

'Ik betrapte Jamesie erop dat hij om het huis sloop en alles inspecteerde. Hij heeft zelfs de tomaten uit je kas geproefd.'

'Waarom wilde hij niet binnenkomen?'

'Hij zag dat we bezoek hadden, vandaar.'

Robert Booth voelde zich verkwikt toen hij wakker werd. Hij ging douchen, kleedde zich om en ging een lange wandeling langs de oever maken; hij was in een opperbeste stemming toen hij bij zijn terugkomst biefstuk met een salade en wijn kreeg voorgeschoteld. De biefstukken waren gegrild boven een vuur van gedroogd eikenhout, op een ijzeren rooster dat de Sjah had gemaakt voor de open haard in de kleine voorkamer. Tijdens het bakken droop er vet van de verhoogde gril, dat opvlamde in de roodgloeiende as. Robert Booth zat er zwijgend bij met een whiskey en staarde naar het vuur en het licht van de vlammen dat over de witte muren speelde. Aan tafel kwam hij tot leven.

Hij vertelde verhalen die ze al eerder hadden gehoord, maar toch waren ze stuk voor stuk boeiend omdat Robert Booth boeiend was, en ze bleven tot laat op.

's Ochtends zagen ze dat hij hen al had verlaten; in de geest was hij al in Dublin. 'Schrijf me of bel me als je vragen hebt', zei hij toen hij Kate omhelsde. 'Bedankt voor dit heerlijke bezoek. Ik hoop dat ik je heel gauw weer in Londen zie. Het was me een heel groot genoegen.'

'Bedankt voor je komst. Bedankt voor alles.'

'Logeer in je in het Shelbourne?' vroeg Ruttledge toen ze naar het station reden, langs groene hagen en groene velden en hier en daar een boerderij tussen de nieuwe bungalows.

'Ja, maar ik ga vanavond uit eten', waarop Ruttledge niet verder vroeg.

Ze arriveerden al vroeg bij het stationnetje, omdat Robert Booth er een hekel aan had om op het nippertje te komen en het niet erg vond om te wachten. Toen ze hadden gekeken hoe laat de trein kwam, haalde hij een boek uit zijn koffer tevoorschijn.

Robert Booth liep naar de groene bank naast de bloemperken en sloeg het boek open. Hij keek niet om zich heen naar de andere passagiers die op de trein wachtten. Hij zat niet verlegen om een praatje of een andere vorm van bemoeienis. Zijn leven had al een van de andere afgesloten compartimenten betreden.

Ruttledge ging naar een adjunct-directeur van de bank met wie hij op goede voet stond om te informeren naar een lening voor Frank Dolan. 'Dat zou geen probleem moeten zijn', zei Joe Eustace op zijn gemoedelijke manier, toen Ruttledge vertelde waarvoor hij kwam.

Binnen een week had Joe Eustace toestemming gekregen voor het verstrekken van de lening, onder voorwaarde dat Frank Dolan naar Longford zou komen voor een gesprek. Die stad was uitgekozen omdat ze zowel dichtbij was als ver genoeg uit de buurt, zodat niet iedereen hoefde te weten waar het over ging.

'Hij zal moeten vertellen dat hij van plan is het bedrijf uit te breiden en meer mensen in dienst te nemen. Dat is het beleid van de bank: de bank komt erdoor in een beter daglicht te staan als ze de confrontatie met politici moet aangaan, en de bank doet niets liever dan leningen verstrekken aan een bloeiend bedrijf. Dat soort dingen moet hij allemaal zeggen, zodat het in het verslag komt te staan. Als hij de lening eenmaal heeft, kan hij doen wat hij wil, als hij zijn maandelijkse betalingen maar nakomt.'

'Waarom kun je dat gesprek niet zelf doen? Dat is wat we jaren geleden hebben gedaan toen ik de lening kreeg.'

'Jij was al klant. En toen hadden we ook meer in de melk te brokkelen. Nu heeft het hoofdkantoor het voor het zeggen. Ik ken de man die het gesprek gaat doen, en ik heb hem volledig op de hoogte gebracht. De lening is rond. Alles is geregeld. Dit moet alleen voor de vorm, en hij hoeft alleen de juiste dingen te zeggen.'

Ruttledge wilde Frank Dolan naar Longford rijden, maar hij stond er koppig op dat ze met zijn oude Toyota zouden gaan, omdat ze voor zijn aangelegenheden gingen. De uitlaat lag eraf en het contactsleuteltje ontbrak: de motor werd gestart door twee vonkende draadje stegen elkaar te houden.

'Wat maakt het uit: ze rijden allebei', zei hij tegen Ruttledge toen ze naar Longford hotsten. Frank Dolan was naar de kapper geweest, had zich geschoren en zag er piekfijn uit in zijn stemmige zondagse pak, zijn witte overhemd en bordeauxrode stropdas. Zijn nervositeit verleende zijn sympathieke, gevoelige gezicht iets levendigs.

'Wil je dat ík vertel over de kwestie van uitbreiden en een of twee jonge knapen aannemen of wil je dat zelf doen?'

'Ik ben absoluut niet van plan om iets uit te breiden of iemand in dienst te nemen', antwoordde hij.

'Dat weet ik, maar we moeten iets anders zeggen als we die lening willen krijgen.'

'Daar heb ik nog eens over nagedacht. Misschien graven we daarmee ons eigen graf wel. Misschien stijgt het ons ver boven het hoofd.'

'Absoluut niet', legde Ruttledge enigszins geërgerd uit. Deze kwestie hadden ze al twee keer besproken. 'Als je het geld eenmaal hebt, kun je doen wat je wilt, zolang je maar aflost. Tot we de lening hebben, moeten we meegaan in wat zij willen.'

'Weet je zeker dat het zo eenvoudig is? Weet je zeker dat het geen valstrik is?'

'Ik ben er zeker van. Volstrekt zeker', antwoordde Ruttledge. 'Zijn het de aflossingen die je zorgen baren?'

'Nee, helemaal niet', zei hij. 'Als ik die niet zou kunnen nakomen, zouden we net zo goed helemaal geen zaken kunnen doen.'

De bank in Longford was een indrukwekkend Victoriaans natuurstenen gebouw in het centrum van de stad. Ze gingen naar binnen vlak voordat de zware deur voor die dag zou worden vergrendeld. Er werd gevraagd of ze een paar minuten wilden wachten tot de laatste klanten waren geholpen. Toen mochten ze via de balie doorlopen naar een groot kantoor achterin. De bankfunctionaris was een lange, atletische man. Hij stond op om hun een hand te geven, en hij en Ruttledge spraken hartelijk over Joe Eustace voordat hij hen verzocht plaats te nemen.

Ruttledge gaf uitleg over de achtergronden van de aanvraag en voegde eraan toe dat het bedrijf weliswaar winstgevend was, maar zich in de afgelopen jaren niet meer had uitgebreid. Frank Dolan was een veel jongere man dan de huidige eigenaar en wilde het bedrijf heel graag uitbreiden en een paar jonge mensen in dienst nemen. Naarmate het bedrijf opbloeide en zich uitbreidde, zou hij beslist nieuwe leningen nodig hebben.

'Dat klinkt uiterst bevredigend', merkte de bankfunctionaris al schrijvend op, en hij zei dat de bank de eigendomsakte nodig had als de overdracht eenmaal rond was, en vervolgens begon hij voor Frank Dolan terug te lezen wat hij had opgeschreven. Het enige wat de bankfunctionaris wilde was zijn instemming.

'O nee. O nee', sprak Frank Dolan. 'Ik moet helemaal niets hebben van jonge knapen op het werk. Dat zijn dure krachten. Ze zeuren maar aan je hoofd. Je moet ze wijzen waar alles staat. Het is veel makkelijker om het zelf te doen.'

De bankfunctionaris keek verbaasd en enigszins geamuseerd op.

'Daar hebben we het op de weg hiernaartoe over gehad', kwam Ruttledge tussenbeide. 'Frank maakt zich er, geloof ik, onnodig zorgen over dat hij te veel jonge mensen moet aannemen. Ik heb hem verteld dat het hem vrijstaat om dat in zijn eigen tempo te doen.'

Frank Dolans gezicht zag bleek. Al zijn aandacht was gericht op de bankfunctionaris.

'Ik weet dat jonge mensen problemen kunnen geven, en uiteraard staat het u vrij om uit te breiden zoals het u uitkomt', zei de bankman behulpzaam, maar nu Frank Dolan de woorden eenmaal had gevonden was hij niet meer te stuiten.

'Nee', zei hij. 'Ik ga inkrimpen. Naar mijn mening heeft meneer Maguire zichzelf veel te veel afgebeuld. Ik ga inkrimpen. Ik zou veel minder doen dan we nu doen.'

Er viel een stilte in het vertrek. Voor het traliewerk van het raam hingen de donkere vruchtjes en de ruwe bladeren van een els. Ruttledge ondernam nog een paar pogingen om het gesprek te redden. De bankfunctionaris deed zijn uiterste best. De catastrofe had dezelfde fascinatie als kijken naar een voertuig dat een vertrouwd traject aflegt en waarvan onverhoeds een wiel losraakt, dat onvoorspelbaar wegrolt tot het wankelend omvalt. Toen ze opstonden, leek het alsof ze slechts een kort moment in het kantoor hadden gezeten, maar volgens de grote elektrische klok aan de muur van het kantoor waren ze ruim een uur binnen geweest.

Buiten, op de drukke avondlijke straat, hadden ze een poos net zo'n onwerkelijk gevoel alsof ze net uit een bioscoop waren gekomen, de schaduwen waarvan ze deel hadden uitgemaakt realistischer dan de stoffelijke gebouwen en het voorbijgaande verkeer. Frank Dolan keek alsof hij in shock verkeerde, hij, de man die zich zojuist nog zo welsprekend onder een lening uit had gepraat.

'Volgens mij hebben we het verprutst', zei hij.

'We hebben het er niet zo goed vanaf gebracht. Wil je iets drinken of niet?' Ruttledge wilde de rauwe smaak van mislukking verzachten met een kleine daad of plechtigheid voordat ze de stad verlieten.

'Ik drink niet', antwoordde Frank zonder omhaal.

'Dat weet ik. Ik dacht aan thee of koffie, of een glas water.'

'Nou, in dat geval nodig ik je uit. Je bent voor mijn aangelegenheden naar de stad gekomen', drong hij aan.

'Misschien moeten we het maar een andere keer doen. Er komt nog wel een betere gelegenheid', zei Ruttledge.

De lawaaierige Toyota hotste langzaam naar huis. Bij het zien van de rijen plezierbootjes die in Rooskey langs de Shannon lagen aangemeerd leek Frank Dolans humeur even iets op te klaren.

'Nou ja, het was in elk geval een dagje uit', zei hij met de moed der wanhoop.

'Het was een dagje uit. Het was een heel interessante dag.'

Goed beschouwd was het enige wat Frank Dolan had gedaan

te eerlijk zijn en te veel uiting geven aan zijn eigen gedachten. Elk van die kwaliteiten afzonderlijk was al gevaarlijk genoeg: gecombineerd vormden ze een recept voor rampspoed.

'We geven het niet op. We vinden wel een manier. Er moet toch een manier bestaan', zei Ruttledge toen Frank Dolan de auto naast zijn eigen geparkeerde auto neerzette bij de smalle brug in Shruhaun.

'Wat zeggen we tegen meneer als hij iets vraagt?' vroeg Frank Dolan.

'We zeggen niets.'

'En als hij twee en twee bij elkaar optelt? In dat opzicht is hij bliksemsnel.'

'Zeg maar dat ik alles regel', zei Ruttledge. Frank Dolan was nu terneergeslagen en onzeker na zijn krachtdadige optreden bij de bank. 'Maak je geen zorgen. We bedenken wel iets.'

Zodra Kate Ruttledge zag, zei ze: 'Is het gesprek niet goed verlopen?'

'Nee. Het had nauwelijks slechter kunnen gaan. Toen we het gesprek ingingen, was de lening zo goed als zeker, maar toen we weggingen was de kans op een lening finaal verkeken. Frank kletste als een kip zonder kop. Hij heeft zich onder de lening uit gepraat.'

'Gewoonlijk is hij zorgvuldig en behoedzaam.'

'Dit keer niet. Ik denk dat hij het gevoel had dat hij begon aan iets wat hem boven zijn pet ging, dat hem onder valse voorwendselen een lening werd aangepraat. Het enige wat hij hoefde te doen was zijn mond houden, maar hij praatte alsof spraak net was uitgevonden.'

'Wat ben je nu van plan?'

'Ik weet het niet. We moeten eerst eens kijken hoe we de Sjah aanpakken. Die zal wel vreselijk van leer trekken als hij erachter komt wat er is gebeurd.'

Heel laat die avond stopte de Mercedes voor de veranda. De Sjah had de bordercollie thuisgelaten.

'En?' Hij schraapte zijn keel zodra hij zat. 'Wat is er gebeurd?'

'Niet veel', zei Ruttledge voorzichtig.

'Je hoeft het me niet te vertellen', zei hij. 'Hij is naar Longford gegaan en heeft zichzelf vreselijk te kakken gezet. Toen ze hem eenmaal gezien hadden, wilde ze hem geen minuut meer binnen hebben. Ze hebben hem eruit gegooid.'

'Er is niets van dat alles gebeurd', zei Ruttledge. 'Hij heeft niemand te kakken gezet.'

'Mij strooi je geen zand in de ogen. Hij had nooit een voet van het terrein mogen zetten. Hebben jullie de lening gekregen? Ja of nee?'

'Nee, dat hebben we niet.'

'Aha, ik wist het wel', zei hij triomfantelijk. 'Ik wist het zodra hij uit dat wrak van een Toyota stapte. Ik heb hem mijn hele leven gadegeslagen. Je kunt niet ontkennen dat hij de boel heeft verknald.' Met zijn intuïtie bevroedde hij wat er was gebeurd.

'Hij is het niet gewend om met banken en instellingen om te gaan. Dat was het enige wat eraan schortte.'

'Hij had nooit een voet van het terrein mogen zetten. Kan hij die taak wel aan?'

'Dat is niet eerlijk. Natuurlijk kan hij het aan. Hij is het alleen niet gewend om met banken om te gaan.'

'Dat kun je wel zeggen. Ik heb niet eeuwig geduld met hem.'

'Dat hoeft ook niet. We krijgen die lening wel op een andere manier', zei Ruttledge.

'Wat vind jij van het hele gedoe, Kate?' vroeg de Sjah goedgehumeurd. Hij begon zich te ontspannen. 'Wat een prachtige cake.'

'Ik vind Frank aardig', zei Kate.

'Ik ben blij dat er iemand is die hem aardig vindt', zei hij.

Ruttledge was geld aan het opnemen voor de trouwerij van John Quinn, toen Joe Eustace hem binnenriep in het kantoortje van de bank. 'Ik heb gehoord over het gesprek in Longford. De hele bank weet ervan. De telefoons stonden niet stil.'

'Vanwege wat er is gebeurd?'

'Wat dacht je dan? Het gebeurt niet elke dag dat een man verzekerd van een lening een bank binnengaat en een uur later met lege handen buiten staat omdat hij zich eronderuit heeft gepraat, en hoe!'

'Hij was te openhartig, te eerlijk.'

'Ik hoorde dat hij meteen vertelde dat hij veel minder ging doen dan de vorige eigenaar. Dat is iets wat voor een bank volstrekt onacceptabel is. We zouden ervan beschuldigd worden dat we leningen verstrekken aan mensen die in hun bed blijven liggen.'

'Er moet toch een manier bestaan waarop hij aan een lening kan komen. Hij is fatsoenlijk en intelligent. De bank is verzekerd van zijn geld.'

'Ik heb erover nagedacht', zei Joe Eustace. 'Maar ik zie niet veel mogelijkheden. De enige mogelijkheid die ik kan bedenken is dat jij in zijn plaats een lening sluit en er garant voor staat.'

'Er moet toch wel een andere manier zijn.'

'Ik zal eens rondbellen. Ik zal het navragen. Als we iets kunnen bedenken, zullen we het doen', zei Joe Eustace, behulpzaam als altijd.

Op de ochtend van het huwelijk stond Bill Evans al vroeg voor de deur. Hij had zijn zondagse kleren aan en was gewassen, gepoetst en gekamd. 'Waar is je vrouw?' vroeg hij.

'Ze is nog bezig. Je bent een beetje vroeg', zei Ruttledge en hij gaf hem een pakje sigaretten.

'Tjonge, het is altijd beter om vroeg te zijn dan je op het laatste moment te moeten haasten', antwoordde hij zelfvoldaan en stak een sigaret op. 'John Quinn gaat trouwen in de kerk. Wie had dat ooit gedacht. Het is toch een godsgruwel.'

'Als jij in John Quinns schoenen zou staan, zou je de stap zeker niet wagen?'

'Allemachtig, nee.' Bill lachte hardop. 'Ik zou wel beter weten. Ik zou vrijgezel blijven en me vermaken.'

Kate had de jurk die ze aanhad al jaren niet meer gedragen. De verrassing moet zichtbaar zijn geweest.

'Zie ik er goed uit?'

'Je ziet er prachtig uit.'

'Niet te jeugdig?'

'Integendeel. Bill was er al vroeg.'

'Als een plaatje, mevrouw.'

'Je ziet er zelf ook goed uit, Bill.'

'We zullen een geweldige dag hebben.'

Hoewel ze vroeg vertrokken, stonden Mary en Jamesie hen uit het zicht al op te wachten bij de bocht van het meer. Jamesie was in zijn zondagse kleren, en hun opwinding was zo groot dat ze tot uitdrukking kwam in grimassen en onhandige bewegingen. Jamesie trok zijn schouders op en deed of hij zich verstopte, alsof ze op iets beschamends waren betrapt. Onder grapjes en gelach persten ze zich in de auto.

'Je bent een echte bedrieger, Jamesie', zei Bill Evans.

'Zo is het maar net', moedigde Mary hem aan. 'Wrijf het hem maar in, Bill. Wrijf het hem maar goed in.'

'Je ziet er prima uit, Bill. Tot in de puntjes gekleed. Jij komt straks zelf nog met een vrouw thuis', zei Jamesie.

Buiten bij de kerk stonden ze op het grind te kijken naar de andere auto's die arriveerden. Jamesie was een en al opwinding en ging voortdurend mensen begroeten, maar toen Patrick Ryan aankwam in een dure auto die hem bij de poort van de kerk afzette, had hij alleen daar nog oog voor. 'Het zouden de Reynolds kunnen zijn, die van de grote graafmachines en bulldozers.'

'Je hoeft niet zo nieuwsgierig te zijn', berispte Mary hem. 'Je weet dat die arme Patrick altijd een zwak voor zulke mensen heeft gehad', en ze kuste Patrick hartelijk toen hij naar hen toekwam om te vragen of hij met hen in de auto kon meerijden naar het hotel.

'We maken gewoon plaats. Dat lukt wel.'

'Patrick, leuk je te zien. We laten je hier niet achter.' Jamesie stak hem zijn hand toe.

'Als de vrouwen het niet aandurven om bij mij op schoot te zitten, ga ik wel bij hen op schoot zitten', zei hij gevat onder gelach. 'Dappere Bill', zei hij toen hij Bill Evans een hand gaf. 'Iedereen trouwt maar, behalve jij en ik', maar Bill Evans hoorde hem amper. Zo aandachtig als een handelaar die vee bekijkt, stond hij alle mensen op te nemen die arriveerden voor het huwelijk om in te schatten voor hoeveel sigaretten ze goed waren.

John Quinn kwam aan met een hele stoet auto's van zijn kinderen, allemaal met een Engels kenteken, versierd met lange, wapperende witte linten. Ze waren van hun huizen buiten Londen door Engeland en Wales naar Holyhead gereden, waren daar met de veerboot overgestoken naar Dublin en vandaar naar hotel Central in de stad gegaan, waar ze voor een week kamers hadden geboekt.

Er daalde een stilte neer over de mensen die op het witte grind stonden te wachten toen John Quinn uit de voorste auto stapte, een splinternieuwe Mercedes, net zo groot als die van de Sjah. Hij stond kaarsrecht als een man van half zijn leeftijd en wuifde als een politicus. Zijn kinderen stapten uit de andere auto's, met kleine meisjes in hun eerste communiejurkjes en jongens in blauwe en grijze pakken. Niet één van John Quinns kinderen had verstek laten gaan. Ze kwamen allemaal naar de trouwerij, met hun man of vrouw en hun kinderen. Zo voor de kerkdeur verzameld voordat ze naar het altaar liepen, vormden ze een indrukwekkend en treffend toonbeeld van jeugd, kracht en solidariteit. John Quinn was er het levende middelpunt van, in een maatpak met een krijtstreepje en een witte roos in zijn knoopsgat, genietend van de aandacht. Gezamenlijk gingen ze in een lange rij de kerk binnen in afwachting van de bruid. Ze was aan de late kant. Alleen de fluisteraars bij de kerkdeur zagen haar aankomen, een aantrekkelijke, vastberaden kijkende vrouw van achter in de vijftig, in een smaakvol donkerblauw mantelpakje en een sluier met een toefje witte lelietjes in haar haar. Ondanks haar gedecideerdheid en haar knappe uiterlijk maakte de bruid een kwetsbare indruk toen ze aan de arm van haar grijsharige broer door het middenpad liep langs al die nieuwsgierige gezichten die zich naar haar omkeerden, maar tijdens de plechtigheid leek ze aan zelfvertrouwen te winnen. Na afloop, toen er confetti werd gegooid en foto's werden gemaakt, keek ze opgetogen en blij. Pastoor Conroy liep over het grind van de een naar de ander en gaf iedereen een hand. Sommige mensen, die een mis wilden laten opdragen of hem kerkgeld schuldig waren, gaven hem geld. Toen hij bij Ruttledge kwam, pakte hij hem bij de elleboog en troonde hem mee naar de muur. Ze zagen elkaar zelden, maar na dat eerste bezoek waren ze op goede voet met elkaar gebleven.

'Ik had niet verwacht jou hier te zien', zei hij.

'We werden allemaal uitgenodigd; alle goede buren van om het meer. Vanzelfsprekend ben ik gekomen. Ga je ook mee naar het hotel?'

'Nee. Hij heeft zo zijn eigen ideeën over het huwelijk, net als over de meeste andere zaken. Nu ik hem op mijn terrein heb, neem ik het gelukkige paar mee naar de sacristie voor thee en goede raad. Ik neem alle paren mee naar de sacristie voor thee en goede raad. Ik weet dat de meesten van hen na hun beproeving liever iets sterkers zouden willen dan thee, en het soort goede raad dat ik verstrek, is waarschijnlijk niet wat ze zoeken. Maar thee en goede raad is alles wat ze krijgen.' Met die woorden liep hij bij Ruttledge weg, die hem kort daarna het pasgetrouwde paar zag meevoeren naar de deur van de sacristie.

Ze persten zich allemaal in de auto voor de rit naar het hotel, de vier mannen op elkaar gepropt achterin en Mary naast Kate voorin. Tijdens het rijden begon Patrick Ryan Bill Evans te plagen met het eten dat in de hotelkeuken werd klaargemaakt. 'Ik ruik het al. De kippetjes die liggen te braden…'

'Hou op, Patrick', riep Bill Evans gepijnigd uit.

'Het vel bruin, gebakken broodkruimels met kleine snippertjes ui in de vulling, overdekt met bruine jus, kleine gepofte aardappeltjes, verse groene erwtjes…'

'Kwel me niet zo, Patrick.' De uitroep ging je door merg en been.

Patrick Ryan lachte voorzichtig, zachtjes, boosaardig, alsof hij aftastte hoe zijn geplaag viel, maar hij ging er niet mee door. De rest van de auto zweeg. Ruttledges nekharen stonden overeind. De uitroep voerde hem jaren terug, naar de avond dat hij Bill Evans had uitgehoord toen hij uitgehongerd voor de deur had gestaan: 'Kwel me niet zo.' Het was dezelfde onmiskenbare uitroep die hij toen had moeten respecteren, net als de stilte in de auto dat nu deed. Bill Evans kon evenmin vooruitblikken als hij kon terugkijken. Hij leefde in de kleine, gesloten kring van het heden. Herinneringen aan dingen die voorbij waren en dromen over dingen die in het verschiet lagen, waren voor hem martelwerktuigen.

Een paar bruiloftsgasten waren de bar in gelopen. Ze wuifden of lachten naar elkaar als hun blikken elkaar kruisten, maar ze bleven aan hun eigen tafeltje zitten. Nog meer gasten dwaalden door de gangen en de tuin van het hotel omdat de grote eetzaal nog gesloten was. Mary en Kate liepen de bar uit om naar het damestoilet te gaan. Toen ze naar het tafeltje terugkeerden, was het duidelijk dat ze iets merkwaardigs hadden gezien. Op een samenzweerderige fluistertoon sprak Mary zo zacht en snel dat ze haar in de rede moesten vallen.

'John Quinn heeft haar mee naar boven genomen.'

'Waarnaartoe?'

'Naar de slaapkamer van zijn zoon. Hij had Liam overgehaald hem de sleutel te geven. Nee. Ze wilde niet. Ze zeggen dat ze niet precies doorhad waar het om ging, maar reken maar dat ze dat inmiddels wel weet. Kate en ik hebben het met onze eigen ogen gezien. Ze lachten allemaal als een stelletje ezels toen hij haar optilde alsof ze een kind was.'

'Misschien zal ze niet… laat ze hem zijn gang niet gaan?'

'O-ho', lachte Mary. 'Hij zal het eerst met mooipraterij proberen, maar als dat niet lukt, zal hij het met geweld doen. Als Knock en de Kerk hier niet bij betrokken waren, zou het allang zijn gebeurd. Hij moet het vreselijk hebben gevonden om zo lang te wachten.'

'Misschien snakt ze wel naar die lomperik', zei Patrick Ryan uitdagend, grof.

'Bij een gelegenheid als deze?' vroeg Kate koeltjes.

'Het is beter voor haar als ze er zin in heeft', zei Jamesie rustig. 'Of ze het nou leuk vindt of niet, ze zal de deur toch moeten openzetten.'

'Ze krijgt met de roede', zei Bill Evans onverwacht.

'Gelijk heb je, Bill', zei Mary, waarna er een stilte neerdaalde.

In de gangen van het hotel klonk een bel. Iedereen stond op van de tafeltjes; sommigen dronken staande hun glas leeg.

Voor een plattelandsbruiloft was het een klein gezelschap, maar de tafeltjes waren zo knap opgesteld dat het niet opviel hoe weinig mensen er waren. Er was geen lange, verhoogde tafel, en er waren geen andere bloemen dan die in vazen stonden. John Quinn en zijn bruid en haar gezelschap zaten met zijn familie aan één enkele grote tafel aan het uiteinde van het vertrek. Er was geen tafelschikking, en mensen hielden het bij hun eigen kleine groepjes. Omdat er geen pastoor aanwezig was, werd er wat geaarzeld, tot de godvruchtige postbode opstond en met gevouwen handen en gesloten ogen voorging in gebed. De paddestoelensoep was huisgemaakt. Er werd gebraden kip opgediend met grote schalen bloemige aardappels, worteltjes en rapenpuree. De vulling van krokante broodkruimels was overdadig en er was een kan vol bruine jus. In plaats van de gebruikelijke sherrytrifle werden er grote punten appeltaart met verse room geserveerd.

Niemand at zoveel als Bill Evans, en vanaf het moment dat de maaltijd begon tot hij afgelopen was, zei hij geen woord en op vragen gaf hij slechts verstrooide, eenlettergrepige antwoorden. Af en toe leunde hij achterover en overzag het vertrek met glazige, vergenoegde verbazing terwijl hij zijn mes en vork afwezig in zijn handen hield voordat hij weer op het eten aanviel.

'Godallemachtig, waar láát hij het?' vroeg Jamesie af en toe in een luid gefluisterd terzijde, maar Bill Evans trok zich er niets van aan en ging helemaal op in het eten.

'Hij legt een buffertje aan. Daar kan hij nog weken op teren, net als otters', zei Patrick Ryan.

In weerwil van het lekkere eten stond de bruid van John Quinn in het middelpunt van de aandacht. Ongeacht wat er wel of niet was voorgevallen, iedereen was het erover eens dat ze er stilletjes bij zat aan John Quinns zijde aan de lange tafel. Toen er een keus aan drankjes werd geserveerd, werd het duidelijk dat de kinderen van John Quinn de maaltijd aanboden en niet zijn echtgenote zoals het gerucht had gewild. De opluchting was algemeen, en iedereen dronk vrijelijker. De toespraken waren weldadig kort; die van John Quinn was de langste, en elk woord was zo voorspelbaar dat er in een samenzweerderige stilte naar werd geluisterd, met hier en daar een knipoog of een geheven glas.

Toen de toespraak ten einde was, viel John een luidruchtig applaus ten deel en aan sommige tafeltjes werd er met de voeten op de houten vloer gestampt. Zijn vrouw scheen zich nu meer op haar gemak te voelen en haar evenwicht te hebben hervonden, maar ze weigerde zich te laten omhelzen en hield op een dusdanige manier afstand dat ze John Quinn niet tegemoet kwam, maar ook niet afwees.

'Weten jullie wat ik denk?' vroeg Mary, die het allemaal rustig in zich had zitten opnemen. 'Hij kon zich wel eens verkeken hebben op die vrouw.'

'Ze zal heel vroeg moeten opstaan als ze John Quinn te slim af wil zijn', zei Patrick Ryan.

De tafeltjes werden opzijgezet om de dansvloer vrij te maken. Er waren geen muzikanten, maar het hotel had een jukebox met oude danswijsjes. De bruidegom en zijn bruid openden het bal met een langzame wals. Bill Evans kon bijna geen vin meer verroeren na al het eten en drinken en zat zo onverstoorbaar als een Chinees door rookkringels naar het dansen te kijken.

Mevrouw Maguire ging de tafeltjes van de bruiloftsgasten langs om te informeren of alles naar wens was geweest, en toen ze de Ruttledges zag, kwam ze bij hen zitten om een praatje te maken. Toen ze wegging, nadat ze ook een praatje met Jamesie en Mary had gemaakt, besloten ze dat het tijd was om te gaan. Patrick zat al niet meer aan hun tafeltje. Ze zagen hem helemaal aan de andere kant van het vertrek in gesprek met de broer van de bruid.

'Moeten we Patrick nog vragen of hij wil meerijden?' vroeg Kate.

'Dat wil hij niet', zei Jamesie. 'Hij gaat iedereen nog af. Voordat de avond om is, kan hij meerijden met wie hij wil.'

'Weet je, die mevrouw Maguire is een grote, vriendelijke manhaftige vrouw. Zij en de Sjah zijn dikke vrienden. Het zou me toch wat zijn als die twee zouden trouwen', zei Jamesie luchtig toen ze de stad uit reden.

'Ze zijn niet zo dom als jij en John Quinn', zei Mary scherp. 'Is het niet, Bill?'

'Ja, mevrouw', antwoordde Bill afwezig, vrij van alle zorgen.

'Waarom zouden ze gaan trouwen?'

'Dat weten we immers allemaal', zei Jamesie en wreef zich in zijn grote handen.

'Je moest je schamen!'

'All make their way', zong hij.

'Volgens mij zijn mensen seksuele wezens tot ze doodgaan', zei Kate, die reed omdat ze vrijwel niets had gedronken.

'God, Kate, je bent me er een.' Mary schoot in de lach.

'Ze heeft gelijk', zei Jamesie. 'Zodra ze kunnen lopen, zie je kinderen al capriolen uithalen. Oudere mensen zijn er in gedachten mee bezig, en als ze er ergens anders mee bezig zijn, zijn ze slim genoeg om het in het verborgene te doen.'

'Zie je nou, je brengt hem alleen maar op ideeën, Kate.'

'We hebben een heel interessante dag gehad. Zal de bruid blijven of neemt ze de benen?' vroeg Jamesie.

'Als ze verstandig is, neemt ze de benen', zei Kate.

Jamesie en Mary wilden per se het hele eind van het hek bij het meer naar hun huis lopen. 'Daar frist je hoofd van op', zei Mary.

Tijdens de rit naar huis had Bill Evans geen woord gezegd. Ze reden hem voorbij hun eigen hek naar de top van de heuvel zodat hij maar een klein stukje naar huis hoefde te lopen.

'Hoe voel je je?' vroeg Ruttledge toen hij hem uit de auto hielp. 'Red je het wel?'

'Prima, prima', antwoordde hij vermoeid. 'Ik ben zo rond als een tonnetje.'

De feestelijkheden rondom het huwelijk van John Quinn duurden een week. De bruid wachtte tot de grote auto's met John Quinns kinderen erin voorbij Dublin en Holyhead en een flink eind op weg waren naar hun huizen in de buurt van Londen. Die hele week woonde ze met John Quinn in het huis aan het meer, maar bracht er weinig meer tijd dan de nachten en de ochtenden in door.

De auto's kwamen al vroeg om hen op te halen voor die dag. Het was altijd 's avonds laat of vroeg in de ochtend voordat ze weer werden teruggebracht. De dagen gingen heen met etentjes in hotels en cafés, en met bezoek aan familieleden. De vrouw van John Quinn vond de sfeer alleraardigst: zo'n grote familie, waarvan iedereen zo goed met elkaar overweg kon door hun wederzijdse enthousiasme en belangstelling voor elkaar; zij, op hun beurt, waren overgelukkig met de degelijke achtenswaardigheid van zijn nieuwe echtgenote na de reeks van vrouwen met wie hij in de loop der jaren had lopen paraderen.

Voor de familieleden die ze bezochten namen de kinderen van John Quinn geschenken mee als whiskey, chocolade en fruit. Omdat ze zo'n zware en arme jeugd hadden gehad, hadden ze van veel van deze mensen hartelijkheid ondervonden. Nu ze in goeden doen waren, hadden ze er plezier in om op hun beurt een aardig gebaar te maken, en ze waren te tactvol om dat met groot vertoon te bederven. Hun gedrag stond haaks op het gedrag van hun vader.

Veel familieleden zagen John Quinn liever gaan dan komen. Hij was hun geld schuldig of had op een andere manier geprobeerd misbruik van hen te maken. Omwille van de lieve vrede en de familie stelden ze zich tevreden met de gedachte: 'Laat hem maar. Het lost zichzelf wel op.' Als hij alleen was, lieten ze hem consequent links liggen, maar nu hij met de kinderen verscheen, streken ze met hun hand over hun hart.

Bij de meeste familieleden kwamen maar weinig mensen over de vloer. Sommigen zagen geen andere gezichten dan wanneer ze naar de stad gingen om inkopen te doen, rondkeken op de veemarkt of op zondag naar de mis gingen. Een bezoek als van het gezin van John Quinn bracht opwinding teweeg en vormde een welkome afwisseling van het dagelijks bestaan. Zelfs in de armste huizen werd whiskey aangeboden, die speciaal voor zeldzame gelegenheden werd bewaard. Er werd thee gezet. Het huis werd ondersteboven gekeerd op zoek naar lekkernijen, koekjes of andere traktaties voor de kleintjes. In hun vurige trots hadden de kinderen van John Quinn ervoor gezorgd dat ze aan giften en gaven meer meebrachten dan kon worden aangeboden.

De welkome doorbreking van de sleur van alledag die het bezoek met zich meebracht, was niets vergeleken met de rijkdom waar het bezoek nog weken en maanden voor zorgde. 'Het is toch verschrikkelijk dat ouwe schurken als John Quinn zulke fatsoenlijke, goede kinderen hebben, terwijl fatsoenlijke mensen eerder kinderen krijgen die niets dan ellende geven. Bedenk toch eens dat schoelje zoals hij, nadat hij twee vrouwen ten grave heeft gedragen en allerlei andere vrouwen heeft gehad, op zijn ouwe dag op vrijersvoeten gaat en god-beter-het in Knock, waar Onze Lieve Vrouw is verschenen, een eerbare, knap uitziende en presentabele vrouw vindt, terwijl mannen die een veel betere echtgenoot zouden zijn het nakijken hebben. Sommigen van die arme vrouwen hebben toch echt zand in hun ogen als het om de liefde gaat.'

De nieuwe echtgenote was al tot de ontdekking gekomen dat ze een vergissing had begaan, maar hield die wetenschap voor zich.

Op de laatste avond gaf de familie een etentje in hotel Central, met heildronken en allerlei wensen voor een lang leven en veel geluk voor het bruidspaar, en na afloop werd er in de bar nog tot laat gedronken en gezongen. Die avond namen ze in het Central allemaal afscheid van elkaar met beloften om elkaar terug te zien als ze de volgende zomer op bezoek kwamen, zo niet eerder, als het nieuwe paar hen, naar ze hoopten, in Londen zou komen bezoeken. Toen het konvooi van auto's de volgende dag door Engeland trok, pakte de vrouw al haar persoonlijke bezittingen in toen John Quinn op het land bezig was de hekken na te zien en het vee te verzorgen, en ging te voet naar Shruhaun.

Een uur daarvoor was er met de auto een lange, blonde jongeman in het dorp aangekomen. Hij dronk één glas stout in het café. Hoewel hij beleefd was en gemakkelijk genoeg inging op de kout aan de bar, was hij niet scheutig met informatie over waar hij vandaan kwam of waarvoor hij naar Shruhaun was gekomen. Zodra de vrouw van John Quinn binnenkwam, stond hij op, zette zijn glas op de bar en nam de twee koffers over die zij had gedragen. Ze gingen zonder een woord te zeggen weg. Er waren op dat moment maar een paar mensen in het café. Niemand dacht eraan om het kenteken van de auto te onthouden, maar door zijn voorkomen en de manier waarop hij zich naar haar toe boog, vermoedden ze dat hij een van haar zoons was.

Jamesie had groot vertrouwen in twee lepels die hij gebruikte om vanaf de oever mee te vissen, een langwerpig stukje ruw, geslagen koper dat Johnny had gemaakt voordat hij naar Engeland was gegaan en een rood met zilveren lepel met een klein amberkleurig oogje, die hij jaren geleden vastgehaakt aan een stuk drijfhout had gevonden. Het was de langwerpige koperen lepel die hij gebruikte om vanaf de oever mee te vissen de dag nadat de familie van John Quinn naar Engeland was teruggekeerd. Telkens als hij inwierp, liep hij iets dichter naar het huis met het ijzeren dak dat onder de grote kastanjeboom op het erf stond. In dit deel van het meer werd altijd maar heel weinig vis gevangen, en het was een veel te heldere ochtend, maar hij was met zijn hoofd niet bij het vissen. Niet ver vanwaar hij het tollende koper inwierp over het water, was de kale rots waar John Quinn zijn eerste bruid mee naartoe had genomen. Aan de rand van de rots was het schaarse gras rood geworden. Er waren groepjes watervogels op het meer, en de zwanen zwommen rond en waren dicht bij de oever aan het furageren. Overal hoorde je vogels zingen. Toen Jamesie heen en weer liep tussen de rots en het huis, kwam de oude bordercollie naar het hek op het erf, blafte een paar keer zonder veel overtuiging en droop weer af. In het zand op het erf rond de grote kastanjeboom zag hij kippen pikken. Als hij nog iets verder langs de oever zou lopen, liep hij weer bij het huis vandaan. Hij wist dat hij alleen maar hoefde wachten.

De oude bordercollie kwam als eerste. Terwijl Jamesie de koperen lepel bleef inwerpen en binnenhalen, kon hij John Quinn naderbij zien komen. Hij had nog steeds zijn trouwpak aan.

'John Quinn is op deze stralende ochtend vast een gelukkig en voldaan man', jubelde Jamesie terwijl hij dichterbij liep, inhaalde en de koperen lepel uit het water trok.

'Het is heerlijk om goede buren te zien die in pais en vree iets lekkers voor op tafel proberen te verschalken', zei John Quinn.

'Je moet een heel gelukkig man zijn nu je weer veilig getrouwd bent met een prachtige vrouw.' Jamesie lachte van oor tot oor toen hij de aandacht verlegde.

'Ik doe mijn best om gelukkig te zijn en niet alleen te wonen, zoals de Heer het wilde – "Het is niet goed voor een man om alleen te wonen" heeft Hij zelf gezegd – maar ik wil best bekennen dat we een kleine tegenslag hebben gehad die, naar ik hoop en bid, slechts heel tijdelijk zal zijn.'

'Een tegenslag?' vroeg Jamesie ongelovig. 'Een tegenslag voor John Quinn?'

'Ja, Jamesie. Je zou het een tegenslag kunnen noemen, en ik hoop dat het maar tijdelijk zal zijn, niet meer dan een hobbel of een hikje. Er staat in de heilige schrift dat geen mens meer kan scheiden wat God heeft samengevoegd. Ik was gisteravond weg om het vee te verzorgen en toen ik terugkwam, ontdekte ik dat ze naar haar eigen deel van het land is teruggegaan. Het enige wat ze had achtergelaten was een brief, en het was geen liefdesbrief.'

'Waren er geen voortekenen, had je het niet kunnen zien aankomen?'

'Geen voortekenen. Geen noemenswaardige voortekenen. We

hebben een geweldige week gehad, de kinderen hebben ons overal mee naartoe genomen en we waren gelukkig en konden het uitstekend met elkaar vinden. Behalve dat ze op een avond toen we heel voldaan en vredig waren na het gebruikelijke liefdesspel tegen me zei: "John, ik geloof dat ik een grote vergissing heb gemaakt." Vrouwen halen zich soms rare dingen in het hoofd, net als kinderen, en dan moet je ze een beetje naar de mond praten. Ik zei tegen haar wat je in zo'n geval tegen ze moet zeggen, en toen ik verder niets meer hoorde, dacht ik dat daarmee mooi een eind was gekomen aan die flauwekul en dat we weer gelukkig waren.'

'Maar toch heb je ondanks alles vast een geweldige week gehad, John Quinn.' Jamesie kende hem al zijn hele leven. Om de overhand op mensen te krijgen had John Quinn hen vaak met vleierij of intimidatie in de val gelokt. Nu werd hij zelf meesterlijk gemanipuleerd.

'De kinderen zijn geslaagd in het leven en hebben het een heel eind geschopt in de wereld en wilden hun vader daarin laten delen. Niets was ze te veel en alleen het beste was goed genoeg. Ze hebben ons overal mee naartoe genomen. En daarna hadden we de nachten voor onszelf. Je mag het best weten, Jamesie, het was alsof ik weer jong was. Mijn jeugd was weer teruggekeerd en ik heb er gebruik van gemaakt. Toen we jong waren, hadden we wel de kracht, maar geen kennis van zaken.'

'Ze was een pracht van een vrouw', zei Jamesie.

'Beter heb ik niet gehad, Jamesie. Ik hoefde haar niets te leren en ze was steviger en gezonder dan een jonge vrouw. Je kon zien dat ze een gemakkelijk, comfortabel leven had geleid en niet veel te verduren had gehad. Ze was zo rijp als een lekkere pruim die je plukt vlak voordat hij van de boom zou vallen. Het was iets geweldigs. Het was alsof je je heen en weer bewoog in een prachtige toekomst.'

'Je bent me er een, John Quinn. Een schurk van het zuiverste water', juichte Jamesie, en John Quinn genoot van de onverdeelde aandacht.

'Maar toen kregen we deze kink in de kabel, en dat heeft alles min of meer bedorven, maar als het God behaagt, zal alles wel snel worden rechtgezet en dan wordt alles weer goed en kan iedereen weer prima met elkaar overweg.'

'Daar twijfel ik niet aan. Ik kan me niet voorstellen dat John Quinn iets laat schieten zonder er keihard voor te vechten. Daar twijfel ik geen seconde aan.'

'Ook nu probeer ik een goede afloop te bewerkstelligen. Als je getrouwd bent, weet je dat je zowel rechten als plichten hebt. Daar kun je niet zomaar vanaf zien als van een paar oude laarzen. Maar naar mijn overtuiging krijg ik haar niet terug naar dit deel van het land. Mijn plan is heel simpel en eenvoudig, en laat ik je als mannen onder elkaar zeggen, Jamesie: als de berg niet naar Mohammed komt, dan moet Mohammed naar de berg gaan.'

Jamesie ging van John Quinn regelrecht naar de Ruttledges. Zonder heimelijk gedoe, zonder het huis in te sluipen om af te luisteren. De sleephengel werd achtergelaten in de fuchsiastruiken bij het hek, en hij slaakte juichkreten toen hij het korte weggetje opkwam en hij roffelde met zijn handpalm op de ruit van de veranda. Hij had een kleine drom mensen kunnen zijn die terugkwam na een gewonnen voetbalwedstrijd of na een spectaculaire verkoop van vee. Kate was alleen thuis en kwam hem tegemoet op de veranda. Ruttledge hoorde de commotie en kwam terug van het land.

'Het gaat stukken beter met me, heel fijn dat jullie er zo vriendelijk naar vragen', riep hij spottend uit terwijl hij zich in de leunstoel liet vallen, maar toen kon hij zijn nieuws niet langer voor zich houden. 'Weg. De deur uit gelopen. Weg!'

'Wie is weg? Wat is weg?'

'Geef me in godsnaam een borrel, anders blijf ik erin. De vrouw van John Quinn is weg. Ze heeft de benen genomen voordat de kinderen goed en wel in Engeland waren, heeft hem verlaten, heeft hem het nakijken gegeven. Ze is vertrokken naar haar eigen deel van het land.'

Bij een whiskey met water vertelde hij het verhaal op zijn

gemak, verslikte zich af en toe als hij een slok nam tijdens het praten, maar vaker zette hij zijn glas met een klap neer om te brullen van het lachen. 'Ik heb een bezoek aan Kaatje Kut tijdens mijn leven op allerlei manieren horen omschrijven, maar nooit als "je heen en weer bewegen in een prachtige toekomst". God sta ons bij. John Quinn dat is me er eentje. Niets is hem te gek. Hij zei dat het was alsof hij weer jong was en dat ze smaakte als een rijpe pruim die van de boom wordt geplukt. Ik zou er een lieve duit voor overhebben om te weten wat de pruim ervan dacht.'

'Je moet je schamen, Jamesie. Je hebt hem uit zijn tent gelokt.'

Als reactie slaakte hij een juichkreet.

'Waren er geen voortekenen, had hij het niet kunnen zien aankomen?' vroeg Ruttledge.

'O jawel. O jawel, maar types als John Quinn gaan te veel in zichzelf op om dat te merken. Toen ze op een avond na het liefdesspel heel voldaan en tevreden waren, zei ze in bed tegen hem: "Ik geloof dat ik een grote vergissing heb begaan."'

'Het is toch ook wel het summum. Stel je toch voor dat je naar een dorp als Knock moet gaan om een type als John Quinn te vinden', zei Kate.

'Een heleboel mensen laten zich niet weerhouden', zei Jamesie lachend. 'Dan steekt de natuur de kop op. Dit akkevietje is nog lang niet van de baan. Let maar op mijn woorden. Van John Quinn kom je niet zo makkelijk af.'

'Wat kan hij ertegen doen?'

'Van alles. Hij zal zijn land zo duur mogelijk verpachten en naar Westmeath gaan. "Als de berg niet naar Mohammed komt, moet Mohammed naar de berg gaan." John Quinn mag zich dan wel dom gedragen, maar achter al dat vertoon gaat geen domme man schuil.'

'Dan wordt hij toch weggestuurd?'

'Hij zal zich niet zo makkelijk laten wegsturen. Of ze het nou leuk vindt of niet, ze is met hem getrouwd. Naast allerlei andere dingen is John Quinn ook een halve advocaat. Hij zal John Quinn met de mooie praatjes zijn en de onschuld uithangen tot hij weer een voet binnen de deur heeft. Als ze van hem af wil, zal ze er haar handen vol aan hebben.'

'En haar zoons?'

'Die zijn allemaal getrouwd en hebben zelf een huis. Ze zullen er niet al te veel bij betrokken willen raken nadat ze zo'n rare bokkensprong heeft gemaakt. Ze hebben zelf een vrouw. Wie zijn billen brandt, moet op de blaren zitten. Dat zeggen ze toch? John Quinn heeft heel wat argumenten aan zijn kant, en niemand is er beter in dan hij om zijn kaarten uit te spelen. Hij zal niet met lege handen terugkomen. Ze zal er haar handen aan vol hebben.'

Ze liepen met hem mee naar het hek, waar hij de hengel en de koperen lepel uit de fuchsia's pakte, en toen naar het water en een stukje van de weg langs het meer. De pruimen rijpten al aan de sleedoorn. De dichte wal van groen langs de oever vertoonde hier en daar al wat geel. Er zat roest op het blad van de doornstruiken. Bepaalde grassen en vroege groenten waren al aan het afsterven.

Het meer was een reusachtige spiegel, die op de peilloze hemel was gericht en zijn licht en kleuren opving. Vlak bij het riet had je veel vliegen, en het wateroppervlak rimpelde door de kleine scholen baars, die een diepte deden vermoeden waar het wemelde van het leven en de energie. Het riet had zijn felgroene kleur verloren en boog door naar het water. Alles wat gebloeid had droeg nu vrucht.

Ze zouden met Kerstmis niet in Londen zijn, hoewel ze die tijd in Londen juist zo leuk vonden. Kate schreef een brief naar Robert Booth. Dat had ze voor zich uitgeschoven. Het respijt was bedoeld om de deur zo lang mogelijk op een kier te laten staan. Ze schreef hoe dankbaar ze was, hoe dankbaar ze allebei waren. Er was een deur voor hen opengehouden in een periode dat de meeste deuren zich begonnen te sluiten.

'Het is merkwaardig hoe anders het is om jong te zijn', zei Kate zacht. 'Je opdoffen voor een feest, de opwinding over wie je zou kunnen ontmoeten, je hele leven misschien veranderd door één enkele ontmoeting.'

'Toen begon je nog aan je leven', zei Ruttledge. 'Nu ben je midden in dat leven.'

Kate schreef naar Robert Booth en sloot daarmee de deur, en het was geen prettig geluid, ook al was ze zelf degene die hem dichtdeed.

'Heeft die man nog iets tegen je gezegd over het kopen van het bedrijf?' De Sjah vroeg er nadrukkelijker naar op zondag, en hij kwam nu vaker laat op de avond langs.

'Nee, maar ik weet vrij zeker dat het wel goed komt. We moeten nog een paar kleinigheden oplossen', antwoordde Ruttledge opzettelijk vaag.

'Hij krijgt niet eeuwig de tijd. Niet veel mensen zouden zo lang aarzelen als ze zo'n kans kregen.'

Ruttledge had opnieuw met Joe Eustace van de bank gesproken. Ze hadden alle denkbare mogelijkheden om een lening te krijgen doorgenomen, totdat ze genoodzaakt waren terug te keren naar het laatste toevluchtsmiddel: Ruttledge zou de lening moeten afsluiten en hem vervolgens met juridische waarborgen aan Frank Dolan overdragen.

'Als er een andere manier bestond, hadden we hem inmiddels wel bedacht', zei Joe Eustace. 'Dat onderhoud is nog steeds hét gesprek van de dag op de bank: de man die zwoer dat hij minder zou gaan doen.'

Ruttledge ging naar Frank Dolan om zich ervan te vergewissen dat hij de koop nog steeds wilde. Toen hij met een objectieve blik naar het voorterrein keek, stond hij er niet voor het eerst verbaasd over hoeveel de Sjah had weten te verwerven. Het bedrijf was vele malen meer waard dan de vraagprijs.

Hij trof Frank helemaal achter in de loods aan, waar hij onder een sterke lamp aan een lange werkbank kleine machineonderdelen aan het sorteren was. Hij bleef een hele poos stil staan kijken, totdat Frank hem opmerkte en de metalen kap van de lamp naar de muur draaide.

Frank Dolan keek hem langzaam en vragend aan; zijn gezicht

straalde koppigheid en onafhankelijkheid uit.

'Ben je nog steeds geïnteresseerd?'

'Dat ben ik zeker.' Hij sprak anders altijd zo behoedzaam en bedekt dat Ruttledge even verbaasd als opgelucht was door zijn directheid.

'Ik geloof dat ik er iets op heb gevonden. Ik kom over een paar dagen terug', zei Ruttledge.

Frank Dolan informeerde niet wat hij erop gevonden had. Met onderbrekingen praatten ze een poos over zaken en de stad, en toen liep Frank Dolan met Ruttledge mee naar zijn auto. De felle lamp achter in de loods deed hij niet uit. Hij zou tot laat doorwerken, omdat hij het liefste werkte als er verder niemand was.

'Ga je niet naar hem toe?' Hij wees op het blauwige licht van de tv in de stationswoning. 'Ik weet zeker dat hij je graag wil zien. Hij zal vreselijk tekeergaan als hij hoort dat je geweest bent.'

'Het is al wat laat en het is niet waarschijnlijk dat hij het hoort', zei Ruttledge.

'Je zou versteld staan over wat hij niet allemaal oppikt.'

'Hoe staat het de laatste tijd met zijn humeur?'

'Niet best, voorzover ik erop let.'

Later, toen de Ruttledges de hele zaak nog eens doorpraatten, vroeg Kate: 'Als er geen risico aan verbonden is, waarom ben je er dan toch wat huiverig voor om die lening af te sluiten?'

'Het is over het algemeen geen goed idee om zaken te doen met mensen die je na staan. Ik heb gewoon het gevoel dat er een eenvoudiger manier moet bestaan.'

'Die is er ook', zei ze. 'Waarom geeft de Sjah hem die lening niet? Denk eens aan al dat geld dat we in huis kregen toen hij naar Donegal ging? En dat is vermoedelijk maar een fractie van wat er is.'

Omdat iets zo voor de hand liggends niet in hem was opgekomen, bleef Ruttledge even als aan de grond genageld staan.

'Het is een waar woord dat we blind zijn voor wat voor de hand ligt.'

'Ik denk dat het nog eenvoudiger kan.'

'Hoe dan?'

'Je hebt er altijd voor gewaakt iets aan hem te vragen. Je had er zelfs moeite mee om te accepteren wat hij je aanbood.'

'We hebben nooit ergens gebrek aan gehad', zei hij stug.

'Dat is zo, maar er zijn tijden geweest waarin het allemaal niet zo makkelijk was.'

'We hebben ons weten te redden', zei hij verdedigend.

'Ik weet het', zei Kate, maar ze bleef hem zonder iets te zeggen aankijken.

'Het lijkt erop dat we onszelf nooit zullen kennen', gaf Ruttledge uit die stilte toe. 'Maar zal hij ermee akkoord gaan om Frank die lening te geven?'

'Ik zie niet in waarom niet. Hij wil graag dat hij de zaak overneemt. Jij weet dat. Het is zelfs mij duidelijk.'

'Mensen doen raar als het om geld gaat. Het gaat dieper dan gevoel of verstand.'

'Het enige wat je kunt doen is het hem vragen.'

Gewapend met informatie van de bank over rentetarieven, maandelijkse en driemaandelijkse termijnbetalingen ging Ruttledge op bezoek bij de Sjah toen hij bijna klaar was met zijn avondmaaltijd in het Central.

Hij zat alleen te eten in de nis met uitzicht op de eetzaal, rozig van tevredenheid. Hij at langzaam en geconcentreerd en had geen oog voor de andere gasten. Hij herkende Ruttledge niet meteen, maar hij moest lachen, gebaarde naar een stoel, verontschuldigde zich en riep de ober, bijna allemaal in één beweging. 'Breng deze man wat hij hebben wil, Jimmy. Hij wil vast wel iets hebben.'

'Ik heb geen trek. Ik wil graag thee. Een pot thee.'

'Je mag best iets sterkers nemen. Whiskey, wijn, stout', drong hij aan. Zijn afschuw van alcohol en zijn angst ervoor strekten zich niet uit tot zijn rol als gastheer. In de stationswoning had hij een enorme kast vol drank en hij schonk familieleden die op bezoek kwamen graag met gulle hand in – vooral degenen die hij niet mocht – en daarin school beslist een element van gif strooien voor tuinslakken.

'Ik wil graag thee.'

'Hoe is het met de vrouw des huizes?' vroeg hij over Kate.

'Ze vroeg of ik je de groeten wilde doen. We hebben samen gesproken over de kwestie van de verkoop en de lening.'

'En?' vroeg hij, in een oogwenk een en al concentratie.

'Hoe ik de zaak ook bekijk, het lijkt me het zinnigst dat jij hem die lening verstrekt. Je hebt geld genoeg.'

'Ik zit er niet om verlegen', gaf hij toe.

'Je hoeft hem het geld niet eens te geven. In plaats van termijnbetalingen te doen aan de bank hoeft Frank alleen maar betalingen aan jou te doen.'

'Ik heb er geen zin in om elke maand naar hem toe te gaan en mijn hand op te houden', zei hij.

'Dat hoeft ook niet. We gaan een overeenkomst opstellen. Hij moet het geld elke maand of drie maanden op een bankrekening storten die op jouw naam staat. Zo gauw de overeenkomst is getekend, hoeven jullie tweeën er zelfs geen woord meer over vuil te maken.'

'En als hij het niet kan opbrengen?'

'Wat niet kan opbrengen?'

'Die termijnbetalingen?'

'Dan vallen het terrein en het bedrijf aan jou terug, net zoals zou gebeuren als de bank hem de lening zou verstrekken. Je kunt je er geen buil aan vallen.'

Op de bank was Ruttledge met Joe Eustace tot de conclusie gekomen dat een eerlijk rentetarief moest in liggen tussen het huidige banktarief en het percentage voor een lening. Frank Dolan zou zo minder betalen dan wanneer hij van de bank had geleend, en de Sjah zou een hogere rente krijgen dan wanneer zijn geld op een depositorekening stond.

'Ik zal het nog beter met hem maken. Hij kan het voor nog minder krijgen', zei de Sjah euforisch toen hem het voorstel was gedaan.

Hij sprak alsof hij bevrijd was van zorgen en benauwenis. Hij had al die tijd gewild dat Frank Dolan het bedrijf zou krijgen, maar dat was niet duidelijk naar voren gekomen door de angst dat hij misschien niet mannelijk of zakelijk zou worden gevonden of misschien wel veroordeeld zou worden omdat hij het buiten de familie zocht.

'Je kunt hem elk tarief berekenen dat je wilt. Maar ik zou het zo laten. Het is bovendien eerlijk zo. Je hoeft nou ook weer niet te overdrijven', zei Ruttledge.

'Laat het zo dan maar', stemde hij meteen in. 'Maar zal hij het wel kunnen opbrengen?' Hij begon langzaam te trillen bij de gedachte.

'Besef je wel dat hij je eruit kan zetten wanneer hij maar wil als je de zaak hebt overgedragen?'

'Ik stap morgen met alle plezier op', zei hij.

'Er zijn veel mensen die zo denken en het er dan toch moeilijk mee krijgen.'

'Het lijkt me heerlijk. Ik zou in de stationswoning gaan zitten en naar de overkant kijken. Ik zou er dik tevreden mee zijn.'

'Dan is het goed', zei Ruttledge.

'Maar zal hij het kunnen opbrengen?' vroeg hij nog eens.

'Natuurlijk kan hij dat. Dat wil zeggen, tenzij hij het op een zuipen zet of iets dergelijks.'

'Heremijntijd', zei hij. 'Dat moest er nog eens bij komen.'

Toen Ruttledge Frank Dolan vertelde dat de lening rond was en dat de Sjah degene was die hem het geld voorschoot, werd de man doodstil. Pas toen Ruttledge nog eens navroeg of hij de koop wilde doorzetten, reageerde hij.

'Dat wil ik zeker. Ze kunnen heel wat over hem mopperen, maar hij is echt de kwaadste niet. Ze kunnen een voorbeeld aan hem nemen', zei hij.

September en oktober waren heerlijke maanden, de zomer voorbij, de winter nog niet begonnen. De koeien en de schapen stonden nog steeds in de wei; de bladeren waren aan het verkleuren.

De peultjes van de wikke in de bermen werden zwart. Langs de oever kwam er een blauw floers over de sleedoorns. De bramen verschimmelden en bleven ongeplukt, het blad van de doornstruiken in de lage hagen werd bruin, rood en geel, kleuren waartegen een fazant onopgemerkt kon langslopen. Er werden pruimen, appels en peren geplukt en opgeslagen, weggegeven aan buren of tot jam gekookt in de grote koperen pan. De honing werd uit de korven gehaald en de bijen kregen een suikeroplossing. Een paar stralende dagen lang zagen de lijsterbessen er vurig roodoranje uit in het licht vanaf het water, maar toen werden de bomen geteisterd door lawaaierige vogeltjes en stonden ze te trillen onder het gulzige, rumoerige leven tot ze helemaal waren kaalgeplukt. Jamesie kwam aanzetten met zakken vol groenten en kreeg op zijn beurt mee wat hij maar wilde hebben.

Toen de All Ireland-finale in Croke Park rechtstreeks op de televisie werd uitgezonden, liep Ruttledge naar de andere kant van het meer om met Jamesie samen naar de wedstrijd te kijken. Jamesie schonk whiskey in en Mary maakte sandwiches. Het onregelmatige slaan van de klokken in alle delen van het huis diende tijdens de wedstrijd als een nuchtere correctie op het opgewonden commentaar. Het team dat Jamesie aanhing won bijna altijd. Zijn keuze was geheel gebaseerd op welk van de teams hij de meest waarschijnlijke winnaar achtte en dat zorgde voor een zegevierend, voldoening schenkend eind van het seizoen. Als zijn team verloor, was het alsof zijn oordeel in twijfel was getrokken.

'Waardeloos.' Hij maakte een afwerend gebaar. 'Ze moeten zich schamen dat ze het veld zijn opgekomen. Het was het aanzien niet waard.'

Toen de wedstrijd afgelopen was en ze hem een poosje hadden nabesproken, liepen Ruttledge en Jamesie, vergezeld van de twee honden, naar het meer.

'Bedankt voor de wedstrijd. Het was heel leuk', zei Ruttledge.

'Het juiste team heeft dit jaar gewonnen', zei hij zelfgenoegzaam.

'Volgend jaar kijken we weer.'

'Als God het wil', zei Jamesie overtuigd toen ze afscheid namen.

De oever was droog en het afgevallen blad ritselde onder zijn voeten. Pas toen hij bij de els aan het hek kwam, zag hij de Mercedes bij de veranda geparkeerd staan. Toen hij het huis binnenging, hoorde hij zijn oom opgewekt praten met Kate.

'Zal hij het kunnen opbrengen, Kate? Dat is de hamvraag!'

Ze bespraken de verkoop en de overdracht van het bedrijf. Terwijl hij luisterde naar de twee stemmen waarop hij zo gesteld was en terugdacht aan de middag, het slaan van de klokken, het gemakkelijke, plezierige gezelschap en de wandeling langs de oever, ging er in een flits door hem heen dat dit geluk moest zijn. Zodra de gedachte bij hem opkwam, drukte hij haar weg en weet haar aan de whiskey. De gedachte alleen al was even gevaarlijk als aanmatigende praat: geluk kon je niet nastreven of door gepieker tot stand brengen en zelfs niet volledig vatten; je moest het zijn eigen trage tempo gunnen zodat het ongemerkt voorbij kon gaan, zo het ooit al kwam.

De bladeren begonnen in grote vlagen af te vallen, in spookachtig fluisterende stromen, onafgebroken, hoewel de bomen stil waren. Het blad hoopte zich op langs de oever. Vanaf de heuvelkam kon Jamesie nu alles zien wat zich bij de Ruttledges afspeelde. Tegen het water tekende zich een wirwar van takken af die van hun blad waren ontdaan, als een netwerk van aderen. Onder de spichtige lijsterbessen lagen de bleke pitjes van de bessen, als keuteltjes. Tijdens het koude, droge weer werden de hagen uitgedund voor brandhout, en de avonden werden verscheurd door het jankende aanzwellen en wegsterven van andere kettingzagen die met hetzelfde karweitje bezig waren. Bij dit weer verplaatste het geluid zich met een nieuwe, kille scherpte.

In de stad brandden de lantaarns al als mensen samenstroomden om laat op de middag hun inkopen te doen. De Ruttledges gingen meestal met Jamesie en Mary naar de stad, en als de boodschappen waren gedaan, dronken ze wat in het café van

Luke Henry. Op een zaterdagavond troffen ze Patrick Ryan in het café. Ze hadden elkaar een hele tijd niet gezien, zodat hij op zijn allerbeminnelijkst was, maar hij wilde niet met hen mee naar huis. Hij was met andere mensen meegereden naar de stad en zij wachtten ergens anders op hem.

Op een andere zaterdagavond bij Luke kwam John Quinn binnenlopen.

'Het is een prachtig iets om te zien dat goede buren zich amuseren en vreedzaam en goed met elkaar kunnen opschieten alsof ze tot één gelukkige familie behoren en gezellig samen wat drinken na het boodschappen doen', zo begroette hij het café. 'Een flesje stout, Luke. Dat is goed voor je gezondheid, en nog beter met een rauw eitje erin.'

'Daar kunnen we ook voor zorgen, John', zei Luke met een ondeugende blik op de scheidingswand waarachter kruideniers- waren werden verkocht.

'Ik weet het, Luke, en bedankt, maar alles heeft zijn tijd en zijn plaats, ook het rauwe eitje in een glaasje stout.'

'Heb je je land verpacht, John?' informeerde Jamesie onschul- dig.

'Ja, Jamesie, ik heb het land tegen een redelijke prijs voor elf maanden verpacht aan een keurige, fatsoenlijke man, die ervoor zal zorgen alsof het van hemzelf is tot ik in een positie verkeer om het terug te nemen. Ja, ik heb veel tijd in Westmeath doorge- bracht, een prachtige, welvarende streek met erg vlijtige, hard- werkende mensen. We kunnen het nu boven verwachting goed met elkaar vinden, maar deze dingen hebben natuurlijk tijd nodig en laten zich niet overhaasten. Maar ik denk dat ik er over niet al te lange tijd voorgoed naar terugga. Als alles uitpakt zoals God het heeft bedoeld, zouden we samen nog zo gelukkig kunnen worden als twee leeuweriken in een heldere hemel, en heen en weer pendelen tussen onze huizen en zelfs de oversteek naar Engeland kunnen maken om de kinderen te bezoeken, want die waren helemaal weg van haar, en zij van hen. Het is natuurlijk veel beter en aangenamer als dit soort dingen op een prettige, vreedzame manier worden geregeld, maar als je trouwt zit er natuurlijk ook een juridische kant aan, en mensen hebben bepaalde rechten', liet hij er als een onheilspellende waarschuwing op volgen. 'Hoe dan ook, ik verwacht dat ik in de niet al te verre toekomst definitief een poos mijn intrek in Westmeath zal nemen. Vandaar dat ik het land heb verpacht.'

'We wensen je gezondheid, geluk en een lang leven, John.'

'Het ligt niet aan jullie gezelschap, maar ik moet er vandoor. Als een man zijn levensgezellin moet missen, zijn er heel wat dingen die hij in zijn eentje moet zien te klaren.'

Zodra hij het café had verlaten, werd er druk gepraat en gelachen, allemaal vanwege zijn handel en wandel, maar waarom hij zo'n fascinatie opwekte bleef buiten beschouwing.

'Er is geen greintje verschil tussen John Quinn en een van ons. Hij is volkomen normaal, behalve dat hij een tikkeltje oversekst is', voerde een man aan. Die opmerking werd met veel hoon en spot ontvangen. Luke Henry ging met zijn gezicht naar de voorraadplanken staan om zijn geamuseerdheid te verbergen.

In de auto, op weg naar huis, vroeg Kate: 'Gelooft John Quinn zelf in de verhalen die hij ophangt?'

'John Quinn bekommert zich niet om wat hij zegt of doet. Hij bekommert zich alleen om zichzelf en wat effectief is, wat werkt.'

'Als Johns woorden zijn overwinning in de weg zouden staan, zou hij er korte metten mee maken', antwoordde Jamesie ernstig en rustig.

'Met vrouwen die niet over de brug komen zou hij ook korte metten maken', zei Mary.

'Reken maar', zei Jamesie.

Jamesies goedgehumeurdheid leek vrijwel grenzeloos, maar eind november kwam er een eind aan. Geen kreten vanaf de els bij het hek toen hij naar het huis kwam, geen geroffel op de ruit van de veranda. Ze hadden hem nog nooit zo terneergeslagen gezien. Hij had een brief in zijn hand.

'Lees maar', zei hij en hij stak Ruttledge de brief toe.

De zwarte kat met de witte pootjes lag tegen een kussen in de schommelstoel te slapen. Jamesie stak zijn reusachtige hand uit, tilde haar zonder plichtplegingen uit de stoel en liet zich er zwaar in neervallen.

Ruttledge kon duidelijk zien dat hij behoorlijk van streek was. De brief was van Johnny. Terwijl Ruttledge aan het lezen was, hoorde je alleen dat zich boven een reservoir met water vulde, en het tikken van een klok.

De brief was kort, de kern van de zaak duidelijk. Ford eiste ontslagen bij hun fabriek in Dagenham. De vakbond kon mensen zoals Johnny niet langer de hand boven het hoofd houden. Ze hadden bij de onderhandelingen een bedrag ineens en een pensioen bedongen als ontslaguitkering. Hij wilde naar huis komen en bij Mary en Jamesie intrekken, zoals de situatie was geweest voordat hij naar Engeland was vertrokken.

'Wat gaan jullie doen?'

'We weten het niet', zei hij gekweld.

'Willen jullie dat hij thuiskomt?'

'Mary', zei hij met een afwerend gebaar, 'Mary zegt dat ze gek zal worden als hij weer bij ons komt wonen. Ze heeft geen oog meer dichtgedaan sinds die brief is gekomen.'

'Wat vind jij ervan?'

'Als hij naar huis zou komen, als hij bij ons zou intrekken, dan moeten wij onze biezen pakken. Die twee weken per jaar dat hij komt zijn al moeilijk genoeg. Als hij voorgoed bij ons in huis zou komen… Ik weet niet wat we dan moeten. Maar we kunnen hem ook niet als een hond wegsturen.'

'Heb je het aan Jim verteld?'

'Jim woont in Dublin. Hij wil dat allemaal niet weten. Wat doet hij nou meer dan Johnny van het vliegveld halen en hem daar weer afzetten? Jim wil dat niet horen. Johnny en Lucy hebben nooit met elkaar overweg gekund. Wat vind jij ervan, Kate?'

'Ik weet niet wat ik ervan moet denken, Jamesie. Het is een heus dilemma.'

Met hem leven was uitgesloten, maar ze wilden hem niet openlijk – in hun eigen ogen of in de ogen van anderen – onderdak weigeren of wegsturen. De bedeesde, hoffelijke omgangsvormen, die hun oorsprong vonden in een kwetsbare onderlinge afhankelijkheid, berustten op vermijden en met de mantel der liefde bedekken. De scherpe kantjes werden verzacht, de harde realiteit werd omzeild. Wat verzwegen werd was vaak veel belangrijker dan de woorden die werden uitgesproken. Als het enigszins mogelijk was, werd een confrontatie vermeden. Deze omgangsvormen, die door gewetenloze mensen makkelijk konden worden uitgebuit, brachten voor onwetende en onoplettende mensen allerlei valkuilen met zich mee en konden leiden tot misverstanden die door een zelfverzekerder, directer optreden meteen uit de weg zouden zijn geruimd. Het was een taal waarin geen eenvoudige manier bestond om nee te zeggen.

'Als je er zo over denkt, moet je van het begin af aan open en duidelijk zijn', zei Kate toen Jamesie was uitgesproken. 'Op de lange termijn is het anders ook niet eerlijk tegenover Johnny. Het zou voor iedereen een rampzalige toestand worden.'

'Wat moeten we dan doen?'

'Hem schrijven.'

'Wat moeten we dan zeggen? Mary heeft geen oog dichtgedaan sinds die brief is gekomen. We hebben in en om het huis geen spat meer uitgevoerd.'

'Je zult het hem ronduit moeten zeggen.'

'We hebben geen idee wat we moeten zeggen. We zouden niet weten waar we moesten beginnen.'

'Hij schrijft hem wel voor je', zei Kate, met een bedachtzame blik op Ruttledge. 'Dan kun je hem overschrijven en versturen. Dat is zijn vak', zei ze met een glimlach. 'Daar wordt hij voor betaald.'

'Zou jij hem willen schrijven? Zou je dat voor ons willen doen?' vroeg Jamesie.

'Natuurlijk wil ik dat. Maar zou het niet beter zijn als je hem door Jim laat schrijven? Hij kan dat net zo goed, of beter.'

'Nee.' Jamesie maakte een afwerend gebaar om aan te geven dat zijn bezorgdheid weer toenam. 'Jim wil daar vast niet in verwikkeld raken. Hij zit in Dublin. Het is zijn zaak niet.'

'Dan schrijf ik hem', zei Ruttledge. 'Ik zal hem schrijven en dan kom ik hem vanavond brengen.'

'Een man die ervoor heeft doorgeleerd', zei Jamesie opgelucht. 'Mary was degene die zei dat ik naar de overkant van het meer moest gaan. "Zij bedenken er wel iets op", zei ze. Een man die ervoor heeft doorgeleerd kan van alles verzinnen. Hij is niet zoals jij of ik, Kate', zei hij, vergenoegd in zijn handen wrijvend.

'Dat komt doordat hij langer naar school moest dan jij en ik. En dat moest hij omdat hij trager is', zei Kate lachend.

'In de roos! In de roos, Kate!' Nu lachte hij van puur vermaak.

'Na dit alles kun je wel een whiskey gebruiken', zei Kate met genegenheid.

'Een lafaard is God een doorn in het oog, Kate', antwoordde hij op dezelfde toon.

Toen hij dronk, begon hij zich te ontspannen en los te komen. Als er nu iemand de kamer was binnengekomen zou hij zich nauwelijks een voorstelling kunnen maken van de gespannenheid en de sombere stemming van een paar minuten geleden. 'Heb je wel eens het verhaal gehoord van die mensen die niet konden schrijven en een brief naar Amerika moesten sturen?' vroeg hij.

'Nee.'

'Vroeger ging je als je niet kon schrijven naar de schoolmeester, die daar geld voor rekende, als een advocaat. Toen de meester de brief op papier had staan, las hij hem voor. Ze leken er redelijk tevreden over, maar ze zeiden niet veel, en toen vroeg hij of ze er een PS aan wilden toevoegen. Ze wilden meteen weten of een PS extra geld kostte. Toen ze hoorden van niet, zeiden ze: "Doe maar. Dat staat beter. Schrijf dit maar in het PS: *Let maar niet op het slechte handschrift en de spelling.*" Je zou graag het gezicht van de meester hebben gezien – het zou de oude meester Glynn geweest kunnen zijn – toen ze die opmerking maakten. "Let maar niet op het slechte handschrift en de spelling"', herhaalde hij. 'God sta ons bij, maar je had toen wel vreselijk arme mensen.'

'Misschien beseften ze terdege wat ze deden', zei Ruttledge.

'Dat zou nog leuker zijn geweest, maar nee. Ze beseften het niet. Ze hadden het horen voorlezen bij andere brieven en wilden net zoveel waar voor hun geld als de anderen. Ze wilden niet voor hen onderdoen.'

Ze liepen met hem mee voorbij de els naar het meer.

'Ik zal de brief schrijven en kom hem vanavond langs brengen.'

'God zegen je', zei hij geëmotioneerd.

'Ik zal je er niks voor rekenen.'

'Dat is maar goed ook. Ik was toch al niet van plan je ervoor te betalen', zei hij terwijl hij doorliep.

Ruttledge stelde een eenvoudige brief op, waarin hij de situatie duidelijk uitlegde, maar verzachtte door Johnny speelruimte te geven en te suggereren dat hij wanneer hij langer over het idee nadacht zelf zou begrijpen hoe uitzichtloos de situatie voor hem hier zou zijn. Zonder auto of telefoon en een eind van de stad af zou hij vrijwel geïsoleerd zitten aan het meer. Verder was alles min of meer in gereedheid voor de winter. Ze deden hem de allerhartelijkste groeten en verheugden zich er al op hem van de zomer weer te zien, net als alle andere zomers.

Laat op de avond liep hij om het meer met zijn opzet voor de brief. Het was koud langs de oever. Op de hulst en de kleine eiken na waren alle andere bomen helemaal kaal. Er stond een heel bleke maan boven het meer. Uit het riet stoven de watervogels alle kanten uit. De reiger vloog op en klapwiekte loom langs de oever. Er moesten heel wat reigers zijn geweest sinds ze hier waren komen wonen, maar het leek steevast dezelfde vogel te zijn die hen uitgeleide deed als ze weggingen en opvloog om hen ingeleide te doen als ze naar huis terugkeerden. Het zou voor Johnny een moeilijke, eenzame plek zijn om naar terug te keren, hield hij zich tijdens de wandeling geruststellend voor.

Ze waren allebei thuis; door het raam flakkerde een blauwig schijnsel. De kippen waren voor de nacht al ingesloten binnen het gaas.

Ze zaten naar *Blind Date* te kijken. De twee honden zaten met een bezitterige blik elk in een leunstoel en keken Ruttledge aan alsof hij ze eruit zou kunnen sturen. Mary stond meteen op om hem een kus te geven, maar Jamesie bleef aan het scherm gekleefd zitten en keek naar een aantrekkelijk jong meisje in een uitdagende jurk, die naast de presentatrice van het programma voor een groot publiek stond. Achter een scherm zaten drie jongens. Door het scherm waren ze voor het meisje aan het oog onttrokken, maar niet voor het publiek. De door het meisje uitverkoren jongen zou een week met haar in een luxueus hotel gaan doorbrengen, met een auto met chauffeur en etentjes bij kaarslicht. Om het meisje te helpen haar blinde keus te bepalen, moesten de jongens om de beurt vragen beantwoorden die de presentatrice hen stelde over hun hobby's, beroep, het eten, de muziek waarvan ze hielden en over hun seksuele voorkeur. Zelfs de meest prozaïsche vraag bevatte wel een seksuele toespeling. Elk antwoord werd met gejoel en gelach ontvangen. Het wellustige plezier van het publiek bleek zowel uit hun respons op de vragen als op de reacties van het meisje, vooral wanneer uit het antwoord een incongruentie bleek te bestaan tussen het beeld dat de jongen van zichzelf had en hoe hij door het meisje of het publiek werd gezien.

Mary ergerde zich aan wat ze als onbeleefdheid van Jamesie opvatte, maar Ruttledge verzekerde haar dat hij het prima vond om mee te kijken.

'Die man is net een kind', zei ze. 'Hij is dol op dit soort idiote programma's. Het is moeilijk te zeggen wie zich meer zou moeten schamen: hij of het publiek. Vee dat toekijkt als er midden in de wei een koe wordt gedekt is nog fatsoenlijker.'

Uiteindelijk bepaalde het meisje haar blinde keus. Onder luid applaus kwam de jongen die ze had uitgekozen zenuwachtig achter het scherm vandaan, terwijl de camera's speurden naar elke reactie die de jongen en het meisje prijsgaven over deze eerste ontmoeting. De presentatrice wendde zich tot hen om vragen te stellen, maar nu interesseerde het Jamesie niet meer. Hij reikte naar voren om het toestel uit te zetten.

'Ik vind het prima om het uit te kijken', zei Ruttledge.

'Nee, nee.' Hij hief zijn hand op. 'Het is gewoon een stel idioten. Mary, schenk ons eens iets te drinken in.'

'Het is allemaal maar een excuus voor seks', zei Mary misprijzend terwijl ze de glazen en een fles Powers pakte. 'Iedereen wil het en ze vinden het allemaal eng. Daarom lachen ze zo hysterisch. Binnenkort kijken ze er nog naar op de televisie in plaats van zelf wat te doen.'

'O, doen zullen ze het ook wel', protesteerde Jamesie. 'Ze zullen in praktijk willen brengen wat ze zien.'

'Je zou toch denken dat hij meer verstand had, vooral op zijn leeftijd!' zei Mary.

'Onkruid vergaat niet', zei hij en hij hief zijn glas. 'Gezondheid. Geluk. En morgen nog meer daarvan. De mensen die beneden in Shruhaun liggen begraven, drinken vandaag niks.'

'Dit is wat ik aan Johnny heb geschreven', zei Ruttledge toen hij de brief op tafel legde. Er viel een stilte die de leegte van het televisiescherm evenaarde. Mary pakte de brief op en las hem in de stilte van de tikkende klokken, terwijl een van de honden zich omdraaide in zijn stoel en een zucht slaakte toen hij zich in een comfortabeler houding liet vallen. Toen Mary de brief had gelezen, gaf ze hem meteen aan Jamesie, haar blik op zijn gezicht gericht.

'Hier. Lees jij hem ook.'

'Nee, nee. Mijn ogen zijn te slecht. Lees hem maar voor.'

'Je ogen zien anders genoeg als ze iets beter niet kunnen zien. Hier, Joe. Lees jij hem maar voor.'

'Verander erin wat je wilt. Verander hem helemaal of verstuur hem helemaal niet', zei Ruttledge toen hij klaar was.

'Hij is perfect', zei Mary. 'We gaan er niets aan veranderen. Ik ga elk woord overschrijven zoals het er staat.'

'Maar als hij het nou niks vindt?' vroeg Jamesie bezorgd.

'Het doet er niet toe of hij het niks vindt of niet', zei Mary fel. 'Hij kan niet naar huis komen. Dan zouden wij moeten vertrekken.'

'Je wilt toch niet dat hij naar huis komt in de veronderstelling dat alles wel goed zal komen. Dat zou ook niet eerlijk zijn', zei Ruttledge.

'Het is jammer dat zulke dingen zelfs maar ter sprake moeten komen tussen mensen.' Jamesies blik ging van het ene gezicht naar het andere.

'Die man van mij zou nooit iets onder ogen zien, tenzij er iemand met een stok achter hem stond', zei Mary op scherpe toon. 'Ik heb geen oog meer dichtgedaan sinds die brief is gekomen, en hij loopt verdwaasd rond.'

'Als een kip zonder kop.' Hij probeerde het met een grapje af te doen, maar ze liet zich niet van de wijs brengen.

'Die man van me krijgt het helemaal op zijn heupen als Johnny komt. Het huis wordt opgeknapt. Het beste lendestuk wordt besteld. Maar wat doet hij als Johnny er echt is? Dan verdwijnt hij. En wie zit er met Johnny opgescheept? Wie luistert er naar de oude verhalen die iedereen hier allang is vergeten? Je zou denken dat hier niets is veranderd sinds hij is weggegaan. Jij hebt makkelijk praten', zei Mary beschuldigend.

'Hij was al te oud toen hij naar Engeland ging', zei Jamesie verdedigend.

'Het is een lastige geschiedenis', zei Ruttledge.

'Hij had net zo goed een steen om zijn nek kunnen binden en naar het midden van het meer kunnen roeien', zei Jamesie, en er viel een stilte waarin het tikken en slaan van de klokken heel luid klonk.

'Het is vreselijk om wat voor reden mensen soms naar de verdommenis gaan…' zei Mary vanuit de lange stilte.

'Verander wat je wilt aan die brief', zei Ruttledge toen hij opstond.

'Er wordt geen woord in veranderd. Hij wordt woord voor woord overgeschreven en morgenochtend verstuurd.'

Jamesie keek onzeker en bezorgd van het ene gezicht naar het andere. Een hele poos leek hij op het punt te staan om iets te zeggen, als een pijnlijk lang ingehouden adem, maar toen pakte hij snel zijn pet en liep met Ruttledge mee naar het meer. De twee honden lieten hun stoel in de steek om met hen mee te gaan. De maan stond fel en helder boven het meer, de lijn van het pad scherp afgetekend in het gele licht. Er stond een koude wind.

'Maar als hij zich nou niks van die brief aantrekt? Hij kan net zo koppig en dom zijn als mijn vader, God hebbe zijn ziel', zei Jamesie.

'Als hij de brief gelezen heeft, zul je er geen woord meer over horen.'

'God zij ons genadig', bad Jamesie vurig. 'Het ergste van die oude vrijgezellen is dat ze het niemand anders dan zichzelf naar de zin hoeven te maken, maar als ze ouder worden wil niemand ze, en moeten ze proberen hun benen ergens onder de tafel te steken.'

'Misschien staan wij er wel niet beter voor als onze tijd gekomen is.'

'Dan hebben we in elk geval een eigen huis. We hoeven niet te proberen om ergens onderdak te komen', zei Jamesie.

Ze hadden de top van de heuvel boven het meer bereikt. 'Volgens mij is het winter geworden', zei Ruttledge, die zijn overjas dichter om zich heen trok tegen de snijdende wind.

'Dat is het al weken. Hou daar maar over op.'

Boven aan de heuvel namen ze afscheid, hoewel Jamesie best met hem wilde meelopen naar het meer. In het midden van het meer liep een fonkelende stroom van geslagen koper van oever tot oever. Aan weerskanten van deze stralende stroom, die was bespikkeld met lichte sterren, ziedde het donkere water. In de verte gloeiden de lichtjes van de stad op in de hemel. Zijn eigen voetstappen klonken luid. Toen hij bij de bocht van het meer was gekomen, vloog de reiger op uit het riet om hem loom klapwiekend voor te gaan langs de oever, spookachtig in het maanlicht. Op een avond als deze kon een mens gemakkelijk op de vlucht slaan voor zijn eigen schaduw.

Er volgde een periode met aanhoudende regen en wind. Op sommige dagen was de regen vermengd met sneeuw, en het meer veranderde voortdurend, zodat zelfs de buien afwisselend leken. De koeien en de schapen werden op stal gezet. Niet één was aan het kalveren of lammeren of vertoonde tekenen van ziekte. Ze hadden niet veel verzorging nodig. Tussen de buien door werden de hagen uitgedund voor brandhout. Er kwamen een paar opdrachten binnen om teksten te schrijven. Er werden uitstapjes gemaakt naar de stad, naar het café van Luke Henry, naar de donderdagmarkt over de grens in Enniskillen en naar de kolenmijnen in Arigna voor vrachtladingen inferieure, goedkope steenkool. Als Bill Evans op weg naar het meer langskwam voor thee en sigaretten, had hij zich tussen zijn laarzen en de glimmende zuidwester ingepakt als een mummie. Als hij honger had, riep hij of hij iets te eten kon krijgen. Donderdags werd hij de koning van het busje. Patrick Ryan was al in geen tijden meer door iemand gezien, hoewel men wist in welk deel van het land hij werkte en voor wie.

Het onaangename vooruitzicht een lange winter te moeten doorstaan, werd een paar dagen onderbroken door een grote vlaag van opwinding, geruchten en verzinsels. John Quinn was nog geen maand weggeweest om zijn intrek te nemen in het huis van zijn vrouw, toen hij naar huis terugkeerde. De zoons van de vrouw hadden hem de deur uit gebonjourd. Hij was daar op stel en sprong naar de dokter, de pastoor, de advocaat en de politie gegaan. Niemand van hen was geïnteresseerd in zijn zaak. De familie was gerespecteerd en in goeden doen. De dokter onderzocht zijn blauwe plekken en zei dat zijn verwondingen niet ernstig waren en gaf hem een receptje mee. De pastoor raadde hem aan het allemaal op te dragen in gebed en boetedoening. De plaatselijke advocaat vertelde hem dat het veel waarschijnlijker was dat er een aanklacht tegen hem zou worden ingediend en dat híj vervolgd zou worden dan dat hij er met succes een zaak van kon maken als hij per se een aanklacht wilde indienen. Het waren hardwerkende, fatsoenlijke mensen, wier naam nog nooit door een schandaal was bezoedeld. De politie nam een verklaring op, maar vertelde erbij dat ze niet van plan waren er werk van te maken omdat het louter een civiele kwestie was.

De vrouw was bij een van haar zoons ingetrokken. De schaarse bezittingen van John Quinn waren op straat gezet.

In Longford onderbrak hij de reis om een andere arts te consulteren en bracht er de nacht in een hotel door. Toen hij de volgende ochtend vertrok, weigerde hij zijn rekening te betalen en zei dat ze die maar naar zijn advocaat moesten sturen. Hij had nog een serieuze rechtszaak lopen en de advocaat zou alles wel regelen, liet hij het hotel weten.

Hij ging naar de advocaat omdat hij zijn vrouw voor de rechter wilde dagen, maar kreeg zijn hotelrekening gepresenteerd. Niet één van al de advocaten die hij benaderde wilde ook maar iets met de zaak te maken hebben. Vervolgens bracht hij opschudding teweeg op de veemarkt door op allerlei vee te bieden en uiteindelijk een stierkalf te kopen, ook al had hij zijn land voor elf maanden verpacht.

'Dat kalfje neemt geen sprietje gras weg van de keurige man die tot de volgende zomer voor het land zorgt, en hij bezorgt mij wat afleiding tijdens de winter nu ik weer terug ben onder goede vrienden en buren.'

In dit tumult van geruchten en verzinsels aarzelde John Quinn niet lang voordat hij met zijn eigen versie kwam. Hij kwam het café van Luke Henry binnenlopen toen het er vol zat met mensen die zaterdag nog laat inkopen hadden gedaan en ging aan de bar staan, met een zuinig flesje stout in zijn hand, een man die onrechtvaardig was behandeld, en verkondigde hoe blij hij was om terug te zijn onder goede buren.

'Ik heb de hele zaak in de handen van mijn advocaat gelegd en via de rechtbank verwacht ik een fatsoenlijke compensatie', vertelde hij aan iedereen die het wilde horen. 'In die tussentijd ben ik weer met dames gaan corresponderen. Dit keer kunnen we niet de zegen van de kerk krijgen, maar we zullen onze eigen zegen hebben en de zegen van goede buren, wat misschien nog beter is.'

Sommigen slaagden erin hun gezicht keurig in de plooi te houden. Anderen verzekerden hem dat ze blij waren hem terug te zien en dat hij zichzelf in geen enkel opzicht iets moest verwijten. Niemand in de hele wereld had meer kunnen doen of zich meer inspanningen kunnen getroosten om te redden wat een zinkend schip bleek te zijn. Alles welbeschouwd kwam het er eigenlijk op neer dat hij een ware martelaar voor de zaak was geweest. Het web van hypocrisie en leugens waarmee John Quinn zich had omgeven en dat zich om hem heen uitbreidde, was even consistent geworden als de waarheid.

Johnny schreef dat hij volkomen begreep wat een slechte stap het zou zijn om te overwegen naar huis te komen. Hij was in een sombere bui geweest toen hij schreef en was al van plan geweest hen een nieuwe brief te sturen voordat hij hun brief had ontvangen. In de korte tijd daarna was alles min of meer op zijn pootjes terechtgekomen en nu was alles tiptop in orde. Toen hij meneer Singh had verteld dat hij bij Ford was ontslagen en moest uitkijken naar een goedkopere kamer of naar een ander deel van Londen moest verhuizen waar hij licht werk zou kunnen vinden, wilde meneer Singh daar niets van horen. Meneer Singh had onlangs een rijtje Victoriaanse huizen gekocht met uitzicht op de Heath, die overging in Epping Forest, en verbouwde die tot appartementen voor hoogopgeleiden en zakenmensen – artsen, verpleegkundigen, accountants, secretaresses, een heel ander slag mensen dan de bouwvakkers.

Johnny zou een soort huismeester worden, of de waarnemer van meneer Singh. Hij zou de trappen en overlopen schoonhouden en zou kleine reparaties verrichten als er in een van de appartementen iets stuk ging. In ruil daarvoor zou hij een bescheiden weekinkomen en een huurvrije souterrainwoning krijgen. Toen hij het op een avond allemaal eens op een rijtje zette voordat hij naar de Prince of Wales ging, had hij uitgerekend dat hij financieel aan het eind van de week beter af zou zijn dan in zijn allerbeste tijd bij Ford. Hij zou blijven waar hij was tot hij zoals altijd voor de kerstdagen naar de Connors in Birmingham zou gaan en zou dan naar Leytonstone verhuizen als hij na de kerst terugkwam. Alles leek tiptop in orde te zijn gekomen.

'Qua planning had het niet mooier kunnen uitkomen', zei Ruttledge toen hij de brief teruggaf. Hij was met zorg geschreven en bracht een kleine wereld tot leven.

'Het is geweldig', zei Mary, met stralende ogen. 'Dat is een echte meevaller voor hem. Die arme man kwam ook wel een beetje geluk toe in Engeland.'

'De brief die je hebt geschreven heeft gewerkt', zei Jamesie.

'Hij heeft geweldig gewerkt', zei Mary. 'Het had niet beter kunnen lopen.'

'Johnny kijkt huizenhoog op tegen meneer Singh', zei Jamesie. 'En meneer Singh heeft hem geholpen toen het erop aankwam.'

Al jaren had Jim er bij zijn ouders op aangedrongen dat ze de kerstdagen in Dublin zouden komen doorbrengen.

'Zal hij niet misstaan in Dublin?' zei Mary vaak voor de grap.

'Je hebt er daar die veel lelijker zijn', zei Jamesie dan opgewekt. 'Maak je daar maar geen zorgen over.'

Na veel wikken en wegen besloten Jamesie en Mary met Kerstmis naar Dublin te gaan. De Ruttledges zouden tijdens hun afwezigheid voor het huis en de dieren zorgen. De brief die ze van Johnny kregen was doorslaggevend geweest bij hun besluit om te gaan.

Naarmate Kerstmis dichterbij kwam, werd de stemming steeds feestelijker. Uit de hagen werd hulst met dikke rode bessen geplukt om kamers mee te versieren. Netten met veelkleurige elektrische lichtjes werden over kerstbomen gedrapeerd en knipperden in portieken. Mary maakte een plumpudding en bakte een kerstcake om mee naar Dublin te nemen.

Op de zaterdagmarkt bekeek Jamesie kratten met levende kalkoenen en kocht er uiteindelijk twee, een kleine kalkoen om als kerstcadeau aan de Ruttledges te geven en een enorme vogel om mee naar Dublin te nemen. Op hun beurt kochten de Ruttledges een fles achttien jaar oude White Powers, die ze hadden gevonden in een café in Enniskillen, een overblijfsel uit de tijd dat welvarende cafés hun eigen whiskey oplegden en bottelden. De donkere whiskey had een lichte portsmaak van het vat en zag er prachtig uit in het heldere glas van de ongeëtiketteerde fles.

In de stad werd een fel verlichte kerststal opgericht voor de kerk. De winkels waren allemaal vrolijk versierd met lichtjes, hulst, slingers en engelenhaar. Van alle cafés en winkels had Jimmy Joe McKiernan als enige een driekleur uitgehangen als een uitdagend saluut aan de twee rechercheurs in het steegje aan de overkant van de straat – of aan de stad in haar geheel, die zo zelfvoldaan Kerstmis vierde terwijl er in het land nog steeds geen vrede heerste.

Op het pleintje bij de veemarkt en de ondiepe rivier zetten markthandelaren kraampjes neer rond het standbeeld van de harpspeler. 's Avonds, als de lantaarns brandden en het in de winkels druk en bedrijvig was, was het ontroerend om gezinnen van de ene etalage naar de andere te zien slenteren, de kinderen in het kielzog van hun ouders, en te zien dat ze af en toe bleven staan om vrienden en buren te begroeten en een praatje te maken.

Alle cafés hadden een verlichte kerstboom, hulst en glitterende slingers. Er werden vellen papier opgehangen naast het dartbord, waarop je lootjes kon bestellen voor de kersttombola, met prijzen als een gans en een kalkoen, manden met ham, whiskey, port en gin. De vaste klanten kregen ter ere van Kerstmis een rondje van het huis aangeboden. Bij al deze feestelijkheden rond de kerst waren er een paar winkels waar vrijwel niemand binnen was, en waarvan het personeel of de eigenaar uitkeek op een drukke straat waar de voorbijgangers allemaal elders hun inkopen deden; ook dwaalden er mensen door de stad die geen bekenden te begroeten hadden, die niet alleen wilden zijn, maar onopgemerkt bleven.

Ruttledge bracht Jamesie en Mary naar de trein die vroeg in de ochtend vertrok. Ze gingen voor de hele week rond Kerstmis naar Dublin. Hoewel hij vroeg bij hun huis was, stonden ze al te wachten, hun bagage en pakjes op de stoep, de twee honden jankend in hun kennel, de sleutel aan de buitenkant van de deur gestoken, klaar om af te sluiten, de bruine kippen opgesloten achter het kippengaas.

'Sloof je niet te veel uit', zei Jamesie en hij hief zijn hand op in een gebaar dat aangaf dat het Ruttledge vrijstond om in en om het huis te doen wat hij wilde tijdens hun afwezigheid.

Tussen alle bagage en pakjes op de stoep was slechts één middelgrote koffer die hun eigen spullen en kleding bevatte. Verder waren het cadeautjes, de geplukte kalkoen, de plumpudding, zelfs de zeldzame fles White Powers.

'Die proeven we in Dublin wel. Te goed voor ons. Niets voor ons hier met zijn tweeën.'

Sinds ze zeventien jaar geleden voor het huwelijk van hun zoon naar Dublin waren geweest, hadden ze nooit meer een nacht van huis doorgebracht. Ze hadden iets vergeestelijkts over zich, alsof ze op reis gingen als smekelingen of communicanten in plaats van naar het dieseltreintje dat hen in een paar uur naar Dublin zou brengen.

'Die arme beesten', zei Mary over de protesterende honden toen ze wegreden. 'Ze houden er niet van om opgesloten te worden. Ze weten maar al te goed dat er iets gaande is.' Toen trok ze zich in zichzelf terug, maar Jamesie benoemde elk huis dat ze passeerden, niet met zijn gebruikelijke levendige interesse, maar alsof hij een gebed opzegde, totdat het Mary begon te irriteren. 'Je zou denken dat hij op weg was naar Amerika.'

'Of naar de hemel', zei Ruttledge.

'Eerder naar de tegenhanger ervan.'

Toen de kaartjes waren gekocht, wachtten ze met de andere passagiers op het witte grind van het perron, hoewel de potkachel in de wachtkamer roodgloeiend was gestookt. In de hoek ertegenover stond een verlichte kerstboom. Er gingen niet veel mensen naar Dublin. Ze konden een kilometer ver over het spoor kijken. In een veld aan de overkant van het spoor stonden een oud paard en een paar koeien samen hooi te eten.

'Hebben jullie nog iets van Johnny gehoord?' vroeg Ruttledge terwijl ze stonden te wachten.

'We hebben een kaart gekregen', zei Mary. 'Die arme vent had er zelfs een bankbiljet bijgedaan zodat we met Kerstmis het glas op hem konden heffen.'

'Hij is naar de Connors in Birmingham', zei Jamesie. 'Hij is in een opperbeste stemming. Na de kerst gaat hij over naar zijn nieuwe woning.'

'Zou Patrick Ryan wegblijven of komt hij thuis voor Kerstmis?'

'Hij komt naar huis', antwoordde Jamesie met grote stelligheid. 'Op eerste kerstdag gaat hij naar de Harneys in Boyle. Ze komen hem met de auto ophalen. Dat is een neef van hem, maar ik heb gehoord dat ze schoon genoeg hebben van het hele gedoe. Elke kerst weer begint het goed, maar dan probeert hij het hele huis naar zijn hand te zetten. Zo is Patrick.'

'En toch komen ze hem ophalen', zei Mary scherp.

'Dat is zo. Het is maar één dag. Daar gaan ze nu niet meer mee ophouden.'

'Misschien loop ik wel naar zijn huis om te zien of hij er is en hoe het met hem gaat', zei Ruttledge.

'Als je dat doet, krijg je nog eens een prachtig huis te zien', zei Mary. Voor het eerst die ochtend moest ze lachen. 'Van alle moderne gemakken voorzien.'

Aan het eind van het perron versprong het sein, en heel in de verte kwam de mopsneus van het dieseltreintje in zicht. De jonge stationschef sloot het loket en liep over het perron naar het seinhuisje. Hij had een witte ring bij zich en lachte naar de passagiers die hij kende.

'Hij heeft ons niet eens gezien', zei Jamesie als grapje om zijn opwinding te maskeren, al zijn aandacht op de naderende trein gericht.

De trein stopte, en met een paar nerveuze woorden waren ze verdwenen.

Op kerstavond had Kate op de valreep nog een paar boodschappen te doen. Ruttledge zei dat hij wel met haar meeging naar de stad en bij de Sjah op bezoek zou gaan. Het was laat. Hij zette haar af onder de driekleur die boven het café van Jimmy Joe McKiernan wapperde en reed langzaam langs de sterren, kronen, kerstbomen, slingers en de chaotisch geparkeerde auto's in de stad. De kerststal op het bordes van de kerk was met schijnwerpers verlicht, en uit de kerkramen stroomde het licht voor de nachtmis. Voor deze avond was zijn moderne lelijkheid in elk geval verdwenen, en hij leek op een groot verlicht schip, dat zo uit het vaste hart van de stad kon wegzeilen naar al wat ons leven omringt. Boven de ingang van hotel Central hing een witte ster met daaromheen ronde gekleurde lichtjes. Toen hij bij het domein van de Sjah was gekomen, was alles ineens in duisternis gehuld, op de straatlantaarns na. De schroothandel en de grote loodsen waren dicht en er was geen lichtje of kerstversiering te bekennen. Het grote licht boven de deur van de stationswoning brandde en door de ramen van de kleine huisjes viel het schijnsel van de televisies. Toen hij kwam aanlopen bij de stationswoning, ging de deur ineens open en werd opengehouden terwijl zijn oom afscheid nam van pastoor Conroy. Toen de deur dichtging, stonden de pastoor en Ruttledge oog in oog.

'Dit is een verrassing', zei Ruttledge terwijl ze elkaar een hand gaven.

'Er is niets aan de hand', zei de pastoor. 'Ik ga met Kerstmis elk jaar bij hem op huisbezoek om hem de biecht af te nemen. Dat doen we nu al een jaar of vier, vijf.'

'Heb je hem de absolutie gegeven?'

'En de communie', antwoordde de pastoor op dezelfde luchtige toon. 'Hij is weer zo onschuldig als een pasgeboren lam.'

'Prettige kerstdagen.'

'Insgelijks.'

Toen Ruttledge aanbelde, was zijn oom zichtbaar verrast door een tweede bezoeker en hij deed de deur pas open toen hij de stem herkende.

'Je bent me er ook een dat je die arme pastoor van het platteland laat komen om jou de biecht af te nemen in plaats van naar de kerk te gaan zoals iedereen', zei Ruttledge.

'O, ben je hem tegengekomen', antwoordde hij defensief.
'Naar wat ik zo hoor, heeft hij aan jou geen goede klant.'

'De man is overwerkt door mensen zoals jij.'

'Zo kan-ie wel weer', en hij begon te schudden van het lachen.
'Het is in elk geval meer dan jij doet, en die arme man die je bij
het weggaan tegenkwam heeft net als iedereen af en toe een
stapeltje geld nodig.'

Hij genoot zichtbaar van het machtsvertoon waarmee hij de
pastoor aan huis kon laten komen voor een individuele biecht.
Hij wilde dat Ruttledge een poosje zou blijven. Hij zwaaide zijn
drankkast open, zodat er een indrukwekkend arsenaal aan flessen
tevoorschijn kwam. 'Je kunt er best eentje nemen nu het Kerstmis
is.'

Ruttledge schudde zijn hoofd. 'Kate zal op me staan wachten.
Ik kwam alleen even langs om te zeggen dat we morgen pas om
vier uur gaan eten. Maar je kunt komen wanneer je wilt. We zijn
de hele dag thuis.'

'Vind je het goed als ik die meneer daar meeneem?' Hij wees
op de bordercollie die languit voor de warme haard lag.

'Uiteraard. Hij komt met Kerstmis toch altijd mee?'

De hond stond op van de haard en keek eerst naar zijn baas
voordat hij naar Ruttledge dribbelde om zich te laten aanhalen.

'Hij weet het. Hij vergist zich niet, dat verzeker ik je. Hij weet
het', zei hij triomfantelijk.

'Ik kan nauwelijks geloven dat het eerste kerstdag is en dat we
maar met ons tweeën zijn', zei Kate 's morgens bij het opstaan.
'Toen ik klein was, kwamen al mijn ooms en tantes en hun
gezinnen bij elkaar in het huis van mijn geliefde grootvader.
Het leukste deel van eerste kerstdag was als we 's ochtends naar
de kerk reden en wisten dat er een lange ochtend voor ons lag,
met de cadeautjes onder de boom en de traditionele lunch. Neven
en nichten, personeel, een zeer geliefde Duitse herder, de katten
van mijn grootmoeder; tijdens het aperitief liepen we allemaal
door elkaar om de cadeautjes te bekijken, gevolgd door een

plechtig gebed voordat het feestmaal begon. Mij werd meestal gevraagd om "God Bless America" te zingen, en mijn grootvader kreeg de tranen in zijn ogen als hij de kleine Kate zag zingen. Daarna ging het rap bergafwaarts. Dan kwamen de oude wrevels en vijandigheden boven, nauwelijks in toom gehouden door de Edwardiaanse aanwezigheid van mijn grootvader.'

'Wat zou hij ervan denken als hij je hier op kersttochtend kon zien?'

'Hij zou het vreselijk vinden. Hij was nooit buiten Amerika geweest en vond het vulgair dat mensen naar het buitenland gingen, omdat alles wat iedereen zich maar kon wensen in het prachtigste land ter wereld te vinden was. Hij heeft het mijn moeder nooit vergeven dat ze met een Engelsman trouwde.'

'In Ierland was het prachtigste land ter wereld altijd het hiernamaals.'

'En wij hebben alleen de dag van vandaag.'

'We moesten er maar uithalen wat er in zit.' Ruttledge kuste haar licht toen ze opstonden.

Hij verzorgde zijn eigen koeien en schapen. Het werk was een genot. Alle dieren waren gezond, en zijn taken namen maar iets meer dan een uur in beslag. Toen liep hij om het meer heen naar het huis van Jamesie en nam een fles whiskey mee. De reiger vloog loom op uit het riet. De watervogels stoven her en der uit het riet en verzamelden zich in het midden van het meer. De twee zwanen waren vlak bij hun oude, hooggelegen nest in het riet aan het vissen. Het eerste klokgelui voor de mis klonk over het water, maar tussen de slagen door hoorde je geen auto's starten. Iedereen had de nachtmis bijgewoond en lag nog te slapen. Bij het huis werd hij verwelkomd door het woedende geblaf van de opgesloten honden, het verwachtingsvolle tokken van de kippen en het loeien van de oude koe. De bruine kippen werden losgelaten en gevoerd, daarna de uitgelaten honden. De koeienstal was onlangs van binnen en buiten geschilderd, en de stenen muren hadden een zachte witte tint. De twee deuren waren vuurrood geschilderd. Binnen stonden de vier koeien met een ketting aan een rail vast, hun kalveren liepen los binnen een grote houten afrastering die van rechte takken van de es uit de haag was gefabriceerd. De meeste schors was afgebladderd of weggesleten, en het hout was zo glad dat het op sommige plaatsen glansde en onder je hand koel en gepolijst aanvoelde. Onder opgewonden geblaat van de kalveren voerde hij alle koeien een maatje geplette haver uit een zak die op een verhoging stond, gaf ze water en voerde ze wat van het hooi dat hij in de zomer had binnengebracht. De balen hadden de zoete geur van hooi dat zonder regen was vergaard. Met een mestvork en een bezem maakte hij snel de stal schoon voordat hij de kalveren bij hun moeder liet drinken. Hoewel Jamesie altijd mannelijk protesteerde dat hij alleen belangstelling voor de koeien had vanwege het geld dat ze opbrachten, waren ze allemaal gedwee en aan mensen gewend. Toen het werk erop zat, en hij de kalveren weer binnen de afrastering had gebracht en de bruine kippen in hun ren en de honden in hun kennel had opgesloten, bleef hij een poosje op de weg staan terwijl in huis een klok het hele uur sloeg: het huis en alles eromheen straalde eenvoud en schoonheid uit. Toen pakte hij de fles Powers, die hij naast de bak met geraniums op de vensterbank had gezet, en liep snel naar het meer om te zien of Patrick Ryan thuis was op deze kerstochtend.

De weg, die vanaf het meer omhoog liep, was alleen nog maar te voet begaanbaar. Delen ervan waren weggeslagen door overstromingen en nooit opnieuw bestraat. Tussen twee dikke, ronde, stenen zuilen stond een roestig ijzeren hek, maar de ingang was dichtgegroeid met fuchsia en wilg. De grond vertoonde een verse schraapplek waar het hek was opengeduwd en er waren recente voetsporen. De hele weg was met gras overgroeid. Naast de deur lagen wat blikjes, flessen, plastic zakken en melkpakken op een hoopje. Zowel het huis als de schuren waren solide en hadden een ijzeren dak, maar ze hadden in geen jaren een kwastje verf of witsel gehad. Voorbij het huis lag de oude hooischuur die tijdens een storm was omgewaaid. Een verwrongen plaat ijzer hing als een moedeloze bruine vlag aan een ijzeren staander. Dit was het huis dat Patrick had betrokken nadat hij het huis waarin hij was opgegroeid had laten verkommeren.

Op het kloppen en roepen van Ruttledge werd niet gereageerd. De deur was niet op slot. Eenmaal binnen zag hij de kamer waar in vijftig jaar niets kon zijn veranderd. Er was niets veranderd sinds Ruttledge hem tien of vijftien jaar geleden voor het eerst had gezien, met het bruine dressoir, de divan, de ijzeren haak boven de open haard, het paardentuig dat tussen de religieuze prenten aan de muur hing – de glimlachende Maagd, de bloeddruppels van de doornenkroon – nu allemaal flets geworden, met vochtplekken onder het glas, het alledaagse ervan ontroerend, omdat ook die prenten in lang vervlogen tijden iemand dierbaar waren geweest. Bij het kleine raampje waren de muren ruim een meter dik. Het kale peertje dat aan het plafond hing reageerde op de lichtschakelaar. Bij de open haard lag een stapel turven en midden op de vloer een bos droge takken. Tussen de takken was een splinternieuwe rode Bushman-zaag neergegooid, en hier en daar lagen kleine hoopjes zaagsel op de grond. De tafel ging bijna schuil onder een suikerpot, gebruikte kopjes, melk, een stuk brood, een blikje sardientjes, een bord met eierdoppen, een halfvolle fles Powers, een stuk zeep, boter, een leeg pakje Silk Cut, rode appels, een pot marmelade, zout, lucifers, een bruine kan, een opengeslagen krant, een transistorradio en een wekker. In schril contrast daarmee was één hoek van de kamer opgeruimd en netjes. Er stond een strijkplank met een bout erop. Naast een geperst donker pak hingen twee perfect gestreken witte overhemden. Op een stoel stond een paar patentleren zwarte schoenen, die tot blinkens toe waren gepoetst.

Ruttledge riep nog eens en als reactie kwam er een ondefinieerbaar geluid uit de kamer boven. Toen hij de deur openduwde, zag hij in een hoek van de kamer een groot ijzeren ledikant met gehavende koperen bollen, hoog opgetast met kleding en overjassen. Het enige wat erop duidde dat er een mens onder die berg kleren lag was een neus, kaarsrecht en scherp. 'Wat wil je?' De neus voegde zich bij de rest van Patrick Ryans knappe gezicht.

'Niets.'

'Wat kom je hier dan doen?'

'Eens kijken hoe het met je gaat. Het is Kerstmis.'

'Kerstmis brengt in iedereen de idioot boven', zei hij, en met een zwaai kwam hij ineens uit bed. Op een hemd van ruwe stof na, dat tot op zijn heupen viel, was hij naakt. Het sterke lichaam had dat van een jongere man kunnen zijn. Deze aantrekkelijke, krachtig gebouwde man had zijn hele leven aan het meer gewoond, waar niets onopgemerkt bleef, en hij had nooit blijk gegeven van enige seksuele belangstelling voor iemand. 'Van die taak hoef ik me niet te kwijten', had hij bij wijze van grap eens tegen Ruttledge gezegd. 'John Quinn heeft aangeboden mijn deel op zich te nemen.'

'Vandaag of morgen moeten we die schuur van jou eens afmaken, jongen', zei hij terwijl hij een broek van de vloer raapte en aantrok.

Toen hij zijn sokken aandeed, ging beneden de wekker af. 'Wil jij die wekker uitzetten, jongen?'

De oude blauwe wekker stond te dansen op de tafel, en Ruttledge pakte hem op voor hij hem afzette. Hij zette de fles Powers die hij had meegenomen naast de halfvolle fles whiskey op de overvolle tafel en wachtte. Toen Patrick Ryan beneden kwam, had hij een oude bruine trui aan en schoenen waarvan de veters nog loshingen, en hij streek met zijn vingers door zijn dikke grijze haar. 'Neem een glas, jongen.'

'Nee, dank je, Patrick, het is me nog te vroeg.'

'Het is Kerstmis', zei hij, en toen zag hij de fles Powers staan. 'Jezus, wat is dat?'

'Een fles die ik ter ere van Kerstmis heb meegenomen.'

'Dan moet je toch een glas nemen, jongen.'

'Het is nog te vroeg.'

'Waarom zou je mij willen vergiftigen met iets wat je zelf niet wilt drinken?'

'Ik drink genoeg... soms te veel.'

'We drinken allemaal te veel, jongen. Wil jij eens kijken of je de open haard aan de gang krijgt, dan kunnen we zien of we iets van deze eerste kerstdag kunnen maken.'

Met de Bushman zaagde Ruttledge de droge takken. Met een aanmaakblokje had hij al gauw een fel vuur branden onder de zwarte ketel die aan de haak hing. Terwijl ze wachtten tot het water kookte, at Patrick Ryan rode appels en een paar sneden beboterd brood met een beker melk erbij, waar hij een scheutje whiskey in deed. 'Ben jij gelukkig, jongen?' vroeg hij.

Ruttledge had turven op het vuur gelegd en keek zwijgend in de vlammen.

'Ik ben niet ongelukkig', antwoordde hij verrast.

'Wat houdt dat in?'

'Ik ben niet in de zevende hemel. Ik ben gezond, voorlopig, heb genoeg geld en geen nijpende zorgen. Veel beter kun je het, geloof ik, niet hebben. Ben jij gelukkig?'

'Het is een puinzooi. Er zijn tijden dat ik van het ene minuut op het andere niet weet wie ik ben. Daarom heb ik dat acteren altijd zo leuk gevonden. Je bent iemand anders en je weet altijd wat je doet en waarom.'

Hij wilde geen kokend water voor koffie of thee, maar om zich mee te wassen en te scheren. Hij schoor zich met een geel plastic scheermesje voor een oude spiegel die hij van het dressoir pakte. Toen trok hij zijn geperste pak en gestreken witte overhemd aan en borstelde zijn dikke bos haar.

'Wil je geen elektrische waterkoker? Die zijn heel handig', zei Ruttledge.

'Nee, jongen. Ik ben hier niet vaak genoeg. Ik vind de haard geen probleem en hij verwarmt het huis.'

'Heb je gehoord dat Jamesie en Mary voor de kerstdagen naar Dublin zijn?'

'Ik heb het gehoord.' Patrick lachte en imiteerde Jamesies stamelende verbazing. 'Mensenmassa's, weet je… schepselen bij duizenden… allemaal verschillend… lichtjes… bussen.'

'En Johnny werd ontslagen bij Ford, maar alles is toch goed terecht gekomen. Hij wordt de huismeester van een stel appartementen.'

'Ik heb het gehoord', zei hij met ongewone grimmigheid. 'Heb jij die brief voor ze geschreven?'

'Nee', loog Ruttledge. 'We hebben erover gepraat. Het zou voor niemand goed zijn geweest als hij naar huis was gekomen. Het is geweldig hoe goed alles is afgelopen.'

'Tiptop', zei hij op scherpe toon terwijl hij Ruttledge aanstaarde, en toen strikte hij zijn roodzijden stropdas en trok het jasje van het donkere pak aan. In de foyer van een groot hotel zou hij niet uit de toon zijn gevallen. 'Hier. Neem die maar mee terug', zei hij in een poging Ruttledge de fles die hij had meegebracht mee terug te geven.

'Nee. Die blijft hier. We nemen er eentje op de kerst uit die andere fles.'

'Zo mag ik het horen, jongen.'

Er werden twee bodempjes ingeschonken en de glazen werden geheven op een prettige kerst.

'Ik ga met de kerst naar de Harneys in Boyle. Daar ga ik eerste kerstdag altijd naartoe.' Hij vertelde Ruttledge niets nieuws. 'Ik zal jouw fles voor ze meenemen. Zo gewonnen, zo geronnen. De auto kan elk moment bij de bocht van het meer komen om me op te halen.' Nu liet hij de fles samen met een klein pakje dat in kerstpapier was gewikkeld in een plastic boodschappentasje glijden en deed er toen zijn schoenen bij. Voor de wandeling over het pad met de groeven en geulen dat naar het meer liep, trok hij rubberlaarzen aan. 'Kijk, vrouw en kinderen', zei hij wijzend naar zijn kleine kudde vee, die op de heuvel in de verte beschutting zocht onder de meidoorns.

'Het lijkt goed met ze te gaan. Ze hebben alle ruimte', zei Ruttledge behoedzaam.

'Ik kom hier 's avonds vaak met degene bij wie ik aan het werk ben. Ik vraag of ze me hiernaartoe willen brengen en dan geef ik ze een baal hooi', zei hij enigszins in de verdediging gedrongen. 'Ik denk dat voor hen hetzelfde geldt als voor ons, jongen, het maakt niet zoveel uit of ze leven of doodgaan.'

Wat hebben we als we het leven niet hebben? Wat wordt liefde anders dan zorgzaamheid? dacht Ruttledge op zijn beurt, maar hij zei niets.

Bij het meer verwisselde Patrick Ryan de laarzen voor zijn zwarte schoenen en verstopte de laarzen ondersteboven in de dichte sleedoorns. Voorbij het riet, bij de bocht van het meer, stond al een auto te wachten. 'Ik ga ze vermaken in hun eigen huis', zei hij terwijl hij met het plastic tasje in zijn hand naar de gereedstaande auto liep.

De Sjah kwam die eerste kerstdag op zijn voor de zondag gebruikelijke tijd aanrijden bij de veranda, met de bordercollie op de voorbank, en om vier uur gingen ze eten. Kate legde een tafelkleed van geborduurd linnen op tafel en stak twee kaarsen aan die in zilveren kandelaars stonden. De zwarte kat met de witte pootjes zat hoog op de rug van een leunstoel en hield met een zorgelijke blik de bewegingen van de bordercollie in de gaten. De kleine gebraden kalkoen werd in de keuken gesneden en op een grote, witte ovale schaal gelegd. De maaltijd begon met preisoep. Er was een droge witte wijn en rode wijn, en tot hun verbazing vroeg de Sjah een glas zoete witte wijn. Er werd weinig gesproken. Zoals dikke mensen zich lichtvoetig over de dansvloer kunnen bewegen, zo at de Sjah met grote verfijning. Het was een even groot genoegen om hem zo te zien genieten als deel te nemen aan een levendig gesprek. Pas toen de plumpudding en de room kwamen, ontspande hij zich en leunde achterover.

'Ik hoop dat vier uur voor jou niet te laat was om te eten', zei Kate. 'Het is veel later dan je gewoonlijk in het Central eet.'

'Die vrouw en ik zijn naar de tweede mis in plaats van naar de eerste geweest en hebben in het hotel laat ontbeten. We hadden allebei gevast.'

Hij slaakte een vergenoegde zucht en toen kwam het gesprek weer op de verkoop en de overdracht van het bedrijf. De definitieve papieren waren goedgekeurd, en de verwachting was dat ze zouden klaarliggen voor ondertekening zodra de kantoren na de feestdagen weer opengingen.

'Maar zal hij het kunnen opbrengen?' vroeg hij een aantal keren.

'Hoe dan ook, jij zit goed, wat er ook gebeurt', zei Ruttledge.

'Daar kun je zeker van zijn', zei hij. Hij haalde een paar sigaren tevoorschijn en bood Kate er een aan.

'Ik zou graag willen, maar het zou zijn alsof ik nooit was gestopt.'

'Ze zijn goed. Ik heb ze van een handelsreiziger gekregen.' Hij legde twee grote sigaren op de tafel. 'Ze liggen klaar voor die andere man. Hij zal er wel raad mee weten.'

Ruttledge dronk een cognacje terwijl de Sjah zijn sigaar rookte. Daarna riep de Sjah de bordercollie, stond op en vertrok zonder een spoor van bruuskheid of opgelatenheid. Ze keken vanaf de veranda hoe de koplampen het water beschenen en toen langzaam langs de oever verdwenen.

'Hij heeft waarschijnlijk nog een ander bezoekje af te leggen. Misschien gaat hij wel naar Monica.'

'Ik had nooit kunnen vermoeden dat hij zo'n dierbare aanwezigheid zou worden.'

'Ja, zo gaat dat', zei Ruttledge terwijl hij zijn blik afwendde.

Laat op de avond werd er hard op de ruit van de veranda geklopt. Het was Bill Evans. Hij had schoenen aan en hij zag er goed uit in zijn zondagse kleren. Hij zette de zware wandelstok van sleedoorn tegen de zijkant van de schommelstoel. Hij wilde cognac. Hij sloeg het glas snel achterover en wilde er nog een. Ruttledge gaf hem drie glazen, maar schonk steeds iets minder in en weigerde hem nog meer te geven. Toen Bill Evans wegging, kreeg hij de twee sigaren. Hij wilde er een opsteken, maar aan de verkeerde kant. Kate knipte het puntje er voor hem af en stak de sigaar voor hem op. Hij keek ongeduldig toe en toen hij hem aanpakte, begon hij er verwoed aan te trekken. Ruttledge liep helemaal met hem mee naar boven voor het geval hij zou struikelen.

'Hoe voel je je nu?' vroeg hij, toen ze vlak bij het huis waren. In het donker kon hij alleen de contouren van zijn gestalte zien en de rode gloed van de sigaar.

'God, ik voel me geweldig. Het zou niet beter kunnen. Ik wens jullie een heel gelukkig kerstfeest.'

'Insgelijks.'

Het waren rustige dagen. Ze werden niet als uitzonderlijk rustig of gelukkig ervaren, maar er was een onderstroom, als een onderaardse rivier, het gevoel dat er een tijd zou komen waarin ze op deze dagen zouden terugkijken als gelukkige dagen, alles wat het leven aan voldoening en vredigheid kon schenken. 's Ochtends liepen ze samen naar de andere kant van het meer, lieten de kippen naar buiten, lieten de honden los en gaven ze eten, mestten de stal uit, voerden de koeien en lieten de kalveren drinken bij hun moeder. Elke ochtend kwam het ezeltje naar het hek naast de drenkvijver en ontblootte zijn tanden als hij hooi kreeg toegeworpen. Omdat Kate bleef om wat te schetsen, hoefden de honden niet terug in de kennel, en de bruine kippen konden pikken in de aarde binnen het kippengaas. De plek fascineerde haar, en ze maakte gebruik van hun afwezigheid om ongestoord in de buurt van het huis te kunnen werken.

Omdat de dagen zo gevuld waren, vloog de kerst voorbij. Om de vochtigheid te verdrijven en ervoor te zorgen dat het huis warm zou zijn als ze terugkwamen, stookten ze 's avonds de vergeelde Stanley van Jamesie en Mary op. Ook wonden ze de klokken op. Er waren geen twee klokken bij die hetzelfde waren of dezelfde tijd aanwezen, maar ze liepen allemaal. Ze hadden stuk voor stuk hun eigen karakter en charme.

Er kwamen een paar mensen op bezoek. De Ruttledges brachten een avond bij Monica en haar kinderen door. De Sjah was op eerste kerstdag nog laat bij haar op bezoek gekomen en had veel cadeautjes meegebracht.

Er waren dagen dat Bill Evans twee keer langskwam. Toen er geen cognac meer werd aangeboden, stelde hij zich zonder morren ook tevreden met thee, cake en sigaretten. Het busje naar het dagcentrum kwam niet in de week rond kerst. Hij maakte zich er zorgen over dat de ritjes na de kerst niet zouden worden hervat; wat hij had gekregen, kon hem op even mysterieuze wijze als het tot hem was gekomen weer ontnomen worden.

'Volgende week is het weer een gewone donderdag', voorspelde hij toen de donderdag van Kerstmis voorbij was. 'Dan komt het busje weer.' Er sprak bezorgdheid uit zijn woorden.

'Dan is Jamesie ook terug uit Dublin.'

'Tjonge, ja. Hij zal wel veel te vertellen hebben', zei hij zonder een greintje interesse.

Jamesie en Mary keerden met de vroege middagtrein uit Dublin terug. Op weg naar het station zette Ruttledge Kate af bij hun hek. Ze zou het huis warm stoken en bloemen neerzetten, een bos rode en gele chrysanten.

In de wachtkamer van het station hing nog steeds kerstversiering. In het late avondlicht glommen er regendruppels van een recente regenbui op de groene stalen brug die de sporen overspande. De rails waren nat. Aan de overkant van het spoor zochten de paar koeien en het ene paard ver in de wei beschutting onder een dichte haag van meidoorn.

Zodra het treintje binnenreed, zag hij Jamesies hoofd voor het raam van een van de portieren, terwijl zijn grote hand onhandig naar de hendel aan de buitenkant graaide. Daarna zag hij Mary's gezicht, glimlachend boven de schouder van haar man. Toen de deur openging en ze op het grind stapten, zwaaide Jamesie zijn koffer buiten het bereik van Ruttledges hand, die hem had willen overnemen.

'Nee, er zit niets in. Hij is zo licht als een veertje.'

Mary gaf Ruttledge een hartelijke zoen, maar Jamesie had er amper erg in dat hij een hand kreeg. Ze maakten allebei een uitgeputte indruk en liepen zonder een woord te zeggen naar de auto.

'Hoe was het met iedereen in Dublin?'

'Uitstekend. Het kon niet beter. Ze vroegen allemaal naar jou en Kate.'

'Dat is aardig. Jullie hebben vast geweldige kerstdagen gehad.'

Er viel een onzekere stilte, totdat Mary geringschattend, met zorgvuldige achteloosheid zei: 'Het ging wel. Ze zijn voorbijgegaan, net als alles.'

'Het was fantastisch', riep Jamesie uit. 'Er was helemaal nergens iets op aan te merken.'

'Het was een groot gezelschap op eerste kerstdag', zei Mary. 'Haar vader en moeder waren er ook.'

'Met die oude vader viel niet te spotten', zei Jamesie. 'Hij was een gepensioneerde oude bankdirecteur, een erg slimme kerel, en je zou er versteld van staan hoeveel hij kon drinken.'

'Het is niet moeilijk te raden waar jouw belangstelling naar uitging', zei Mary.

Door de kleine juichkreet waarmee die opmerking werd ontvangen leek Jamesie weer op zijn oude zelf. Al zijn aandacht ging uit naar de huizen, de velden en de kruispunten die ze passeerden. Hij noemde dit keer niet de bijbehorende namen op. Toen ze door de stad reden, vroeg hij niet of ze even naar Luke of een ander café konden gaan. Bij stukjes en beetje kwam het verhaal over hun Kerstmis in Dublin eruit. Mary had al haar tijd binnenshuis doorgebracht en was alleen met Lucy en de kinderen inkopen wezen doen in de kerstuitverkoop. De kleinkinderen waren het leukste geweest. Jamesie had Jims baas ontmoet en mensen met wie hij werkte in de stad.

'Het waren hoge pieten net als Jim... belangrijk... intelligent... in elk geval geen sufkoppen. De slimmeriken zijn altijd heel gewoon. Niet veel ophef of vertoon. Ik kon met iedereen praten.'

'Jim zei dat hij een groot succes was. Je kunt overal met hem aankomen', zei Mary met trots. 'Hij is altijd al goed geweest in leugenpraatjes rondstrooien.'

'Ik hoefde niets anders te doen dan mezelf te zijn', zei hij. 'Dat geldt toch voor ons allemaal?'

'Je hebt de dingen hier en daar vast wel wat opgesmukt of mooier voorgesteld.'

'Ze waren weg van Mary', zei Jamesie terwijl hij zijn grote hand opstak. 'De kinderen aanbaden de grond waarop ze liep.'

'Ik kon goed met ze opschieten. Ik kon er, geloof ik, wel mee door. Maar het was te lang', zei ze alsof ze de lof teniet wilde doen, en ze liet erop volgen: 'Geen huis is groot genoeg voor twee vrouwen. En die man van me stond ook te trappelen om weer weg te gaan. Weet je wat hij zei toen hij zag dat de trein Longford binnenreed? "Als dit kloteding het nu begeeft, kunnen we van hieraf tenminste lopend thuiskomen."'

'Het ging best', zei Jamesie met een gemaakte stem, die hij opzette als hij erg onder de indruk was van zijn eigen woorden. 'Jim deed zijn uiterste best om ons een leuke tijd te bezorgen, zo leuk als een oud stel het maar kan hebben. Maar het duurt niet lang of je hebt het allemaal wel gezien in de stad. Er zijn te veel mensen. Na een poosje komen ze als in een waas voorbij. Als we ooit nog eens gaan, dan voor niet langer dan een dag of twee.'

Het licht was tot schemering vervaagd. Door de schaduwen was het moeilijk rijden, maar toen het meer in zicht kwam, was er voldoende licht om het heldere wit van de zwanen te zien die voorbij het riet zwommen, maar niet de andere watervogels. De grote kale bomen aan de overkant tekenden zich duidelijk af toen de koplampen zwak op de weg schenen. Er werd geen woord gezegd, zelfs niet toen de auto afsloeg van het meer en aan de klim naar het huis begon. Zodra ze kwamen aanrijden, zagen ze voor het verlichte vierkant van het raam de nek van een vrouw die zich vooroverboog, en toen de vrouw de auto hoorde, keek ze meteen naar buiten.

'Kate is er!'

Er werd geroepen en gekust, handen gegeven en gelachen. 'Welkom thuis!'

'Het is heerlijk om thuis te zijn. We hebben je gemist, Kate.'

Jamesie wilde dat ze meteen een whiskey zouden nemen, maar Ruttledge stond erop dat hij eerst een blik op de dieren zou werpen. Even nam hij ze aandachtig op. Ze herkenden hem allemaal en de oude koe liet dat met geloei blijken. Toen knipte hij het licht uit.

'Ze zijn het veel te goed gewend. Straks willen ze nog op hun wenken bediend worden. Ze zouden een stuk opknappen als ze eens iets moesten ontberen.'

De honden waren binnen bij Kate toen de auto stilhield voor het huis, en Mary had zich nauwelijks kunnen verroeren door hun uitgelaten verwelkoming. 'Die arme beesten. Die arme beesten', zei ze telkens weer. 'Hoe is het toch met jullie? Ze hebben ons ook gemist', zei ze lachend.

Nu zat iedereen. Kate had het vuur goed opgestookt. Ze dronken een warme whiskey met kruidnagel, citroen en suiker. Ze vertelden nu rustiger over Dublin en de kinderen, de ouders en hun logeerpartij. De cadeautjes die ze hadden gekregen werden tevoorschijn gehaald en uitgestald: een hoofddoek van blauwe zijde met een afbeelding van een middeleeuwse kerk erop, een doosje handgemaakte, geurige zeepjes – 'Misschien vinden ze wel dat ik me niet genoeg was' – en voor Jamesie een dikke wollen trui en een fles Black Bush. Ze stonden de cadeaus te bekijken alsof ze de belichaming van alle hartelijkheid en vrijgevigheid waren.

'De arme kindertjes hadden zelfs gespaard', zei Mary.

'Ze zijn zo lief… zo lief… zo lief, echte toppers', zei Jamesie terwijl hij zijn jasje uittrok om de trui aan te trekken. Er was overreding nodig voordat Mary de hoofddoek omdeed.

'Je zult heel wat tongen in beroering brengen als je naar de mis gaat en met die hoofddoek om naar de voorste bank loopt', zei Jamesie.

Inmiddels voelden ze zich weer helemaal thuis, maar ze waren zo zichtbaar vermoeid dat de Ruttledges opstonden om weg te gaan, in weerwil van hun protest dat het nog veel te vroeg op de avond was om zelfs maar te overwegen om weg te gaan.

Een paar dagen na de kerst was Ruttledge er op het notaris-kantoor getuige van dat het bedrijf van de Sjah overging in de handen van Frank Dolan.

Het kantoor was midden in de stad gevestigd in een eenvoudig Victoriaans huis. In de wachtkamer hingen aan de wand naast de diploma's sepiakleurige foto's van de hoofdstraat die vele jaren geleden waren gemaakt, toen paard en rijwiel nog het vervoermiddel waren. 'Wat een veranderingen', zei de Sjah onaangedaan.

'Niets dan veranderingen', beaamde Ruttledge, maar Frank Dolan zei helemaal niets.

Er wachtten geen andere mensen, en na een paar minuten bracht een meisje hen via een smalle trap naar boven en liet hen binnen in een kantoor. De notaris stond op vanachter een zwaar mahoniehouten bureau om de Sjah hartelijk te verwelkomen en vervolgens de andere twee mannen een hand te geven. Met een handgebaar nodigde hij hen uit om plaats te nemen in de leren leunstoelen. Hij droeg een goed gesneden pak en zijn grijze haar had een scheiding in het midden. De overeenkomst werd voorgelezen en goed bevonden. Frank Dolan overhandigde hem zijn cheque en kreeg een ontvangstbewijs. Alle papieren werden geparafeerd en ondertekend. Afgezien van de vriendelijkheid en charme van de notaris, die het louter professionele oversteeg, was het enige ongebruikelijke dat de twee personen om wie het draaide al die tijd geen woord tegen elkaar zeiden. Buiten op straat zeiden ze nog steeds niets. Ruttledge gaf Frank Dolan een hand en wenste hem alle geluk van de wereld.

'Bedankt. Bedankt voor alle moeite. Bedankt voor alles', zei Frank Dolan op geëmotioneerde toon.

'Het was geen moeite. Het was niets.'

De Sjah stond als een blok op het trottoir, zonder een woord te zeggen en zonder zich te verroeren, even ondoorgrondelijk als een boeddhabeeld.

'Bedankt', zei Frank nog eens, en zonder op of om te kijken liep hij naar zijn oude auto. Hij liep langzaam en onbestudeerd, alsof het ondenkbaar was dat hij die dag acht zou slaan op de aanwezigheid van de Sjah, en zijn eigen afgescheidenheid was even indrukwekkend als die van de Sjah. De auto stond al in de juiste rijrichting en hij zwaaide niet en keek links noch rechts toen hij naar de schroothandel en de oude spoorwegloodsen reed, die nu allemaal zijn eigendom waren.

'Of hij het nou gaat redden of niet, ik betwijfel of zijn uiterlijk ooit bij zijn rol zal gaan passen', zei de Sjah toen hij de oude Toyota zag wegrijden.

'Jullie tweeën zullen elkaar wel nooit de oren van het hoofd praten', merkte Ruttledge op.

'Ach, waar zou je moeten beginnen', zei de Sjah. 'Dan kun je je hele levensverhaal wel gaan vertellen.'

De weken na Kerstmis waren zacht en regenachtig. Toen kwamen de stormen, waardoor er takken afbraken, kleine boompjes in de hagen ontworteld raakten en de weg om het meer onder het schuim kwam te staan. Tussen de stormen door hadden ze een paar prachtige dagen met vrieskou, waarin het licht droog en helder was en geluiden ver droegen. Langs de oever glinsterde een dun laagje ijs dat tinkelde en klingelde als het water in beweging kwam.

Door weer en wind toog Bill Evans elke dag naar het meer. Jamesie telde de zesentwintig keer dat hij de emmers moest neerzetten om uit te rusten tijdens de steile klim tussen het meer en de top van de heuvel, en hij imiteerde de zijwaartse, krabachtige manier van lopen en de manier waarop hij in zijn handen blies en ze in zijn lange zwarte mouwen stak en ze tegen zijn borst wrong.

Ze hadden Bill Evans nog nooit in een beter humeur gezien. Als hij met zijn reusachtige laarzen aan en de glimmende zuidwester vastgeknoopt onder zijn kin zat te roken, eten en theedrinken, vertelde hij vaak op neerbuigende toon over het busje, Michael Pat, de chauffeur, en over iedereen die met het busje meeging en hoe ze vrijwel ieder normaal mens aan het lachen zouden maken. Hij leefde niet meer van het ene moment naar het andere, van klap tot klap, van genoegen naar genoegen: hij beleefde die busritjes op donderdag nu ook in gedachten. Het zaad van rampspoed was gezaaid.

Op een donderdag in februari, toen het stroomde van de regen, stond hij met de twee emmers voor de veranda in plaats van die, zoals gebruikelijk, in de fuchsiastruiken bij het hek achter te laten. Als de deur van de veranda niet zo smal was geweest, zou hij ze mee naar binnen hebben genomen.

'Je mag ze best mee naar binnen nemen, Bill, maar het kan geen kwaad als je ze in de regen buiten laat staan.' Kate zag meteen dat er iets ernstigs aan de hand was.

'Ik mocht niet', riep hij uit, zodra hij de veranda binnenstapte.

'Wat mocht je niet?'

'Ik mocht niet met het busje mee.'

'Waarom niet?' Ze had hem nog nooit overstuur gezien of zo zien huilen, met zachte, verstikte uithalen als van een kind.

'Ik mocht niet', zei hij nog eens, terwijl de tranen over zijn gezicht gleden en in de diepe rimpels bleven hangen.

Ze zette thee en legde ook koekjes en vruchtencake op het bord met beboterde sneden brood met jam. Hij dronk zijn thee, maar kon geen hap door zijn keel krijgen. 'Iets of iemand moet je hebben tegengehouden, of is het busje niet gekomen?' vroeg ze.

'Ik mocht niet van ze', gaf hij schoorvoetend toe.

'Waarom niet?'

'Ik mocht niet van ze', riep hij uit. Hij stond op. 'Heeft hij sigaretten achtergelaten?'

Ze gaf hem zijn sigarettenrantsoen uit een beker op een plank boven het fornuis en liep met hem mee naar de deur. Bij de veranda zag ze hem de twee emmers optillen en er in de hevige regen mee naar het open hek lopen en langs de fuchsia's naar het meer gaan.

'We moeten er iets aan doen. Je moet naar ze toe gaan en ze het hoofd bieden', zei Kate toen Ruttledge terugkwam.

Er verscheen een kille, taxerende blik op zijn gezicht, een gezicht dat ze gewoonlijk prettig vond, maar dat haar nu een onbehaaglijk gevoel gaf. 'Waarom?' vroeg hij.

'Je weet best dat het niets zou uithalen als ík ging.'

'We kunnen geen van beiden iets uitrichten. We zouden het alleen maar erger maken.'

'We moeten er iets aan doen. Het betekende zoveel voor hem. Het was alsof er iemand voor me stond die alles had verloren.'

'De enige die in dit geval invloed heeft is de pastoor.'

'Waarom ga je dan niet naar hem toe? Jullie konden het samen goed vinden.'

'Ik zal vanavond naar hem toe gaan.'

De kerk was in duisternis gehuld, maar er brandde licht boven de deur van de pastorie. Het was een vreemde plek voor de bouw van een kerk en een pastorie, ver van enige menselijke bewoning. Zijn natuurlijke plek zou bij de cafés, het postkantoor, de school en het oude klooster in Shruhaun zijn geweest. De sfeer van nacht en afzondering werd versterkt door het geruis van bomen die wuifden in het donker en de gestaag vallende regen. Ruttledge liep door het hekje naast de sacristie de tuin in en belde aan. Het licht in de hal ging meteen aan. De pastoor leek blij hem te zien en nodigde hem uit om binnen te komen. Hij had een dikke, zwarte trui aan en een overhemd met open kraag. Verspreid over de grote ovale tafel in de zitkamer lagen kranten, rekeningen, brieven en een paar boeken. In de haard brandde een fel kolenvuur. De rest van het meubilair was oud, donker en comfortabel en moest al heel wat weinig eisende meesters hebben gediend.

'We hebben elkaar niet meer gezien sinds de avond voor Kerstmis', zei Ruttledge.

'Als iedereen me zo goed betaalde als die man, zou ik alleen nog maar op huisbezoek gaan. Wil je thee of iets sterkers?'

Ruttledge wilde thee. De kopjes en theezakjes stonden op een zilveren dienblad op een donker, mahoniehouten dressoir waar ook een elektrische waterkoker stond. De pastoor zette thee en bood koekjes aan, maar hij dronk zelf alleen warm water.

'Ik zal vertellen waarvoor ik ben gekomen', zei Ruttledge. 'Je kent Bill Evans?'

'Ik ken al mijn parochianen', antwoordde hij.

'Al een poos komt er elke donderdag een busje naar het huis waarmee hij naar het dagcentrum gaat.'

'Dat weet ik.'

'Het is zijn enige grote genoegen. Hij kijkt de hele week uit naar donderdag. Nu mag hij niet meer. Ik kwam eens horen of jij hem weer in het busje kunt krijgen.'

'Van wie mocht hij niet?'

'Hij mocht niet van hen, voorzover ik heb begrepen.'

'Waarom doen ze dat nou? Het kost ze niets.'

'Ik geloof dat ik het niet eens wil weten. Misschien missen ze hem voor het water halen, voor allerlei klusjes die hij om het huis doet. Misschien misgunnen ze hem zelfs het plezier dat hij aan die donderdagen beleeft.'

Toen Ruttledge was uitgesproken, bleef de pastoor hem aankijken. Toen draaide hij zich om, pakte een tang en legde wat kolen op het vuur. 'Zij weten het nog niet – en híj weet het uiteraard ook niet – maar zijn dagen bij het meer zijn geteld', zei hij. 'Ze zijn in de stad al begonnen met de bouw van een project met kleine woningen voor bejaarden, voor mensen die zichzelf nog kunnen redden, maar wat hulp nodig hebben. Allemaal met geld van de overheid. Ik zit in het bestuur, en onze vriend staat bovenaan de lijst voor een woning. We gaan het project *Trathnona* noemen. Wat vind je van die naam?'

'De levensavond', vertaalde Ruttledge voor zijn eigen oren. 'In het Engels klinkt het om een of andere reden niet zo erg. Volgende halte: nacht. Ik vind het eigenlijk heel vreselijk.'

'Ik dacht al dat je dat zou zeggen', zei de pastoor lachend. 'Wat mij betreft zouden ze het Bundoran mogen noemen, als het maar in de behoefte voorziet en er mensen komen wonen die er recht op hebben. Er zitten vrij veel Fenians in het bestuur, en zij vonden die naam zowel vaderlandslievend als toepasselijk.'

'Het maakt vast niet uit. Niet veel mensen zullen weten wat *Trathnona* betekent. Op den duur wordt het gewoon zomaar een naam.'

'Mij kan het niet schelen. Bill Evans en twee andere gestichtsjongens staan op de lijst. Als het complex klaar is, krijgt hij een van de woningen.'

'Daar zal hij in de zevende hemel mee zijn', zei Ruttledge.

Het gesprek ging vervolgens over het vee dat de beide mannen hadden, over de veeprijs en de dieren die ze in maart op Monaghandag naar de veemarkt wilden brengen. De naam van John

Quinn viel. De pastoor glimlachte, maar hield zijn oordeel voor zich. 'Hij troost zichzelf met een stel dames. Op zondag neemt hij ze mee naar de mis en gaat voorin zitten, en soms neemt hij ze mee naar de lege kerk om kaarsjes op te steken bij het altaar van Onze Lieve Vrouw. Van een afstand is het een heel ontroerend en romantisch ceremonieel. Als ik er ben, komt hij ze altijd aan me voorstellen.'

Daarna kwam het gesprek verrassend genoeg op het geloof van de pastoor. Hij sprak met warmte over zijn moeder en over zijn vader, die boer en een kleine veehandelaar was geweest. 'Zij geloofden en hebben mij op de wereld gezet. Wat goed genoeg was voor hen, is ook goed genoeg voor mij. Dat is alle reden die ik nodig heb. Toen mijn vader stervende was, zei hij dat hij het leven zonder aarzelen weer helemaal zou overdoen als hem de kans werd geboden. Ik betwijfel of ik zo ver zou gaan. Een keer is meer dan genoeg.'

'Het zou verkeerd zijn om te zeggen dat ik je benijd', zei Ruttledge.

'Leven en laten leven zeg ik altijd maar', zei de oude pastoor. 'De man in Longford zal het zo nooit bekijken. Die Noorderlingen willen iedereen met geweld tot hun eigen overtuiging brengen.'

'Hier in het Zuiden hebben we ook geen gebrek aan dat soort mensen', zei Ruttledge.

De avond was omgevlogen.

'Ik rij morgen jullie kant op om te zien wat ik kan doen, maar ik kom niet langs. Dan ligt het er wat al te dik bovenop. Ik kom later wel als ik iets te melden heb.'

'Heb je zin om dan bij ons te komen eten?'

'Nee', zei hij vastberaden. 'Ik kom alleen even langs om te vertellen wat er gebeurd is.'

De volgende dag zagen ze zijn auto langs het hek de heuvel op rijden naar het huis. Hij was een slechte chauffeur en reed zachtjes, zijn blik strak op de weg gericht. Ze dachten dat hij een hele tijd in het huis moest hebben doorgebracht, want ze hoorden zijn auto niet meer terugrijden naar het meer. De volgende dag was Bill Evans zo radeloos als wat. Hij had de pastoor op bezoek zien komen, maar kon zich niet voorstellen dat het bezoek iets met hem te maken kon hebben. Een paar dagen later kwam de pastoor hun vertellen dat de zaak geregeld was, maar hij wilde niet blijven omdat hij op ziekenbezoek moest, en de volgende donderdagochtend zat Bill Evans weer in het busje, naast Michael Pat op de voorbank. Toen hij de volgende dag op weg naar het meer even langskwam, vertelde hij wat een hulp hij was voor Michael Pat en praatte alsof hij nooit een dag had overgeslagen.

Monaghandag was de grootste veemarkt van het jaar en viel op de laatste donderdag in februari. Inmiddels was de markt zo groot geworden dat hij zich ook uitstrekte over de vrijdag en zaterdag, en er waren jaren, zoals dit jaar, dat de markt doorging tot in maart. Alle grote kopers en handelaren kwamen naar Monaghandag. Vanwege het grote aantal handelaren was de prijs die je er kreeg meestal hoger dan op enig ander tijdstip van het jaar. Wat betreft Monaghandag beweerden sommigen tijdens het borrel-uurtje in de cafés dat de naam stamde uit de tijd dat er aan het eind van de winter kopers uit Monaghan kwamen, die jongvee kochten om per schip naar Schotland te vervoeren. Anderen beweerden dat de naam veel verder terugging, naar de tijd van de partijtwisten, toen een beruchte familie van vechtersbazen, die Monaghan heette, met hun met lood verzwaarde wandelstokken heer en meester waren geweest over de vroege voorjaarsmarkt. Die gevechten trokken grote drommen mensen. Op een keer moesten de vechtersbazen op Monaghandag de stad uit gesmokkeld worden, verborgen onder schoven haver, toen een man uit het stadje was omgekomen tijdens een gevecht. Een paar anderen zeiden dat beide Monaghans er niets mee te maken hadden, behalve dan voor warhoofden en romantici die geen verstand van zaken hadden en niets van godsdienst wisten: het was niet Monaghandag, maar Manachandag, naar Sint-Manachan, die de oude abdij had gesticht en wiens feestdag op de vijfentwintigste februari valt. De meeste anderen zwoeren dat het wat hen betrof de markt van Timboektoe had mogen zijn, zolang er maar veel kopers kwamen en de prijzen hoog waren.

Jamesie was buitensporig trots op de paar stuks jongvee die hij had, en voor Monaghandag werden ze met de emmer bijgevoerd, geroskamd en gepoetst. Patrick Ryan had twee jonge kalveren die nog steeds bij hun moeder liepen, en op een ochtend kwam hij met Jamesie naar het huis van Ruttledge. De drie mannen zonderden Patricks kalveren af – ze waren op zijn minst een jaar oud – en brachten ze in de aanhanger van Ruttledge over naar Jamesie. Ze waren wild, niet aan mensen gewend en werden met de grootste moeite op stal gezet.

'Renpaarden', zei Jamesie lachend. Patrick Ryan bleef al die tijd onverstoorbaar, maakte grapjes en was in een opperbest humeur. Hij was van plan om op Monaghandag in de stad te zijn. Hij logeerde bij een rijke familie in Carrick, waar hij badkamers installeerde in huizen die waren gekocht om te verhuren, en zij zouden hem die dag naar de veemarkt rijden.

Mary was heel blij Patrick weer eens te zien, en door de warmte van haar genegenheid zag je hem opbloeien. Ze dronken met hun allen een whiskey, bij het tikken en het onregelmatige slaan van de klokken, en ze spraken met Patrick af dat ze hem tegen twaalf uur bij de grootste keurring zouden treffen, voordat het bieden begon. Daarna ging Ruttledge weg. Ze hadden onder elkaar genoeg te bespreken en het gesprek zou makkelijker vlotten als hij er niet bij was.

De avond voor Monaghandag laadden Jamesie en Ruttledge het vee in de aanhanger en reden naar de markt. Het terrein om de veemarkt was betrekkelijk leeg, en de aanhanger kon gemakkelijk achteruit door het hek naar binnen worden gereden. Ze maakten de rit drie keer. Omdat het vee van Patrick zo wild was, moesten ze een extra rit maken.

'Echt een hopeloze man', zei Jamesie vergenoegd, terwijl hij zich verlustigde aan het zachte glanzende vel van zijn eigen vee naast de ruige beesten van Patrick. 'Een man zo slim, zo slim als hij, heeft hier nog nooit rondgelopen, maar hij bekommert zich nergens om, helemaal nergens om.'

'Denk je dat hij morgen komt opdagen?'

'Maak je maar geen zorgen. Hij komt beslist. Al die opwinding en dat vertoon en een massa vreemden, dat zou onze Patrick voor geen goud willen missen.'

Het grote, braakliggende terrein om de markt lag er verlaten bij, op een paar auto's en tractors na die al vroeg vee kwamen brengen. Er glommen bontgekleurde plastic zakken, die waren blijven hangen in de knoestige rij meidoorns op een hoge aarden wal die het terrein begrensde. De sterke booglampen waren aan en er waren mannen bezig met het testen en oliën van hekken en het uitspreiden van balen stro. In een met een kale gloeilamp verlicht kantoortje met een laag plafond noteerde een vrouw hun naam en adres en gaf hun witte papieren rondjes met hun nummer erop. Daarna dreven ze het vee uit de aanvoerkraal smalle hokken in. Op een betonnen looppad boven de hokken vergeleek een medewerker in een blauwe stofjas de oormerken met de veekaarten, en met een lik lijm uit een grote pot plakte hij de witte, genummerde rondjes op hun rug.

'Succes morgen', zei hij, terwijl hij hun groene kaarten met een elastiekje bij elkaar bond en ze bij andere kaarten in een grote kartonnen doos zette. Ze scheidden de stieren van de vaarzen en brachten ze over naar hokken naast de keurring en lieten daar voor de nacht wat water en hooi voor ze achter.

'Die zullen de velden om het meer nooit meer terugzien', zei Jamesie nog maar eens.

Op de vrijwel verlaten veemarkt zagen de kleine, vroege kuddes er verloren uit onder het felle licht van de booglampen aan het lange buizenframe, en ze loeiden allemaal klaaglijk, hun adem zichtbaar in de koude lucht.

Jamesie wilde niet naar Luke of een ander café om iets te drinken. Hij was te gespannen, maar zou dat nooit willen toegeven. Morgen zouden al zijn trots en zorg voor de dieren tot uitdrukking komen in de prijs die ze zouden opbrengen. Toen ze bij het meer kwamen, wilde hij bij zijn hek per se uitstappen om in zijn eentje in het donker helemaal naar huis te lopen. 'Alsof ik dat al niet duizenden keren heb gedaan.'

De volgende ochtend stond hij bij de bocht van het meer te wachten. Aan de rand van de stad stonden al zoveel vrachtwagens, auto's en tractors langs de kant van de weg geparkeerd dat ze besloten de auto neer te zetten en verder te gaan lopen. Het was alsof er een grote show of een circus naar de stad was gekomen, alleen wapperden er geen andere vlaggen dan die ene driekleur bij het café van Jimmy Joe McKiernan. Bij de toegangshekken van de veemarkt werd er geclaxonneerd, en mannen stapten schreeuwend en vloekend uit hun vrachtwagen terwijl ze wachtten om erin of eruit te gaan. Elke vierkante meter van het braakliggende terrein om de markt stond vol.

De markthandelaren hadden hun kramen al opgezet. Onder een opbollende, flapperende, zeildoeken tent lagen op een lange schragentafel kettingzagen uitgestald. Vanuit de open laadbak van een bestelwagen verkocht een man diergeneesmiddelen, spuitbussen, drankjes en grote blikken ontsmettingsmiddel, caustische staven om hoorns weg te branden en messen met een benen heft en een gekromd lemmet voor het bijsnijden van de hoeven. Van een overdekte vrachtwagen was het zeildoek aan de zijkant opgerold. Daar werden vetspuiten, blikken olie, koppelstukken voor tractors, kettingen, katrollen en trossen blauw touw verkocht. Daar vlakbij stond een vrachtwagen waar je rubberlaarzen, werklaarzen, regenkleding en overalls kon kopen. Ergens anders stonden tegen de zijkant van een bestelwagen schoppen, spaden, hooivorken, heggenscharen, bijlen en pikhouwelen uitgestald. In vaten stonden allerlei stelen voor gereedschap. Elke kraam trok zijn eigen kleine drom mensen.

Hun vee stond veilig in de hokken, maar nu ingepakt tussen ander vee, zodat ze geen plek hadden om zich te bewegen of te gaan liggen. Alle andere hokken stonden al even vol, en onder de stalen steunbalken, de lampen en de sputterende luidsprekers was het als één ademende zee van dieren. Met een mensenmenigte achter zich aan trok er een groepje juryleden langs de hokken die waren voorbehouden aan het vee dat meedong naar een prijs voor de verschillende rassen. Ze bleven even staan om onder elkaar te discussiëren en soms nog een keer te kijken voordat ze onder plotseling luid oplaaiend applaus van de menigte rode, blauwe en gele rozetten toekenden. Daarna liepen ze snel door naar het volgende hok, waar het proces zich herhaalde. De namen van de winnaars in elke categorie en de algemene winnaar, de kampioen van Monaghandag, werden onder nog meer applaus omgeroepen via de krakende, weergalmende luidsprekers, gevolgd door een waarschuwing dat de veiling zo ging beginnen. Toen de luid-sprekers zwegen, hoorde je weer het loeien, brullen en schreeu-wen, het wegglijden van de hoeven en het gekletter van hekken.

Jamesie liep de beide hokken in om het uiterlijk van zijn dieren snel wat te verzorgen en op te frissen, maar volgens Ruttledge had die verzorging weinig zin meer. In gedachten had hij al afscheid genomen van het vee. De handelaren liepen tussen de hokken door. Je pikte ze er zo uit, omdat ze een hoed, stropdas en een pak droegen met daaroverheen een stofjas met grote vierkante zak-ken, en ze hadden rode veehouderslaarzen aan die hoog waren dichtgestrikt. Sommigen hadden een bamboestok bij zich, als van een tamboer-majoor. Het was een goed teken als ze bleven stil-staan bij een hok, nog beter als ze in het vee porden of de dieren betastten, en het beste als ze hun nummers noteerden.

Jamesie en Ruttledge hadden pas met Patrick Ryan afgespro-ken vlak voordat de veiling begon en gingen naar het restaurant om een beker thee te drinken aan het buffet. Sommige mannen, die van ver waren gekomen, zaten al aan de warme maaltijd of aten een grote sandwich aan de formica tafeltjes die op de ruwe betonnen vloer stonden. In de keuken achter het buffet waren vrouwen, die hun haar onder een roze plastic muts hadden ge-stopt, druk in de weer met het bereiden van de honderden maaltijden die ze tot laat in de avond zouden serveren. Terwijl ze bij het buffet stonden, werd er door de knetterende luidsprekers nog een keer omgeroepen dat de veiling zo zou beginnen, maar pas toen ze het onmiskenbare geluid van het daadwerkelijke bieden hoorden, gingen ze naar de keurring. Patrick stond er al. In zijn donkere pak en witte overhemd met stropdas leek hij meer op een van de veehandelaren dan op de boeren die zich om de ring hadden verzameld.

'Patrick. Je ziet er geweldig uit.' Jamesie stak hem zijn reusachtige hand toe.

'Jullie tweeën zijn als door de hemel gezonden', zei hij volkomen onverstoorbaar te midden van het gewoel en gedrang van de samengepakte menigte om de ring. 'Als je vandaag je goede manieren niet had thuisgelaten, zou je onder de voet gelopen worden.'

'Ach, zo goed gemanierd waren we toch al niet', zei Jamesie opgetogen.

'Hebben jullie mijn arme stiertjes naar binnen gekregen of hebben ze de benen genomen?'

'Ze kunnen elk moment onder de hamer komen. Ze zagen er zo goed uit dat we ze bijna hadden laten meedingen naar een prijs', zei Jamesie.

'Wil je ze zien, Patrick?' vroeg Ruttledge. 'Ze staan hier vlakbij.'

'Ik zie ze gauw genoeg', zei hij, gemoedelijk lachend.

Aanvankelijk verliep het bieden traag. Het vee kwam de ring binnen via een weeghok, en de wijzers van de weegschaal draaiden wild in het rond over de witte wijzerplaat voordat ze tot stilstand kwamen op het aantal kilo's dat het dier woog. De assistent van de veilingmeester noteerde dan met krijt het nummer en het gewicht van het dier op een schoolbord en draaide dat om zodat de ring het kon zien. Van de eerste zes runderen die de ring binnenkwamen werd er niet één verkocht. De veilingmeester had veel van een acteur weg; hij maakte grapjes met de veehandelaren en wisselde beledigingen met ze uit, tot vermaak van het publiek dat dicht opeen op de hekken zat en op de tribune boven de ring.

'Dit is verdomme een nachtmerrie', riep hij omlaag.

Onder nog meer gelach en gejoel rolde hij vervolgens zijn mouwen op alsof hij wilde vechten. 'We kunnen net zo goed allemaal naar huis en ons bed induiken', riep hij, en zijn kreten en het gejoel en gelach dat daarop losbarstte kwam krakend en sputterend uit de luidsprekers.

'Dan kun je een wip maken met een lekkere jonge meid', werd er teruggeroepen en met bulderend gejuich ontvangen, terwijl de veilingmeester deed alsof hij geschokt was, waarna er nog harder werd gejuicht. 'Dat soort dingen doen we nooit in dit deel van het land', riep hij gevat terug, wat met wild gejoel, gejuich en gefluit werd ontvangen.

Ineens viel er een dramatische stilte. De grote veehandelaren namen hun plaats in om de ring en op de treden van de tribune. Het was afgelopen met de plagerijen. Het werd doodstil toen het bieden snel opliep: 'Wie geeft me meer dan vierhonderd? – 420, 430, 440, 460, 70, 80. Wie geeft me vijfhonderd? Rechts van me – 505, 510, 520, 510. Eenmaal?' De veilingmeester boog zich voorover naar de verkoper in de cabine onder de zitplaats van de veilingmeester. Ze pleegden kort overleg. 'Niet genoeg. Hij wil iets meer. Wie geeft me 520, 515, 510. Links heb ik 510, wie meer, wie biedt meer?' De prijs liep niet hoger op, en hij keek nog eens naar de verkoper, die knikte. 'Onder de hamer – 510, 515, 520, 540, 550, 555, 65, 70, 75, 80, 580 pond. Eenmaal. Andermaal.' Hij keek alle bieders aan en verplaatste zijn blik langzaam van het ene gezicht naar het andere. 'Verkocht! Vijfhonderd en tachtig pond!' En liet de hamer neerkomen.

Eenmaal begonnen verliep de veiling in een razend tempo. De stem van de veilingmeester kreeg het bezwerende van een gebed; het eenvoudige doel bleek meer uit het ritme en de herhaling dan uit de woorden of bedragen. Toen de eerste tien dieren waren verkocht, ging er een goedkeurend gemompel door de ring. De prijzen waren goed, meer dan goed, en alles wees erop dat het een geweldige Monaghandag zou worden.

Op Jamesies gezicht was meteen opluchting te lezen, maar hij was te gespannen om iets te zeggen of voldaan in zijn handen te wrijven. Patrick Ryan was al naar een ander deel van de ring gekuierd en stond met andere mensen te praten. Ruttledge en Jamesie besloten zich op te splitsen. Ruttledge zou naar de andere ring gaan om de vaarzen te verkopen. Ze konden niet riskeren bij elkaar te blijven, omdat ze niet zeker wisten wat het eerst onder de hamer zou komen. Op weg van de ene ring naar de andere kwam hij pastoor Conroy tegen, die hem toeknikte, maar niet bleef staan om een praatje te maken. Vlak bij hem liep zijn oude acoliet, de koster van de kerk, Jimmy Lynch. De pastoor had geen poging gedaan om zijn beroep te verhullen en had zijn witte boord om onder een oude soutane. Hij was in zichzelf gekeerd en onbenaderbaar. Er waren veel mensen die hem kenden, maar als ze zijn gezicht zagen, lieten ze hem met rust. Je moest goed uitkijken waar je liep en een paar keer moest Ruttledge op een hek klimmen of op de zijkant van een van de hokken, om de stroom van krioelend, angstig vee dat tussen de ringen en de hokken heen en weer werd gedreven te ontwijken.

Zodra hij bij de ring van de vaarzen kwam, zag hij aan de nummers die op het bord waren geschreven dat hij niet te vroeg was gekomen, en hij herkende zijn eigen vee in een van de aanvoerhokken. Het maakte geen angstige indruk. Inmiddels waren ze waarschijnlijk murw. Toen hun nummers bijna aan de beurt waren, leek het bieden een vlucht te nemen. Toen het eerste dier het weeghok binnenkwam, keek Ruttledge naar de grote wijzers van de weegschaal tot ze tot stilstand kwamen en wachtte af om te zien of het gewicht overeenkwam met het getal dat op het bord werd geschreven voordat hij plaatsnam in de cabine. Door het kleine raampje had hij uitzicht op de kopers op de propvolle tribune en op degenen die zich om de ring verdrongen. De geboden bedragen werden als gebeden opgedreund, en toen het bieden trager ging, boog de veilingmeester zich omlaag. 'Wat vindt u er zelf van?' hoorde Ruttledge zich vragen, hoewel hij wist dat de veilingmeester de verantwoordelijkheid niet op zich zou willen nemen. De veilingmeester ging de ring nog eens langs. Er werd nog iets hoger geboden. Toen hij weer Ruttledges kant op keek, knikte deze heftig om aan te geven dat de koop kon worden gesloten.

'Onder de hamer, rustig aan.' Het bieden schoot snel omhoog en toen de veilingmeester de hamer liet neerkomen, boog hij zich naar de cabine en knikte dat hij tevreden was over de prijs. Wat volgde, was in een oogwenk gebeurd. Hij kreeg de verkoop-strookjes en toen nam een andere man zijn plaats in de box in. Op andere veemarkten had hij oude boeren net zo verdwaasd en verbouwereerd uit de cabine zien komen als hij zich nu voelde. Een man sloeg hem op zijn schouder en bracht zijn glimlachende, vriendelijke gezicht dichterbij. 'Dat waren fantastische prijzen. Het was mooi vee!'

'Ben je hier zelf om te kopen of om te verkopen?'

'Om te verkopen, maar het duurt nog uren voor ik aan de beurt ben.'

'Veel succes. De markt is goed.'

'Bedankt... als het maar zo blijft', hoopte de man vurig.

Op de terugweg bevestigde een blik op de verkoopstrookjes dat Jamesie de hoogste prijzen had gekregen. In de menigte om de ring trof hij Jamesie en Patrick weer samen aan. Hij gaf hen de strookjes. Jamesies reusachtige handen trilden.

'De prijzen zijn goed, maar Jamesie heeft de hoogste prijzen gekregen.'

'Jamesie wint altijd', zei Patrick Ryan knipogend. 'Hij moet het beste, beste vee van, van, van heel Ierland hebben.'

'In elk geval niet het slechtste', jubelde Jamesie, de plagerij negerend. 'De prijzen liggen zo dicht bij elkaar dat er amper verschil tussen zit.'

Het bieden verliep wat trager, omdat er tot de zichtbare ergernis van de veilingmeester beesten werden aangeboden die eerder waren teruggetrokken.

'Tussenhandelaren die uitproberen wat hun vee doet', zei Jamesie.

Daarna verliep het bieden weer sneller. Ze zagen dat hun vee in het aanvoerhok naast het weeghok werd gedreven. Het getal dat op het bord werd geschreven was nog maar twee nummers van dat van hen af. Vanwege de goede prijzen die de vaarzen hadden opgebracht, wilde Jamesie per se dat Ruttledge ook de stieren zou verkopen. Patrick Ryan moest niets van de verkoopcabine hebben. 'Verkoop ze maar, ongeacht wat je voor ze krijgt. Als ze ook maar iets opleveren, verkoop je ze. Al moet je ze cadeau doen. Ze gaan niet mee terug naar huis.'

Ruttledge was nu rustiger. Hij zag zijn eigen dier de ring binnenkomen. Het gewicht werd op het bord geschreven, en hij keek naar de gecodeerde signalen van de bieders en hoorde ze vertaald in bedragen terug in de ritmische aansporingen van de veilingmeester. Toen er trager geboden werd en de veilingmeester zich naar hem over boog, knikte hij dat de koop kon worden bezegeld. Er werden wat beledigende opmerkingen geroepen, zoals 'wat een eerbiedwaardige leeftijd', toen de stieren van Patrick Ryan in de ring kwamen. Aanvankelijk werd er veel minder geboden dan voor het andere vee, maar toen het bieden eenmaal op gang kwam, werd er een veel hogere prijs voor geboden dan iedereen had verwacht. De twee mannen waren opgetogen en werden door iedereen gefeliciteerd toen Ruttledge zich bij hen voegde.

'Willen jullie nog een poosje blijven of gaan we op huis aan?' vroeg Ruttledge.

'Laten we gaan', zei Jamesie vastberaden. 'Ik haat de veemarkt. We gaan.'

'Laten we in hemelsnaam gaan. Laten we gaan als goede christenen', zei Patrick Ryan lachend.

Ze maakten zich langzaam los uit het gedrang van mannen om de ring en kwamen bij de brede doorgang tussen de hokken. In de verte zagen ze de pastoor en de koster bij een hok met vee staan kijken.

'Je zou toch verwachten dat hij iemand anders zijn vee laat verkopen. Ik vind het niet passend om hem in zijn zwarte kloffie midden op de veemarkt te zien', zei Patrick Ryan.

'Ik heb geen enkel probleem met pastoor Conroy. Het is een van de beste, eenvoudigste pastoors die ik ooit heb gekend', zei Jamesie.

'Als zijn zwarte kloffie niet thuishoort op de veemarkt, hoort het nergens thuis. Hij hoort bij het leven of niet', zei Ruttledge.

'Alles heeft zijn plaats, jongen. Dat zou zelfs jij toch moeten weten', zei Patrick Ryan.

'Rustig aan', maande Jamesie vriendelijk.

'Vroeger was het hier de kerk voor en de kerk na. Mensen waren bang hun gat af te vegen met gras voor het geval het een zonde was.'

'Met hooi zouden ze beter af zijn geweest', zei Jamesie terwijl hij Ruttledge met een por liet weten dat hij zijn mond moest houden. Omdat de trottoirs uitpuilden van de mensen, moesten ze zich echt een weg door de stad banen. Patrick Ryan beet op zijn lip, een duidelijk teken dat hij in een slechte bui was, maar daar kwam snel verandering in toen mensen hem gedag begonnen te zeggen. Ze vorderden maar langzaam door de stad. Jamesie en Ruttledge bleven verscheidene keren staan om op Patrick te wachten, die genoot van de toevallige ontmoetingen. Ze vonden het niet erg. Ze hadden de hele dag de tijd.

'Je moet niet met Patrick in discussie gaan als het over godsdienst of politiek gaat, anders moeten we de hele dag zijn preken aanhoren tot het ons de neus uitkomt', waarschuwde Jamesie toen ze weer eens stonden te wachten, en Ruttledge knikte instemmend.

In het steegje tegenover het café van Jimmy Joe McKiernan stonden drie rechercheurs in plaats van de gebruikelijke twee. De deur van het café werd met een keg opengehouden om frisse lucht binnen te laten. Voor de bar van het smalle café stonden mannen als haringen op elkaar gepakt zover het oog reikte en ze stonden zelfs op de brede binnenplaats achter het café. Er klonk een luid geroezemoes van stemmen.

'Ze worden steeds zelfverzekerder. Ze denken kennelijk dat hun tijd snel zal komen', zei Patrick Ryan.

'Ze hebben zichzelf overtroffen in Enniskillen. Hoeveel onschuldige mensen hebben ze daar niet verminkt en gedood?' vroeg Ruttledge.

Jamesie trapte met zijn laars stevig op Ruttledges voet om hem eraan te herinneren dat hij zijn mond moest houden.

Voor het eerst dat jaar stond de koolplantenman voor het café van Luke Henry. De deuren van de bestelwagen stonden open, zodat je de keurige rijen plantjes kon zien – Early York, Flat Dutch en Curly – in bosjes bijeen gehouden met geel binddraad.

'Hé, ouwe makker van me', zei Jamesie terwijl hij zijn arm beetpakte. 'De winter is voorbij.'

De man droeg een overall en een pet, en zijn prettige ronde gezicht vertoonde een lach. 'Wat voor weer het ook is, de planten zijn klaar voor het voorjaar', zei hij bescheiden. 'Weet je zeker dat je het er niet nog eens op wilt wagen met aardappels?'

'Nee, geen denken aan.' Jamesie stak met een beslist gebaar zijn hand op. 'Daar ben ik te oud voor. Afgeschreven. Waardeloos.'

'Je neemt me toch niet op de hak, hè?' vroeg Patrick Ryan kwajongensachtig.

'Er bestaat maar één Jamesie', zei de koolplantenman. 'Toen ze Jamesie hadden gemaakt, hebben ze de mal weggegooid.'

Jamesie juichte en iedereen moest lachen. Alle drie de mannen kochten een bosje Early York. Toen Jamesie bleef staan kletsen, gingen Patrick en Ruttledge het café binnen.

'Dat kan nog wel een uur duren. Het is net een groot kind', zei Patrick.

Het café was afgeladen. Ze werden door allerlei mensen begroet. Vanwege de hoge prijzen werd deze Monaghandag alom geroemd, en iedereen was in een uitzonderlijk goed humeur. Patrick wilde per se het eerste rondje bestellen en vroeg niet alleen drie bier, maar ook drie whiskey.

'Het is te gek. Te gek. Te gek.' Hij hoorde Jamesies stem als een echo weergalmen, maar hij hief zijn glas in niet meer dan een ritueel protest. 'Bedankt, Patrick. Je mag dan overdrijven, maar ik wens je een lang leven zonder dat het je ooit aan iets zal ontbreken.' Jamesie hief zijn glas whiskey afkeurend toen hij bij hen kwam staan, maar hij dronk het met zwier, opgemonterd door zijn praatje met de koolplantenman.

'Je kletst maar wat, Jamesie', zei Patrick afwerend.

'Ik zou niet durven, Patrick', zei hij, toen hij zijn whiskey ophad en voordat hij een grote, bevredigende teug bier nam.

'Hetzelfde nog eens, Mary, als je even tijd hebt', riep Jamesie zacht naar een van de meisjes achter de bar. Hij keurde het overdreven gebaar van Patrick niet goed, maar was vastbesloten niet voor hem onder te doen.

Er hing al een feestelijke sfeer in het café, en zowel Patrick als Jamesie riepen en zwaaiden naar mensen die ze kenden. Al snel zouden er drankjes hun kant uit komen. Ruttledge zei tegen Jamesie dat hij nog boodschappen moest doen in de stad voordat hij onopgemerkt wegglipte.

Hij kuierde op zijn gemak door de drukke stad, waar overal auto's geparkeerd stonden en de doorgaande auto's nijdig toeterden tijdens hun trage, martelende gang door de straten. Een paar mensen groetten hem, en hij groette terug, hoewel hij de meesten alleen van gezicht kende. In een kleine nis bij de brug over het ondiepe riviertje stond het bronzen beeld van de harpist die zich over zijn instrument boog. Alle cafés puilden uit, de winkeltjes waren bomvol. Er waren speciale etalages gemaakt. Hij was erg op de stad gesteld, maar dat kwam, besefte hij, doordat hij de stad al zo lang kende en ermee verbonden was. In de lange, brede, kronkelende hoofdstraat waren geen twee huizen hetzelfde. Mensen waren er vanaf het platteland en uit de bergen naartoe getrokken en hadden een nieuw huis naast het laatst gebouwde huis neergezet met geen enkel ander oogmerk dan beschutting bij elkaar te zoeken, te overleven en handel te drijven. Welvaart was zo'n verre droom dat het gevaarlijk was om er zelfs maar aan te denken, dat zou maar ongeluk brengen. Bij hotel Central was het een druk komen en gaan van mensen. Ze waren beter gekleed en zagen er welvarender uit dan de mensen in de cafés. De Sjah zou allang hebben gegeten en weg zijn. Algauw kwam Ruttledge aan de rand van de stad en keek uit op het kleine koninkrijk. Het voorterrein was afgeladen met voertuigen die dicht op elkaar stonden, vrachtwagens, tractors, aanhangwagens en auto's, en hij moest dichterbij komen dan hij wilde om de loodsen te kunnen zien. Zij deden ook goede zaken op Monaghandag. Het was een voortdurend komen en gaan van mensen en er stonden kleine groepjes bij de ingang van de loodsen. De grote ijzeren hekken naar de schroothandel stonden open en er liep een aantal mensen rond die er iets van hun gading zochten. De oude tuinman, Jimmy Murray, was voor die dag ingehuurd en stond met zijn platte, smalgerande hoed op wacht voor het hek.

Als kind reisde Ruttledge met zijn moeder vaak met de trein naar de stad. De inferieure steenkool uit Arigna waarmee de trein tijdens de oorlog werd gestookt, leverde zo weinig energie dat de passagiers op de steilste heuvels uit de rijtuigen moesten stappen en lopend naar de heuveltop moesten, waar ze weer konden instappen. Voor zijn geestesoog kon hij de witte spoorhekken nog duidelijk zien, en het hoge witte seinhuisje, de drie gedrongen sparren langs de rails, de grote slang die uit de watertank stak en als de slurf van een olifant boven de ingang van het pomphuis hing. Heel even stond hem het oude, bedrijvige station zo helder voor de geest, als een olieverfschilderij met veel zeggingskracht, dat het grote voorterrein een zinsbegoocheling leek. Geen mens had ooit kunnen denken dat het stationnetje, toen het middelpunt van het stadje, dit half braakliggende terrein zou worden waar de Sjah de scepter zwaaide. Ruttledge was door een gevoel van onbehagen naar de rand van de stad gedreven. Sinds de overdracht was hij bang geweest dat zijn oom wellicht spijt had gekregen van zijn besluit. Hij had de macht uit handen gegeven zonder zijn plaats af te staan en was als een kind zo gevoelig voor gezichtsverlies. Het bedrijf was nu eigendom van Frank Dolan.

Hij liep op zijn dooie gemak terug. Het verkeer was nu nog wanordelijker, er werd woest getoeterd, portiers van vrachtwagens stonden open terwijl hun bestuurders gingen kijken waardoor ze werden opgehouden, wat erg frustrerend moet zijn geweest omdat het niet minder dan de hele chaotische stad was. Verscheidene vrachtwagens waren volgeladen met vee dat van de markt kwam, en het geloei van de dieren droeg extra bij aan het pandemonium. Ruttledge ontmoette een paar mensen die hij kende. Het was druk in de kleine winkels. Het plezier lag hem in het wandelen te midden van de menselijke beroering en de gretige sfeer van de markt. De koolplantenman en zijn vrachtwagen stonden nog steeds voor het café van Luke. Hij zwaaide vriendelijk terug naar Ruttledge. Hij had nog maar een paar bosjes koolplanten over.

In het café was het nog drukker dan toen hij wegging. Jamesie zat in een hoekje met een paar andere kleine boeren verkoopstrookjes en beschrijvingen te vergelijken van de dieren die ze hadden verkocht. Jamesie gebruikte zoals altijd handgebaren om zijn beschrijvingen kracht bij te zetten. Patrick Ryan stond bij de Molly's, een familie van aannemers die zware machines bezaten waarmee ze werkten en voor wie hij vaak huizen en schuren had gebouwd en opgeknapt. Meteen toen Ruttledge het café binnenkwam, maakte Patrick zich los van de Molly's en kwam naar hem toe. Patricks gezicht zag rood, maar hij stond stevig op zijn benen en spreidde een kille charme tentoon. 'Je bent zo lang weggeweest dat je de halve stad moet hebben gekocht', zei hij berispend. 'Je krijgt een groot glas cognac van me.'

'Dat zou me de das omdoen; ik moet nog rijden', zei Ruttledge en hij schudde zijn hoofd toen het meisje hem vragend aankeek. 'Ik neem een glas stout. Het is trouwens mijn beurt om een rondje te geven.'

'Jezus, wat maakt het nou uit wiens rondje het is? Het is gewoon een dag uit ons leven en die komt nooit meer terug', zei Patrick strijdlustig en hij stond erop om het glas bier te betalen.

'Het maakt niet uit. Maar we kunnen beter proberen het allemaal een beetje in evenwicht te houden', zei Ruttledge en hij bestelde een groot glas cognac voor Patrick en een groot glas stout voor Jamesie, die nog steeds druk in gesprek was verwikkeld.

'We gaan ervoor zorgen dat die schuur van jou er voor de zomer staat, jongen', zei Patrick. 'Dat sleept zich al veel te lang voort.'

'Je weet dat er geen haast mee is. Er is niets wat ermee staat of valt', zei Ruttledge gemoedelijk, gewend aan deze dialoog.

Patrick vertelde verder hoe beu hij het was om door het hele land te werken, van het ene huis naar het andere te gaan en ieders wensen aan te horen. Een man zou drie paar handen nodig hebben om ze allemaal tevreden te stellen. Het materiaal voor het dak van zijn eigen huis was al ruim twintig jaar geleden gekocht en opgeslagen, en het werd tijd dat het huis een nieuw dak kreeg en weer werd bewoond, zei hij. Hij was het strontzat om te reizen en zou zich tot de lijkwagen kwam weer op zijn eigen erf vestigen, te midden van zijn velden, met een paar stuks vee en omringd door buren.

Luke Henry moest al sinds dag en dauw bezig zijn geweest met eten bereiden en drankjes inschenken. Nu zat hij met zijn armen over elkaar op een hoge kruk achter de bar en leunde achterover tegen de voorraadplanken die hoog achter hem oprezen, fonkelend met amberkleurige, blauwe en witte lichtplekjes die reflecteerden tegen de flessen. Aan de achterkant en opzij van zijn rode toupet kwamen grijze haren tevoorschijn. Er lag een vriendelijke, voldane uitdrukking op zijn gezicht als hij keek naar de jonge mensen die hij voor deze dag had ingehuurd voor de bediening. Soms stond hij met grote innemendheid op van zijn kruk om zich over de bar te buigen naar een oude klant die er verloren bij zat, of om iemand te groeten die binnenkwam of wegging. Zijn bewegingen waren traag maar precies; ze waren door oefening verfijnd en tot het hoogstnoodzakelijke teruggebracht. Daarna nam hij weer zijn rusthouding aan op zijn kruk.

'Ouwe makker van me.'

Ruttledge kreeg ineens een harde klap op zijn schouder, en

voordat hij zich omdraaide, wist hij al dat zijn vriend hem stevig had zitten.

'We hebben een geweldige dag gehad', zei Jamesie, waarop Ruttledge hem het glas bier gaf dat hij voor hem had besteld.

'Hij begint net', zei Patrick Ryan, maar Jamesie hapte niet. Hij was te moe.

Niemand maakte aanstalten om nog een rondje te bestellen. Ruttledge zei dat hij niet meer kon drinken omdat hij moest rijden. Hij zou liever naar huis gaan, en Jamesie zei dat hij ook wilde gaan.

'Lafaards zijn God een doorn in het oog', bracht Patrick Ryan, die niet van plan was om op te stappen, hem voor de grap in herinnering.

'Een man geeft zich niet zomaar gewonnen', zei Jamesie afwezig en hij ging de mensen met wie hij had zitten praten gedag zeggen. Er werd over en weer beloofd dat ze elkaar snel weer zouden zien. Het was een geweldige Monaghandag geweest.

'Net een groot kind', herhaalde Patrick Ryan toen Ruttledge en hij stonden te wachten.

'Weet je zeker dat je niet thuis wilt worden afgezet?'

'Anders dan bij jou is er niemand die op me wacht, jongen. Ik heb nog een hele reeks klanten in de stad die ik moet opzoeken. Voor ik wegga, is het nacht.'

'Kun je dan ergens blijven slapen?' informeerde Ruttledge, waarna Patrick Ryans gezicht nog roder aanliep.

'Heb je ooit een acteur gekend die geen slaapplaats kon krijgen?' antwoordde hij scherp, en elk spoor van drankgebruik of vermoeidheid verdween van zijn knappe gelaatstrekken. 'En zo ja, jongen, dan heb je er een gezien die niet goed was.'

'Het was maar een vraag', zei Ruttledge.

Op straat was Jamesie onvast ter been, maar door wilskracht hield hij zich staande. Op geen van de gezichten die onder de straatlantaarns kwamen en gingen leverde hij ook maar enig commentaar. Zonder een woord passeerden ze de drie rechercheurs in het steegje tegenover het café van Jimmy Joe McKiernan. Toen er geen lantaarns meer stonden, was het donker, maar de veemarkt baadde in wit licht. Er bleven grote vrachtwagens af en aan rijden. De bedragen die de veilingmeesters afratelden door de knetterende luidsprekers klonken meer dan ooit als gebeden.

'God is ons genadig geweest', zei Jamesie toen ze zagen hoeveel vrachtwagens en aanhangers er nog op het terrein stonden. 'Er zijn arme zielen die daar niet wegkomen voor het ochtend is.'

'We hebben een goede dag gehad en een goede prijs voor het vee gekregen', zei Ruttledge toen ze bij de auto waren gekomen. Veel van de auto's en tractors die voor hen geparkeerd stonden waren al weg. Er was ruimte om te keren zonder dat ze het marktterrein op hoefden te gaan of naar de stad moesten rijden.

'We hebben een geweldige dag gehad en een geweldige prijs gekregen voor het vee', zei Jamesie. 'Zelfs Patrick heeft een goede prijs gekregen', zei hij lachend.

Ze reden in stilte naar het meer. In het licht van de koplampen zag je het bleke riet en een groot stuk water, maar de rest van het meer lag onder een donkere hemel in duisternis gehuld. Jamesie was weggedoezeld, maar werd wakker en keek om zich heen toen de auto door het open hek reed en aan de klim naar het huis begon.

'We zijn al thuis.'

De weg was donker, op een klein geel vierkant van het verlichte raam na, dat even kalm en mooi was als het licht van een wake. Toen de koeien die vastgebonden op stal stonden de auto en hun voetstappen en stemmen hoorden, begonnen ze te loeien om hun kalveren. Mary en Ruttledge kusten elkaar, maar terwijl hun lippen elkaar raakten, wierp ze Jamesie een kritische blik toe. Het was warm in de kamer; door het openstaande deurtje van de haard was een fel vuur van turf en houtblokken te zien. De twee honden lagen ieder lui in een leunstoel aan weerskanten van de lege stoel waarin Mary had gezeten; het boek dat ze aan het lezen was lag met de rug omhoog. De witte terriër ontblootte zijn tanden toen Jamesie zich bukte om hem uit de stoel te tillen en ging luid grommend weg. Mary gaf Jamesie een uitbrander vanwege zijn drankgebruik, maar het was niet meer dan een plichtmatig standje, en het kostte haar moeite om streng te blijven kijken. Jamesie overhandigde haar trots de verkoopstrookjes. Ze las ze gretig, was vol lof over de bedragen en was er vooral blij om dat Patrick Ryan zo'n goede prijs had gekregen. 'Ik had gedacht dat Patrick geen cent zou krijgen voor die hazewindhonden.'

'Ze hadden de goede leeftijd', zei Jamesie. 'Afgezien van het feit dat ze niets te eten hadden gekregen, mankeerde er niets aan ze.'

Mary schonk een whiskey in voor Ruttledge, maar Jamesie kreeg een zuinig bodempje. Toen hij protesteerde, schonk ze er nog een drupje bij, maar hij was te moe en te blij om nog te merken hoe weinig ze bijschonk.

'Hij maakt er altijd weer een potje van. En nog erger als Johnny thuiskomt', mopperde ze.

'Sommige vrouwen zijn veel te pietluttig', protesteerde hij. 'Die hebben je geringeloord voordat je het in de gaten hebt.'

Voor zichzelf maakte Mary een warme whiskey. Toen haalde ze de vochtige doek van een schaal waarvan de rand was versierd met witte en blauwe bloemetjes, waarop kleine vierkante, met takjes peterselie bestrooide sandwiches met ham en kip lagen. Voordat ze weer ging zitten, vulde ze de ketel opnieuw met vers water en zette de aluminium theepot op de schoorsteenmantel om voor te verwarmen.

'Straks begint de tijd weer voorbij te vliegen', zei Jamesie vermoeid terwijl ze aten en dronken. 'Over een paar dagen begint de vastentijd en voor je het weet is het Sint-Patricksdag en Pasen. Dan is alles al aan het groeien. Heel boeiend allemaal.'

De tijd van het lammeren was aangebroken. In de lammerschuur bleef het licht de hele nacht branden, en ze stonden om de twee of drie uur op. De vermoeidheid sloeg om in zwijgende voldoening toen alle schapen veilig waren afgelammerd.

Jamesie kwam van de overkant van het meer om de nieuwe

lammeren in ogenschouw te nemen. Hij kon het bijna niet geloven toen hij hoorde dat Bill Evans binnenkort naar een eigen woning in de stad zou verhuizen.

'Daar is hij toch niet mee gebaat? Hij zal zich verloren voelen. Hij is al veel te lang zoals hij is.'

'Dan kan hij zijn eigen leven gaan leiden', zei Kate.

'Niemand van ons heeft een eigen leven', antwoordde hij geringschattend.

'Er wordt dan in elk geval geen misbruik meer van hem gemaakt', zei ze.

'De honden en katten hier aan het meer werden stukken beter behandeld dan hij. Die mensen zijn voor het ongeluk geboren.'

'Ik geloof niet dat het iets te maken heeft met geluk of ongeluk. Ze zouden net zo goed gelukkig kunnen zijn als wie dan ook. Goed en kwaad gaat door dezelfde draaideur', zei Ruttledge.

'Zo waarlijk als er daarboven een god bestaat: ze waren voor het ongeluk geboren. En kijk maar!' zei Jamesie. 'Ze hebben geen geluk gehad.'

Op een avond toog Ruttledge naar de stad om te zien hoe het er nu echt voorstond bij de spoorwegloodsen. Als dekmantel nam hij een kapotte cardanas van een maaimachine mee die moest worden gelast. Toen hij door de stad kwam, zag hij dat het Aswoensdag was. Tot zijn verbazing waren maar weinig mensen het askruisje gaan halen. Hij herinnerde zich dat vroeger iedereen in de stad zo'n kruisje op zijn voorhoofd had, en als ze niet naar de kerk waren geweest zouden ze met de as van een verbrande krant zelf een kruisje op hun voorhoofd hebben aangebracht. Op het voorhoofd van de Sjah prijkte wel een askruisje toen hij hem aantrof onder de boogvormige doorgang van de hoofdloods. De bordercollie stond naast hem. Ze maakten allebei de indruk dat ze heel blij waren hem te zien.

'Ja, ik denk dat we die wel kunnen lassen', zei hij, toen hij de cardanas had bekeken.

'Ik zie dat je je plicht niet hebt verzaakt', zei Ruttledge met een blik op het askruisje.

'Zo kan-ie wel weer', zei hij lachend. 'Die vrouw van het hotel wilde naar de mis en toen heb ik me ook van mijn plicht gekweten. Een poos geleden zei ze dat ze je wilde spreken als je eens langskwam.'

'Waarover?'

'Dat heeft ze niet gezegd. Dat gaat ze mij niet aan mijn neus hangen.'

'Hoe gaat het met Frank?'

'Hij is nog niet op grote problemen gestuit, maar het is nog een beetje vroeg dag', zei hij.

'Hoe voel je je sinds je de zaak aan hem hebt overgedaan?'

'Prima. Ik had er eerder uit moeten stappen. Het was een hele verantwoordelijkheid', zei hij gewichtig.

Het gesprek werd een aantal keren onderbroken door klanten en door het rinkelen van de telefoon in het kleine kantoortje. De Sjah leek de klanten veel vriendelijker te begroeten en te helpen dan toen de zaak van hemzelf was. 'Dat moet je aan de baas vragen', zei hij telkens als er naar de prijs van iets werd gevraagd en stuurde ze naar Frank Dolan, die ergens helemaal achter in de loods aan het werk was.

Hij pakte de cardanas op en draaide hem een paar keer rond terwijl hij de breuk bekeek en haalde toen het kleine lasapparaat en de laskap tevoorschijn. Het blauwe licht van het lassen was oogverblindend, en Ruttledge ging op zoek naar Frank Dolan, waarbij hij zich een weg moest banen door de half ontmantelde geraamten van carosserieën, motoren en allerlei machines.

Ruttledge vond hem helemaal achter in de loods, waar hij kleine onderdelen aan het sorteren was die hij op planken legde in de boogvormige nis, die in de tijd van de treinen een soortgelijk doel moet hebben gediend. Hij legde overdreven nauwgezet uit dat hij de opslag van reserveonderdelen aan het reorganiseren was, zodat je ze gemakkelijker kon terugvinden en ook dat hij geleidelijk aan de hoeveelheid materiaal die lag opgetast op de schroothoop aan het terugbrengen en ontmantelen was.

'Ik neem aan dat je geen jonge mensen gaat aannemen?' vroeg

277

Ruttledge. De enige reactie van Frank Dolan op deze kleine plaagstoot was een brede snelle lach.

'Hoe gaat het met de grote meneer sinds de overdracht?' vroeg Ruttledge.

'Ik weet niet hoe ik me zonder hem had moeten redden. Hij had zich niet meer voor me kunnen uitsloven.' Zijn stem klonk emotioneel en gaf duidelijk blijk van zijn dankbaarheid.

'Dus alles is goed verlopen?'

'Tot nu toe wel, in elk geval', zei Frank Dolan, waarna het gesprek op minder belangrijke zaken overging.

Toen hij terugging naar het voorterrein, had de Sjah zijn werkkleding uitgetrokken en stond hij op hem te wachten om naar het hotel te gaan. Met zijn schoen wees hij op de gelaste cardanas die op de grond lag. 'Volgens mij ziet het er niet al te beroerd uit', zei hij met trots, toen Ruttledge de keurige, vakkundige lasnaad bekeek.

'Hij ziet er als nieuw uit.'

Toen ze weggingen, verscheen Frank Dolan zwijgend op het voorterrein en kwam de bordercollie naast hem zitten. Op weg naar het hotel legden ze de cardanas in de kofferbak van de auto. Achter het plein werd de laatste hand gelegd aan een nieuw complex met kleine woningen. De huizen hadden allemaal een voortuin met een muurtje eromheen en een hek. Midden op straat van het doodlopende weggetje stond een betonmolen.

'Dat wordt voor oude mensen', zei de Sjah laatdunkend. 'Het krijgt een of andere Ierse naam.'

'Dat zal *Trathnona* zijn. Weet je wat dat betekent?'

'Iets stoms, veronderstel ik.'

'*Trathnona* betekent levensavond.'

'Wrijf het ze maar lekker in.'

'Bill Evans krijgt een van de woningen', zei Ruttledge.

'Ze zullen tiptop in orde zijn als hij naar de stad komt. Het werd tijd dat jullie daar aan het meer in de moderne tijd stappen en dat die emmers worden afgedankt.'

De receptioniste achter de hoefijzervormige receptiebalie van het Central begroette hen hartelijk. 'Susan', zei de Sjah zacht in het voorbijgaan naar de lege eetzaal. Op een verhoging in de nis was voor drie personen een tafel gedekt. Zodra ze zaten, kwam de kok uit de keuken met zijn hoge koksmuts op om Ruttledge een hand te geven en hun te vertellen wat er op de kaart stond. Ze bestelden allebei paddestoelensoep, en de Sjah wilde een grote schaal groenten bij de wilde zalm, maar Ruttledge wilde alleen een groene salade bij zijn zalm. De Sjah bestelde ijs en sherrytrifle; Ruttledge zag af van een nagerecht en sloeg de wijn, het bier en de whiskey die hem werden aangeboden af. Mevrouw Maguire voegde zich bij hen. Zij koos ook voor de wilde zalm met een groene salade.

'Ik snap niet hoe jullie tweeën dat spul kunnen eten', zei de Sjah over hun salade, maar verder zat hij zwijgend van zijn eten te genieten. Ruttledge riep in herinnering dat ze elkaar voor het laatst hadden gezien op de huwelijksreceptie van John Quinn.

'Een goeie jongen', zei de Sjah. 'Een strijder.'

'Het huwelijk is, geloof ik, niet zo goed geslaagd', zei mevrouw Maguire.

'Op het laatst kreeg ze haar verstand terug. Na een week heeft ze het huis aan het meer verlaten', zei de Sjah.

'Vervolgens is hij een poos bij haar ingetrokken, in Westmeath, maar nu is hij weer thuis', vulde Ruttledge aan.

'Ze hebben hem de deur uitgejaagd', zei de Sjah bondig.

'Ik heb niets tegen John', zei mevrouw Maguire. 'De hele familie logeert hier als ze in de zomer uit Engeland overkomen. Ze zijn alleraardigst en hebben het een heel eind geschopt in de wereld.' Het was duidelijk dat mevrouw Maguire het onderwerp wilde afsluiten, en toen de Sjah zei: 'Vaak hebben mensen als John Quinn de beste kinderen', werd daar niet op ingegaan.

'Hoe staan de zaken ervoor in het middelpunt van de wereld?' vroeg mevrouw Maguire aan Ruttledge, op een toon die het doel van hun samenzijn verried. De aanleiding was dezelfde bezorgdheid waaruit zijn eigen bezoekje was voortgekomen.

'Zo kan-ie wel weer. Er zijn erger plaatsen denkbaar', zei de Sjah afwerend.

Ruttledge keek van gezicht naar gezicht voordat hij iets zei. Deze man en vrouw stonden op heel intieme voet met elkaar. Elke zondag en feestdag reden ze samen naar de kerk, elke dag gebruikte hij zijn maaltijden in het hotel. Er waren heel wat getrouwde stellen met minder intimiteit. 'Hoe voldoe je je rekening in het hotel?' had Ruttledge eens aan zijn oom gevraagd. Hij hem nog nooit iets zien betalen. 'Die vrouw heeft af en toe een stapeltje geld nodig, net als iedereen, en dat laat ze me dan weten.'

Vanuit een soortgelijke achtergrond waren ze opgeklommen in de stad zonder er ooit helemaal thuis te horen; ze bleven allebei buitenstaanders, ze waren geen van beiden geïnteresseerd in het lidmaatschap van de bridgeclub of de golfclub en hadden er geen behoefte aan om deel uit te maken van een van de kringen waarin mensen van hun statuur zich bewogen; ze waren allebei te intelligent en onafhankelijk om te willen behoren tot een groep waar ze zich slecht op hun gemak of de mindere zouden voelen; hun cultuur was die van de kerk en hun familie.

'Denkt u dan aan iets in het bijzonder?' informeerde Ruttledge behoedzaam.

'Hoe vind je dat het met Frank gaat, met de zaak, alles bij elkaar?' vroeg ze ronduit.

'Verbazend genoeg: precies hetzelfde. Er is niets veranderd en er zal waarschijnlijk ook niets veranderen. Deze man hier lijkt nog harder te werken dan anders. Frank maakt een dankbare en tevreden indruk.'

'Je wilt hem in het begin natuurlijk een duwtje in de goede richting geven. Je wilt het hem in dit stadium niet moeilijk maken', zei de Sjah.

'Hij haalt het natuurlijk nooit bij de eerste eigenaar', zei mevrouw Maguire, en dat zorgde voor bevrijdend gelach.

'Het is wel weer mooi zo, jullie tweeën', zei hij tevreden schuddebuikend terwijl hij met zijn vuisten de tranen uit zijn ogen wreef.

'Toen hij het idee voor het eerst ter sprake bracht, zat ik er erg over in', zei Ruttledge. 'Zelfs Kate vond het maar niets dat hij met pensioen zou gaan of de zaak aan een ander zou overdoen.'

'Dat vertelde hij', zei ze. 'Ik maakte me ook zorgen. We waren allemaal heel bezorgd.'

'Dat was helemaal nergens voor nodig', zei de Sjah zelfverzekerd.

'Je weet het maar nooit met mensen. Als ze de teugels eenmaal in handen hebben, weet je nooit waar ze naartoe gaan.'

'Als er geld en macht aan te pas komen, kunnen mensen heel snel veranderen. Dat heb ik maar al te vaak zien gebeuren', zei ze.

'Ik kan me voorstellen dat u er twee keer over zou nadenken voordat u alles aan uw kinderen overdraagt', zei Ruttledge en hij zag meteen dat hij zich had vergaloppeerd.

'Meer dan twee keer', zei ze, recht voor zich uit kijkend.

'Hoe dan ook, deze man wist van het begin af aan wat hij wilde en het ziet ernaar uit dat het niet beter had kunnen uitpakken', zei Ruttledge. 'Mijn enige angst is dat hij te veel doet.'

'Hij probeert zijn baan te houden', zei ze terwijl ze met pure genegenheid naar zijn met as getekende voorhoofd keek.

'Zo kan het wel weer, en dat geldt voor jullie allebei.' Hij schuddebuikte van puur plezier en wreef met zijn vuisten in zijn ogen.

De wind blies de velden droog, die door de regen lang drassig waren geweest. In de bermen, langs de greppels en in de beschutting van de hagen verschenen kleine bloemetjes. Rond Mary's oude huis aan het meer, waar de es midden in de huiskamer groeide, verwelkomden honderden gele en hier en daar wat witte narcissen de lente met hun pracht. Vogels met takjes in hun snavel maakten duikvluchten door de lucht. De broedende zwaan had haar plaats weer ingenomen op de hoge troon, midden in het riet. De otterpaden tussen de meren raakten platgetreden. In het ondiepe water langs de oever repelde het water van de bedrijvigheid van de kuitschietende snoek en brasem; in de beroering kwamen hun donkere vinnen boven het water uit en als ze buitelden, lichtte het wit van hun buik op. De lammetjes stonden nu met hun moeder buiten in de wei en maakten sprongen alsof ze mechanische springveren in hun kleine hoefjes hadden en deden soms haasje over met elkaar. Jamesie hielp Ruttledge om de oude paardenploeg achter de tractor te spannen en hij stuurde de dissels toen ze de plaggen keerden en bij beide huizen de grond ploegden voor het voorjaarszaaien. Jamesie was op Sint-Patricksdag in de cafés van Shruhaun geweest en mopperde erover dat mensen met grote tuilen klaver op hun jas, die tijdens de vasten niet hadden gedronken, compleet laveloos waren. De fruitbomen werden bestoven en gesnoeid. Er werden plantjes in de tuin gezet. Vanuit de korven maakten de bijen reinigings-vluchten en gingen stuifmeel vergaren. Op een kale rots, midden in de drenkvijver bij het huis, zat de zwarte kat zo aandachtig als een geleerde te midden van al de wemelende kleine visjes met één witte poot geheven klaar om een verliefde kikker te verschalken als die te dicht bij de rots naar boven kwam.

Het was een wolkeloze paasochtend. Er stond geen zuchtje wind op het meer. Er heerste ook een diepe stilte. Toen de klokken luidden voor de mis en de slagen over het water galmden, hadden ze de hele paaswereld voor zich alleen.

'Als wij op zo'n paasochtend op weg gingen naar de mis, werden we altijd op de zon gewezen: Kijk eens hoe die gesmolten bol en al die schitterende stralen dansen. De hele hemel danst van vreugde dat Christus is herrezen.'

Ze hoorden Jamesie kabaal maken bij het hek en met zijn hand op de ruit van de veranda roffelen voor hij binnenkwam. 'Christus is herrezen en God is goed en Pat verdient zijn brood', riep hij toen hij de grote kamer binnenkwam waar zij zaten. *Take a break. Have a Kit-Kat.'*

'Jamesie', zeiden ze. 'Welkom, van harte welkom.'

In zijn zondagse pak zag hij er knap en stralend uit. Op de revers van zijn donkere jasje had hij een paaslelie gespeld.

'Kate', zei hij terwijl hij zijn hand uitstak. Ze deed alsof ze bang was haar hand aan zo'n kracht toe te vertrouwen.

'Lafaards zijn God een doorn in het oog, Kate', drong hij aan, en toen gaf ze hem haar hand.

Pas toen ze uitriep: 'Voorzichtig, Jamesie', verslapte hij zijn zacht knellende greep met een lichte triomfkreet. 'Je bent een van Gods strijders, Kate. Meneer Ruttledge', zei hij met een plechtige buiging.

'Meneer Murphy.'

'Je hebt hier geen meneren', riep hij. 'Er zijn geen meneren in dit deel van de wereld. Niets dan omlaaggevallen heren.'

'In dit huis zijn ook geen meneren. Hij die al beneden is, hoeft geen val te vrezen.'

'Waarom ga je dan niet naar de mis, als je zo diep gezonken bent?'

'Ik dacht dat jij die gewelddadige types niet steunde?' Ruttledge benutte de paaslelie die op Jamesies jasje was gespeld om af te stappen van het spelletje dat ze inmiddels van buiten kenden.

'Ik steun ze allemaal.' Hij stak afwerend zijn hand op. 'Ze stonden vandaag te collecteren bij het hek van de kerk. Straks komen ze bijeen voor de mars van het Monument naar Shruhaun. Van mij kunnen ze allemaal een hand krijgen. Je weet maar nooit wie er als overwinnaar uit de bus komt.'

'Wil je een whiskey?' vroeg Kate glimlachend, om het spel te hervatten.

'Kijk, zo mag ik het horen, Kate, maar inmiddels mag je toch wel weten dat "wilje" een heel lelijk woord is.'

'Waarom?'

'Kijk eens naar je man', zei hij op Ruttledge wijzend die glazen en een fles Powers uit de kast had gepakt en water in een bruine kan liet lopen.

'Ik ben traag van begrip', zei ze lachend, niet helemaal in staat of bereid haar gezicht in de plooi te houden zoals het spel vereiste.

'Je bent helemaal niet traag van begrip, Kate. Je bent hier alleen niet grootgebracht. Je moet ergens min of meer geboren zijn om te weten wat er speelt en wat je moet doen.'

'Hij is hier ook niet grootgebracht.'

'Maar niet al te ver hiervandaan, dicht genoeg in de buurt om een en ander te weten. Hij heeft niet op school gezeten, maar heeft wel de meesters ontmoet.' Hij hief zijn glas en juichte ter verwelkoming van het perfecte eind van het toneelstukje.

Er viel een lange stilte waarin ze van hun whiskey dronken.

'Hebben jullie de koekoek al gehoord?' vroeg hij.

'Nee. Nog niet.'

'Dan zijn jullie heel laat', zei hij vergenoegd. 'Ik heb haar drie dagen geleden al gehoord, om tien over zes in het elzenbosje op Moroney's Hill, en gisteren twee keer.'

'Hoe kan het toch dat jij elk jaar de eerste bent die de koekoek hoort?'

'Omdat ik uitgekookt ben. Daarom.'

Ineens drong het geluid van ver tromgeroffel door tot in de stilte van het huis. Na een paar tellen werd het tromgeroffel even abrupt afgebroken als het was begonnen.

'Ze verzamelen zich in Glasdrum. Over een poosje gaan ze in optocht van het Monument naar de graven in Shruhaun. Ik herinner me die hinderlaag nog als de dag van gisteren', zei hij peinzend. 'Ik was met mijn vader aardappels aan het poten op de heuvel. De zoden waren gekeerd en stuk gestoken. Ik stopte de stukken aardappel in de pootgaten die mijn vader had gemaakt. Ze waren bestoven met kalk. Er stond bijna altijd een gure wind op die heuvel.

We zagen ze in ganzenmars door het veen komen met hun geweren en de heuvel op lopen in de richting van Glasdrum, onder dekking van de haag aan deze kant van de rivier. Ze waren allemaal erg jong. Sommigen van hen waren niet meer dan jongens, God zegene ons allemaal. Ze waren van plan om dekking te zoeken in de greppels en de bevoorradingstrein die uit Shruhaun kwam te overvallen zodra hij bij Glasdrum was.

Ze liepen regelrecht in de val. Het was uitgelekt naar de Black en Tans, en er werd een machinegeweer opgesteld. Het geluid was nieuw voor me en ik heb het sindsdien nooit meer gehoord, een blikkerig soort ret-tet-tet.

De rode stier van Mulvey werd door een van de eerste salvo's in zijn oog geraakt en strompelde urenlang brullend door de wei. Die arme jongens hadden geen schijn van kans. Degenen die ertoe in staat waren deden hun best om te ontkomen. Ze waren allemaal gewond. Zodra ze het veen eenmaal hadden weten te bereiken, probeerden ze zich te verstoppen.

Ze werden achterna gezeten met bloedhonden. Er waren een officier met een revolver en twaalf of veertien mannen met geweren. Zodra de bloedhonden een man hadden opgespoord, blies de officier op een fluitje ten teken dat een van de manschappen moest komen. Je hoorde nooit meer dan één schot. Er was er niet één bij die verzet bood. Op de vlucht hadden ze hun geweren weggegooid. Sommige geweren werden later gevonden.

Wij stonden er met ons neus bovenop en hoefden alleen maar naar beneden te kijken. Mijn vader waarschuwde me dat ik niet moest kijken en gewoon moest doorgaan met aardappels poten alsof er niets was gebeurd, maar je móést wel kijken. Ze hadden ons ook zo kunnen zien, maar ze keken niet één keer onze kant uit. We hadden net zo goed een koe of een paard kunnen zijn; ze trokken zich niets van ons aan.

De pootaardappels raakten op. We maakten alle pootgaten dicht en aardden de ruggen aan en toen zei mijn vader dat hij het erop ging wagen en naar huis zou gaan voor een nieuwe zak.

Ja, mijn vader was sterk in die tijd. Hij schrok er niet voor terug om bij het krieken van de dag op te staan en met de zeis een akker te maaien voordat de zon boven Moroney's Hill stond. Ik heb hem bijna dertig kilometer zien lopen om op de veemarkt in Swanlinbar een jong paard te kopen, en als hij het paard niet had gekocht zou hij diezelfde dertig kilometer weer zijn teruggelopen. Hij zei nooit veel. Hij was dom en onwetend en geloofde in niets anders dan werken en zijn eigen zin doordrijven, maar we hebben nooit honger geleden. Die arme moeder van me was als een winterkoninkje of een roodborstje en fladderde af en aan om hem op zijn wenken te bedienen. Mannen zoals hij zouden nu niet meer getolereerd worden. Ze zouden een pak op hun donder krijgen!' Hij sloeg met zijn vuist in zijn handpalm om zijn afkeer te onderstrepen. 'En terecht.'

'Was je moeder niet bang om thuis te zijn?'

'Zij was bezig de pootaardappelen in stukken te snijden, en Johnny hielp haar. Ze hadden horen schieten en wisten niet precies wat er aan de hand was, maar ze wisten wel beter dan de deur open te doen. Ze herkenden mijn vaders voetstappen op straat toen hij de aardappelen kwam halen. Wat hadden ze trouwens kunnen doen als het niet zijn voetstappen waren geweest?'

'Zijn jullie doorgegaan met poten?'

'Wat moesten we anders? Als we wegrenden of ons verstopten, zouden ze kunnen denken dat we spionnen waren. Al die tijd hoorden we het brullen en loeien van Mulveys rode stier die in kringetjes rondliep. Toen ze na een hele tijd teruggingen naar Glasdrum en ons ongemoeid hadden gelaten, sleepten twee mannen een lijk aan de armen tussen hen in mee. De mannen die gewond bij Glasdrum lagen schoten ze niet dood. Ze werden allemaal met een vrachtwagen naar Carrick gebracht. Ik denk nog vaak aan de lange rij jonge mannen die 's ochtends door het veen naar Glasdrum trok en aan de vreselijke veranderingen die in een paar uurtjes kunnen optreden.

Pas toen we voor die dag stopten met poten en het al bijna donker werd, waagden we ons het veen in. Je zou bij God zweren dat er niets was gebeurd. Je zag niet eens een lege patroonhuls liggen. Toen hoorden we vanuit een wilgenbosje dat over het water hing: "Hal-lo… Hal-lo… Hal-lo" op een fluistertoon, alsof degene die riep eigenlijk bang was om gehoord te worden.' Jamesie lachte toen hij de spanning in de kreet probeerde op te roepen tussen de behoefte om te worden gehoord en de angst om te worden gehoord.

'We wilden ervandoor gaan. In de schemering dachten we dat het de geest van een van de dode mannen kon zijn. Hij had onze stemmen gehoord en wist dat we vader en zoon waren. "Hal-lo… hal-lo… hal-lo… hal-lo", riep hij nu zo hard hij kon. Het was dikke Bernie Reynolds, midden in een wilgenbosje dat over de rivier hing. Zijn hoofd stak net boven water uit. Hij was een stuk verderop de rivier in gegaan en was hiernaartoe gewaad tot hij niet verder kon. Ze zeiden ook dat het koude water hem had gered door het bloeden te stelpen. Op een of andere manier had hij zich vastgeklemd tussen de takken van de wilg, zodat hij niet zou verdrinken als hij het bewustzijn verloor. Hij was erg zwak. Mijn vader kreeg hem uit het water door een touw onder zijn armen door te slaan. Wij moesten op een holletje naar huis om de pony in te spannen. Hoe sterk mijn vader ook was, hij moest zich tot het uiterste inspannen om Dikke Bernie op de kar te tillen.

We hebben Bernie een paar weken op de hooizolder gehad, achter het tuig van de pony. De pastoor kwam en de dokter. We gebruikten een ladder. Ik hield vaak de lantaarn vast als de dokter zijn verband verwisselde.

'Hal-lo… hal-lo… hal-lo', riep Jamesie ineens, niet meer als een getrouwe imitatie van de kreet of smeekbede, maar hij liet het klinken als de hoge roep van een vogel, ver in het veen.

'Bij de huizen op de berg werd een inval gedaan, maar gelukkig werden alle huizen rond Glasdrum ongemoeid gelaten. Als ze waren gekomen en op de hooizolder hadden gekeken, waren we er geweest. Dikke Bernie zei nooit veel. Ik bracht hem vaak zijn eten en iets te drinken en ik nam zijn po mee om te legen. Hij zei vrijwel geen woord. 's Avonds bad mijn vader het rozenhoedje, maar hij gaf nooit respons. Misschien was hij bang dat iemand op straat hem zou horen. Zodra hij fit genoeg was om te kunnen worden vervoerd, kwamen ze hem 's nachts halen met een tweewielig karretje.

Toen gingen ze naar de arme Sinclair, de protestant, negen velden verderop. De Sinclairs waren rustige, hardwerkende mensen en ze bemoeiden zich alleen met hun eigen zaken, zoals alle protestanten. Ze wisten net zoveel van die hinderlaag als wij.

Toen ze aan de achterdeur kwamen, deed Sinclairs vrouw open. Ze dacht dat ze voor een merrie kwamen waarvoor ze die week een advertentie in de *Observer* hadden gezet en wees

287

hen de stal waar Taylor aan het melken was. Tussen de koeien schoten ze hem neer als een hond en ze zeiden dat hij had bekend voordat hij werd doodgeschoten. Ja, we zijn een fraai volk, Kate. Ze hebben hem doodgeschoten omdat iemand ervoor moest boeten, en die arme Sinclair was een protestant en het dichtst bij. De volgende dag werd er bij alle huizen in de buurt een inval gedaan. Ze doorzochten de hooizolder en gooiden het tuig van de pony naar beneden, maar vonden niets.

Nooit, nooit ofte nimmer is Dikke Bernie Reynolds eens een keer bij ons thuisgekomen om ons te bedanken, terwijl wij het leven hadden kunnen laten toen hij bij ons was. We hebben nooit, maar dan ook nooit iets van hem gehoord vanaf de dag dat ze hem 's nachts met de kar ophaalden tot op de dag van vandaag, en het is onwaarschijnlijk dat we nu nog iets van hem zullen horen, tenzij hij uit de grond herrijst.

Na de oorlog is hij rijk geworden in de stad. Hij zat in alle comités die het graafschap kende. Toen hij oud werd zat hij op een warme dag vaak buiten voor zijn winkel. Denk je dat hij ons ook maar een blijk van herkenning gaf als we voorbijliepen?'

'Had je hem er niet aan kunnen herinneren? Mensen vergeten vaak iets en zijn blij als iemand ze eraan herinnert.'

'Ik zou wel gek zijn', zei hij minachtend. 'Hij wist waar we woonden. Zou jij het vergeten als je uit de rivier was opgevist en je wekenlang had schuilgehouden op een hooizolder waar je eten werd gebracht? We vonden het niet erg. Je zou nog geen hond of kat in het water laten liggen, laat staan een gewonde man. In het voorjaar, en soms ook als het geen voorjaar is, zie ik mezelf en mijn vader vaak aardappels poten op de heuvel en zie ik die rij jonge mannen aankomen door het veen en dan denk ik aan hoe het in een uurtje kan verkeren. Zo is het leven!' riep hij uit.

'En dat is alles wat we hebben', zei Kate langzaam.

'Ik zie in Shruhaun nog geen mensen in de rij staan om weg te komen. De mars is begonnen.' Hij luisterde weer ingespannen. Het tromgeroffel hield aan.

'Zou het niet passender zijn als ze een buikspreekpop hadden die om de minuut *Hal-lo* riep, of iets dergelijks, in plaats van die stenen soldaat?'

'Daar zouden ze niets van moeten hebben', zei hij.

'Zou het niet beter zijn dan die kleine stenen soldaat met zijn geweer die omlaag kijkt over de heuvel?'

'Ze zijn vertrokken bij het Monument', zei hij. 'Niemand krijgt *Hal-lo* los uit steen, Kate, zelfs jij niet.'

'Je zou alleen een doorlopend bandje in het hoofd hoeven stoppen dat om de zoveel tijd Hal-lo zou roepen.'

'Daar zouden ze niets van moeten hebben. Ze zouden denken dat je de draak met ze stak.'

'Maar het komt toch dichter in de buurt van wat er is gebeurd?'

'Dat zou niet uitmaken. Het zijn serieuze mensen. Ze zouden je neerschieten. God, maar het zou toch geweldig zijn om achter dat muurtje te zitten als de toeristen met hun camera uit de auto stappen en hun gezicht te kunnen zien als het beeld *Hal-lo* zegt. Het is bijna de moeite waard om te doen, alleen om hun gezicht te kunnen zien.' Hij lachte en dronk langzaam het bodempje op dat nog in zijn glas zat. 'Ik zal nooit dat eerste *Hal-lo* vergeten. Er zat een hele kloof tussen het "Hal-" en het "lo". Die arme stumper was doodsbang dat hij gehoord zou worden maar scheet in zijn broek bij de gedachte dat hij niet gehoord zou worden. Nu is het een monument en een paasmars. Doden kun je tot van alles bestempelen', zei hij, bijna in verwondering.

'Waarom gaan we er niet naartoe?' zei Ruttledge.

Toen ze bij het meer kwamen, zei Jamesie: 'Godzijdank, op deze oever is geen ziel te bekennen. Er zijn zondagen geweest dat het hier zwart van de mensen zag. Je had toen een stel vreselijk arme, naïeve mensen. Die kon je alles wijsmaken en ze waren snel tevreden. Nu zie je niets anders dan duikertjes en zwanen.'

In de bermen van de weg zag je sleutelbloemen en viooltjes, het donkere blad van de bosaardbeitjes, de paardebloemen die in bloei stonden en de kleine wikke. Het was nog te vroeg om de wilde munt te ruiken, maar ze zagen de grove blaadjes ervan langs de rand van het grind kruipen. Het tromgeroffel kwam dichterbij. Ze hoorden de pijpers en de blikken fluiten. Jamesie tilde zijn fiets uit de haag en reed naast hen mee. Ze haastten zich. Toen ze bij de hoofdweg kwamen, stond er niemand anders te wachten. Om de bocht verscheen een politiewagen. Daarachter liepen vaandelwachters. Ze droegen zwarte schoenen en een zwarte broek, een wit overhemd, een zwarte stropdas en handschoenen, een zwarte baret en een zonnebril. Voorop liep een betoger die de driekleur droeg. De anderen liepen in rijen van drie. Ze droegen borden mee met leuzen en foto's van Pearse, McDermott en Sands op een groen, wit en gouden achtergrond. Op een of andere manier maakte het een sinistere en goedkope indruk. Een kleine groep mensen liep achter de muziek aan. Een paar van hen waren plaatselijke activisten, maar de meesten kwamen uit het Noorden. Midden in de menigte liep op zijn gemak Jimmy Joe McKiernan, het hoofd van de extremistische vleugel van de IRA, zowel Noord als Zuid, met zeggenschap over iedereen die meeliep in de mars. Een tweede patrouillewagen volgde op een discrete afstand.

'Je moet Jimmy Joe in elk geval nageven dat hij zich nooit op de voorgrond dringt', zei Jamesie goedkeurend.

'Over een paar jaar zullen ze voor hem waarschijnlijk een standbeeld oprichten', zei Ruttledge.

'De gevangenis in, de gevangenis uit, op alle uren van de dag opgepakt voor verhoor, dag en nacht in de gaten gehouden door de rechercheurs van de Politieke Veiligheidspolitie. Al van jongs af aan zit hij erbij, maar er gebeurde niet veel. Het moet echt een zegen zijn geweest toen de herrie losbarstte in het Noorden.'

'Zou een van die betogers enig idee hebben van wat er werkelijk gebeurd is in Glasdrum?'

'Geen flauw idee. Ze komen hier niet vandaan en waren toen nog niet geboren. Jimmy Joe is de enige die het weet, en hem laat het koud. Bij hem draait het er alleen om het tot iets groters te maken. Daarom zouden ze nooit iets voelen voor die roepende buikspreekpop van je. Ze willen juist de andere kant uit.'

'En dat houdt in?' vroeg Ruttledge.

'Groot vertoon. Veel geweld. Gewichtigheid.'

Toen de tweede patrouillewagen langsreed, zagen ze bij een huisje op de hoek, iets verder langs de weg, een klein groepje mensen staan. Ze hadden naar de mars gekeken en gebaarden nu dat Ruttledge en Jamesie naar hen toe moesten komen. Patrick Ryan was erbij en Dikke Mick Madden, een oude vijand van Jamesie die de eigenaar van het huisje was. Er stonden ook drie opgeschoten jongens bij.

'Laat ze in godsnaam. We blijven lekker hier', zei Jamesie, maar het was te laat. De Ruttledges liepen al hun kant uit. Hij wilde niet gezien worden als degene die rechtsomkeert maakte.

Dikke Mick Madden was een robuust gebouwde man. Toen hij jong was, had hij in fabrieken en op bouwplaatsen in Engeland gewerkt, maar na de dood van zijn vader was hij als veertiger teruggekomen. Hij was een goede accordeonist en had geld verdiend door te spelen in cafés en op bruiloften, totdat zijn drankgebruik hem noodzaakte om zowel te stoppen met de muziek als met drinken. Hoewel hij agressief en vol eigendunk was, was hij ook ontwapenend jongensachtig. Het keurige huisje, dat bestond uit de gebruikelijke drie kamers, was gewit, en de deur en de kozijnen waren rood geschilderd. Grijze platen asbest vervingen het rieten dak. Mick omhelsde Kate en gaf Ruttledge hartelijk een hand, maar zette meteen de aanval op Jamesie in.

'Heb je de koekoek al gehoord?' wilde hij weten.

'Hier aan de weg kun je niets horen', bracht Jamesie er verdedigend tegenin. 'Je oren zijn doof van al die auto's en vrachtwagens.'

'Doof', bauwde Dikke Mick hem na. 'Elders zetten ze mensen op de maan en vliegen naar de sterren, maar hier hebben we types die hun oor te luisteren leggen in de hoop de eerste te zijn die de koekoek hoort!'

'Trouwens geen geweldige vogelsoort om naar te luisteren', voegde Patrick Ryan eraan toe. 'Eieren leggen in andermans nest, de rechtmatige eitjes eruit duwen, die arme vogels voor de gek houden en af en aan laten vliegen met voedsel, terwijl zijn enige bijdrage een wijsje is: "Koekoek... koekoek... koekoek..."'

'Elders in de wereld zetten ze mensen op de maan en hier hebben we oude zeurpieten die hun best doen om als eerste de koekoek te horen', zei Dikke Mick nog eens.

'Ik luister ook elk jaar of ik de koekoek hoor', zei Kate.

'Je moet niet voor hem in de bres springen, Kate', waarschuwde Dikke Mick. 'Geef hem een vinger en hij bouwt nesten in je oren.'

'Ik luister naar de koekoek en roep zelf "koekoek" zodat mensen hem eerder horen dan hij er is', zei Patrick Ryan en hij gaf een redelijke imitatie van de heldere roep ten beste.

'Goed zo, Patrick', zei Dikke Mick Madden enthousiast. 'Hou die opscheppers en nietsnutten maar voor de gek.'

'Nee, daar zou ik niet intrappen. Ik zou het meteen doorhebben', zei Jamesie laatdunkend. Het was zijn enige bijdrage aan het gesprek.

Hoewel hij gewoonlijk zo ad rem en speels was, kon hij niet functioneren ten overstaan van zoveel agressie en hij stelde zich er tevreden mee om rare gezichten te trekken voor de drie jongens. Al gauw had hij ze aan het lachen om zijn mimeshow achter de rug van Dikke Mick. Eerst dacht Mick dat de jongens op zijn hand waren, waardoor zijn geschimp nog feller werd, maar na verloop van tijd werd hij achterdochtig en draaide hij zich ineens met een ruk om in een vergeefse poging om Jamesie op heterdaad te betrappen.

'We moesten maar eens gaan', zei Ruttledge na een poosje. Patrick Ryan had duidelijk genoten van de ontmoeting en de confrontatie, en toen ze afscheid namen beloofde hij snel weer eens bij iedereen op bezoek te komen. De jongens zwaaiden verlegen, en met zichtbaar genoegen riep Dikke Mick Jamesie ten afscheid nog een paar beledigingen na.

'Ik hoor het niet eens. Ik ben als water en de eend.' Jamesie hief gelaten zijn hand op. 'Die Madden is onbeschoft', zei hij, toen ze heuvelafwaarts naar het meer liepen. 'Als hij manieren had, kon hij nog naar een café gaan en bij mensen thuis komen voor wat gezelschap en een paar drankjes, maar hij misdraagt zich altijd. Nu kan hij nergens meer aankomen. Nu zit hij in zijn eentje thuis en maakt die jonge jongens helemaal gek met zijn verhalen over al die zwarte vrouwen die hij in Engeland een beurt heeft gegeven. Hij heeft niemand een beurt gegeven, hier noch in Engeland. Daar is het een veel te grote schijterd voor.'

'Toch is het een knappe man om te zien', zei Kate.

'Die kerels zijn allemaal schijterds, Kate. Veel geblaat en weinig wol. Daar zou je toch beroerd van worden.'

'John Quinn is in elk geval geen schijterd', zei Ruttledge luchtig om van onderwerp te veranderen.

'Ze zeggen dat John Quinn, toen zijn eerste vrouw nog leefde, in Engeland nooit iets met vrouwen heeft gehad. Hij werkte alle uren van de dag en stuurde elke cent naar huis. Je weet het maar nooit met mensen', overpeinsde Jamesie bezadigd.

Ze waren dicht bij het water gekomen. Plotseling bleef Jamesie staan en hief zijn hand. Heel uit de verte, vanaf de oude abdij en het kerkhof in Shruhaun, kwamen de melancholieke tonen van een hoornblazer aanzweven.

'En dat was van Hem die met Haar getrouwd was', zei hij toen de verre klanken wegstierven. Hij verroerde zich heel lang niet terwijl hij luisterde, klom toen op zijn fiets en draaide zich om voor een diepe buiging. 'Ik ben tot de slotsom gekomen, ik ben na rijp beraad tot de slotsom gekomen dat ik jullie nooit heb gemogen.'

De zon stond nu hoog boven het meer. Er was geen wolkje te bekennen. Het water schitterde rondom. Een kind had makkelijk kunnen geloven dat de hele hemel aan het dansen was.

De koeien kalverden zonder narigheid en stonden met hun kalveren in de wei. De ene late ooi waarbij het aflammeren misliep verloren ze, samen met haar lam. Ze hadden het lam dood en geknakt bij haar weggehaald en de ooi ging de volgende ochtend dood aan shock. Zij en het lam waren hun enige verliezen.

Monica kwam hen vertellen dat ze weer ging trouwen. Ze waren blij voor haar en wensten haar geluk en er werd afgesproken dat ze een keer 's avonds met Peter Monaghan bij hen thuis zou komen.

'Ik wilde het jullie laten weten voordat zijne hoogheid ervan hoort. God weet wat hij gaat zeggen als hij het hoort', zei ze glimlachend, met de zelfspot die haar eigen was. 'Ik heb het ergst ingezeten over de kinderen, maar die lijken nu aan Peter gewend te zijn, hoewel ze in het begin heel koeltjes deden. We kennen elkaar van het kerkkoor. Als die arme Sjah het hoort, blijft er vast niet veel van zijn vertrouwen in de kerk over.'

Het is niet altijd waar dat mensen hun eerste seksuele partnerkeuze eindeloos herhalen. Oppervlakkig gezien waren Peter Monaghan en de stevig drinkende, extraverte, populaire zakenman met wie de verliefde Monica de eerste keer was getrouwd elkaars tegenpolen. Hij was attent, bezorgd zelfs, dronk weinig en had alles voor Monica over. Hij had met Paddy Joe en Monica in elk geval gemeen dat hij intelligent was. De avond dat ze met hem naar de Ruttledges ging verliep goed en er werd een volgende avond afgesproken bij Monica thuis.

'Het ziet ernaar uit dat er een trouwpartij aankomt', kondigde de Sjah de volgende zondag aan, met zijn hand op de kop van de bordercollie.

'Wat voor trouwpartij?' wilde Kate weten.

'Monica.' Hij schraapte zijn keel. 'Daar zul je niet van opkijken. Ze stapt weer in het huwelijksbootje. Je zou zeggen dat die domme gans er na één keer en vier kinderen wel genoeg van zou hebben.'

'En wie is de gelukkige?'

'Een of andere onnozele hals van een leraar. Die zullen de schellen wel van de ogen vallen. Ze was goed opgewassen tegen de arme Paddy Joe en zijn postuur en zijn bellen dure whiskey. "Er lopen er niet veel van jouw postuur rond", zei de dokter tegen hem', en bij de herinnering aan het feit dat de dokter zijn oude vijand had gewaarschuwd, begon hij genietend heen en weer te wiegen en riep 'Wie is hier de baas?' tegen de hond, waardoor de hond begon te blaffen. 'Ik had wel door wat ze in haar schild voerde toen we aan zee waren, in dat hotel in Donegal. Aan haar vaders kant waren het allemaal van dat soort malloten. Rare seksmaniakken.'

'Monica is een aantrekkelijke, intelligente vrouw', zei Kate voorzichtig. 'Als ze iemand heeft gevonden met wie ze gelukkig is, krijgt ze een beter leven dan wanneer ze in haar eentje vier kinderen moet grootbrengen. Ik hoop dat ze allebei gelukkig zullen worden.'

'Ik zal ze niet tegenhouden', zei hij krachtig, alsof hij ze voor een afgrond zag staan.

De pruimenbomen kwamen in bloei, daarna volgde de appelboom en de witte gloed van de perenboom. Mei meldde zich nat en winderig. Het welige groen van het gras in de luwte van de hagen spreidde zich uit over de gehele weilanden. De bloembedden moesten van onkruid worden ontdaan, de moestuin gespit en gewied. In de glooiingen van het weggetje verscheen vingerhoedskruid en aan de waterkant was de geur van wilde munt het sterkst. De zwarte kat ging nu elke avond het huis uit voordat er werd afgesloten en keerde bij het eerste daglicht geluidloos of luidruchtig met haar prooi door het open raam terug. In alle korven heerste bedrijvigheid. De ruimten tussen de takken van de bomen aan de oever vulden zich met bladeren en vormden nu een lange gebroken muur van groen. In de open stukken, waardoor het water te zien was, leek het water op de lucht, totdat je oog naar de tegenoverliggende oever werd getrokken.

Toen het lammeren allang voorbij was, stuitte Kate op een ooi, een laat lam van het vorige jaar, zelf niet veel meer dan een lam, met een nieuw lam dat volkomen zwart was. Ze had de schapen geteld en was uitgekomen op het ergst denkbare resultaat: er ontbrak er een. Ze luisterde naar gekrijt of geblaat, maar er was niets te horen. De bladeren bewogen zich in een gegons van insecten en luidruchtige vogels. Van het meer kwam een onstuimige vlucht zeemeeuwen. Elders klonk gekrakeel van kraaien, en in de witte meidoornstruiken maakten merels een honend ka-baal. Bij elke wei zocht ze met toenemende bezorgdheid langs de afvoergreppels en hagen. Net wilde ze omkeren om thuis hulp te halen, toen ze de jonge ooi aantrof, hoog op een glooiing tussen hondsroos en witte meidoorn. Ze stond tevreden en waakzaam te kauwen, met het perfect gevormde zwarte lam naast zich. De ooi ging heel even met haar kop naar beneden om de geur van het lam te controleren en keek toen met een bezitterige blik weer naar Kate. De ooi had op die glooiing niet alleen een zonnig plekje, maar ook een beschut graslandje gevonden. Ze vormden een toonbeeld van geluk.

Pas bij het vallen van de avond verliet de jonge ooi de veilig-heid van de glooiing, maar ze bleef nog een hele dag uit de buurt van de kudde. Het zwarte lammetje en de ooi stonden altijd bij elkaar, een eindje van de kudde af.

Op een avond nadat het had geregend dreef Ruttledge de hele kudde de schuur in voor een achterstallige behandeling. Met het drenchpistool en een spuitbus met groene verf werkte hij ze snel af, ongeduldig zelfs, omdat zijn kleren doorweekt waren van de natte wol. Toen hij ze weer het veld op liet, klonken de gebruike-lijke kreten van lammeren en moeders die gescheiden van elkaar waren geraakt en elkaar zochten, maar één ooi bleef roepen en kwam naar de spijlen van het hek toen de rest elkaar allemaal weer had gevonden. Zodra hij haar herkende als de ooi met het late lam schrok hij en begon hij te vloeken. Na hier en daar te hebben gezocht vond hij het lammetje levenloos in het stro van de schuur. Het kleine lam was omvergelopen en vertrapt in het gewoel dat ontstond wanneer hij een van de ooien vastgreep.

'Ik heb slecht nieuws. Het zwarte lam is dood.'

'Wat is er dan gebeurd?' Ze bleef roerloos staan.

'Ik had ze behandeld tegen leverbot. Ik was al laat en ik had haast. Ik heb er niet bij stilgestaan hoe klein het lam was. Ik had beter moeten nadenken.'

'Het was jouw schuld niet.'

'Negen van de tien keer zou het goed zijn gegaan. Het was pech dat hij viel. Ik had hem eruit kunnen halen om hem in veiligheid te brengen.'

'Dat kun je achteraf makkelijk zeggen.'

'Het was in elk geval een mannetje. We hadden dat lam toch niet kunnen houden.'

In de stilte hoorden ze het luide roepen van de moeder aan de achterkant van het huis.

'Het enige voordeel is dat ze anders zijn dan wij. Over een dag is ze hem weer compleet vergeten. Morgen is het alsof hij nooit heeft bestaan.'

Ondanks de wetenschap dat het overdrijving en tijdverspilling was lukte het hen niet deze donkere wolk te negeren. Het was alsof het zwarte lam teruggreep op andere gevoelens van verlies en teleurstelling en hun een pijn bezorgde die in geen enkele verhouding stond tot het kleine verlies.

Jamesie kwam binnen zonder kloppen, zachtjes roepend: 'De boog kan niet altijd gespannen staan. Waar zijn we nou helemaal mee bezig: *take a break, have a Kit-kat.*' Hij liep met gebogen hoofd naar de grote leunstoel voor het raam en was al halverwege de kamer toen hij bleef staan. 'Wat is er aan de hand?' vroeg hij.

'We hebben een kleine tegenvaller gehad.'

'Wat voor tegenvaller?'

'Er was een laat zwart lam', zeiden ze.

'Hou maar op', zei hij. 'Die dingen gebeuren. Iedereen die levende have heeft krijgt ooit te maken met dode have. Het heeft geen zin daar lang over na te denken. Je moet al die dingen van je afzetten. Anders kun je er beter meteen mee ophouden en erkennen dat je er niet geschikt voor bent.'

Terwijl hij sprak werd het zwarte lam een ogenblik van schoonheid, veilig aan de zij van de jonge ooi op die glooiing in de zon, en verdween. De schoonheid van dat ogenblik in de zon kon nu alleen in gedachten worden bewaard.

Jamesie was naar het huis gekomen met een boodschap waarmee hij zelf wat in zijn maag zat. Vroeger waren Jim, Lucy en de kinderen dikwijls bij de Ruttledges op visite geweest, maar in de afgelopen jaren was er een eind aan die bezoekjes gekomen. Dat was vanzelf gegaan, zonder dat er iets naars of vervelends was gebeurd, in het getij van menselijke relaties: de staande uitnodigingen waren gebleven zonder dat er door een van beide kanten gehoor aan werd gegeven.

Het geval wilde dat Jim en zijn gezin het weekend uit Dublin kwamen. Het kind Margaret had Ruttledge biefstuk zien bakken op het ijzeren rooster dat de Sjah voor de oude open haard in de voorkamer had gemaakt. Ze wilden weten of ze langs mochten komen en of Ruttledge vlees wilde bakken op het vuur. Jamesie was zo uit zijn doen dat hij op het moment dat hij het verzoek deed al opstond op te vertrekken. Ruttledge duwde hem bij zijn schouders terug op de stoel.

'We maken er een feestmaal van.'

'Dat is te veel. Te veel', protesteerde hij.

'Het zou beter zijn als ze zaterdag kunnen komen. De Sjah is hier altijd op zondag.'

'Ze kunnen op beide dagen. Dat maakt niks uit. Ze komen het hele weekend en logeren in het Central. Het huis is te klein.'

Toen ze ophaalden hoe leuk ze het met z'n allen hadden gehad toen de kinderen klein waren, raakte hij wat meer op zijn gemak. Ze liepen een eind met hem mee naar het meer. Terwijl de reiger opsteeg om hem uitgeleide te doen langs de oever, bracht zijn trots hem ertoe nog eens te protesteren. 'Ik wou het niet vragen maar Mary zei: "Hebben ze je ooit iets geweigerd?" Des te meer reden om het niet te vragen, zei ik tegen haar. Het is Lucy die wil langskomen. Jim zal het niks uitmaken. Eigenlijk wil zij het meer dan de kinderen.'

'Wat maakt het uit wie het wil. Is het geen geweldige aanleiding? We maken er een feestmaal van. Het wordt even gezellig als wanneer Johnny uit Engeland komt. Zonder tegenbericht verwachten we jullie allemaal zaterdag om twee uur.'

'Het is te veel. Te veel', protesteerde hij.

'Je was een engel dat je vandaag bent gekomen', zei Kate. 'Ik zat een beetje in de put.'

'Daar heb je niks aan, Kate. Daar heb je niks aan. Ik dacht trouwens dat jij niet geloofde', reageerde hij fel.

'Er zijn ook lekenengelen', zei ze.

'Die hebben geen vleugels. Die kunnen niet vliegen', riep hij terwijl hij de verdwijnende reiger achterna fietste.

Ruttledge herkende Bill Evans' harde aankloppen op de veranda, maar niet zijn stap of loopje. Er klonk geen stok op de vloer, geen geslif van grote rubberlaarzen. Toen hij in de deuropening stond, was het alsof hij een metamorfose had ondergaan. Zijn haar was pas geknipt en hij was goed en vakkundig geschoren. Hij droeg een prachtig nieuw wollen pak, een wit overhemd, een donkere das met witte stippen en nieuwe zwarte schoenen die kraakten.

'Als om door een ringetje te halen.'

'Ja, dat valt best mee', zei hij breed glimlachend terwijl hij naar de witte schommelstoel schuifelde.

Zijn scherpe gelaatstrekken waren markanter geworden door ontberingen, maar zijn ogen hadden niets geleerd, keken niet verder dan naar wat ze zagen.

'Zo knap heb je er nog nooit bij gelopen. Waar heb je al die fraaie spullen vandaan?'

'Uit de stad', antwoordde hij bereidwillig. 'Pastoor Conroy heeft ze gekocht. Ik ga jullie verlaten. Ik ga in de stad wonen.'

'Wie heeft dat zo geregeld?'

'Pastoor Conroy', zei hij.

Werktuiglijk reikte Ruttledge naar het kleine rantsoen sigaretten, zette de waterketel op en haalde vruchtencake uit een blik.

'Heb je vandaag niks beters dan thee?'

'Je hebt gelijk, Bill. Het is een bijzondere dag. Er is whiskey en cognac.'

'Cognac', zei hij.

Hij had al een van de sigaretten opgestoken en inhaleerde met trage diepe teugen, waarna hij elke teug met kleine stootjes uitblies. Ruttledge schonk een zorgvuldig afgemeten cognacje in. Bill Evans sloeg het in één keer achterover en wilde er nog een. Er werd hem nog een bodempje ingeschonken en er werd een symbolische hoeveelheid in een tweede glas geschonken. 'Dat is alles, Bill', zei Ruttledge ferm. 'We kunnen niet hebben dat je loopt te waggelen als meneer pastoor aanbelt.'

'Dat zit wel snor', sprak hij tegen.

'Ik hoop dat je erg gelukkig zult worden in de stad.' Ruttledge hield zijn eigen glas omhoog.

'Op je gezondheid, Joe. En dat die maar altijd goed mag blijven.'

'Wat denk je daar in de stad te gaan doen?'

'Van alles', zei hij, en daarna verscheen er een koppige blik op zijn gezicht. Verder wilde hij er niets over zeggen.

'Wat is er met je oude kleren gebeurd?'

'Die liggen boven in huis.'

'En neem je die nog mee?'

'Nee', lachte hij. 'Je wordt al even nieuwsgierig als Jamesie.'

'En kom je nog een keer op bezoek?' vroeg Ruttledge, toen hij met hem meeliep naar het hek.

'Nee hoor', zei hij weer lachend, alsof het een bespottelijk idee was. 'In de stad is alles wat je nodig hebt.'

'Vergeet niet de groeten van me te doen aan je vrouw', zei Bill Evans toen ze bij de els waren gekomen.

'Het zal haar spijten dat ze je is misgelopen', zei Ruttledge. 'Ik neem zelf geen afscheid van je omdat ik je vast nog wel in de stad tegenkom.'

'Vergeet geen sigaretten mee te nemen als je komt.'

'Dat zal ik niet vergeten.'

Langzaam liep hij weg, in zijn nieuwe schoenen en kleren, zonder één keer om te kijken. Boven zijn hoofd hadden de takken langs het meer zich al lang geleden met elkaar verstrengeld, en omdat ze nu vol in het blad stonden, was het weggetje veranderd in een groene, met lichtpuntjes doorspikkelde tunnel. Tijdens zijn langzame klim door deze groene schaduw bleef hij af en toe staan om uit te rusten, alsof hij nog steeds met zijn emmers sjouwde.

's Avonds reed de auto van de pastoor langs de veranda; hij keerde onder de nooit afgebouwde schuur en kwam al rollend voor de verandadeur tot stilstand. Ruttledge ging hem meteen begroeten. Binnen wilde de pastoor wel gaan zitten, maar thee of koffie sloeg hij af.

'Is de vrouw des huizes weg?'

'Nee. Die is ergens buiten.'

Ze spraken over gras en het weer en vee.

'Ik heb je uiteraard op Monaghandag gezien', zei Ruttledge. 'Ik heb gehoord dat je vee een goede prijs heeft gemaakt.'

'De prijzen zijn sindsdien niet meer zo hoog geweest', zei hij. 'Maar ik heb de fout gemaakt om die dag wat aankopen te doen', en daarna legde hij uit dat hij Ruttledge wel had gezien, maar er een regel van had gemaakt om op de markt nooit iemand te groeten, omdat hij anders de hele dag kwijt was met groeten en praatjes maken. 'Er zijn mensen in de parochie die mopperen dat ik helemaal niet op die markt thuishoor. Ze zouden het liefst een soort droefgeestig standbeeld van je maken.'

'En wat vind je daarvan?'

'Het is wel duidelijk wat ik daarvan vind', zei hij bars. 'Ik neem aan dat je wel weet of kunt raden met welke boodschap ik kom?'

'Hij is hier een paar uur geleden geweest, piekfijn uitgedost, en vertelde dat u die kleren voor hem had gekocht.'

'Ik heb ze niet voor hem gekocht. Daar ben ik bij geholpen', zei de pastoor met verrassende afkeer. 'Ik heb ervoor betaald, maar niet met mijn eigen geld.'

'Ik hoop dat hij gelukkig zal worden in de stad', zei Ruttledge.

'We hopen allemaal dat hij gelukkig zal worden', zei hij met een zweem van agressie terwijl hij opstond. 'Of hij het inderdaad wordt, is een andere zaak. Soms denk ik dat je dit soort fouten maar het beste op hun beloop kunt laten. Proberen ze in een laat stadium herstellen levert misschien meer problemen op dan wanneer er geen aandacht aan wordt besteed. We zullen wel zien.'

'Ik ben blij dat hij de kans krijgt, ongeacht wat er gebeurt', zei Ruttledge. 'Meer dan dat hebben we geen van allen gehad.'

Uit de blik waarmee de pastoor naar Ruttledge keek, bleek duidelijk dat hij er totaal anders over dacht, maar geen zin had om een discussie aan te gaan of nog langer te blijven. 'Ik zal daarboven niet erg welkom zijn. Ze schieten er een boel geld bij in, want de staat betaalt ze elke week, net als Bill.'

'Ik betwijfel of je steun aan mij zou hebben', zei Ruttledge met een grimmig lachje.

'In geen enkel opzicht.'

'Hoe komen ze dan nu aan water?'

'Ze piesen zelf de boel maar nat', zei de pastoor humeurig terwijl hij zich omdraaide.

Er werden voorbereidingen voor zaterdag getroffen. Het huis werd geboend en gelucht, er werden boodschappen gedaan in de stad, er werd biefstuk van topkwaliteit gekocht en er werden kroppen sla geplukt in de kas. Het ijzeren rooster werd schoongemaakt en tussen de stangen van de open haard gezet. Overal in huis werden vazen met verse bloemen gevuld. Midden op tafel stond een kom met witte rozen. Er werd een fles rode wijn opengemaakt.

Ze kwamen in een nieuwe witte stationcar. Kort na tweeën reed hij door de ruimten tussen de grote bomen langs de oever. De zon scheen verblindend op de voorruit toen de auto bij de els de bocht omkwam. Ze waren allemaal op hun paasbest gekleed. Mary had een natuurlijke elegantie, ongeacht wat ze droeg, en was in haar zondagse kleren. Lucy droeg een sjaal van witte kant over een blauwzijden jurk en had witte schoenen aan. Jims blauwe overhemd was open bij de boord en hij droeg een zacht bruin wollen jasje met een sportieve lange broek. De vier kinderen waren gekleed in de modieuze overhemden, spijkerbroeken en sportschoenen van hun leeftijd, maar ze leken vreemd terneergeslagen en ernstig.

'Van harte welkom. Wat geweldig dat jullie met z'n allen kunnen komen.'

'Wat geweldig dat jullie ons ontvangen. Weten jullie zeker dat je je niet bedenkt nu je die hele meute ziet? Ze wilden allemaal dolgraag komen.' De Ruttledges wisten meteen dat er iets mis was en wachtten af.

Jamesie ontbrak, en voordat ze de tijd hadden om naar hem te informeren, zagen ze hem onderuitgezakt op de voorbank van de stationcar, met zijn hoofd op zijn borst, laveloos.

'We wisten niet of we hem thuis moesten laten of mee moesten nemen. Moeder zei dat jullie het niet erg zouden vinden', verklaarde Jim.

'Eigen schuld dikke bult', voegde Mary eraan toe. 'Hij ging naar het dorp met de smoes dat hij boodschappen moest doen. Uiteindelijk moest Jim hem gaan zoeken. En in die toestand is hij thuisgekomen.'

'Opa is nou eenmaal altijd een tikje anders dan anderen', zei Lucy aarzelend.

'Volgens mij heb ik hem maar één keer eerder zo gezien. Die kerst dat hij kalkoenen in de stad had gekocht', zei Ruttledge.

'Dan heb je hem nooit gezien wanneer Johnny thuiskomt. Hij verkeert elk jaar in deze toestand als ze van het station komen', zei Mary.

'Wat zullen we doen?'

'Laat hem maar in zijn eigen sop gaar koken', zei ze. 'Als we hem mee naar binnen nemen, valt hij alleen maar in het vuur of zoiets.'

In een neerslachtige rij liepen ze het huis in. Het huis werd geprezen, door Lucy overdagig. Zij en Jim namen een glas gekoelde witte wijn. De kinderen namen iets fris.

'Nou, laten we dan maar met hem meedoen', zei Mary knorrig toen Kate, die wist dat ze niet van wijn hield, aanbood een niet te sterke warme whiskey voor haar te maken.

Met goed gedroogd eikenhout legde Ruttledge een vuur aan onder het rooster. Iedereen kwam in een kring staan kijken om het te zien oplaaien. De schaduwen sprongen over de muren en algauw rook het in de kamer naar houtskool, vermengd met de kenmerkende geur van eikenhout. De zwarte kat, die het vlees rook, kwam de kamer in en gaf kopjes tegen de benen van de kinderen. De kinderen waren opgetogen over het vuur, en toen er alleen nog een rood bed van gloeiende as over was, liet Ruttledge hen meehelpen de stukken vlees op de grill te leggen en gaf hij ze borden om vast te houden en andere kleine taakjes.

'Onze vriend heeft zich nog niet verroerd', merkte Jim bij het raam op. 'Hij slaapt nog steeds de slaap der rechtvaardigen.'

'Het is allemaal zo simpel, zo volmaakt, zo mooi', zei Lucy, toen ze zich van de voorkamer naar de tafel verplaatsten. De kinderen vroegen allemaal om een tweede portie. Alles werd vele malen geprezen en toch maakte die overdadige lof duidelijk dat er een domper op de feestvreugde lag. Hij die zoveel leven in de brouwerij zou hebben gebracht als hij in de kamer was geweest, was door zijn afwezigheid des te aanweziger.

'Hij heeft grote indruk gemaakt op iedereen die hij met Kerstmis in Dublin heeft ontmoet. Er is altijd wel iemand die naar hem informeert', zei Lucy alsof het iets was waarover ze zich verwonderde.

'Ik denk dat ze niet gewend waren aan iemand als hij. Het onbekende is altijd prachtig. Als ze hem nu zagen, zouden ze niet zo onder de indruk zijn', zei Mary om Lucy's onzekere lof af te zwakken.

'Wat Lucy zegt is waar. Tom Murray, de secretaris-generaal van het departement, heeft het er meermalen over gehad dat hij een keer deze kant op wilde komen om hem in zijn eigen huis op te zoeken', zei Jim bedaard. 'Hij kon met iedereen goed opschieten. Het maakte hem niet uit wie het was. Je zou denken dat hij ze al zijn hele leven kende.' Hij sprak met dezelfde genegenheid die zijn ouders voor hem voelden, maar die doorgaans verborgen bleef. Daarnaast gaf hij blijk van een stille hoffelijkheid, die werd versterkt door gereserveerdheid. Het was nog te vroeg om te zeggen hoe de kleinkinderen zich zouden ontwikkelen, maar ze maakten een levendige, interessante indruk. Zij zouden niet dezelfde mate van ontworteling en overplanting hoeven ondergaan als hun vader. Bij hen konden de oude aangeleerde krachten op een nieuwe manier aan de dag treden.

'Opa weet niet wat hij gemist heeft', zei Lucy opgewekt toen ze na afloop van het hoofdgerecht meehielp de borden op te ruimen. 'Dat was heerlijk, Kate. We hebben ons hier de hele week op verheugd.'

'Ik heb nog nooit zo'n goede biefstuk gegeten', zei Jim.

'Het ligt aan de slager', zei Ruttledge.

Ruttledge wist dat Jamesie zou hebben opgezien tegen het officiële karakter en het trage ceremonieel van het etentje. Toen de taart en de kaas en het ijs naar binnen werden gebracht, sloop hij de achterdeur uit en ging naar de stationcar. Jamesie zat nog steeds onderuitgezakt op de voorbank. Voorzichtig trok Ruttledge het portier open en legde zijn hand op zijn schouder. 'Wat heb je met jezelf uitgespookt, m'n oude vriend?'

Langzaam opende Jamesie zijn ogen en keek hem van over een grote afstand van vermoeidheid, slaap of beneveling aan en deed ze vervolgens weer dicht. Ruttledge gaf hem een kneepje in zijn schouder en sloot het portier even zachtjes als hij het had geopend.

'Hoe gaat het met hem?' vroeg Mary op scherpe toon toen hij terugkwam. Ze liet zich niet voor de gek houden door het gebruik van de achterdeur.

'Hij slaapt nog steeds, maar het gaat goed met hem.'

'Je hebt toch niet met hem gesproken?' vroeg ze bits – alsof ze tegen haar samenspanden.

'Nee, maar ik zag wel dat hij niet ziek is of iets ergs mankeert.'

'Nou, dat is dan jammer voor hem', zei ze. 'Ik weet niet waarom hij zich juist vandaag een stuk in zijn kraag moest drinken. Dat zal wel net zo gaan op de dag dat Johnny thuiskomt. Alles wat hij niet onder ogen kan zien…' zei ze, en ze liet de zin onafgemaakt om des te beter in haar eigen gedachten te kunnen opgaan.

'Opa is nou eenmaal altijd een tikje anders dan anderen, maar volgens mij heeft hij daar na al die jaren wel recht op', zei Lucy nog eens.

'Recht op, mijn reet', sprak Mary krachtig.

'Nou nou, moeder', zei Jim.

Zijn afwezigheid werd nu nadrukkelijker gevoeld, met als gevolg dat de maaltijd haastig werd afgerond.

'We kunnen jullie niet genoeg bedanken.'

'Het was heerlijk dat jullie er allemaal waren.'

'De volgende keer moeten jullie naar Dublin komen. Er is volop ruimte. Hij kan wel op het huis passen als jullie weg zijn. Het is mooi dat hij nog iets goeds kan doen.'

'Het lijkt ons enig om te komen.'

Toen ze met omhelzingen en vriendelijke woorden afscheid van elkaar namen, barstte Margaret opeens in tranen uit. Haar vader legde een begrijpende hand op haar hoofd, waardoor haar gesnik alleen maar erger werd. Haar zusje en jongere broertje begonnen ook te huilen. James, de oudste jongen, huilde niet, maar zijn gezicht was bleek. De volwassenen trokken allemaal een gezicht en namen haastig en zwijgend plaats in de grote stationcar waar Jamesie nog zat, zonder een vin te verroeren.

De Ruttledges zagen Johnny bij het hek uitrusten in de schaduw van de els. Hij leunde zwaar op de damesfiets en zag er uitgeput uit na de steile klim vanaf het meer. Hoewel ze maar een paar meter verderop stonden, zag hij ze niet. Toen hij zich weer oprichtte en met zijn hand door zijn haar streek, dat geplet op zijn voorhoofd lag, liepen ze op hem af. 'Welkom thuis, Johnny.'

'Het is geweldig om weer thuis te zijn. Geweldig om jullie allemaal te zien, en dat in zo'n goede gezondheid.'

Hij had een pak van blauw kamgaren aan. Hij droeg een rode das op een wit overhemd. Zijn broekspijpen werden onderaan keurig bijeengehouden met een broekveer. Zijn schoenen waren gepoetst, maar dof geworden door een dun laagje stof van de droge weg. Hij zette de fiets tegen de muur van de veranda en bleef op weg naar binnen even naar de schuur staan kijken.

'Patrick is na vorig jaar zomer zeker niet meer teruggeweest?'

'Hij heeft het er nog steeds over dat hij het komt afmaken,

maar we hebben hem de laatste tijd niet vaak meer gezien. Hij werkt zo'n beetje door het hele land.'

'Da's Patrick', zei hij.

'Het is een belangrijk jaar voor je geweest, Johnny', zei Ruttledge terwijl hij de fles rum tevoorschijn haalde en de zwartebessensiroop ver achter de pers in de kast zag staan. Johnny streek intussen vakkundig een lucifer aan over zijn schoenzool en stak een sigaret op.

'Een belangrijk jaar. Ford heeft me een gouden handdruk gegeven. En toch is het allemaal min of meer tiptop afgelopen. Jamesie en Mary aan de overkant van het meer zijn hartstikke aardig geweest, net als Jim in Dublin. Ze hebben allemaal hun uiterste best gedaan om me zover te krijgen dat ik Engeland vaarwel zei en voorgoed thuiskwam. Ik ben bijna in de verleiding gekomen.' Hij tikte de as van de sigaret op een schoteltje dat Kate op de armleuning van de stoel had gezet. 'Aanvankelijk kwam ik bijna in de verleiding, maar hoe meer ik erover nadacht hoe meer ik besefte dat het geen goed idee was. Mensen raken ergens op ingesteld. Het lukt ze niet meer zich aan te passen. Zodra je gewend bent aan een stad als Londen, krijgt een omgeving als die van het meer iets heel achtergeblevens. Je zit overal te ver vandaan. Jamesie en Mary – God zal ze zegenen – zijn ook tot dat inzicht gekomen. Zonder een auto zou het hopeloos zijn geweest. Dan zou je hier alleen maar voor de elzen op Moroney's Hill naar het riviertje en het veen zitten koekeloeren. Desondanks was het geweldig om te weten dat je nog steeds gewenst bent bij je familie, ook al zit je in de nesten. Bij wie moet je het per slot van rekening anders zoeken dan bij je eigen vlees en bloed?'

Hij was ontroerend in zijn blindheid, alsof hij een grote schare toesprak.

'Toen kwam meneer Singh het te weten, en van toen af zat ik min of meer gebeiteld. Ik heb aan het eind van de week nu evenveel in mijn achterzak als zelfs in de beste tijd toen ik bij Ford aan de lopende band stond.'

Kate maakte een schaal sandwiches. Johnny zei dat hij liever thee had dan nog een rum met zwartebessen en ze namen allemaal een mok thee, geschonken uit de grote rode theepot.

'En je nieuwe woning?'

'Een rij Victoriaanse herenhuizen tegenover het bos, die door meneer Singh zijn gekocht en tot flatjes zijn verbouwd. Er wonen bijna allemaal hoogopgeleide mensen in die flats, mannen en vrouwen; vragen stellen doe je niet. Ze komen en ze gaan. Ik heb mijn eigen ingang in het souterrain, centrale verwarming, badkamer, telefoon, tv, alles erop en eraan.'

'Heb je veel te doen?'

'Genoeg om bezig te blijven. Hoe intelligent die mensen ook zijn, sommigen weten niet eens hoe je een gloeilamp of een stop moeten vervangen. Je kunt het zo gek niet bedenken of ze vragen het. De meeste dingen die kapotgaan kan ik repareren. Als er iets ernstigs aan de hand is, bel ik meneer Singh.

Overdag ga ik een eindje wandelen in het bos. Wat je wel mist is een hond. Er is een vijver bij Snaresbrook, waar je naar de eenden en de zwanen kunt kijken. Ze zijn volkomen tam. 's Avonds ga ik naar hotel Hitchcock. Een zekere Mike Furlong uit Mayo, die zijn geld in de bouw heeft verdiend, is eigenaar van het Hitchcock. We kunnen het uitstekend met elkaar vinden. Mike biedt me vaak een drankje aan in het Hitchcock. Meneer Singh laat mij alle korte huurcontracten doen. Tot nu toe heb ik niets fout gedaan. Even afkloppen. Meneer Singh rijdt tegenwoordig in een Bentley. Voordat ik vertrok, heeft hij me opslag gegeven en gezegd dat het zo moeilijk was om vandaag de dag een degelijk en betrouwbaar iemand te vinden.'

'Dat klinkt alsof alles goed is afgelopen.'

'Je zou kunnen zeggen dat het allemaal min of meer volgens plan is verlopen', beaamde hij nadrukkelijk en stak nog een sigaret op. 'Wat je wel met die oude gebouwen hebt is de gehorigheid, hoewel er in alle flats vloerbedekking is gelegd. Boven het souterrain woont zo'n zwartje, met een lang huurcontract. Hij spreekt meerdere talen en werkt als tolk. Hij is lang en mager en best knap, met kortgeknipt kroeshaar, om en nabij de veertig, hoewel dat bij zwartjes moeilijk te zeggen valt. Zijn Engels is erg bekakt en hij heeft vrijwel altijd zijn Oxfordsjaal om voor het geval je hem verkeerd zou inschatten. Wat vrouwen versieren betreft laat hij John Quinn ver achter zich. Hij kan weken lang of dagen lang weg zijn, maar als hij er wel is, leeft hij zich uit en is het er een komen en gaan van vrouwen. Ze zijn allemaal blank. Ik heb hem nooit met een zwarte vrouw gezien. Wanneer je daar in het donker ligt, hoor je vanwege die slechte geluidsisolatie het hele spektakel even duidelijk alsof je bij ze in de kamer ligt. Er is er eentje bij met een "O mijn God" waar je om drie uur 's nachts de klok op gelijk kunt zetten. Ze komen met hun eigen auto of in een taxi. Hij staat ze nooit op te wachten, maar je zou het eens moeten zien als ze weggaan. Ik krijg er geen genoeg van om dat te bekijken. Je zou je een deuk lachen. Het spektakel verandert nooit, het is elke week weer raak, of het nou een andere vrouw is of dezelfde. O, ze zijn van alle leeftijden, van in de twintig tot rond de veertig of vijftig. In het weekend blijven ze doorgaans de hele nacht en gaan ze pas weg als het midden op de dag is, en dan krijg je dus ook de hele voorstelling te zien.'

Johnny leek jonger te worden en jaren van vermoeidheid van zich af te schudden toen hij uit de stoel omhoogkwam en met een subtiele beweging van zijn handen suggereerde dat hij een lange sjaal over zijn schouder zwaaide. Hij liep heel traag, zijn arm zo strak om een denkbeeldige taille geslagen dat alle beweging moeilijk werd, hij deed een paar korte pasjes en bleef dan staan om de ander gevoelvol in de ogen te kijken. Op het moment van afscheid nam hij de vrouw in een lange omhelzing, hield haar vervolgens even van zich af, om des te meer te lijden onder zijn op handen zijnde verlies, en omhelsde haar nog eens alsof hij dit afscheid bijna niet aankon en troost wilde putten uit deze laatste ondraaglijke omhelzing. Daarna stond hij daar en sloeg hij de Oxfordsjaal over zijn schouder en keek de wegrijdende auto of taxi na alsof hij het gewicht van het verlies van alle leven, alle liefde, alle schoonheid te torsen had.

Johnny ging opeens kaarsrecht staan, klikte kwiek zijn hakken tegen elkaar en maakte met een breed armgebaar een diepe buiging. Het applaus van de Ruttledges was niet gespeeld.

'Patrick Ryan zou het veel beter doen', zei Johnny bescheiden. 'Maar ik kan jullie wel zeggen, dat zwartje is een echte vrijbuiter. Een echte komiek, dat kan ik jullie wel zeggen.'

'Niemand zou het je verbeteren', zei Kate.

'Je zou toch denken dat sommigen van die vrouwen het zouden doorhebben?'

'Ze kunnen er gewoon niet genoeg van krijgen', zei Johnny.

'Maak je eigenlijk wel eens een praatje met hem?' vroeg Ruttledge.

'Nee. Ik praat nooit met hem, tenzij er iets mis is in de flat, maar hij laat duidelijk merken dat hij je zo snel mogelijk weer weg wil hebben. Hij gaat gewoon voor het raam staan of slaat een boek open. Nee. Zelfs tegen meneer Singh zegt hij amper een woord. Ik besta niet voor hem, maar dat kan me niks schelen. Wat is hij meer dan een mens? Hij is net als de eerste de beste vogel uit de lucht te knallen, als je dat zou willen. Hij lijkt in elk geval geen kameraden te hebben.'

'Daar heeft hij waarschijnlijk geen tijd voor.'

'We waren net bezig de aanhanger aan de auto te koppelen toen je kwam', zei Ruttledge. 'Ik moet een paar dingen ophalen voordat de winkels dichtgaan. Vind je het leuk om mee te gaan?'

'Dat lijkt me wel wat. Dan zijn er weer een paar uur voorbij. Maar de fiets dan?'

'Die tillen we wel op de aanhanger. Kleine moeite.'

'Dat is geweldig. Ik had geen adem meer over na die fietstocht om het meer.'

Zwijgend reden ze weg. Johnny zat diep weggezakt in de comfortabele autostoel. Hij keek niet om zich heen, niet naar het riet langs de oever, de zomerse zuchtjes die het meeroppervlak deden rimpelen als scholen vis, het felgroene blad van de wilde kersenboom tussen de gewone bladeren; niet naar het waterwild of de paar zwanen of de reiger die klapwiekend uit het riet tevoorschijn kwam en een stukje voor hen uit vloog voordat hij hooghartig uitweek en in een lome bocht terugvloog. Johnny had zich in zichzelf teruggetrokken alsof hij vermoeid was, alsof het nacht was.

Bij het hek protesteerde hij amper toen Ruttledge uit de auto sprong, de fiets uit de aanhanger tilde en hem achter een van de ronde stenen pijlers zette.

'Dat had ík moeten doen', zei hij.

'Jij hebt vakantie. Ik ben gewend met de aanhanger om te gaan. Wat doet Jamesie vandaag?'

'Iets in het veen, geloof ik. Hij houdt niet van binnen zitten. Je had moeten horen hoe hem door Mary de mantel werd uitgeveegd toen we van de trein kwamen. Ze zei dat hij de kinderen te schande had gemaakt toen ze bij jullie gingen eten. Jim vertelde me er ook over toen hij me op het vliegveld kwam afhalen.'

'Hij heeft niemand te schande gemaakt, maar ik keek er wel van op.'

'Als we van de trein komen, raakt hij altijd in die toestand. Hij is overgevoelig. Hij bekijkt alles met haviksogen, maar daar merk je doorgaans niets van.'

'Waardoor was hij zo uit zijn doen? Gewoonlijk is hij fantastisch als de kinderen er zijn.'

'In bepaalde opzichten is hij altijd al een raadselachtig type geweest', zei Johnny, die genoeg van het onderwerp kreeg.

Toen ze de smalle weggetjes achter zich hadden gelaten, kreeg de auto vaart en ging Johnny overeind zitten in zijn stoel: van alle huizen waar ze langs reden kende hij de naam.

'Je weet meer van die huizen en mensen dan ik.'

'Ik was al oud toen ik wegging. Halve vreemden weten soms meer van een omgeving dan de mensen die er wonen.'

'Heb je er spijt van dat je bent weggegaan?'

'Dikwijls genoeg. De hele land liep toen leeg zonder dat ik er erg in had. In tegenstelling tot de meeste anderen hoefde ik niet eens weg te gaan. In het leven heb je geen heropvoering, zoals je dat bij een toneelstuk hebt. Terugkeren kan trouwens nu niet meer', zei hij met een glimlach.

Er stonden nu zoveel auto's voor het huis van de genezer dat ze aan de kant moesten gaan staan om een vrachtauto de mogelijkheid tot passeren te geven.

'De zevende zoon van de zevende zoon. In elk geval doet hij geweldig goede zaken. Denk je dat de behandeling helpt?' vroeg Johnny.

'Veel ervan zijn kankerpatiënten die al bij artsen en ziekenhuizen zijn geweest en geen kant meer op kunnen. Hij spreekt een zegening over ze uit en vertelt ze wat ze willen horen. Misschien heeft dat al een goede uitwerking. De menselijke geest zit vreemd in elkaar. Wie weet?'

Ruttledge vertelde hem dat Bill Evans geen water meer uit het meer haalde en was verhuisd naar een kleine woning in de stad.

'Onze honden werden nog beter behandeld', bevestigde Johnny vermoeid, maar verder was hij niet meer geïnteresseerd. Hij keek niet op toen ze langs de kleine veemarkt reden, en ook keek hij niet naar de twee rechercheurs in het steegje tegenover de bar van Jimmy Joe McKiernan. Bij de zuivelfabriek bleef hij in de auto zitten roken, terwijl Ruttledge de aanhanger vollaadde met zakken meel en kunstmest.

'Heb je zin om naar het café van Luke Henry te gaan? Dan kunnen we daar iets drinken en kun jij op je gemak blijven wachten terwijl ik voor sluitingstijd de rest van de spullen ga halen.'

'Prima keus. Er is geen fatsoenlijker vent dan Luke. Dat is het enige café waar we op weg naar huis van de trein niet aangelegd hebben. Ik wil Luke best weer eens zien.'

Ze vonden een parkeerplekje bij het café, aan de overkant van de straat. Het café zelf was leeg. Luke zat op een hoge kruk achter de tap met zijn rug naar de deur naar de televisie te kijken, hoog in de hoek. Het duurde geruime tijd voordat hij Johnny herkende aan de hand van de hints die Ruttledge hem gaf. Toen stak hij zijn hand uit over de tapkast.

'Welkom thuis, Johnny. We ontvangen je met open armen!'

'Het is geweldig om weer thuis te zijn, Luke. Geweldig om te zien dat het iedereen zo goed gaat.'

Ze bestelden rum met zwartebessen en een glas donker bier, maar Luke schoof het door Johnny aangeboden bankbiljet weg. 'Dit is van het huis. Welkom thuis, Johnny. Welkom thuis uit Engeland.'

'Ik moet nog een paar dingen in de stad ophalen. Ik blijf niet lang weg', zei Ruttledge, met de bedoeling dat hij Johnny gezellig keuvelend bij Luke zou achterlaten. Tot zijn verrassing kwam Johnny hem achterna de straat op, waar de avond al inviel.

'Zou het niet prettiger voor je zijn in de bar?'

'Ik ga liever met je mee. We gaan straks samen wel terug.'

De winkels zouden al gauw dichtgaan. Het was druk op straat met mensen die nog snel even een boodschap deden. In de eerste winkel stond Johnny als een schaduw aan Ruttledge vastgeplakt. Niemand herkende hem. Zwijgend wachtte Johnny bij de kassa tot het mandje boodschappen afgerekend was. Toen ze naar de volgende winkel een wat langer stuk moesten lopen begon hij achterop te raken.

'Een tikkie buiten adem', zei hij verontschuldigend terwijl hij zijn voorhoofd afveegde met zijn mouw. De kleur was uit zijn gezicht getrokken en er schemerde nu een akelig blauw door zijn bleekheid heen.

'Weet je zeker dat het wel goed met je gaat?'

'Ik ben alleen maar een beetje buiten adem.'

Bij sommige winkels gingen de rolluiken al naar beneden.

'Zou het niet prettiger voor je zijn als je hier aan de overkant bij Luke zou zitten in plaats van door de stad te draven?'

'Je zou me toch niet per ongeluk achterlaten, hè Joe? Je zou toch niet vergeten om me op te halen?' vroeg hij met een stem als van een kind.

'God sta ons bij, Johnny. Ik heb nog nooit iemand in de stad achtergelaten.' Ruttledge was zo verbaasd dat hij zijn arm om Johnny's schouders sloeg. 'Ik kom terug als ik klaar ben met de boodschappen en dan nemen we rustig samen bij Luke een drankje voordat we weer op huis aangaan. Het hoeft er niet bij een te blijven. We hebben je niet elke week van het jaar in ons midden.'

Ze zetten de aankopen in de auto en staken de straat over naar Lukes café. Ofschoon hij zijn angst in gematigde bewoordingen had uitgedrukt, was de onrust in zijn ogen onmiskenbaar, de vrees om te worden achtergelaten in wat opeens een vreemde omgeving was geworden. Doordat ze zo plotseling waren vertrokken, keek Luke bij hun binnenkomst vragend op, maar hij was een te goede barman om blijk te geven van verrassing. Hij schoof alleen maar hun twee glazen hulpvaardig over de tap naar hen toe. Er zaten nu wat mensen in het café te drinken, en er werd een spelletje darts gespeeld door drie winkelbedienden, die met krijt de stand bijhielden op het kleine zwarte bord. Nu hij aan de bar zat, leek Johnny weer op verhaal te komen en na een paar slokjes rum was hij niet meer zo gespannen. Ruttledge bestelde nog een rondje. Hij besloot de resterende boodschappen tot een volgende keer uit te stellen.

'Hebben jullie er bezwaar tegen als ik een keertje gooi, jongens?' vroeg Johnny aan de dartspelers, toen ze tijdens een onderbreking van het spel naar de tapkast kwamen voor een drankje.

'Helemaal niet. Ga gerust je gang. Wij waren toch niet serieus bezig', zeiden ze en gaven hem een stel van de pijltjes met de rode vinnen.

'Ik gooi waarschijnlijk alles mis. In een van de zomers dat ik thuis was heb ik mijn geweer weer eens uit de kast gehaald. Ik raakte helemaal niets.'

Hij boog zijn polsen alsof hij het gewicht en de balans van de darts uitprobeerde en deed een paar heel achteloze oefenworpen voordat hij zijn plaats op de mat innam. Omdat hij een vreemde was, keek het hele café zwijgend en aandachtig toe terwijl hij wierp. Elk pijltje trof moeiteloos doel; het leek wel toverij. Er klonk een beleefd applausje. Vergenoegd en een beetje opgewonden haalde Johnny de pijltjes van het bord om ze weer aan de

314

jongens te kunnen overhandigen, maar die wilden per se dat hij nog eens wierp. Een paar minuten bleef hij doorwerpen, en elke worp kwam in het juiste vakje. Slechts één worp ging ernaast, maar niet meer dan de dikte van de stalen draad. Toen hij ten slotte de pijltjes teruggaf en weer naast Ruttledge aan de tapkast ging zitten, steeg er in het café een warm applaus op.

'Beter heb ik het nooit gezien.' Luke greep zijn hand beet.

'Het was net zo goed als op tv', bevestigden de spelers.

Johnny stond erop nog een rondje te geven, en ze dronken in de na-roes van zijn succes.

'Ik begrijp het niet. Ik geloof niet dat ik ooit zo goed heb geworpen toen ik nog voor de Prince of Wales speelde. Ik was ervan overtuigd dat ik niets zou raken. Ik heb in geen maanden een pijltje in handen gehad.'

'Als het er niet in had gezeten, had het er ook niet uit kunnen komen', verzekerde Luke hem.

'Dat schieten heeft er vroeger ook in gezeten, maar toen ik het geweer in mijn handen had, kwam het niet meer terug. Het is een mysterie. Al hing mijn leven ervan af, ik betwijfel of ik nog een keer zo goed zou kunnen gooien.'

Het werd tijd om op te stappen. Het hele café was er nu achter wie Johnny was, waar hij vandaan kwam en wat er zo'n beetje met hem gebeurd was.

'Ik zal maar geen afscheid nemen, want ik kom hier vast nog wel eens voordat ik terugga, de grote plas over', zei Johnny tegen Luke.

'Je moet een keer een echte wedstrijd komen spelen, hoewel je ons dan allemaal wel in ons hemd zult zetten', zei een van de dartspelers. 'Als je hier zou blijven en wij je in ons team hadden, zouden we de rest van de stad zo kunnen inmaken.'

'De volgende keer gooi ik misschien alles mis', antwoordde hij bescheiden.

'Bedankt, Luke.'

'Jullie ook bedankt', zei Luke terwijl hij hun glazen verzamelde, en er klonk hen een koor van 'Het allerbeste!' en 'Behouden thuiskomst!' en 'Rij niet de heg in!' achterna.

Johnny was weer helemaal op krachten gekomen en hoefde niet naar de auto met aanhanger te worden begeleid. Op de cafés na was er niets meer open in de stad, en er hing dezelfde sfeer van afsluiting en verlatenheid als op stranden en in parken aan het eind van de dag.

'Alles nog steeds in orde met je oom?' informeerde Johnny beleefd toen ze de stad uit reden.

'Die verandert geen steek. Dineert in het Central. Hij heeft het bedrijf aan Frank Dolan verkocht, maar het gaat op dezelfde voet verder als vroeger. Je zou bijna zeggen dat het niet van eigenaar is veranderd.'

'Hij moet inmiddels heel rijk zijn. In de tijd dat hij het oude spoorwegemplacement kocht, zei iedereen dat hij gek was.'

'Hij heeft nu meer dan hij kan opmaken. En er zitten maar vierentwintig uur in een etmaal.'

'Meer valt er niet van te maken', beaamde Johnny.

Ze waren van de hoofdweg af en zaten op de groene weggetjes. De witte meidoorn streek langs de voorruit en filterde het licht. Omdat het er zo smal was, reden ze langzaam en toeterden ze hard bij elke bocht.

'Patrick Ryan komt vast en zeker langs als hij hoort dat je thuis bent. Misschien kunnen we een keer met z'n allen naar Luke om er een gezellig avondje van te maken', zei Ruttledge.

'Dat zou geweldig zijn. Er komen aardige mensen in de bar van Luke. Hij is altijd een fatsoenlijke vent geweest', zei Johnny.

Na op de landweggetjes omringd te zijn geweest door groen werden ze bij het meer onthaald op ruimte en licht. Laag aan de hemel stond een rode zon.

'Ik hoef alleen maar de fiets op de aanhanger te gooien en je naar huis te rijden', zei Ruttledge toen ze bij het hek kwamen.

'Nee. Ze zouden denken dat ik een slapjanus aan het worden was', zei Johnny gedecideerd. 'Ik haal gewoon mijn fiets van-achter de pijler en kuier er op mijn dooie akkertje naartoe. Ik heb de hele avond.'

Ze stapten beiden uit de auto. De motor liep nog.

'Weet je het heel zeker?' vroeg Ruttledge voor de laatste keer, terwijl Johnny de fiets pakte.

'Ja', zei hij onvermurwbaar. 'We hebben een heel fijne avond gehad. Dat maakte de dag helemaal af. Het is allemaal prima. Alles is nu tiptop in orde.'

Terwijl Ruttledge bezig was de aanhanger uit te laden, keek hij af en toe naar de overkant van het meer. Johnny klom langzaam omhoog de heuvel op en hield heel dikwijls stil, een donker figuurtje op de lichte pas, overschaduwd door witte meidoorn. Toen hij eindelijk boven op de heuvel aankwam, bleef hij daar heel lang staan, leunend op zijn fiets. Het enige wat hij vandaar hoefde te doen was omlaag freewheelen naar het huis. Achter hem op Moroney's Hill trilde een zuivere lucht die bij het ondergaan van de zon de kleur aannam van opgebleekte as.

Eenmaal binnen vertelde Ruttledge over Johnny's angst om achtergelaten te worden in de stad en daarna over zijn triomf in het café van Luke toen alle darts doel troffen.

'Het was een onthutsend bezoekje', zei Kate.

'Vanwege zijn verwarring?'

'Dat, en het feit dat hij er niet goed uitziet.'

'Ik zou vanavond wel een glaasje wijn lusten', zei Ruttledge.

De tafel werd gedekt, er werd een kaars aangestoken, de gordijnen bleven open. Terwijl ze aten, dronken en praatten, kwamen de kolossale vormen van de bomen rond het huis bij het flikkerende schemerlicht langzaamaan de kamer in en de kamer stelde zich open, als in een droom, om de bomen, de velden en het gloeiende, intense licht van de hemel in zich te kunnen opnemen. Bij dit zachte licht leek de kamer enorme afmetingen te krijgen en alles te vervullen van rust.

Ze werden uit een diepe slaap gewekt door een woest gebonk op de deuren en ramen, alsof er een storm op het meer was opgestoken. Het huis trilde ervan. Ze keken elkaar geschrokken aan en hoorden toen door alle gebeuk en gehamer heen een stem schreeuwen. Ruttledge schoot snel wat kleren aan en rende op het lawaai af. Jamesie stond voor de glazen veranda, duidelijk zichtbaar in het licht van de volle maan boven het meer. Met zijn vlakke, kolossale hand sloeg hij op het glas terwijl hij met zijn andere hand aan de gesloten deur rammelde. Het glas schudde in de zware kozijnen alsof het op het punt stond te verbrijzelen.

'Johnny is dood. Johnny is dood. Johnny is dood', riep hij. 'Johnny is dood', bleef hij roepen toen Ruttledge de deur al opendeed.

'Dat kan niet. Toen ik hem bij het hek aan het meer gedag zei...'

'Dood. De pastoor en de dokter zijn al bij hem geweest. Dood.'

'Ik kan het bijna niet geloven. Wat ontzettend.'

'Dood, nog vóór negenen. Mary en ik waren bezig in het veen. Ze had zijn eten al klaar, maar zag hem op straat met de fiets thuiskomen en ging uit het veen weg om zijn eten op tafel te zetten. Ze zei dat hij geweldig op zijn praatstoel zat en over jou en Kate vertelde en zei dat hij het in de stad reuze naar zijn zin had gehad. Toen ze bij hem wegging, zat hij naar Mickey Mouse te kijken op tv. Hij vond het altijd leuk om naar die tekenfilms te kijken. Twee keer hebben we hem de straat zien oplopen terwijl we in het veen waren. Het leek alsof hij over het water stond uit te kijken naar de elzen op Moroney's Hill. Mary ging als eerste weg uit het veen en hoorde een soort gekreun toen ze vlak bij huis was en trof hem opzij gezakt aan. Toen hij geen antwoord gaf, riep ze naar het veen. Toen ik bij het huis kwam, kon hij nog wel iets zeggen, maar er was geen touw aan vast te knopen. De pastoor zei dat hij nog niet helemaal was heengegaan op het moment dat hij het laatste oliesel kreeg. De dokter zei dat zijn hart gewoon op was en dat het elk moment had kunnen gebeuren.'

Jamesie sprak heel snel, en zijn ontreddering en geschoktheid waren overduidelijk, maar het relaas had een ingestudeerd tintje, alsof hij het al meer dan eens had afgestoken.

'Wat ontzettend allemaal.' Ruttledge stak zijn hand uit en

kromp ineen bij de heftigheid van Jamesies greep. 'Ik wou hem nog helemaal naar huis brengen, maar dat mocht niet van hem. Hij wilde met alle geweld gaan lopen.'

'Ik weet het. Hij heeft het allemaal aan Mary verteld toen ze zijn eten klaarzette. Hij had flink wat trek na de stad, terwijl hij de laatste tijd alleen maar zat te kieskauwen.'

'Wat verschrikkelijk, Jamesie.' Kate kwam bij hen in de veranda staan. 'Wil je niet binnenkomen om iets te gebruiken?'

'Nee. Nee. We moeten het nog bij een paar andere huizen gaan aanzeggen', en pas toen zag Ruttledge de kleine auto die discreet bij het hek stond te wachten achter de els.

'Kunnen we jullie ergens mee helpen?'

'Nee. Nergens mee. We kunnen Patrick Ryan nergens vinden. Niemand lijkt te weten waar hij werkt of waar hij heen is. Volgens sommigen kan hij zelfs naar Dublin zijn gegaan om voor de Reynolds te werken, die daar huizen hebben.'

'Zodra we ons aangekleed hebben, komen we naar jullie toe. Kunnen we iets meenemen?'

'Nee. Nee. Alles is verzorgd. Doe maar rustig aan.'

De maan scheen zo fel en de nacht was zo helder dat de koplampen van de kleine auto slechts zwakjes zichtbaar waren in de ruimten tussen de bomen toen hij langzaam rond de oever reed.

Ze besloten te gaan lopen. Zodra ze bij de oever de bocht om gingen, namen de opgeschrokken watervogels met veel kabaal de wijk naar het midden van het meer, waar zwermen vogels lagen, als trossen donker fruit. De bomen stonden als enorme schildwachten langs de oever en wierpen lange schaduwen terug over het maanverlichte gras. Hier en daar werd het stille water beroerd door een nauwelijks waarneembaar nachtwindje, en sommige stukken leken in het maanlicht op voren van gehamerd zilver. De reiger was in zijn rust gestoord door de auto en vloog pas op toen ze een heel eind verder langs de oever waren; hij had iets weg van een geestverschijning zoals hij lui opwiekte naar de maan en daarna terugging naar waar zij vandaan waren gekomen.

'Het laatste wat hij tegen me zei was hier', zei Ruttledge toen ze bij het open hek kwamen: '"Alles is nu tiptop in orde."'

'Wat je zegt. Maar nu is iedereen in rep en roer.'

Het kleine straatje stond vol auto's. Achter het kippengaas tekenden de ijzeren palen van de lege hooischuur zich duidelijk af in het maanlicht, net als de witgekalkte bijgebouwen. Het kippenhok was dicht. Op straat lagen de rechthoekige lichtvlakken van het kleine raam en de open deur. De woonkamer was vol mensen. Alle klokken waren stilgezet. De deur van de lange binnenkamer was open en er stonden verscheidene kartonnen dozen op de ovale tafel. De stoelen waren uit de kamer gehaald en vulden de kleine woonkamer. De deur naar de slaapkamer beneden was dicht.

'Arme Johnny.' Mary pakte hen bij de hand. Er lag een vreemde kalmte op haar gezicht, alsof ze door de schok en de opwinding van het overlijden in spirituele vervoering was geraakt.

Terwijl ze handen drukten en hun plaats tussen het rouwbezoek innamen, beaamden de gedempte stemmen om hen heen: 'Ik weet dat het treurig is, maar als je erover nadenkt is het misschien maar beter zo. Hij was niet oud. Hij had geen gezin. Waar moest hij naar terug? Hij had daar kind noch kraai. Hoe triest het ook is, als je erover nadenkt, had het niet beter kunnen verlopen, alsof het van tevoren zo was geregeld. Natuurlijk zou het beter zijn geweest als het nooit was gebeurd – maar vroeg of laat ontkomt niemand van ons eraan – God sta ons bij', en er hing een tastbaar gevoel van voldaanheid dat zij veilig waren, gevrijwaard van alles wat ze in woorden met elkaar eens waren.

De kleine auto die voor het hek achter de els had gewacht, bracht Jamesie terug. Hij was erg geagiteerd. De gedempte stemmen hielden op met praten toen hij op Ruttledge afliep.

'We hebben in de wijde omtrek laten informeren, maar Patrick is nergens te bekennen. Niemand lijkt te weten waar hij heen is.'

'Waarom is het zo noodzakelijk om Patrick te vinden?'

'Hij is altijd degene die het lichaam aflegt!'

Jamesie keek bezorgd om zich heen. Het was vol in huis, en hoewel het nu ver na middernacht was, kwamen er nog steeds mensen binnen. De kartonnen dozen op de ovale tafel zaten vol eten en drinken. Traditiegetrouw konden er geen verversingen worden aangeboden voordat het lijk was afgelegd en opgebaard.

'Ik zal Johnny wel afleggen', bood Ruttledge aan.

'Kun je dat dan?' Jamesie keek hem aandachtig aan. Het werd stil in huis.

'Ik heb als student in ziekenhuizen gewerkt.' Ruttledge probeerde zijn eigen ongerustheid te verbergen.

'Denk je dat…?' Jamesie was er niet gerust op.

'Ik weet het zeker, vooral als ik hulp krijg.'

'Ik zal wel helpen', bood een man spontaan aan. Het was Tom Kelly, een buurman die Ruttledge oppervlakkig kende. Hij werkte als kapper in Dublin, maar was nu thuis, op bezoek bij zijn moeder, en was met haar meegekomen.

'Dan kunnen jullie eerst een glaasje wel gebruiken', zei Jamesie. Hij schonk de twee mannen een glas whiskey in en wachtte tot ze het hadden opgedronken, alsof dat essentieel was nu ze voor een dergelijke taak gesteld werden. Hij overhandigde Ruttledge een platte kartonnen doos. 'Jimmy Joe McKiernan zei dat alles hierin zit.'

Mary goot een kom vol dampend water. Ze had handdoeken, een schaar, een spons, een scheermes, een stel witte gesteven lakens en een kussensloop. Zij en Jamesie gingen beide mannen voor naar de slaapkamer, waarvan de deur dicht was. Johnny lag in overhemd en broek op bed. Zijn voeten waren bloot.

'Arme Johnny', zei Mary dromerig, voordat ze aanstalten maakte om de kamer te verlaten.

Jamesie stond naast haar schouder, maar sprak niet. Hij was verkrampt en gespannen.

'Als je iets moet hebben, klop je maar hard op de deur, dan komt Jamesie wel', zei Mary.

'Zijn er ook watten bij?' vroeg Ruttledge.

De platte doos bevatte een groot pak watten, een lange witte lijkwade, een rozenkrans, een stuk zeep en een wegwerpscheermes. Jamesie trok de deur stevig achter zich dicht toen hij en Mary de kamer uit gingen.

'We zullen hem zijn kleren moeten uittrekken.'

Toen hij het nog warme lichaam aanraakte, dacht hij even terug aan hoe ze een paar uur geleden 's avonds op de drukke straat stonden, aan alle darts die recht op hun doel uit deze nu levenloze hand waren gevlogen. Er was geen hinderlaag voor nodig om zo'n snelle en onomkeerbare verandering tot stand te brengen.

Door de heupen op te tillen kon de broek worden uitgetrokken. Daarin zaten een portefeuille, muntgeld, een zakmes, een kam, een bos sleutels, bewijsstrookjes voor weddenschappen en een rozenkrans in een versleten beursje. Met iets meer moeite werkten ze de sterke dikke armen uit de mouwen en trokken ze het overhemd uit. Het lange katoenen onderhemd kostte nog meer moeite. Het lichaam was zwaar en verrassend slap.

'Knip maar los.'

'Zou het niet beter zijn om het op dezelfde manier als het overhemd te doen?'

'Het zit te strak.' Ruttledge stak Tom Kelly de schaar toe en toen Tom nog weifelde, zei hij erbij: 'Hij heeft het niet meer nodig.'

'Deze schaar is bot. Buiten de stad kun je nergens een scherpe schaar vinden. Ze worden voor van alles en nog wat gebruikt', mopperde Tom Kelly.

Toen het hem eindelijk was gelukt een eerste knip te maken, scheurde het katoen probleemloos. Met de onderbroek deden ze hetzelfde. Het enige wat nog aan het lichaam zat was een groot zilverkleurig digitaal horloge, waarvan de rode cijfers in een pulserend ritme de seconden weergaven, als een mechanisch hart dat in de stilte op een vreemde manier levend was.

'Dat heeft hij ook niet meer nodig.' De kapper maakte het horloge los, maar de cijfers bleven ritmisch oplichten in de glazen asbak totdat Ruttledge het storend begon te vinden en het horloge omkeerde. Toen zag en verwijderde hij het gehoorapparaat.

Ze sloten de neus en oren af met de watten en toen ze hem omdraaiden om zijn rectum dicht te stoppen, viel er een kunstgebit uit zijn mond. Het rectum nam vrijwel alle watten op. Het was een even intieme en tedere handeling als de geslachtsdaad. In de dood kwam de aangeboren heiligheid van elk afzonderlijk leven krachtiger uit dan tijdens de gehele duur van zijn natuurlijke leven. Hem naakt te zien hield in dat je nu wist wat door zijn karakter en kleding was verhuld – wat een prachtig lichaam hij had gehad. De volmaakte coördinatie van hand en oog, die zoveel watervogels als stenen uit de hemel had doen vallen, was geen toevallige eigenschap geweest. Die hand was nu ook gevallen.

'We kunnen hem beter even optillen en op de grond leggen.'

'Weet je dat zeker?'

'Dan hebben we meer ruimte, en we moeten het bed nog opmaken.'

Met het laken tilden ze hem van het bed. Tom Kelly schoor hem met snelle, strakke vakkundige halen en werkte de bakkebaarden zo bij dat ze op gelijke hoogte kwamen met de gesloten ogen, terwijl Ruttledge het lichaam waste en afdroogde.

'Moet hij nog even snel bijgeknipt worden?'

'Doe maar wat je goeddunkt.'

Tom Kelly pakte een kam, en terwijl hij zich aan één stuk door over de schaar beklaagde, knipte en kamde hij het haar. Toen ze bijna klaar waren, vloog de deur met een knal open. Door zichzelf tegen de deur te werpen slaagde Ruttledge erin hem weer dicht te krijgen voordat hij helemaal openzwaaide. Van de andere kant van de deur kwam een stortvloed van verontschuldigingen. Ze zagen een grote ouderwetse sleutel in het slot en draaiden hem om.

'Het zou verschrikkelijk zijn geweest als ze hem zo op de grond hadden zien liggen.'

'Dat we die sleutel niet meteen gezien hebben.'

'Hij zit nu in elk geval op slot.'

Ze verschoonden het laken en de sloop. Heel voorzichtig tilden ze het zware lichaam terug op bed. Ze legden zijn voeten goed en pakten de wade. Hij was van helwitte stof, een borststuk met lange mouwen en vier witte linten. De manchetten en het borststuk waren geborduurd met goudkleurig draad. Omzichtig schoven ze de handen en de armen in de mouwen en tilden de rug omhoog om het borststuk strak te krijgen door de linten vast te binden.

'Ze beknibbelen tegenwoordig overal op', klaagde Tom Kelly. 'Vroeger kreeg iedere overledene een volledige wade.'

'Zo is het gemakkelijker voor ons. Geen mens die het verschil ziet. Wat zullen we met de rozenkrans doen?'

'We geven hem zijn eigen rozenkrans.'

Tom Kelly haalde de rozenkrans uit het kleine beursje en reeg hem tussen Johnny's vingers door voordat hij diens handen keurig op zijn borst legde. Toen trokken ze het laken omhoog en legden de handen op de omslag. Een van zijn ogen was opengegaan en werd zachtjes weer gesloten.

'We zijn er bijna.'

'Het enige wat we nog moeten doen is zijn mond goed krijgen.'

Tom Kelly deed hem het gebit in. Met behulp van watten gaf hij langzaam en overdreven zorgvuldig vorm aan de mond en het gezicht.

'Het ziet er perfect uit', zei Ruttledge, maar hij had het nog niet gezegd of een laatste duwtje zorgde ervoor dat het gebit losraakte. Dat gebeurde een paar keer achter elkaar: alles leek op zijn plaats te zitten en werd vervolgens verknoeid doordat er naar te grote perfectie werd gestreefd.

'Ik hoor de mensen onrustig worden.'

'Let maar goed op mijn woorden', antwoordde Tom Kelly. 'We krijgen op- en aanmerkingen op alles wat we gedaan hebben. Alles wordt met een vergrootglas bekeken.'

Het hele trage proces begon van voren af aan. Er was geen

twijfel mogelijk – achter de deur groeide de onrust en het ongeduld om met de wake te beginnen.

'Als het deze keer niet lukt, doe ik een poging.'

Wellicht door deze extra druk ging het nog sneller mis met het gezicht.

'Je kunt erop rekenen', zei Tom Kelly nijdig terwijl hij zijn plaats afstond. 'We zullen overal commentaar op krijgen. We zullen overal commentaar op krijgen.'

Door meer watten te gebruiken en minder op effect uit te zijn kreeg Ruttledge het gebit op zijn plaats en bleef de mond in model zitten.

'Ik had het een paar keer een stuk beter.'

'Dat weet ik.'

'De wangen staan te bol.'

'Dat moet dan maar. Hoor je ze niet?'

'Je weet het misschien niet, maar let op mijn woorden, ons werk zal met een vergrootglas worden bekeken. We zullen overal commentaar op krijgen. Straks wordt er in de hele streek over ons gesproken', zei Tom Kelly.

'Ik neem de schuld wel op me. Jij zit toch in Dublin.'

'Of we het leuk vinden of niet, straks gaan we overal over de tong', zei Tom Kelly zo zorgelijk dat Ruttledge hem geruststellend in zijn schouder kneep.

'Je hebt het geweldig gedaan. We hebben ons best gedaan. We kunnen niet eeuwig bezig blijven.'

'Misschien valt het wel mee. Misschien kan het door de beugel', antwoordde hij weifelend.

De kleren en het afval werden in een plastic zak gepropt en samen met de platte kartonnen doos in de klerenkast weggestopt. De deur werd van het slot gedaan, de kom water weggehaald. Jamesie en Mary kwamen de kamer in. Ze bleven een hele tijd naar het gezicht staan kijken.

'Hij ligt er prachtig bij', zei Mary en ze boog zich naar voren om het bleke voorhoofd aan te raken.

'Hij is perfect. Patrick had het geen steek beter kunnen doen', zei Jamesie emotioneel.

'Ik had geen idee dat hij zo'n gespierde vent was', zei Ruttledge.

'Sterker dan ik, sterker dan mijn vader, veel sterker dan ik in mijn beste jaren', zei Jamesie.

Langs de muren van de hele kamer werd een rij stoelen opgesteld. Er werd een witte doek over een nachtkastje gelegd en er werden twee kaarsen in koperen kandelaars gezet en aangestoken. Op de vensterbank werd een grote bos bloemen neergezet.

Een voor een kwam iedereen afscheid nemen, staand of knielend. Oude mannen en vrouwen gingen op de stoelen langs de muur zitten. Het onzevader werd gezegd; één vrouw ging voor in gebed, en de aanzwellende responsen kwamen als één stem terug.

Er werden enorme schalen met sandwiches rondgedeeld, whiskey, donker en licht bier, sherry, port, limonade. Er werd thee geschonken uit de grote aluminium ketel. Het zachte gemompel werd harder en vrijmoediger. Aanvankelijk gingen alle gesprekken over de dode, maar na verloop van tijd dwaalden ze af naar persoonlijke interesses en zorgen. Sommige rokers lieten hun sigarettenpeuken in de hals van lege bierflesjes vallen, waar ze sisten als gevangen wespen. Mensen kuierden naar buiten, de nacht en het maanlicht in. De eerste grappen klonken op en er werd gelachen.

'Als we niet even mogen lachen, kunnen zelf ook net zo goed op bed gaan liggen.'

Bij het aanbreken van de ochtend, toen het maanlicht op straat al wat ijler werd, verscheen Patrick Ryan zonder aankondiging in de deuropening en bleef daar staan, als een zwijgende verschijning in een donker pak. Het witte overhemd blonk, de zwarte das was keurig geknoopt; hij was gladgeschoren, het dikke zilvergrijze haar geborsteld.

'Wat verschrikkelijk. Verschrikkelijk.'

'Ja, Patrick. Ja. We hebben overal naar je gezocht.'

'Dat heb ik gehoord. Ik heb bericht gekregen. Ik moest me eerst aankleden.'

Met dezelfde langzame passen liep hij naar de kamer, sloeg een kruisteken en bleef een hele tijd naar de overledene staan kijken voordat hij met een traag, sober afscheidsgebaar zijn handen en zijn voorhoofd aanraakte.

Het harde praten en lachen waaraan zijn binnenkomst een einde had gemaakt klonk weer op. Patrick maakte een ongeduldige beweging toen hij uit de kamer terugkwam, maar het gepraat en het lawaai liet zich geen tweede keer tot bedaren brengen. Toen hem sandwiches werden aangeboden, maakte hij een afwijzend gebaar, alsof het gebeurde te gewichtig was om verruild te worden voor het kleingeld van eten en drinken, maar wél accepteerde hij de forse, door Jamesie ingeschonken whiskey alsof hij er zelf niet bij was en de hand die het glas beetpakte niet zijn eigen hand was.

'Door wie is hij afgelegd?' wilde hij weten.

'Door mij', zei Ruttledge.

'Dat had ik kunnen weten.'

'Heb ik het niet gezegd', fluisterde Tom Kelly. 'Onze critici zijn aangekomen.'

'Dat kan me niets schelen.'

Met een gebiedende zwaai van zijn hand gaf Patrick Ryan te kennen dat hij met Ruttledge wilde spreken, alleen, voor het huis. Ze stonden voor het verlichte raam en konden tussen de bloemen in de wijde vaas de aangestoken kaarsen en de witte verstilling van het bed zien.

'Waarom heb je niet op me gewacht, jongen? Jeukten je handen om aan de slag te gaan?'

'Niemand kon je vinden', zei Ruttledge geduldig. 'Ze hebben overal gezocht. Ze konden het niet langer uitstellen.'

'Ze hadden kunnen weten dat een belangrijk bericht me altijd zou hebben bereikt', zei hij.

'Dat wisten ze dus niet. Er was zelfs iemand die zei dat je in Dublin zat. Ze dachten dat de begrafenis achter de rug zou zijn voordat je het bericht kreeg.'

'Die slapjanus van een kapper heeft je zeker flink geholpen om er een puinhoop van te maken.'

'Ik heb geweldig veel hulp van Tom Kelly gekregen. Maar als er iets mis is gegaan, ligt dat aan mij', zei Ruttledge.

'Dat is toch geen gezicht waarmee je een arme man uit deze wereld laat vertrekken', klaagde hij bitter. 'Geen gezicht waarmee je hem de volgende wereld laat binnengaan.'

'De mensen zijn zo te zien best tevreden.'

'De mensen weten van niks, jongen. Het enige wat die willen is wippen en zich volvreten. Maar er zijn mensen die het wel weten. Vaklui weten het. Ik weet het. Maar ja, dat doet er niet meer toe, jongen. Het is gebeurd', zei hij alsof hij zich ergerde aan zijn eigen gedachtegang. 'Ik kom volgende week bij jullie langs. Dan zullen we die schuur afmaken. Die staat ons daar al veel te lang in ons hemd te zetten.'

Er kwamen geen mensen meer naar het huis en heel wat mensen gingen al weer weg. Alleen degenen die de rest van de nacht zouden gaan waken bleven achter. Kate liet weten dat ze eraan toe was op te stappen. Ze namen afscheid van de overledene. Met de wakers op de stoelen langs de muren, de witheid van het beddengoed, de bloemen en de kaarsen zag de kleine kamer er prachtig uit in de stilte van het ceremonieel. Ruttledge keek aandachtig naar het gezicht en vond ondanks wat Patrick had gezegd niet dat er enorm veel aan verbeterd had kunnen worden. Jamesie en Mary wilden per se helemaal met hen meelopen naar het meer. Na de warmte van het huis kwamen ze hun eigen vermoeidheid tegen in de kou van het ochtendwindje dat over het meer kwam aanwaaien. De maan was verbleekt en alles lag nu in grijs licht.

'Weten jullie zeker dat jullie dat hele eind meekomen?'

'Het is een mooi excuus om even de deur uit te zijn en een frisse neus te halen. We zullen nog lang genoeg binnen blijven. Alles is in elk geval geweldig goed verlopen.'

'Patrick Ryan was niet erg over ons werk te spreken', zei Ruttledge.

'Hou toch op over Patrick. Iedereen kent Patrick toch', zei Jamesie. 'Al kwam God de Heer uit de hemel naar beneden, dan nog kon hij het Patrick niet naar de zin maken. Iedereen, iedereen zei dat Johnny er gewoon prachtig uitzag.'

'Wat ze ook mogen zeggen, Jamesie hier is de beste van het hele stel, met inbegrip van Patrick', zei Mary met glanzende ogen.

'Jamesie is bijzonder', beaamde Kate glimlachend.

'Misschien was ik wel niet de slechtste van het stel', zei hij voorzichtig. 'We moesten maar om een uur of twaalf beginnen met het delven van het graf.'

'Welk gereedschap wil je dat ik meeneem?'

'Er is al een heleboel gereedschap, maar neem… neem maar de scherpe stalen schop mee, en die goede houweel en de koevoet.'

'Denk je dat Jimmy Joe McKiernan met de lijkwagen meekomt of zal hij een van zijn mannen sturen?'

'Ik zou zeggen een van zijn mannen, maar bij Jimmy Joe weet je het nooit. Er is waarschijnlijk zoveel politiek gedoe en narigheid aan de hand dat Jimmy Joe niet kan komen, hoewel de doos met de wade me door Jimmy zelf is aangereikt.'

'Kate hier heeft goed geholpen', complimenteerde Mary, toen ze elkaar omhelsden bij de oever van het meer.

'Ik heb maar heel weinig gedaan. Het was een voorrecht om bij jullie te mogen zijn.'

'De kleinkinderen komen niet. Ze kenden Johnny amper, maar Jim en Lucy komen vanochtend uit Dublin', deelde Jamesie bij het afscheid mee.

'We zien jullie gauw weer.'

'Als het God belieft.'

Terwijl ze over de heuvel afdaalden, liepen ze in een witte mist, die de vorm van de bomen aan de waterkant vervaagde en iets spookachtigs gaf. Verborgen in de mist kwetterden en krijsten watervogels uitbundig midden op het meer. In de hoek steeg de oude grijsgepluimde reiger luid klapwiekend voor hen op en verdween toen in de witte mist. Ze waren te vermoeid en te diep in gedachten verzonken om te praten.

'Hoe was dat, het afleggen van het lichaam?' vroeg Kate ten slotte toen ze omhoog klauterden naar hun eigen huis.

'Ik weet het niet, alleen ben ik erg blij dat ik het heb gedaan. Het maakt de dood vanzelfsprekender, gewoner, en de angst minder. Wat heb jij gedaan?'

'Thee gezet, drank ingeschonken, Mary geholpen sandwiches te maken. Heb je ooit zo'n entree meegemaakt?'

Ruttledge schudde van het lachen, een geluidloze lach die een dunnere, blekere versie was van die van zijn oom. 'Wachtmeester Dood verscheen en merkte dat hij te laat was gekomen.'

Terwijl ze de heuvel naar hun eigen huis beklommen besloot hij haar nog niet te vertellen dat Patrick Ryan de volgende week zou komen om de schuur af te bouwen.

Dikke Mick Madden hielp Jamesie, Patrick Ryan en Ruttledge bij het delven van het graf. Ze moesten naar het familiegraf zoeken tussen de zerken en het lange gras dat naast de kloostermuren groeide; een door de smid gemaakt, roestig ijzeren kruis binnen een geroeste cirkel gaf aan waar het lag. De sporen die de hamer op het ijzer had achtergelaten waren hier en daar nog zichtbaar in de roest. Zodra het lange gras was weggehaald, mat Patrick Ryan het graf uit met een meetlint, waarna hij de hoeken markeerde met kleine houten pennen. Alle vier de mannen, die op paaszondag ook naar de mars van het Monument naar de graven van Shruhaun hadden gekeken, begonnen te spitten. Aan de andere kant van de kerkhofmuur graasde het vee van de pastoor op de met gras begroeide ruïnes van de middeleeuwse nederzetting. De dieren waren welgedaan en dik van het voedzame gras, en er lagen heel wat kalveren naast hun moeder op de bultige grond. Het graf vorderde aanvankelijk snel, maar het tempo nam af naarmate het graf dieper werd: er was geen ruimte meer om met de houweel uit te halen, en elke trage centimeter moest eruit geschraapt worden met de koevoet en de stalen schop. Ze werkten bij toerbeurt en er werd wat meer gepraat. Rondom hen vlogen de bijen heen en weer tussen de rode en witte klaver en kleine gele bloemetjes. Af en toe reed er een auto of een vrachtwagen voorbij in een wolk van wit stof. Ver weg aan de overkant van de meren en de moerassen hulden de bergen zich in een blauw waas. Terwijl ze aan het werk waren, schoof de schaduw van de kloostermuren dichter naar het open graf.

'Het krioelde hier vroeger van de monniken. Ze voerden heftige discussies over boeken. Er werden onderling fikse klappen uitgedeeld', beweerde Patrick Ryan.

'Ons soort mensen waren niet meer dan horigen', zei Dikke Mick Madden. 'Van hieruit bestuurden ze het platteland. Als we uit de pas liepen, riepen ze een groep mensen bij elkaar en werd er op de oever snelrecht gesproken en werden we met een steen om onze nek naar het midden van het meer geroeid.'

'Het is hier nu heel vredig', zei Ruttledge, die om zich heen keek naar de sporen van de straten, hutten en gebouwen die je kon terugvinden aan de hand van de lijnen en kuilen in het korte gras waar het vee lag.

'Dat kun je niet weten, jongen', betoogde Patrick Ryan. 'Er wordt alleen meer weggemoffeld. De lui die het voor het zeggen hebben zijn tegenwoordig slimmer. Dat moeten ze wel. Mensen hebben nu meer informatie over wat er allemaal gebeurt.'

Ze stuitten op stukken doorgerotte plank, beenderen, een schedel.

Jamesie raapte de botten bij elkaar en deed ze in een plastic zak. 'Mijn moeder werd begraven aan de dorpskant van het graf. Als het mijn beurt is kom ik waarschijnlijk boven mijn oude vader te liggen.'

'God geve de doden hun rust.'

'Dat ze in vrede mogen rusten.'

'Amen.'

'Mijn oude heer ligt daar.' Dikke Mick wees naar een ander ijzeren kruis binnen een ijzeren cirkel, dicht in de buurt, iets rijker bewerkt dan het familiekruis van Jamesie; de buitenarmen van het kruis waren in een vorm gehamerd die rozenblaadjes suggereerde. 'Hij heeft er twee dagen over gedaan om dood te gaan.'

Alle vijandschap die hij Jamesie toedroeg was verdwenen.

'Dat weet ik nog goed', zei Patrick Ryan. 'Dikke John, je vader, was een kolossale vent, minstens honderdvijfentwintig kilo, en hij deed geen vlieg kwaad. Er had zich een grote menigte rond het huis verzameld. Ik was er beide avonden bij. Tussen twee ademhalingen in zei hij: "Heremijntijd", alsof hij zich lag af te beulen. Na elke luidruchtige reutelende ademhaling hoorde je "Heremijntijd", en elke keer dat er een "Heremijntijd" uitkwam barstte de menigte in lachen uit. Arme mensen vonden in die tijd al gauw iets grappig.'

'Ik weet het nog', zei Dikke Mick. 'Ik weet het nog goed. De nacht dat hij overleed, kwam ik thuis uit Engeland.'

Opeens stuitte de schop op de rotslaag. Ze konden niet verder graven. Terwijl ze bezig waren de rotsen schoon te schrapen, ging het hek van de begraafplaats open en liep John Quinn op hen af met een schop over zijn schouder.

'Dat hadden we kunnen weten', zei Patrick Ryan lachend, toen John Quinn naderbij kwam. 'Je moet vroeg opstaan om John Quinn voor te zijn. Hij komt te laat om nog een handje te helpen, maar ruim op tijd voor de gratis drank in het dorp.'

'Ik heb het gehoord, maar ik hoorde het te laat. Ik vond het heel erg om het over Johnny te horen, de beste schutter die ze ooit in dit deel van het land hebben gezien of nog zullen zien', zei John Quinn terwijl hij Jamesie de hand drukte. 'Ik vind het heel erg.'

'Dat weet ik, John. Dat weet ik best.'

'Kijk nou toch wat we gedaan hebben!' schreeuwde Patrick Ryan, en de komst van John Quinn viel bij deze dramatische uitroep in het niet.

'Ik heb het graf verkeerd uitgezet. Ik wist het eigenlijk al toen we die botten zagen. We hebben het hoofd gestopt waar de voeten horen te zitten. We hebben het brede eind aan de verkeerde kant gegraven, verdomme.'

Daarna verbreedden ze het andere eind van het graf. Zelfs John Quinn hielp mee en onder het werken plaagden ze hem met zijn vrouwen. Hij voelde zich gestreeld door de pesterijtjes en reageerde erop met een werelds animo waarin de zangerige vleierij was doorspekt met listigheid en opschepperij.

Toen ze het gereedschap bij elkaar pakten om naar het dorp te gaan voor de gebruikelijke grafdelversborrel, vroeg Ruttledge aan Patrick Ryan: 'Maakt het veel verschil dat hij met zijn hoofd naar het westen ligt?'

'Dat maakt alle verschil, jongen, of het maakt geen enkel verschil.'

'Hoezo dan?'

'Dat hoor je zelf ook te weten, jongen', zei hij en hij domineerde zo sterk op het kerkhof dat zelfs de aanwezigheid van John Quinn geen aandacht kreeg. 'Je hebt lang genoeg met je neus boven de boeken gehangen om het zelf ook te weten.'

'De wereld zit vol met dingen die ik niet weet', zei Ruttledge.

'Hij slaapt met zijn hoofd naar het westen... zodat hij bij het ontwaken de opgaande zon ziet.' Terwijl hij van het ene gezicht naar het andere keek en zich in zijn volle lengte oprichtte, stak Patrick Ryan zijn arm dramatisch naar het westen. 'Wij kijken uit naar de wederopstanding van de doden.'

De schaduw van de abdij lag nu een heel eind over het graf, maar het rozetvenster in het westen zinderde van licht en zond golven in vorm gegoten licht naar dat deel van de hemel waarin de zon zou opkomen.

'Jij weet het tenminste nog, Patrick', zei Jamesie terwijl Ruttledge zijn hoofd boog.

'Lieve God, al heb je overal goede buren om je heen en kan iedereen goed met elkaar opschieten en reikt iedereen elkaar op het eind de helpende hand, dan nog zou je bijna aan het denken worden gezet', zei John Quinn.

Die avond gingen de Ruttledges met de auto naar de andere kant van het meer, zodat ze later achter de lijkwagen konden aanrijden. Er stonden al verscheidene auto's aan de overkant. Ze parkeerden achter een rij auto's en liepen naar het huis. Bij de heuvel gekomen stonden ze versteld van het aantal auto's dat op de velden geparkeerd stond, over de hele heuvelpas.

'Ik heb nog nooit zoveel auto's bij elkaar gezien', zei Kate.

'Jamesie en Mary zijn overal erg geliefd. Het is niet vanwege Johnny. Hij is al te lang weg.'

Bij het hek naar het huis stuitten ze op onverwachte conster-
natie. Voor het hek stond de lijkwagen met zijn glas en gepoetste
chroom te wachten. Auto's reden achteruit om de lijkwagen in
staat te stellen het kleine weggetje in te rijden en daar te keren.
Door de paniek werd er lukraak gekeerd, met een gegier van
motoren, wolken uitlaatgas en harde, verwarrende aanwijzingen.
Jimmy Joe McKiernan stapte uit de lijkwagen en bleef op het
weggetje met gereserveerde, stille geamuseerdheid naar de paniek
staan kijken. Ondanks zijn zwarte pak, witte overhemd en zwarte
stropdas wist hij de indruk te wekken dat hij vrijetijdskleren
aanhad, stil en anoniem; hij had zelf voor de paniek gezorgd
door het stoffelijk overschot een uur te vroeg te komen ophalen.
Jamesie zag de Ruttledges en kwam in grote opwinding op hen af.

'Jimmy Joe is zelf gekomen. Hij dacht dat hij Johnny tegen zes
uur in plaats van om zeven uur moest komen ophalen.'

'Dan moet hij maar even wachten.'

Toen de auto's uit de weg waren gezet, reed de lijkwagen heel
langzaam op het huis af langs de ligusterhaag, de grote rabarber-
bladeren en de bedden sjalotten en peterselie in het kleine zij-
tuintje. De muilezel kwam naar het ijzeren hek om de passerende
wagen te inspecteren. De bruine kippen, die inmiddels aan alle
verkeer gewend waren, bleven bedaard in de grond pikken terwijl
de lange glimmende lijkwagen keerde; toen hielden ze even op
om het tafereel met een bedachtzaam geel oog in zich op te
nemen en richtten daarna hun aandacht weer op de grond.

'Zodra we merkten dat Jimmy Joe te vroeg was, keken we
reikhalzend naar je uit', zei Jamesie opgewonden. 'We willen dat
jij hem boven in de kamer houdt tot het tijd is om te vertrekken.'

'Ik ben geen vriend van Jimmy Joe of zijn beweging. Dat moet
je toch weten', protesteerde Ruttledge.

'Dat doet er niet toe. Jij kunt tenminste met hem praten. We
kunnen hem niet beneden bij alle anderen hebben.'

'En jijzelf dan, of Jim?'

'Nee, nee', zei hij vlug. 'Ons hebben ze beneden nodig.'

'Dan moet je Patrick Ryan hebben', zei Ruttledge geïnspireerd in zijn wanhoop. 'Er is niets wat Patrick Ryan zo graag wil als Jimmy Joe McKiernan aangenaam bezighouden.'

'Nee, nee. Patrick zou zich te veel opdringen. Hij is veel te vrijmoedig', zei Jamesie onvermurwbaar. 'Jimmy Joe zou het rambam krijgen als hij naar hem moest luisteren. Het is niet te veel gevraagd. Je kunt het best. Zeg jij het ook eens, Kate.'

'Ik hou me er buiten, Jamesie.'

'Zoveel vraag ik niet van je. Je kunt het best. Er staat whiskey, er staan glazen en alles wat je nodig hebt.'

Ruttledge begreep dat hij hardnekkig zou moeten weigeren of anders moest toestemmen, en hij was niet van plan Jamesie op deze dag iets te weigeren.

Ze werden in de bovenkamer geparkeerd. Op het tafeltje aan het voeteneinde werd een blad met een volle fles Powers, een grote kan water, limonade en glazen neergezet. De slingers van de vier grote klokken aan de muren hingen stil. Sinds Jimmy Joe hun de boerderij had verkocht, al die jaren geleden, waren beide mannen niet meer met elkaar alleen geweest en hadden ze geen woord meer met elkaar gewisseld, op de dagelijkse beleefdheden na wanneer ze elkaar toevallig tegenkwamen. Ze waren elkaar vele malen terloops tegengekomen, vooral in cafés waar Jimmy Joe *An Phoblacht* verkocht. Er waren er een paar die het krantje uit actieve solidariteit kochten, maar er waren er nog meer, net als Jamesie, die het deden om hem een plezier te doen en alle partijen tevreden te houden. Er waren er ook een paar, net als Ruttledge, die weigerden het te kopen, omdat ze niets moesten hebben van geweld en de doelen van dat geweld. Of Jimmy Joe nu werd geconfronteerd met instemming of afwijzing, hij was altijd beleefd en onaangedaan gebleven. Als het krantje werd gekocht, overhandigde hij het en accepteerde hij de muntstukken met een glimlach of een knikje, en als mensen het niet wilden hebben, beantwoordde hij hun weigering met dezelfde kleine buiging en liep vervolgens zwijgend weg.

Hij verbrak als eerste de stilte. 'Ik heb me vergist', zei hij, nadat de deur stevig achter hen beiden was dichtgetrokken en ze elkaar een hand hadden gegeven. 'Ik dacht abusievelijk dat het lichaam om zes uur bij de kerk werd verwacht.'

'Ze vinden je te belangrijk om je beneden te laten zitten en om een of andere reden ben ik aangesteld om je gezelschap te houden', legde Ruttledge verontschuldigend uit.

'Ik ben het gewend dat mensen me gezelschap houden', reageerde hij met een macaber gevoel voor humor. 'Er is een hoop gebeurd sinds ik je dat huis aan de overkant van het meer heb verkocht.'

'Met jou meer dan met mij', zei Ruttledge terwijl hij whiskey aanbood.

Jimmy Joe's naam was in verband gebracht met bomexplosies in steden, met ontvoeringen, de vervaardiging en het transport van bommen, met moorden, verminkingen en executies; hij had jaren in Long Kesh gezeten. Het wekte enige verbazing – maar uiteindelijk toch ook weer helemaal niet – dat een dergelijk man zo beleefd de whiskey afsloeg. Maar nog makkelijker was het om je voor te stellen dat hij in hongerstaking ging en met rustige, onwrikbare vastberadenheid koos voor de ultieme zelfverloochening. Anderen zou hij genadeloos als werktuig gebruiken.

'Ik heb de drank afgezworen. Vroeger vond ik het lekker, maar ik heb te veel mensen ontmoet die eraan onderdoor gingen. Nu mis ik het niet eens meer', verklaarde hij.

'Wil je dan wat water, limonade of een kopje thee?'

'Ik ben heel tevreden met niets.'

Na een lange stilte vroeg Ruttledge, eerder uit beleefdheid, omdat het zo stil was dan omdat hij het graag wilde weten: 'Het is in Long Kesh zeker niet makkelijk geweest?'

'Het was geen vakantiekolonie', antwoordde hij.

Hij had een uitbraak geleid waarbij hij zijn arm had gebroken, maar per se had willen doorgaan toen anderen wilden dat hij zou teruggaan. De ontsnapping en zijn aandeel in de ontsnapping waren verwerkt in een lied dat dikwijls op bijeenkomsten werd gezongen.

'Ze dachten dat je het te druk zou hebben om zelf te komen.

Ze hadden verwacht dat er iemand anders met de lijkwagen zou komen.'

'Ik moet er vaak iemand bij halen, maar ik vind het een verademing om onder de mensen te komen als het enigszins mogelijk is', zei hij met een behoedzame autoriteit in een gesprek dat steeds hortender en moeizamer was gaan verlopen. Tijdens de vele stiltes drongen het geprat en gelach en de woorden van begroeting en condoleantie tot in de kamer door, evenals het getinkel van glazen uit andere delen van het kleine huis. De straat stond nu vol met mensen en je hoorde een luid geroezemoes van stemmen, met daartussen een enkele lach en ook het voortdurende geluid van schoenen die op de kiezels in een andere stand werden gezet en van of naar het huis liepen.

'Ze maken er iets gezelligs van', zei Ruttledge peinzend tijdens een van de lange stiltes, maar Jimmy Joe McKiernan reageerde niet.

'Wat doe je daar op die boerderij van je?' vroeg Jimmy Joe.

'Het gebruikelijke: wat koeien, schapen…'

'Daar zul je toch geen droog brood mee verdienen?'

'We zouden er waarschijnlijk net van kunnen rondkomen – we hebben niet veel nodig – maar ik krijg daarnaast nog andere opdrachten', zei Ruttledge.

'Wat voor opdrachten?'

'Als tekstschrijver.'

'Is dat moeilijk?'

'Het valt niet mee. Het is een stuk prettiger om buiten te zijn, op het land.'

'Heb je bij dat soort werk iets aan de vogels en de rust daar?'

'Nee.' Nu was het Ruttledges beurt om grimmig te lachen. 'Aan de rust en de vogels heb je niets.'

'Wat doe je daar dan?'

'Je bedoelt dat ik dichter bij mijn afzetmarkten zou moeten wonen? We wonen daar nu eenmaal, in een huis als ieder ander. Je vroeg me ook al over de vogels op de dag dat je ons er rondleidde.'

'Dat weet ik niet meer', zei hij vriendelijk. 'Ik heb gehoord dat je oom nog steeds regelmatig bij je op bezoek komt.'

'Hij komt elke week sinds we hierheen verhuisd zijn.'

'Ik mag de Sjah wel. Hij geeft ons weinig steun, maar hij legt ons ook geen strobreed in de weg. Hij neemt het leven zoals het komt.'

Geleidelijk kwam het gesprek terecht in het rustiger vaarwater van personen en ten slotte hadden ze het erover dat de overledene elke zomer naar huis was gekomen sinds zijn vertrek naar Engeland. Zo rustig was dit neutrale gespreksonderwerp dat Ruttledge ervan uitging dat ze er de rest van het uur mee zouden kunnen volpraten, toen Jimmy Joe McKiernan hem verraste door te vragen: 'Je lijkt niet geïnteresseerd te zijn in de zaak waarvoor wij ons inzetten?'

'Nee', zei Ruttledge. 'Ik hou niet van geweld.'

'Geloof je dan niet in vrijheid?'

'Ons land ís vrij.'

'Een deel ervan is niet vrij.'

'Dat is een zaak voor dat andere deel. Ik vind niet dat wij daar iets mee te maken hebben.'

'Daar denk ik anders over. Ik geloof dat wij er juist wel mee te maken hebben.'

Ruttledge besefte dat hij, die volgeling noch leider was, voor deze geëngageerde en daadkrachtige man van nul en gener waarde moest zijn. Wat Jimmy Joe betrof had hij net zo goed, als de eerste beste idioot, naar de vogeltjes aan de overkant van het meer kunnen luisteren, en Ruttledge deed geen verdere pogingen meer het gesprek op gang te houden.

'Weet jij hoe laat het is? De tijd die ik erop na hou is duidelijk onbetrouwbaar', doorbrak Jimmy Joe dit langgerekte zwijgen met zijn rustige, ontwapenende charme.

'Laten we maar aanstalten maken', zei Ruttledge toen hij op zijn horloge keek.

'Dan moesten we ons maar laten zien', zei Jimmy Joe McKiernan.

Ruttledge deed de deur open en ging een stapje opzij. Toen Jimmy Joe de andere kamer binnenkwam, viel er een duidelijk waarneembare stilte. Patrick Ryan trad snel op hem af, met een demonstratieve blik van herkenning op zijn gezicht. Zodra Jimmy Joe besefte dat Ruttledge niet achter hem aankwam, maakte hij zich van Patrick los en draaide zich om, zodat hij Ruttledge kon bedanken voor zijn gezelschap. Daarna liep Patrick Ryan met Jimmy Joe mee naar buiten om de kist naar de lijkwagen te dragen. Het huis stroomde rustig leeg. De deur werd dichtgedaan. Een vrouw begon hardop het onzevader te zeggen, en het weesgegroet werd door de volgepakte straat overgenomen en breidde zich uit naar de mensen die bij kriskras op het land geparkeerde auto's stonden.

Jamesie en Patrick Ryan manoeuvreerden de kist door de smalle deuropening naar buiten terwijl Jimmy Joe McKiernan aanwijzingen gaf en meehielp. Mary en Lucy liepen er gearmd achteraan. Er werden geen kreten van woede of verdriet geslaakt. Jamesies gezicht stond strak en gespannen, maar alleen Mary was zichtbaar van streek. Patrick Ryan nam plaats in de lijkwagen en zat als een strenge, onverzoenlijke god naast Jimmy Joe. Volgens de gewoonte had Jamesie eigenlijk met het stoffelijk overschot op die laatste reis moeten meerijden – hij moest zijn plaats aan Patrick hebben afgestaan. Langzaam reed de lijkwagen weg van het huis. De muilezel stond niet meer bij het hek, maar graasde achter in de wei. De mensen liepen achter de lijkwagen aan, maar de stroom werd smaller naarmate er meer mensen bij hun auto kwamen. De stoet auto's reed nog steeds over de heuvel naar beneden toen de lijkwagen al stilhield bij de bocht van het meer, waar zich lang geleden, op zondag tijdens het jachtseizoen, de jagers altijd verzameld hadden. Toen de wagen weer in beweging kwam, ging hij al snel harder rijden. De auto van de Ruttledges was een van de laatste die zich bij de stoet aansloten, maar bij de hoek van het meer sloegen ze af langs de oever in plaats van door te rijden naar de kerk.

Een paar dagen na de begrafenis gingen de Ruttledges aan het eind van de middag met de auto naar de andere kant van het meer om te kijken hoe Jamesie en Mary het maakten en te zien of ze iets nodig hadden. Bij de hoek van het meer stopten ze en keken verbaasd naar buiten. Midden tussen de wilde kersen was een telefoonpaal neergezet, en er liep een rij palen tot helemaal aan de hoofdweg. Een paar maanden eerder had de telefoonmaatschappij aangeboden elk huis in de streek voor hetzelfde bedrag van een aansluiting te voorzien, ongeacht hoe afgelegen het lag, en vrijwel iedereen rond het meer was op het aanbod ingegaan. Na alle gepraat en laatste afspraken was het toch een schok om de forse, geteerde palen te zien staan.

Het weggetje voor het huis lag er verlaten bij: de bruine kippen pikten lustig achter het gaas en de twee honden liepen blaffend met de auto mee naar de open deur.

Binnen was het huis veranderd. De klokken waren van de muren gehaald en lagen overal verspreid op bedden, tafels en stoelen. Op de plaats waar de klokken hadden gehangen waren op de muur duidelijk afgetekende lichte plekken achtergebleven: zonder hen zagen de wanden er armelijk en gewoontjes uit.

'Het is hier een troep. Ik weet niet eens of ik jullie wel binnen kan vragen', zei Mary terwijl ze elkaar omhelsden.

'De kleine klokkenmaker is hier de hele dag geweest. Na de begrafenis konden we er een paar niet aan de praat krijgen, dus dachten we, kom, we laten ze allemaal eens nakijken. Er zijn erbij die al jaren niet de juiste tijd aangeven', ratelde Jamesie.

'Hij heeft ze schoongemaakt en geolied. Hij zal ze morgen bijstellen als ze weer aan de muur gaan. Hij zegt dat sommige vrijwel antiek zijn en veel geld waard en dat er met geen ervan eigenlijk iets mis is.'

'Net als met onszelf', zei Jamesie.

'Dacht je ook maar één ogenblik dat iemand geld voor jou zou overhebben?' vroeg Mary.

'Bakken met geld. Want ik ben een topper', stelde hij. 'Dat zei Tom Casey ook tegen iedereen nadat hij was getrouwd met Ellen, die de ouwe fiets van de hele streek was, ieders troost en toeverlaat. "Was ik net zo goed als de rest?" vroeg hij, toen hij op hun huwelijksnacht zijn beste beentje had voorgezet. "Je was een topper", zei ze tegen hem. "Je was de allerbeste."'

'Het is een schande zoals hij praat, maar dat zijn we inmiddels wel van hem gewend', zei Mary.

'Hebben jullie die telefoonpalen gezien?' vroeg Ruttledge.

'Ik heb ze gezien, ik heb ze vanochtend vroeg gezien', zei Jamesie terwijl hij zijn grote hand uitstak. 'Ze zijn vandaag aan de slag gegaan. Ze hebben machines, gravers, van alles. Het is binnen een paar weken gepiept. De werklui komen uit Cork. In Cork heeft iedereen telefoon. Omdat er daar geen werk meer voor ze is, zijn ze hierheen gestuurd. Ze gaan in het weekend met de bus naar huis en vinden dit een prachtig stuk van het land.'

'En dat is het ook', zei Kate.

'Als nou toch alles overhoop ligt door die klokken, moesten we maar even naar de stad rijden', stelde Ruttledge voor. 'We komen wel een avondje langs als de klokken weer aan de muur hangen.'

Jamesie en Mary waren allebei zichtbaar opgelucht dat ze het huis uit waren.

'Je kunt je kont niet keren met die klokken. Het is heerlijk om de deur uit te gaan.'

Terwijl Mary de deur op slot deed, zei ze: 'Die arme Johnny is weg. Het is bijna alsof hij er nooit geweest is.'

'Jim is met het vliegtuig naar Londen gevlogen om zijn spullen op te halen', verklaarde Jamesie. 'Er was niet veel. Het flatje was in het souterrain en kleiner dan hij had gezegd. Volgens Jim was het een knappe buurt van Londen. De flats waren groot, maar niet echt heel chique.'

'Heeft hij meneer Singh nog gesproken of iemand anders die Johnny kende?'

'Nee. Nee. Hij heeft niemand gezien', zei Mary. 'Hij heeft een briefje voor meneer Singh geschreven en dat op de deur geprikt. Johnny had een testament laten maken. We stonden er allemaal van te kijken. Hij heeft alles aan de kinderen nagelaten. Het meeste van wat hij van Ford had gekregen was nog over.'

'Dat was erg aardig van hem', zei Kate.

'Johnny was altijd heel secuur wat hemzelf betrof', zei Jamesie.

'Die arme Patrick heeft het er erg moeilijk mee gehad. Hij houdt maar niet op over het acteren en die toneelstukken en dat Johnny op zondag, als iedereen erop los stond te knallen, alleen maar zijn geweer hoefde op te tillen om de vogels als vanzelf uit de lucht te laten vallen', zei Mary.

'Patrick lult maar wat', zei Jamesie. 'Zolang Johnny leefde, had Patrick net zo'n hoge pet van hem op als van ieder ander die maar gewoon en alledaags is.'

'Misschien is Johnny groot en vreemd voor hem geworden nu hij er niet meer is', zei Ruttledge.

Terwijl ze langs de nieuwe rij telefoonpalen kwamen, telde Jamesie ze in stilte. 'Veertien op een dag. Ze staan in een ommezien overeind.' Ze reden langs de veemarkt die dicht was, langs de twee rechercheurs die in het steegje tegenover het café van Jimmy Joe McKiernan stonden, langs de kerk en het café van Luke Henry. Toen ze in de buurt van het Central kwamen, riep Jamesie, die aandachtig rondkijkend naar voren geleund zat: 'Halt met die brik. Stoppen. Moet je kijken', en Ruttledge zette de auto stil langs de kant van de weg.

De Sjah was net uit het hotel gekomen, en zijn ronde, zware gestalte begaf zich voldaan op weg naar de stationswoning met een dichtgeknoopte witte plastic zak in zijn hand. Tegelijkertijd kwam van tussen de loodsen de bordercollie tevoorschijn, die over het voorterrein naar de plaats liep waar de witte spoorbomen vroeger altijd dichtgingen. Daar ging de bordercollie zitten wachten, met zijn prachtige kop omhooggestoken. Toen de Sjah bij hem kwam, kon je bijna horen wat er werd gezegd in de cadans van aaien en liefkozen voordat de hond de witte plastic zak kreeg. Terwijl ze samen naar de stationswoning gingen, liep de bordercollie trots met de zak voor de Sjah uit, maar af en toe bleef hij met kwispelende staart staan wachten.

Bij het keren van de auto wees Ruttledge op de nieuwe straat met kleine huisjes die uitkwam op het plein; het was Trathnona, en Jamesie draaide het raampje naar beneden om het beter te kunnen zien.

'Je zou toch dolgraag eens naar binnen willen gaan om te zien hoe de inrichting is en hoe hij zich redt', zei hij.

'Wat heeft dat nou voor zin? Daar heb je niets mee te maken', zei Mary.

'Hij zit waarschijnlijk net als de rest van het land tv te kijken. Misschien wordt *Blind Date* net uitgezonden', zei Ruttledge.

'Nee, dat is alleen op zaterdag', antwoordde hij.

In het café gaf Luke Henry Jamesie en Mary een hand om formeel zijn deelneming te betuigen. Ze spraken over Johnny's laatste avond in de bar en hoe goed hij darts had gespeeld.

De darts met de rode vinnen waren in groepjes van drie op het dartsbord gestoken. Ze namen twee drankjes aan de bar en vertrokken lang voordat de late drinkers arriveerden.

Jamesie en Mary wilden per se het laatste eind naar huis lopen en werden afgezet bij de bocht van het meer. Er werd een avond afgesproken waarop de Ruttledges op visite zouden komen, wanneer alle klokken weer aan de muren hingen en alles weer normaal was.

De afgesproken avond brak aan. De telefoonpalen liepen nu al rond het meer. Ze waren verrast dat de honden hen niet bij het hek tegemoet kwamen en nog verraster toen ze zagen dat de auto van de klokkenmaker op straat stond en dat de deur van het huis dicht was.

De auto was een klein, aangepast voertuig met een invalidenbordje. Na te hebben aangeklopt gingen ze het huis in. Binnen hingen alle klokken weer aan de muur en ze sloegen allemaal. De klokkenmaker manoeuvreerde zich moeizaam met een aluminium kruk langs de rand van de tafel om de klok naast de onaangestoken kachel bij te stellen. Jamesie stond vlakbij, maar deed geen poging hem te helpen omdat de klokkenmaker daar te trots voor was. Hij had een mooi, vriendelijk gezicht, donker haar en een gevoelige glimlach. 'Zo kan het voorlopig wel', zei hij bedachtzaam toen hij de klok had bijgesteld, en nadat hij zich met een verrassend snelle draai van de tafel had losgemaakt, zat hij al gauw in de leunstoel. Mary schonk thee in.

'Volgens mij is dat alles wat we voorlopig kunnen doen. Ik kom vandaag over een week terug om te zien hoe ze lopen.' Hij had een precieze, zorgvuldige manier van spreken.

'U hebt knap werk geleverd', zei Mary lovend. 'Het is heerlijk om het huis weer bijna op orde te hebben.'

Opeens sloegen verscheidene klokken tegelijk het halve uur, maar de klokkenmaker stak een lepeltje omhoog om tot stilte te manen en glimlachte wetend toen één klok te laat sloeg. 'Ik wist dat die knaap niet goed liep, maar volgende week zullen we er meer over weten', zei hij met een innemende glimlach. 'Volgens mij is er nog een.'

'Deze man hier heeft John Quinn de trouwring voor zijn vrouw verkocht', zei Jamesie alsof hij dit nieuws niet langer voor zich kon houden.

'Ik verkoop juwelen', zei de klokkenmaker op de precieze manier die hij had. 'Er zijn inmiddels al heel wat mensen van mijn bestaan op de hoogte. Ze komen bij me aan huis. John Quinn kwam met zijn aanstaande vrouw haar trouwring kopen. Het was een smalle gouden ring, die honderd pond kostte. Ze probeerden verscheidene ringen, maar dat was de ring die ze wilde. Hij betaalde contant.'

'Wacht. Er komt meer', zei Jamesie.

'Een paar dagen nadat ze hem uit Westmeath hadden verjaagd, kwam hij met die trouwring bij me terug', zei de klokkenmaker afkeurend. 'Hij wilde zijn geld terug voor de ring.'

'Ze heeft hem waarschijnlijk naar zijn kop gesmeten', zei Mary.

'Als ze dat niet heeft gedaan, kun je er donder op zeggen dat hij hem heeft teruggevraagd', zei Jamesie.

'In al die tijd is er nog nooit een trouwring bij me teruggebracht. Ik zei tegen hem dat zoiets niet de gewoonte was, maar hij wilde toch zijn geld hebben. Om van hem af te komen bood ik hem vijftig pond, nadat ik eerst had gecontroleerd of het wel de goede ring was. "Laten we het verschil delen", zei hij. Ik ging van vijftig naar zestig pond, graag of niet, zei ik tegen hem, en hij nam de zestig pond aan. Ik dacht dat ik hem daarna niet meer zou terugzien.'

'Wacht!' Jamesie stak zijn hand op.

'Vorige week al kwam hij terug. We lagen allemaal in bed, maar hij bleef net zo lang aankloppen tot mijn broer opendeed. Ik zei tegen Michael dat hij hem onder geen beding in huis mocht laten en dat hij maar buiten moest wachten. Hij wilde me vertellen dat hij met die zestig pond een kalf had gekocht en het kalf diezelfde avond op de markt had doorverkocht voor honderddertig pond. De ring had meer succes opgeleverd bij dat kalf dan bij die vrouw. "Had dat nieuws niet tot morgenochtend kunnen wachten?" vroeg ik. Hij zei dat hij niet kon slapen voordat hij me had verteld hoeveel die ring had opgebracht.'

'John kwam terug als overwinnaar. Dat is het enige wat hij de mensen wilde laten weten', zei Jamesie. 'Dat is voor hem het enige wat telt, het enige wat in zijn hoofd opkomt.'

'Ik wacht nog even tot de klokken slaan. Over een paar minuten is het negen uur', zei de klokkenmaker.

Door het hele huis leken de klokken als betoverd gezamenlijk negen uur te slaan, waarna de klokkenmaker met een wetende glimlach wachtte tot de nakomer in zijn eentje sloeg, een paar seconden na de andere, en toen nog een klok. Daarna tikten alle klokken weer rustig door.

De klokkenmaker glimlachte en maakte een aantekening op de achterkant van een envelop en gaf hem ter bewaring aan Mary. 'Ik kom vandaag over een week terug. Dat kost niet meer zoveel tijd, en daarna slaan al deze knapen beslist in koor.'

Jamesie en Mary liepen met hem mee naar de auto. Jamesie droeg zijn kleine gereedschapskistje. Ze bleven nog even bij hem staan terwijl hij zijn krukken wegborg, zich achter het stuur wrong en wegreed. Jamesie kwam als eerste terug naar het huis, omdat Mary haar bruine kippen nog in het nachthok ging opsluiten.

'Dat mannetje is geweldig. Hij kan lezen en schrijven met die klokken. We dachten dat hij nu wel klaar zou zijn, maar hij is heel secuur. Zijn hele familie bestond uit fatsoenlijke mensen, die geweldig goed voor hem hebben gezorgd. En dat is niet aan hem verspild geweest', zei hij terwijl hij een nieuwe fles in een bruine zak uit de kast haalde.

'Je hebt vast al de fles whiskey tevoorschijn gehaald', zei Mary plagerig toen ze terugkwam, maar vanavond wilde niemand meer dan een enkel ritueel glaasje.

'John Quinn is nog steeds de overwinnaar', zei Jamesie terwijl ze dronken. Hij stak zijn hand uit en deed net alsof hij de terriër uit de leunstoel wilde zetten. Bij het zien van de grote hand die boven hem hing, ontblootte de terriër zijn tanden, waarop Jamesie zijn hand weghaalde.

'Als iemand wint, verliest iemand anders', zei Kate.

'En wat doen wíj?' vroeg Mary.

'Stilstaan terwijl we voorbijkomen', zei Ruttledge lachend.

'Je had priester moeten worden.'

'Dat is ook bijna gebeurd', zei Ruttledge.

'Lepe vos', riep Jamesie instinctief. 'Twee armen en allebei even lang.'

'Heb je ooit zo'n gebazel gehoord', zei Mary terwijl alle klokken tien sloegen, en daarna wachtten ze op het tweetal dat te laat sloeg. 'Denken jullie dat hij ze ooit gelijk krijgt?'

'Als dat mannetje het niet kan, dan lukt het niemand.'

'Ze zouden eigenlijk allemaal verkocht of weggegooid moeten worden om plaats te maken voor nieuwe klokken, maar zolang wij leven gaan ze niet weg', zei Jamesie bijgelovig.

'Als ze konden praten zouden ze heel wat te vertellen hebben', zei Mary.

'Wijze dingen. Geen dommigheden. Nooit problemen aangehaald', zei Jamesie. 'Het enige wat ze zeiden was tiktak. Tiktak. Niet op reageren. Tiktak. Ogen dicht. Tiktak. En mondje toe.

Tiktak. Braaf blijven. Tiktak. Zand erover. Tiktak. Niet aandringen. Tiktak. Vraag waarom niet, maar nooit waarom. Je kunt je beter van de domme houden dan de slimste te willen zijn.' Hij werd weer wat vrolijker, maar liet een gebrom horen toen niemand een tweede whiskey wilde, deed de dop op de fles en borg hem weg zonder nog iets in zijn eigen glas te gieten. 'Aan jullie heb ik niks. Vroeger had je mensen die er niet bang voor waren.'

Ze liepen naar buiten, de heldere avond in. De kippen zaten op stok en klokten in het kleine hok. Het paadje was goed zichtbaar en slingerde zich rond de akkerranden. Het tweetal honden, dat de hele avond niet uit hun stoel te slaan was geweest, begon nu in de witte meidoornhagen op vogels te jagen, en hun ongeduldige geblaf werd beantwoord door het geschrokken kabaal van merels wier rust ze hadden verstoord. De beide vrouwen bleven wat achter bij de mannen. Jamesie zweeg onder het lopen.

'Denk jij dat er een hiernamaals is?' Ruttledge schrok, omdat deze vraag helemaal niets voor Jamesie was.

'Nee. Daar geloof ik niet in, maar zekerheid heb ik er niet over.'

'Bedoel je dat we net zoiets zijn als een hond of kat of koe of boomblad; dat we na onze dood alleen maar dood zijn?'

'Min of meer', antwoordde Ruttledge behoedzaam. 'Ik weet niet uit welke bron het leven afkomstig is, anders dan uit de natuur, of wat de zin erachter is. Me dunkt dat het niet onredelijk is om aan te nemen dat we terugkeren naar dezelfde zin waaruit we zijn voortgekomen. Waarom vraag je dat?'

'Ik heb er na Johnny's overlijden veel over nagedacht.'

'En wat denk jij?'

'Als er een hel en een hemel zijn, dan denk ik dat het daar stampvol zal zijn, in de hel of in de hemel, dan wel in allebei', zei hij verrassend zwaar op de hand. Zelfs zijn manier van lopen en de toon waarop hij sprak waren veranderd.

'Ik vermoed dat de hel en de hemel en het vagevuur – zelfs de eeuwigheid – allemaal voortvloeien uit onze ervaringen in dit leven en misschien los van alles blijken te staan als we naar gene zijde overgaan', zei Ruttledge kordaat. Hij moest lachen om Jamesies vertoon van gewichtigheid en ernst, maar wilde dat verbergen om hem niet voor het hoofd te stoten; Jamesie, die zo belangrijk was vanwege zijn heerlijke luchtigheid.

'Tegelijkertijd wil je niet té veel op je kerfstok hebben voor het geval er toch iets blijkt te zijn wanneer je naar gene zijde gaat', sprak Jamesie weifelend. 'Er wordt wel geklaagd dat die arme pastoor Conroy erg op de penning is, maar hij heeft alles, werkelijk alles gedaan wat een mens maar voor Johnny kon doen. Nog geen uur nadat we Johnny scheefgezakt in die stoel hadden aangetroffen, was hij bij ons en diende hij hem de laatste sacramenten toe; hij ontving hem in de kerk, hij droeg de uitvaartmis op en hij stak een werkelijk mooie, werkelijk heel mooie preek af. In die preek zei hij dat Johnny behoorde tot een hele generatie Ieren die noodgedwongen naar Engeland was uitgeweken om aan de kost te kunnen komen. In Johnny's geval zat hij ernaast, maar wat betreft vrijwel ieder ander die hier uit de buurt is vertrokken had hij gelijk. Terwijl sommigen succes hadden en het hun voor de wind ging, waren er anderen die grote ontberingen leden en velen die het niet gered hebben. Er werd dikwijls volkomen onterecht neergekeken op de mensen die buiten hun eigen schuld gedwongen waren naar Engeland te gaan, soms door mensen wier enige verdienste was dat ze erin geslaagd waren thuis te blijven, terwijl ze maar weinig reden hadden om op anderen neer te kijken. Het zijn altijd de akeligste, armste types die er behoefte aan hebben om op iemand neer te kijken. Iedereen zei dat het een geweldige preek was, en langer dan hij voor de moeder van het parlementslid had gehouden. Bij het graf sprak hij de zegen uit over de kist en zei hij de gebeden. En weet je hoeveel hij voor dat alles heeft gerekend?'

'Ik heb geen idee. Honderd pond?'

'Twintig pond. "Geef me maar twintig pond, Jamesie." Ze zeggen dat hij erg op de penning is, en ik moest hem bijna een draai om zijn oren geven voordat hij veertig pond accepteerde.'

'Minder dan John Quinn heeft teruggekregen voor zijn twee-dehands trouwring.'

'John Quinn is een raar portret, maar een betere priester dan pastoor Conroy zul je niet gauw ergens tegenkomen. Je kunt elk uur van de dag of de nacht bij hem aankloppen en hij zal je nooit van je laatste cent beroven. Mensen die zich over hem beklagen zijn zeikerds die altijd wat te zeuren hebben.'

'Ik mag hem ook wel', zei Ruttledge.

'Dan zou je eigenlijk de mis moeten bijwonen', fluisterde Jamesie spottend.

Er stond een nieuwe maan boven het meer, een lichte sikkel. De nacht was zo stil dat het meer de lucht weerspiegelde en er daardoor net zo peilloos uitzag. Watervogels waren in het midden op een kluitje gekropen. De twee zwanen zochten dicht bij de kant naar eten. Hoog boven hen pulseerden de lichtjes van een overkomend vliegtuig, als harten die klopten in de lucht.

'Door de manier waarop de bomen langs de oever zijn dicht-gegroeid is er niets van jullie huis te zien, zelfs geen licht', zei Jamesie en hij draaide zich om naar Patrick Ryans heuvel, die er zelfs bij dit zachte licht ruig uitzag, met zo'n diepe voldoening dat het plezier hoorbaar was in zijn stem. 'Is Patrick Ryan niet een hopeloos geval? Dat arme vee moet zich maar zien te redden op die grote heuvel terwijl Patrick overal door het land zwerft. Ik heb misschien niet ver gereisd, maar ik ken de hele wereld', zei hij met een weids armgebaar.

'Jij kent inderdaad de hele wereld', zei Ruttledge. 'En je bent een fijne gids voor me geweest.'

Jamesie bleef staan en keek toen snel de andere kant op. 'Je had het in elk geval slechter kunnen treffen', zei hij.

Toen Kate en Mary bij hen kwamen, omhelsden ze elkaar allemaal, en de Ruttledges daalden snel af naar het meer. Toen ze dicht bij het hek waren, hoorden ze van op de heuvel een roep of kreet en ze draaiden zich om. Jamesie en Mary stonden er omlijst door het licht.

'Kate', riep Jamesie.

'Jamesie', riep ze terug en ze wachtte af.

'Hal-lo. Hal-lo. Hal-lo', riep hij over het meer, met de hoge kreet van een vogel die hen bespotte vanuit de diepten van het veen. Ze hoorden gehoest, gefoeter en gelach, en toen was eerst Mary en daarna Jamesie uit de lucht verdwenen.

Er steeg geen reiger op uit het riet waar de nieuwe telefoonpaal tussen de wilde kersenbomen stond om hen langs de oever land-inwaarts ingeleide te doen. De nacht en het meer hadden niet dezelfde helle metaalkleurige schoonheid van de nacht waarop Johnny was overleden; de vormen van de bomen waren zacht en ze bogen zich nog dieper over hun eigen mysterie. Het water was stil, op het gekwetter van de watervogels na, en de nachtlucht geurde zoet naar de rijpende weiden, tijm en klaver en spirea, de wilde kamperfoelie hoog in de witte meidoorns, vermengd met de geur van de wilde munt die laag langs de kiezels aan de waterkant groeide.

Toen ze afsloegen voor de klim naar hun huis, slaakte Kate een kreet van schrik. Tussen de hoge bermen van het weggetje stond Patrick Ryan, precies zoals hij was verschenen in de nacht van de wake, met oplichtend wit overhemd, gezicht en zilvergrijs haar. Al het andere was zwart en vloeide over in de nacht.

'Je hebt haar ontzettend laten schrikken. Waarom heb je je niet eerder laten zien?' wilde Ruttledge weten.

'Ik wilde net weggaan', zei hij kil. 'Jullie liepen niet te praten. Ik was boven bij het huis. Er was niets afgesloten, de auto niet, de schuur niet, het huis niet. Ik dacht dat jullie misschien op het land waren en heb gewacht.'

'We waren aan de overkant, bij Jamesie.'

'Dat weet ik. Ik hoorde hem een paar minuten geleden jodelen boven het meer. Die wordt ook nooit verstandiger. Je zou nu al bijna denken dat Johnny niet was gestorven.'

'Heb je soms zin om even mee te komen?' vroeg Kate. Ruttledge was verrast over deze uitnodiging. Haar stem klonk kalm.

Hij wees het aanbod ongeduldig van de hand. 'Nee. Ik ben daar nou lang wel genoeg geweest. Het wordt tijd dat ik op de

Tomb afga. Ik ga daar de hele zomer doorbrengen. We gaan die schuur afmaken. Dat de godganse wereld ongehinderd in en om het huis kon rondlopen, had als voordeel dat ik eens goed kon bekijken wat we allemaal nodig hebben. Ik heb een lijst op de tafel achtergelaten. Hij staat tegen een kan, maar dat is nu van geen belang. Neem die lijst in elk geval mee voor het geval we morgenochtend iets vergeten. Sta om negen uur klaar met de auto en de aanhangwagen bij de bocht van het meer. Dan gaan we daarna naar de stad om alles te kopen wat we nodig hebben. We hebben af en toe een flinke schok nodig om ons ervan te doordringen dat we hier niet het eeuwige leven hebben. Als de Lieve Heer het wil, maken we er morgen een begin mee, en we houden pas op als die hele kathedraal van een schuur af is', zei hij op dezelfde galmende toon waarmee hij had verordonneerd dat Johnny in Shruhaun met zijn hoofd naar het westen moest liggen zodat hij de zon zou zien als hij samen met alle andere gelovigen weer zou opstaan.

'Er is met die schuur geen grote haast of noodzaak, Patrick', zei Kate onzeker, verrast over haar eigen durf. 'Misschien moet hij daar nog maar een zomer zo blijven staan, uit eerbied voor Johnny.'

Hij keek verbaasd, maar hij zei niets. In de gespannen stilte klonk het gekwetter van de watervogels op het meer extra hard. Met trage, spaarzame bewegingen keerde hij Kate de rug toe en sprak langzaam en zorgvuldig tegen Ruttledge. 'Je moet doen wat je zelf wil, jongen. Sta desgewenst om negen uur klaar met de auto en de aanhangwagen bij de bocht van het meer. Het maakt me helemaal niet uit of je wel of niet komt opdagen. Als je niet komt opdagen zijn er volop plekken waar ik wel terecht kan. Dan ga ik ze allemaal aangenaam bezighouden in hun eigen huis.'

Toen liep hij langzaam langs de waterkant weg en verdween in het halfduister.

De Ruttledges spraken niet terwijl ze de heuvel beklommen. 'Wat ga je doen?' vroeg Kate toen ze onder de els door liepen. 'Ik weet het niet', zei hij. 'We kunnen er met elkaar over

351

praten. We hoeven pas morgenochtend een beslissing te nemen.'

Voordat ze het huis binnengingen, draaiden ze zich allebei voor de veranda om en keken terug over het meer, ook al wisten ze dat zowel Jamesie als Mary zich allang niet meer tegen de lucht aftekenden.